Heinz G. Konsalik · Tal ohne Sonne

Heinz G. Konsalik

Tal ohne Sonne

Roman

Umwelthinweis:
Dieses Buch und sein Schutzumschlag wurden
auf chlorfrei gebleichtem Papier gedruckt.
Die vor Verschmutzung schützende
Einschrumpffolie ist aus umweltschonender
und recyclingfähiger PE-Folie.

Made in Germany

Primo ist ein Unternehmen des Goldmann Verlags, München
Umschlagentwurf: S/L-Kommunikation
Umschlagfoto: Bildagentur Schuster/Liaison
Verlagsnummer: 55044

ISBN 3-442-55044-0

Der, die ich liebe
und die mein Leben ist …

1

Die einmotorige, zweisitzige kleine Maschine, ein Hochdecker vom Baujahr 1970, kreiste über dem Urwaldtal. Links und rechts ragten die dicht bewachsenen Hänge der hier über zwölfhundert Meter hohen Berge in den fahlblauen Himmel, der ständig seine Farbe wechselte, vom Hellgrau bis zum sonnendurchfluteten Azurblau, wenn die Nebelschwaden über dem tiefen Tal die Sicht verdeckten oder Löcher in die glänzende Weite freigaben. Sie kreisten in etwa achthundert Metern Höhe über dem lehmigen Fluß, der sich in Millionen Jahren durch die Berge gefressen hatte und nun die Schlucht durchzog wie ein gelber Faden. Nur diesen Fluß gab es, die eingeschnittenen Abhänge, überwuchert von riesigen Bäumen, Riesenfarnen, miteinander verfilzten haushohen Sträuchern und undurchdringlichem Dschungel, der in das lehmige Wasser hineinwuchs. Ein Stück Urnatur, unberührt, unbekannt, unerforscht, voller Geheimnisse … Lebten dort unten Tiere, die man noch nicht kannte, Überbleibsel aus längst vergangenen erdgeschichtlichen Zeiten, die hier, im nie zu erobernden Urwald, die Jahrmillionen überlebt hatten? Gab es da unten Menschen aus der Steinzeit, Menschen, die völlig anders aussahen als die Menschen unseres Jahrhunderts, Menschen auf der untersten Entwicklungsstufe oder Menschen mit geheimnisvollen Kulturen, mit grausamem Götterglauben, versteckt und begraben unter der grünen Decke des Urwaldes? Der knatternde

Riesenvogel, der jetzt über ihnen kreiste, mußte für sie ein schrecklicher Dämon sein, ein donnernder, böser, gefährlicher Gott, den man nur versöhnen konnte durch ein Opfer, durch Demut, durch Unterwerfung. Durch Menschenopfer?

Das kleine Flugzeug flog jetzt dem Flußlauf nach, bog vor einer neuen grünen Bergwand ab und kehrte nach einer engen Schleife in das Tal zurück. Es sank bis auf sechshundert Meter, fast greifbar ragten die Baumriesen zu beiden Seiten an ihm hoch.

James Patrik starrte durch die Nebelschwaden hinunter zum Fluß. »Als ob das Tal dampft«, sagte er. »Ob wir jemals bis dahin vordringen können?«

Steward Grant, der Pilot, warf einen kurzen Blick in das wilde Tal. Ihn interessierte jetzt mehr ein Geräusch im Motor, das nicht normal war. Ein kaum wahrnehmbares Stottern, aber er hörte es, und sein fragender Blick strich über die Instrumententafel. »Zu Fuß bestimmt nicht«, antwortete er und lauschte wieder angestrengt auf das Klopfen im Motor. »Sich von Kopago über die Berge und durch den Urwald durchzuschlagen ist unmöglich. Das sehen Sie doch nun ein, Professor. Das da unten ist ein Land, das für immer unerforscht bleiben wird. Da kommt keiner von uns hin.«

»Wenn man Zeit hat und zäh genug ist, Steward? Die großen Entdecker besaßen beides, und mit unseren technischen Möglichkeiten –«

»Das Land ist stärker. Es frißt jeden auf.«

»Man könnte mit Fallschirmen landen.«

»Und dann?«

»Hubschrauber würden alles überwachen.«

»Und wo sollen sie landen? In den Baumwipfeln?«

»Man könnte am Fluß einen kleinen Landeplatz freischlagen, eine Art Basislager. Auch das Distriktshauptquartier Kopago war einmal tiefster Urwald.«

»Und es hat Blut genug gekostet. Giftpfeile, Speere, Fallgruben, und dann wurden Köpfe abgeschlagen und zu Schrumpfköpfen gedörrt und die Körper in steinernen Kochgruben gesotten und gefressen. Auch zwei Missionare waren dabei … Aber da muß Gott gerade geschlafen haben – er hat sie nicht vor den Kannibalen beschützt.«

»Ich weiß. Ich habe die Geschichte aller Missionen und der Eroberung des unbekannten Landes studiert.«

»Und trotzdem wollen Sie unbedingt in diese noch unerforschten Gebiete vordringen? Wozu?«

»Es ist mein Beruf, Steward.«

»Da unten gibt es weder Gold, Silber, Diamanten noch andere Bodenschätze. Kein Öl und kein Kupfer. Nur Urwald.«

»Woher wissen Sie das?«

»Warum soll es dort anders sein als in anderen Teilen des Landes?«

»Es kann unbekannte Tiere und Menschenrassen geben.«

»Und die entdeckt man dann, steckt sie in einen Zoo, und den Wilden bringt man die Segnungen der Zivilisation, die Bibel und den Schnaps. So war's bei den Azteken, den Mayas, den Inkas, den Australiern, den Indianern, und die Papuas werden's auch nicht überleben. Professor, lassen Sie die Kopfjäger, Menschenfresser, oder was sich da unten im Urwald versteckt, sein, was sie sind. Sie leben dort seit Tausenden von Jahren, warum wollen Sie sie in die Neuzeit katapultieren?«

»Sie halten nicht viel von Forschung, Steward?«

»Ich halte sehr viel davon, wenn wir jetzt umkehren, Sir. Der Motor spielt verrückt. Er fängt zu stottern an.«

»Du lieber Himmel, kein Benzin mehr?« James Patrik starrte den Piloten betroffen an. Er sah, wie Grants Gesicht kantig und verkniffen geworden war.

»Der Tank ist noch halb voll. Damit kämen wir bis Wabag, wenn wir wollten.«

»Die Benzinleitung?«

»Ich weiß es nicht. Da, hören Sie … O du Scheiße! Scheiße!« Der Motor begann jetzt, laut zu spucken und zu knattern. Als käme der Treibstoff nur noch in Stößen in die Zylinder, so wurde das kleine Flugzeug wie von Schlägen gerüttelt. Die Drehzahl des Propellers sank rapide.

»Müssen wir notlanden, Steward?« Patrik starrte wieder nach unten auf den lehmgelben Fluß, auf den Mangrovendschungel und die undurchdringliche grüne, wogende, den Berg hinaufziehende Wand der Riesenbäume. »Wo denn?«

»Es gibt bessere Fragen, Professor. Wo? Hier nicht. Wenn wir Glück haben, hält der Motor durch bis zur nächsten Siedlung. Das sind noch über neunzig Meilen. Und dann werden wir mit Bruch landen ... Das ist das einzige, was ich sicher weiß. O Scheiße!«

»Und wenn wir kein Glück haben?«

Das Flugzeug begann zu schwanken, der Motor setzte jetzt in kürzeren Abständen aus und knatterte dann wieder laut auf, eine fettige Ölwolke ausstoßend. Verbissen drehte Grant an Schaltern und Hebeln, klopfte mit der Faust gegen das Instrumentenbrett, aber es änderte sich nichts.

»Wie stehen Sie zu Gott, Professor?«

»So la la ... Aber Gott ist kein Flugzeugmechaniker ... Steward, wir verlieren an Höhe!«

»Wissen Sie, daß ich eine Frau und drei Kinder habe?«

»Nein.«

»Eine hübsche blonde Frau und zwei Jungen und ein Mädchen. Es hat dieselben blonden Haare wie seine Mutter, die gleichen blauen Augen, dasselbe Lächeln. Hör auf mit dieser Fliegerei über das wilde Land, hat Lisa immer zu mir gesagt. Einmal passiert es, und was wird dann aus uns? Und ich habe immer geantwortet: Noch ein Jahr, mein Schatz, dann haben wir Geld genug, um nach Goroka oder Madang zu ziehen, und dort machen wir ein Café auf, mit Kuchen und Sandwichs und abends zwei verschiedenen Suppen – wird das ein schönes Leben werden, mein Frauchen. Nur noch ein Jahr, dann haben wir's geschafft. Das Jahr wäre in zwei Monaten herum. Und Jim, der Älteste, wäre auf ein College gekommen. Ein wacher, kluger Junge, will einmal Physik studieren, Atomphysik – er hat das Zeug dazu. Ich bin stolz auf ihn. Stolz auf sie alle. Nur noch zwei Monate ...«

James Patrik schwieg. Was war dazu zu sagen? Er wußte, daß

Grants Worte eine Art Nachruf waren, ein Abschied, eine Bitte um Verzeihung. Das Flugzeug sank immer tiefer, ratterte jetzt den Flußlauf entlang, die vielleicht einzige Möglichkeit, zu landen, sich ins Wasser fallen zu lassen und damit dem Aufprall auf den Bäumen oder der Bergwand zu entgehen.

»Wen lassen Sie zurück, Professor?« fragte Grant. Seine Stimme war fest, kein Zittern, keine gepreßte Heiserkeit.

»Eine Tochter. Sie wird im November neunzehn. Wird Medizin studieren.« Patrik klammerte sich am Armaturenbrett fest.

»Wir schaffen es nicht, nicht wahr?«

»Nein, wir schaffen es nicht. Es kann sein, daß wir überleben, und dann sind wir auf einem Fleckchen Erde, das niemand kennt. Sie muß das doch glücklich machen, Professor. Wir landen im Fluß, das kann gut gehen, aber wie kommen wir hier jemals wieder raus?«

»Man wird uns suchen, wenn wir am Abend nicht wieder im Lager sind.«

»Darüber wird eine Nacht vergehen.«

»Was ist schon eine Nacht, Steward?«

»Ich denke an eine Expedition vor neun Jahren, hier im Hochland. Sie verschwand spurlos. Vier Weiße, ein Missionar aus Port Moresby und vierzehn Träger mit einem Führer, alles Papuas. Nur durch einen Zufall wurde das Rätsel gelöst. Bei einem großen Sing Sing in Wabag sah man Angehörige eines Bergstammes, die Schrumpfköpfe tauschten. Schrumpfköpfe sind verboten, die Polizei fing die Papuas ein und entdeckte unter den Köpfen auch vier weiße Schädel. Wen wollte man bestrafen? Wer waren die Mörder? Die Papuas erzählten, daß sie diese Köpfe auch eingetauscht hätten. Wer konnte das Gegenteil beweisen?«

Der Motor des kleinen Flugzeuges spuckte noch einige Male und schwieg dann. Grant schwebte genau über der Mitte des lehmigen Flusses. Er war breiter, als er es aus der Höhe geglaubt hatte, mit einer quirligen Strömung und durchsetzt mit großen, glatten, abgeschliffenen Steinen.

»Es wird Bruch geben«, rief er zu Patrik hinüber. »Halten Sie sich fest, Professor, stemmen Sie die Beine gegen den Boden und ziehen Sie den Kopf zwischen die Schultern. Achtung, jetzt kracht es gleich ...«

Die Räder berührten die Wasseroberfläche, stießen gegen die Steine, ein wildes Schütteln durchfuhr die Maschine, sie wurde hochgeworfen, kippte aber nicht um, fiel zurück auf das Fahrgestell, ein Radgestänge brach mit einem Laut, der wie ein heller Aufschrei klang, dann klatschte sie in die Strömung, bohrte sich zwischen zwei große Steine und blieb dort wie eingeklemmt hängen.

Patrik schlug mit der Stirn gegen die Frontscheibe, ohne sich zu verletzen, nur etwas benommen hing er in den Sicherheitsgurten und schüttelte sich dann wie ein Hund, der aus dem Wasser kommt.

Grant lehnte sich zurück und wischte sich mit beiden Händen über das schweißnasse Gesicht. »Wir leben«, sagte er dumpf.

»Ist das nun ein Wunder oder nicht?« Patrik atmete ein paarmal tief durch.

»Nein, fliegen muß man können.«

»Und in zwei Monaten können Sie mit Frau und Kindern nach Madang ziehen.«

»Vorausgesetzt, man findet uns hier. Allein kommen wir hier nicht wieder raus!« Grant stieß die Tür auf, sprang hinaus und stand neben dem großen, glatten, wie polierten Stein knietief im Fluß. Zu beiden Seiten ragten die Urwaldwände auf und kletterten die Berge hinauf. Am Flußrand hatten die Mangrovenbüsche eine undurchdringliche Dschungelwand gebildet. Ein Schwarm Paradiesvögel war aufgeschreckt in den dunstigen Himmel geflattert. Ihre farbenprächtigen Federn leuchteten.

Auch Patrik stieg aus und hangelte sich um das schief liegende Flugzeug herum zu Grant hin. »Das ist ein merkwürdiges Gefühl«, sagte er.

»Was?«

»Daß wir hier die einzigen Menschen sind.«

»Sind Sie so sicher?« Grant lauschte angestrengt, aber das quirlige Rauschen des Flusses verschluckte jeden anderen Ton.

Patrik fuhr sich mit beiden gespreizten Händen durch das Haar. Obwohl er erst neunundvierzig Jahre alt war, überwog das Weiß im Hellbraun des Haars; es war lange nicht geschnitten worden und hing ihm bis auf die Schultern. Auch der gestutzte Bart war weiß und überwucherte ein von Sonne und Wind gegerbtes Gesicht. In dem scharfkantigen Schädel fielen die Augen auf. Sie waren von einem tiefen Blau und konnten in erregenden Situationen leuchten, als knipse Patrik von innen einen Scheinwerfer an. Auch jetzt leuchteten seine Augen, als er sich wie Grant umblickte, ein Gefangener in einer Welt, die noch nie ein Weißer betreten hatte. »Hier lebt keiner außer uns jetzt«, sagte er. »Steward, haben Sie Trinkwasser und etwas Eßbares an Bord?«

»Zwei Flaschen Mineralwasser, zu essen nichts. Wir wollten ja in vier Stunden wieder im Camp sein. Dort braten sie heute abend ein Schweinchen am Spieß.«

»Aber Waffen haben wir bei uns.«

Grant schielte zu Patrik hinüber. Auch er trug einen schweren Revolver am Gürtel, der jetzt neben dem Pilotensitz auf dem Boden lag. Bei Flügen über das unbekannte Hochland nahm er immer eine Waffe mit, stets daran denkend, daß er einmal notlanden müßte und unbekannte Papuastämme ihn angriffen. Aber was waren schon ein Revolver oder ein Gewehr wert, wenn die Kopfjäger von allen Seiten angriffen und ihn mit einem Hagel von Giftpfeilen zudeckten. Selbst eine Gruppe schwer bewaffneter Polizisten, die einen Mörder im Dschungel jagen wollte, verschwand wie so manche Gruppe von Abenteurern und Missionaren, und sie hatten Maschinengewehre und automatische Waffen bei sich. »Was wollen Sie hier mit einer Waffe, Professor?« fragte er.

»Einen Braten schießen.«

»Dazu müßten Sie an Land gehen, durch den Ufersumpf. Und ob es hier Tiere gibt, ist auch unsicher.«

»Sie wollen hier am Flugzeug bleiben?«

»Auf jeden Fall.« Grant hielt sich am Gestänge der Maschine fest. »Die Strömung ist nicht stark genug, um es wegzureißen, und es ist verdammt rüttelfest eingeklemmt. Hier sind wir sicher, halbwegs sicher. Was da drüben ist«, er stieß mit dem Kinn in Richtung des rechten Ufers, »wissen wir nicht. Es kann sein, daß uns jetzt schon hundert Augen beobachten.«

»Hier *kann* niemand leben. Auch die primitivsten Stämme bauen ihre Dörfer auf Lichtungen, roden den Boden, legen Felder an – haben Sie aus der Luft so etwas in dieser Gegend gesehen? Und wo keine Menschen sind – die grausamsten Feinde –, gibt es noch genug Tiere.«

Patrik kletterte ins Flugzeug zurück und kam mit einem Gewehr zurück. Aus einer Pappschachtel schüttete er Ersatzmunition in die hohle Hand und steckte sie in die Tasche seiner Khakijacke.

Grant lehnte am Rumpf der Maschine und beobachtete das Ufer. »Ich stifte drei Riesenkerzen für die Kirche«, sagte er, »wenn hier keine Wilden im Gebüsch hocken.«

»Gäbe es hier Kopfjäger, hätten sie sich längst gezeigt. Ich habe darin Erfahrung, Steward. Ich habe es oft genug erlebt: Stärker als ihre Angst ist ihre Neugier. Hier ist etwas Geheimnisvolles, Donnerndes vom Himmel gefallen, und zwei unbekannte, weiße, menschenähnliche Wesen stehen vor dem Wunderding herum. Glauben Sie mir: Sie wären längst aus ihrem Versteck gekommen, um uns näher anzusehen.«

»Sie haben wirklich recht, Professor«, sagte Grant mit plötzlich rauher Stimme. Er wandte sich um, zur Tür, wo sein Gürtel mit der Pistole neben dem Sitz lag. »Da sind sie schon.«

»Wo?« Patrik fuhr herum und riß sein Gewehr in Anschlag.

»Links vor Ihnen in den Mangroven.«

Und dann kamen sie: kleine, schwarzbraune Gestalten, nackt, die Köpfe und die Körper mit roter, weißer, gelber und blauer Pflanzenfarbe bemalt, mit langen krausen Haaren und Stirnbändern aus Baumrinde, in denen bunte Vogelfedern staken. Geduckt schlichen sie aus dem Dschungel hervor, blieben im kniehohen Wasser des Flusses stehen und starrten hinüber zu dem fliegenden Dämon, der zu ihnen heruntergekommen war.

Patrik hob die rechte Hand zum Gruß und machte einen Schritt vorwärts. Es war, als gäben die bemalten Wilden einen grunzenden Laut von sich, Bewegung kam in ihre Reihen, Bogen und Speere tauchten plötzlich auf.

»Zurück ins Flugzeug!« schrie Grant und hechtete zu seiner Tür. Er riß sie in der richtigen Sekunde hinter sich zu, dann klickten auch schon die Pfeile gegen den Aluminiumrumpf.

Patrik hatte unverschämtes Glück; ihn traf kein Pfeil. Aber bevor die Wilden neue auf die Sehnen ihrer Bogen legen konnten, rannte er um das Flugzeug herum und kletterte hinein.

Grant wischte sich den kalten Schweiß von der Stirn. »Das mit dem Umzug nach Madang wird wohl doch nichts«, sagte er mit tonloser Stimme. »Professor, wir werden eine Menge von ihnen töten können, aber dann sind wir dran. Oder haben Sie genug Munition bei sich?«

»Vierzig Schuß.«

»Und ich zwanzig. Macht sechzig. Ein paarmal danebenschießen werden wir auch.« Grant starrte zu den bemalten Wilden hinüber, die nun begannen, durch den Fluß auf sie zuzuwaten. »Professor, lassen Sie uns eine Minute ganz still sein, bevor wir schießen. Ich möchte noch einmal an meine Frau und die Kinder denken ...«

In einem weiten Halbkreis kamen die kleinen bemalten Gestalten auf sie zu, und dann schwangen sie ihre Speere und heulten auf, und dieses Heulen erfüllte das ganze Tal und ließ das Blut in den Adern erstarren.

2

Sir Anthony Lambs bewohnte ein weitläufiges weißes Haus im britischen Kolonialstil auf einer Anhöhe von Waigani, dem Stadtteil von Port Moresby, in den man im Laufe der letzten Jahre viele Behörden verlegt hatte, weil der alte Verwaltungsstadtteil Konedobu an der Hafenbucht zu eng geworden war. Früher war Sir Anthony hier in den Hügeln fast allein gewesen, umgeben von einem Garten, den jeder Besucher bewunderte, einem Blumenmeer, in dem die weiße Villa wie ein Luxusschiff schwamm. Südlich des Hauses hatte er nur auf den Golfclub geblickt, dessen Anlage er für die schönste auf der Welt hielt und auf der er seine achtzehn Löcher spielte, bedächtig, ohne Ehrgeiz, über ein Handicap von achtundzwanzig zu kommen, wie er überhaupt alles, was »ausartete«, wie er es nannte, geradezu mit Verachtung strafte. Jetzt aber war alles um ihn herum zugebaut: Die Universität von Papua-Neuguinea hatte ein Gelände bezogen, größer als die Altstadt von Port Moresby, das Nationalmuseum war errichtet worden, der Premierminister hatte seine Residenz hierher verlegt, Behördenbauten und Beamtenwohnhäuser schossen empor und verringerten Sir Anthonys Aussicht in die Ferne, und wenn er abends auf der von Säulen gestützten, überdachten Terrasse saß, in einem der Korbsessel, wie man sie überall in ehemaligen britischen Kolonialgebieten antrifft, trauerte er den Zeiten nach, wo in seinem Garten die Ameisenigel herumhuschten oder bei Anbruch der Dämmerung die Baumkänguruhs und die Hallstrom-Dingos, eine Abart des Urhundes, um das Haus schlichen.

Sir Anthony, pensionierter General der britischen Krone, war ein Mann, der wenig Kontakt zu anderen Menschen hielt. In seinem Haus arbeiteten ein Butler, eine Köchin, zwei Gärtner und zwei Boys, drei Hausmädchen und die Vorsteherin des gesamten Haushaltes, die sich stolz »Hausdame« nannte. Alle waren getaufte und zivilisierte Papuas oder Mischlinge, nur der Butler war ein stocksteifer Engländer und ehemaliger Feldwebel eines Eliteregiments, der General Lambs bei einer unverhofften Truppenbesichtigung auffiel, weil er beim Exerzieren mit einer Donnerstimme schrie: »Kopf hoch – Brust raus – Arsch rein! Der Hinterkopf und die Arschbacken bilden eine gerade Linie …« Als Sir Anthony pensioniert wurde, setzte er durch, daß Herbert Cook, so hieß der Feldwebel, aus der Armee entlassen wurde und in seine Dienste trat.

Mit diesen Menschen in seiner nächsten Umgebung hatte Lambs genug. Er besuchte keinen Club – außer dem Golfclub –, ging zu keiner privaten oder öffentlichen Einladung, saß dafür lieber in seinem Garten und las oder spielte mit Butler Herbert Schach, der dabei so klug war, den General dreimal gewinnen und dann einmal verlieren zu lassen, damit der Trick nicht auffiel. »Er ist ein mürrischer, verschlossener alter Herr!« sagte man über den General in Port Moresby. »Weiß der Teufel, was ihn so verbittert gemacht hat. Sein Leben war ja nun wirklich nicht langweilig. Und Sorgen hat er auch nicht.«

Um so verwunderlicher war es, daß an diesem Abend Butler Herbert einen Tisch für zwei Personen gedeckt und eine Flasche Champagner hatte kalt stellen müssen. Sir Anthony hatte Besuch bekommen – nicht nur zum Abendessen, sondern auch über Nacht. Ein Fremdenzimmer war hergerichtet worden, nach acht Jahren schlief wieder ein Fremder im Haus. Butler Herbert war wie die Hausdame und das gesamte Personal äußerst verwundert, als der Besuch vom Flughafen abgeholt und von Sir Anthony vor der Haustür, was man überhaupt noch nicht gesehen hatte, empfangen wurde. Sogar mit einem Handkuß. Daß General Lambs galant sein konnte, hätte nie jemand geglaubt.

»Und ich sage Ihnen nun zum zehntenmal: Es ist Wahnsinn. Absoluter Wahnsinn, Leonora!« rief Sir Anthony und warf seine Serviette auf den Teller. Sie hatten auf der Terrasse das Abendessen beendet, und Butler Herbert war im Salon damit beschäftigt, die Flasche Champagner formvollendet, ohne Korkenknall, zu öffnen. »Warum sehen Sie das nicht ein? Wo Geologen, Militärs, Geschäftemacher und sogar Missionare kapitulieren – und das will was heißen –, da wollen Sie als Frau etwas erreichen? Seien Sie doch vernünftig, bitte.«

Dr. Leonora Patrik war das, was man eine attraktive Frau nennt. Nicht mit Hilfe von Make-up, künstlichen Wimpern, Lidschatten und Augenumrandungen und unter Zuhilfenahme von raffinierten Modellkleidern, sondern in ihrem naturfarbenen Baumwollrock und der Khakibluse, mit kurzgeschnittenen, welligen blonden Haaren und hellbraunen, bei schrägem Lichteinfall sogar grünlich schimmernden Augen war ihre natürliche Schönheit allen Kosmetikhilfen überlegen. Sie war mittelgroß, und man sah ihrem Körper an, daß er sportlich trainiert und zu großen Leistungen fähig war. In London, Paris, Hamburg und New York hatte sie Medizin studiert, hatte sich dann auf Tropenmedizin spezialisiert und in Hamburg promoviert. Nach dreijährigem Klinikum am Tropeninstitut in Hamburg war sie wieder nach New York gezogen und hatte sich zu einem Lehrgang gemeldet, der ein Überlebenstraining bot. Dazu war man nach Brasilien, nach Manaus am Amazonas, geflogen und hatte die Teilnehmer nach einer gründlichen theoretischen Ausbildung mit Fallschirmen über dem Amazonasurwald abgeworfen, in einem Gebiet nördlich des Rio Negro; hier lebten noch Indianerstämme, die mit den Weißen nur wenig in Berührung gekommen waren. Jeder der Teilnehmer hatte eine Erklärung unterschreiben müssen, daß er dieses Überlebenstraining auf eigene Gefahr auf sich nehme.

Sie kamen alle zurück, fünf Männer und zwei Frauen, schlugen sich durch die Grüne Hölle, ernährten sich von Schlangen, Käfern, Würmern und Flußfischen, wurden von einem schwarzen Panther angegriffen, den sie mit Stockhieben und Peitschen aus Lianenschnüren vertrieben, sechs Wochen waren sie unterwegs durch Urwald, Riesenfarne und Sümpfe, und als sie wieder am Ufer des Rio Negro standen und mit einem Boot zurück nach Manaus fuhren, wußten sie, daß sie auf dieser Welt so schnell nichts mehr erschüttern konnte.

»Erzählen Sie mir nichts von Ihrem dummen Überlebenstraining!« sagte Sir Anthony erregt. »Was Sie da erlebt haben, für teures Geld, ist organisierter Nervenkitzel. Privates Hollywood! Und wenn auch – der brasilianische Urwald ist nicht Papua-Neuguinea! Er ist ein Wald zum Spazierengehen, verglichen mit der Hölle im Hochland von Papua.«

»Niemand hat sich damals, vor zehn Jahren, die Mühe gemacht, meinen Vater und seinen Piloten zu suchen. Verschwunden, hieß es lakonisch. Suche sinnlos. Das einzige, was wir können, ist abwarten, ob sie wieder auftauchen. Obschon man wußte, wo sie ungefähr abgestürzt sein mußten.«

»Ungefähr – das ist in diesem Land zu wenig, Leonora. Das Gebiet, in dem Ihr Vater verschwunden ist, gehört zu den weißen Flecken auf der Landkarte. Da ist noch niemand gewesen, und dort wird auch in Zukunft nie jemand sein.«

»Irrtum, Sir Anthony – ich!«

»Sie sind verrückt.« General Lambs nahm sein Sektglas und stürzte mit einem einzigen Zug den Champagner in sich hinein. Einem Gourmet wäre eine Gänsehaut über den Körper gelaufen. Dann atmete er schwer auf und sah Leonora wieder an. Seine Augenbrauen, eisgrau wie sein übriges Haar, zogen sich zusammen. »Als Sie mir aus New York den ersten Brief schrieben, habe ich mich gefreut, Sie kennenzulernen und als meinen Gast in meinem Haus aufnehmen zu können. Die Tochter von Professor James Patrik. Ich erinnere mich gern an die Abende, die ich mit Ihrem Vater hier auf dieser Terrasse verbracht habe. Wissen Sie, was er zu mir gesagt hat, als ich ihm einen Whisky anbieten wollte? ›Nein, danke ... Whisky schmeckt für mich wie ein ausgelutschter Lederhandschuh.‹ Ich werde das nie vergessen.«

»Mein Vater mochte keinen Whisky, das stimmt. Aber hat er Ihnen auch erzählt, warum? Er bekam als junger Doktor vor lauter Whiskytrinken eine Alkoholvergiftung.«

»Ja, James war ein toller Bursche. Aber er hörte auch nicht auf mich. Das haben Sie von ihm geerbt, diesen geradezu unheimlichen Dickschädel! Außerdem, solch eine Expedition kostet Geld, sogar viel Geld. Hoffen Sie nicht auf eine Unterstützung der Regierung. Niemand wird Ihnen einen Penny –

der heißt hier Toea – geben für ein so sinnloses Unternehmen.«

»Ich habe Geld genug, Sir Anthony. Mein Vater hat mir ein Vermögen hinterlassen.«

»Ich glaube, ich muß grob werden!« Lambs sprang auf und schüttelte seinen eisgrauen Kopf. »Und wenn Sie vor Entsetzen ohnmächtig werden, ich muß es Ihnen sagen, vielleicht hilft das: Nach zehn Jahren Verschollenheit ist damit zu rechnen, daß James Patrik längst über dem Eingang einer Hütte hängt, als Schrumpfkopf.«

Leonora blickte den General ohne ein Zeichen von Erschütterung an. »Sie sehen, ich falle nicht vom Stuhl. Wenn sie meinen Vater getötet und seinen Kopf konserviert haben, dann will ich diesen Schrumpfkopf suchen und zurück nach England bringen.«

»Wahnsinn!«

»Sie helfen mir nicht dabei, Sir Anthony?«

»Ich kann Ihnen nur mit Ratschlägen helfen, und die kennen Sie.«

»Sie haben gute Verbindungen zur Regierung.«

»Wie man's nimmt. Ich weiß genau, was in Ihrem Kopf rumort. Ich soll Ihnen die Genehmigung zu dieser idiotischen Expedition verschaffen.«

»Ja.«

»Und wie denken Sie sich dieses irre Abenteuer?«

»Ich habe die Aufzeichnungen meines Vaters immer wieder studiert, die er in der Station Kopago hinterlassen hat. Ich habe auf Spezialkarten die noch nicht erforschten Gebiete gefunden, die er besuchen wollte. Es liegen von ihm genaue Pläne vor, und ich weiß ungefähr, wo er verschwunden ist.«

»Wieder dieses Ungefähr! Leonora, tun Sie zuerst eins: Überfliegen Sie diese Gebiete und sehen Sie sich die Hölle von oben an. Wenn Sie nicht völlig verrückt sind, werden Sie erkennen, daß dieses Land auch Sie verschlingen wird. Diese Bergurwälder und Sumpftäler kann man nicht erobern. Da ist auch der hochtechnisierte Mensch hilflos.«

»Wir werden in eines dieser unbekannten Täler mit dem Fallschirm abspringen.«

»Das haben schon andere versucht. Und was kam dabei heraus? Mit Hubschraubern und an langen Strickleitern hat man die verzweifelten Kerle herausgeholt, ehe sie völlig am Ende ihrer Kraft waren und elend verreckten. Ich kann Ihnen eine Menge Erlebnisberichte vorlegen, in denen das Grauen festgehalten wurde. Aber nein, das waren ja alles schlappe Säcke, aber Sie, als Frau, am Rio Negro gestählt, Sie schaffen es allein!«

Sir Anthonys Erregung war so groß, daß er auf der Terrasse hin und her lief, den Kopf gesenkt, die Hände auf dem Rücken, mit schnellen stampfenden Schritten. Butler Herbert hatte in den letzten sieben Jahren solch einen Ausbruch noch nie erlebt, hielt sich diskret im Salon auf und wartete darauf, daß der General eine zweite Flasche Champagner bestellte.

»Ich habe nie daran gedacht, allein in das unerforschte Gebiet zu fliegen«, sagte Leonora Patrik und hielt damit Sir Anthonys Wanderung über die Terrasse auf.

Er blieb ruckartig stehen. »Ah!« rief er. »Und Sie glauben, daß es einige Idioten gibt, die sich Ihnen anschließen?«

»Wenn es Ihnen gelingt, die Genehmigung der Regierung für diese Expedition zu bekommen, werden sich viele bei mir melden, die mitmachen wollen.«

»Sie rechnen also damit, daß ich Ihnen helfe?«

»Ganz fest rechne ich damit, Sir Anthony.«

»Und wenn ich nein sage?«

»Dann waren Sie nie der gute Freund meines Vaters, als den Sie sich bezeichnen.«

»Das ist Erpressung, Leonora! Gerade Ihr Vater hätte Ihren Plan nie gebilligt.«

»Bis jetzt ist es wirklich nur ein Plan. Erst wenn wir die Genehmigung haben, bereiten wir alles bis in die kleinste Einzelheit vor.«

»Wir? Wer ist wir?«

»Sie und ich, Sir Anthony.«

»Sie sind die hartnäckigste Frau, die ich je kennengelernt habe. Mein letztes Wort: Ich denke nicht daran, bei der Regierung ein gutes Wort für Sie einzulegen und damit mitschuldig zu werden, wenn auch Sie zu einem Schrumpfkopf werden.«

»Dann hänge ich wenigstens neben meinem Vater über der Tür einer Papua-Hütte. Sir Anthony, starren Sie mich nicht so wild an, setzen Sie sich wieder, trinken wir weiter Ihren vorzüglichen Champagner, und erzählen Sie mir von diesem Land. Wie lange leben Sie schon auf Papua-Neuguinea?«

»Vierzig Jahre. Von der britischen Krone freigegeben für den australischen Dienst.« General Lambs setzte sich wieder, goß die Gläser ein, bevor Butler Herbert aus dem Salon kommen konnte, und leerte das seine wieder mit einem Schluck. Seine Kehle war wie ausgetrocknet.

»Vierzig Jahre bei den Papuas. Das muß eine große Liebe sein.«

»Irrtum – ich hasse dieses Land!« Das Gesicht des Generals versteinerte sich. Die Backenknochen traten hervor, die Augen versanken fast unter den buschigen Brauen. »Nur weil ich dieses Land so hasse, bin ich hier geblieben.« Er hob die rechte Hand und winkte energisch ab. »Erzählen Sie lieber von sich, Leonora. Medizin haben Sie studiert, Tropenmedizin. Was ist Ihr Ziel?«

»Es gibt nur eins für mich: meinen Vater suchen.«

»Haken wir das ab. Sie finden ihn nie. Und dann?«

»Ich werde in einem Krankenhaus irgendwo in den Tropen arbeiten. In einem Gebiet, wo man Ärzte dringend braucht wie eine Handvoll Reis oder einen Maisfladen. Vielleicht bleibe ich sogar auf Papua-Neuguinea, auf irgendeiner Missionsstation – ›an der vordersten Front‹ würden Sie es nennen –, und helfe mit, daß die Papuas überleben und nicht durch die Zivilisation vernichtet werden.« Leonora beugte sich über den Tisch vor und blickte Sir Anthony tief in die Augen. »Warum hassen Sie dieses Land?«

General Lambs zog den Kopf zurück und fiel wieder in eine steinerne Haltung. »Verzichten Sie bitte auf diese Frage, Leonora«, sagte er mit Härte in der Stimme. »Es gibt Dinge, über die man nicht spricht.«

Natürlich, und das braucht kaum erwähnt zu werden, bemühte sich Sir Anthony bei den zuständigen Stellen um eine Erlaubnis für eine Expedition in das unerforschte Gebiet nördlich von Kopago. Aber wo er auch vorsprach, schüttelte man den Kopf und sagte genau das, was auch er zu Leonora Patrik gesagt hatte.

»Grundsätzlich haben wir nichts dagegen, wenn eine Expedition auf eigene Gefahr in die unbekannten Gebiete vordringen will«, sagte der für Landforschung und Erschließung im Innenministerium Zuständige und legte die Hand auf die Karte, die das Gebiet darstellte, das Leonora Patrik angegeben hatte. »Aber wenn dann etwas passiert, ruft man nach Polizei und Militär, hängt uns den ganzen Fall an den Hals, kostet uns eine Menge Geld und vielleicht auch noch Menschenleben, und alles nur, um einer Wahnidee nachzujagen. Sir Anthony, es ist doch klar, daß Professor Patrik nicht mehr lebt nach zehn Jahren Verschollenheit.«

»Daran besteht kein Zweifel. Auch Leonora Patrik hat sich damit abgefunden. Daß ihr Vater noch lebt, hält auch sie für unwahrscheinlich, aber wenigstens seinen Schrumpfkopf will sie suchen und mitnehmen.«

»Du lieber Himmel, muß das ein hartgesottenes Mädchen sein! Will sie sich den Kopf ihres Vaters über den Kamin hängen?« Der Ministerialbeamte blickte auf das Gebiet nördlich von Kopago. Es gehörte zur Central Range und war nur durch Luftaufnahmen kartographiert worden. Den großen Flüssen hatte man Namen gegeben wie Logaiyo River, Lagaip River, Pori River oder April River. Die vielen kleinen Nebenarme, die in den dampfenden Tälern auftauchten und im Urwald wieder verschwanden, waren namenlos geblieben. Niemand wußte, wo sie in einen größeren Fluß mündeten, keiner entdeckte ihre Quellen, aus dem Dschungel tauchten sie auf und verloren sich wieder im undurchdringlichen Grün des Urwaldes. »Wir haben damals mit einem Hubschrauber dieses Gebiet abgeflogen und absolut nichts entdecken können. In diesen Schluchten und Tälern, an diesen Berghängen gibt es keinen Platz für eine Notlandung, das wissen Sie so gut wie ich. Wer da runtergeht, ist verloren, er hinterläßt keine Spur.«

»Die Suchaktion begann aber erst eine ganze Woche nach der Vermißtenmeldung.«

»Was soll das heißen, Sir?« fragte der Beamte etwas steif.

»In einer Woche kann man Trümmer wegräumen, das meine ich damit. Ein abgestürztes Flugzeug hinterläßt Trümmer, im Fluß, auf den Baumwipfeln, irgendwo. Aber man hat nichts gefunden, nicht ein Stückchen Blech.«

»So ist es.«

»Was beweisen könnte, daß irgendein unbekannter Papua-Stamm die Trümmer des Flugzeugs weggeräumt und den Wald gründlich von Spuren gesäubert hat.«

»Möglich ist alles. Da muß ich Ihnen recht geben, Sir.«

»Und es wäre sogar möglich, daß Professor Patrik überlebt hat.«

»Vielleicht. Und dann hat man ihn und den Piloten Grant aufgefressen; die besten Teile – Herz und Geschlechtsteile hat der Häuptling bekommen. Das ist so sicher, wie Sie mir gegenüberstehen. Wie will denn Miss Patrik in die Täler kommen?«

»Mit dem Fallschirm.«

»Sir, ist die Dame verrückt? Bevor sie landet, ist sie mit Giftpfeilen gespickt. Für die wilden Stämme ist das, was da vom Himmel schwebt, ein böser Geist, den man vernichten muß. Bitte, verstehen Sie mich: Ich kann unter diesen Umständen keine Expeditionserlaubnis ausstellen. Wir unterstützen doch keine Selbstmörder. Machen Sie das der Dame klar.«

»Eine zwecklose Mühe. Miss Patrik birst geradezu vor Energie.« General Lambs nahm dankend den Whisky an, den ihm der Ministerialbeamte zuschob. »Ich mache Ihnen einen Vorschlag: Genehmigen Sie die Expedition, aber ich verhindere sie mit allen Mitteln. Einmal wird auch Leonora Patrik vor dem

Berg von Schwierigkeiten kapitulieren, den ich vor ihr aufbaue. Es gibt da hundert Möglichkeiten, das Unternehmen zu vereiteln.«

»Und wenn sie doch loszieht?«

»Dann lassen wir sie bis Kopago kommen, aber dort ist dann Endstation. Wo kein Flugzeug ist, kann auch kein Flugzeug fliegen. So einfach ist das. Aber sie hat die Befriedigung, alles nur Mögliche versucht zu haben. Eine ehrenhafte Kapitulation ist wie ein halber Sieg.«

Der Beamte starrte wieder auf die Landkarte. »Wenn Sie mir das garantieren, Sir«, sagte er gedehnt.

»Eine Garantie? Nein.« Sir Anthony winkte ab. »Aber ich verspreche Ihnen, mich mit aller Kraft dafür einzusetzen, daß die Expedition nicht stattfindet. Des Anscheins wegen aber wäre eine Genehmigung von Nutzen – dann haben wir Miss Leonora unter Kontrolle. Wenn dann später alles schiefgeht, ist es nicht unsere Schuld.«

»Also gut, schalten wir uns in den Irrsinn ein.« Der Ministerialbeamte seufzte tief. Es war fast ein klagender Laut. »Sie bekommen die Genehmigung. Aber wenn doch etwas passiert ... Miss Patrik kann auf gar keinen Fall mit staatlicher Hilfe rechnen. Das werde ich in die Genehmigung hineinschreiben.«

»Einverstanden.« Sir Anthony wartete geduldig, bis die Formulare ausgefüllt, unterschrieben und gestempelt waren.

Der Beamte lächelte säuerlich, als er die Papiere dem General überreichte. »Das ist eine Ausnahme, die ich nur Ihnen zuliebe mache«, sagte er. »Eigentlich müßte die Dame selbst hier vorsprechen.«

»Sie sind zum Dinner gerne eingeladen. Sagen wir, schon morgen abend?«

»Angenommen.« Der Beamte zwinkerte Sir Anthony zu. »Ist sie hübsch?«

»Sehr. Für einen alten Mann wie mich eine Augenweide und Anlaß zu Erinnerungen.«

»Und so etwas schicken wir in die Hölle des Hochlandes? Sir Anthony, geben Sie mir die Erlaubnis zurück.«

»Leonora wird nicht ins unbekannte Land gehen. Dafür werde ich schon sorgen. Es bleibt also bei morgen abend?«

»Ja.«

Als Sir Anthony in sein Haus in Waigani zurückkehrte, berichtete ihm Butler Herbert, daß Leonora nach Port Moresby gefahren sei. Sie hatte dazu den alten Rover des Generals benutzt und zu Herbert gesagt: »Ich sehe mir die Stadt etwas an und kaufe ein.«

Am Nachmittag kam sie zurück, den Wagen voller Kartons und Tragetaschen. Herbert trug sie ins Haus und stapelte sie in der weiträumigen Diele.

»Gibt es in Port Moresby noch ein Geschäft, das Sie nicht leergeräumt haben?« rief Sir Anthony. »Du lieber Himmel, was ist denn da alles drin?«

»Der Anfang meiner Ausrüstung.« Sie setzte sich auf einen der großen Kartons und lächelte wie ein kleines Mädchen, dem man seine Lieblingspuppe gekauft hat. »Ein Schlafsack, Decken, ein Gaskocher, Thermobehälter, Nylonseile, Halbstiefel mit dicken Profilsohlen, ein Jagdgewehr, ein Karabiner, zwei Pistolen.«

»Das hat man Ihnen so ohne weiteres verkauft?«

»Ich habe einen gültigen Waffenschein, Sir.«

»Und überall haben Sie erzählt, daß Sie ins zentrale Hochland wollen?«

»Ja. Eine Menge wertvoller Ratschläge habe ich bekommen.«

»Und dann hat man Ihnen Dinge angedreht, die Sie nie brauchen werden. Einen Schlafsack! Wozu? Hängematte und Moskitonetz sind wichtiger.«

»Habe ich auch.« Ihr Lachen war entwaffnend. »Auch Messer zum Schneiden, zum Enthäuten und Entknochen habe ich, Sägen und Beile, Macheten und Äxte …«

»Aufhören!« Sir Anthony hielt sich die Ohren zu. »Sie sind ja noch schlimmer als Ihr Vater. Sie werfen mit Geld um sich und wissen nicht einmal, ob Sie jemals eine Genehmigung bekommen!«

»Da vertraue ich ganz Ihnen, Sir Anthony.« Sie schlug die Beine übereinander und lehnte sich an das Treppengeländer zurück. »Wie hat man im Ministerium reagiert?«

»Sauer.«

»Sie haben nichts erreicht? Dann wende ich mich an den Ministerpräsidenten persönlich.«

»Ich habe es immerhin geschafft, daß man Sie registriert hat. Bitte.« General Lambs reichte ihr die Genehmigung hinüber. Sie nahm das Blatt, überflog es und stieß dann einen hellen Schrei aus. Mit einem Satz sprang sie auf und warf sich Sir Anthony in die Arme. »Das ist ja die Erlaubnis. O Sir Anthony, wie soll ich Ihnen danken? Wie soll ich ...« Und plötzlich weinte sie, drückte das Gesicht an seine Brust und war wie ein kleines Mädchen, das Schutz sucht in den Armen eines starken Mannes.

Sir Anthony streichelte ihren Kopf, aber ihm war ziemlich unwohl dabei. Jetzt wird man viel zu tun haben, dachte er, um diese Wahnsinnsexpedition zu verhindern. Vor allem spätestens in Kopago, im Distriktshauptquartier, muß eine Mauer aus unüberwindlichen Schwierigkeiten das Unternehmen scheitern lassen. Kein Flugzeug, keine Hubschrauber, keine Papua-Führer als Dolmetscher und Fährtensucher, keine Träger – es gibt keinen Weg ins Unbekannte. Aber im Augenblick ist sie glücklich. Nur kostet dieses Glück eine Menge Geld, das sie sich sparen könnte.

Hinter Sir Anthony hüstelte Butler Herbert, eine diskrete Andeutung, daß er etwas mitzuteilen habe. »Auf der Terrasse ist gedeckt«, sagte er dann steif. »Der Tee, Sir.«

»Wir kommen, Herbert.« General Lambs schob Leonora von sich, holte sein weißes Taschentuch aus seinem Rock und tupfte ihr die Tränen aus den Augen, von der Nase und aus den Mundwinkeln. »Leonora, ein lauwarmer Tee schmeckt scheußlich.«

Sie nickte, nahm ihm das Taschentuch aus der Hand und schnupfte hinein. »Das ... das werden die letzten Tränen sein, Sir Anthony, die Sie von mir sehen. Das hier«, sie hob die Genehmigung hoch empor, »wird mir eine ungeheure Stärke geben. Ich spüre es, ja, fast weiß ich es: Ich werde meinen Vater finden – oder wenigstens eine Spur von ihm.«

Port Moresby ist zwar eine bedeutende Hafenstadt, die sich in den letzten zwanzig Jahren nach allen Seiten ausgedehnt hat, die Hügel hinaufgeklettert ist und eine große Landfläche besetzt hat, aber ein Dorf ist sie trotzdem geblieben. Vor allem unter den Weißen hat sich ein bestens funktionierendes Nachrichtensystem gebildet, der Klatsch blüht auf den Tennis-, Golf- und Krocket-Plätzen, im Jachtclub hat sich eine geheime Informationsbörse etabliert, Gerüchte und Tatsachen, Unwahrheiten und Intimes wechseln von Haus zu Haus.

Wen wundert es, daß es sich wie ein Buschfeuer quer durch die Stadt verbreitete: Aus Amerika ist eine Lady zu uns gekommen, die ins unbekannte zentrale Hochland möchte. Bei Wintera hat sie eingekauft, bei Chandra Sikh, bei Henderson und bei Yuschi Nakanawa. Expeditionsgegenstände. Sogar Waffen. Hat einen Waffenschein, die Lady. Sehr hübsch soll sie sein, aber ein energisches Persönchen, das weiß, was es will. Und wo sie wohnt? Bei General Sir Anthony Lambs in Waigani. Wie der an die Lady kommt? Das muß man noch erfahren. Evelyn, Charles, ladet sie doch in den nächsten Tagen mal zum Tee ein. Das ist ja eine Sensation in der dumpfen Stille dieser Stadt. Eine Lady will ins Hochland …

Der erste, der sich bei Sir Anthony meldete, war ein Holländer. Ein Geologe mit Namen Fred Kreijsman. Telefonisch bat er darum, empfangen zu werden; er habe etwas Außergewöhnliches zu erzählen.

General Lambs bestellte ihn für den Nachmittag des nächsten Tages. »Es geht schon los, meine Liebe«, sagte er mit einem sarkastischen Lächeln zu Leonora. »In Port Moresby brodelt die Gerüchteküche. Ich wette, daß man in der ›Gesellschaft‹ bereits genau weiß, was Sie eingekauft haben. Und jetzt kommen die Neugierigen aus ihren Löchern, die Sensationslüsternen, die Klatschweiber, die galanten Spinner, die

Sprücheklopfer und Besserwisser, diese ganze Bande von Schmeißfliegen, die sich überall ankleben, wo sie Honig wittern. Spätestens morgen ist die Presse hier, und die macht eine Heldin aus Ihnen. Lieben Sie solchen Rummel?«

»Nein. Aber er könnte mir in diesem Falle nützlich sein.«

»Ich wüßte nicht, wie.«

»Vielleicht finden sich Interessierte, die an der Expedition teilnehmen wollen.«

»Verrückte gibt es überall.«

»Danke. Sie halten mich also für verrückt?«

»Das sage ich Ihnen unentwegt. Aber Sie hören ja nicht auf mich, Frau Doktor Patrik, Tropenärztin. Heiraten Sie, bekommen Sie Kinder, sehen Sie sich die ganze Welt an, aber flüchten Sie aus diesem Land Papua. Es wird Sie – das wiederhole ich immer wieder – auffressen!«

Nicht die Zeitungen meldeten sich von den Medien als erste, das Fernsehen war es, der TV-Sender von Port Moresby. Intendant Jerome Hasselt war selbst am Telefon, als General Lambs den Hörer abhob.

»Hallo, Anthony«, rief er, als sei Lambs von einem anderen Stern zurückgekehrt. »Wie geht es Ihnen? Gesund wie immer, was? Stiefelwichse konserviert den ganzen Körper, was?« Er lachte dröhnend, Sir Anthony dachte: Idiot! und hörte geduldig weiter zu. »Wir haben uns lange nicht gesehen.«

»Und wohnen doch nur zehn Minuten voneinander entfernt.«

»Eine Schande, wahrhaftig unverzeihlich. Darum meine Frage: Wann sehen wir uns endlich wieder?«

»Jederzeit. Ich habe schon auf Ihr Filmteam gewartet.«

»Filmteam? Wieso, Anthony?«

»Jerome, Ihre Wiederentdeckung meiner Person ist doch keinem Gewissensbiß entsprungen! Sie wollen Leonora Patrik interviewen.«

»Leonora heißt sie also? Schöner Name. Und die Lady soll so schön sein wie ihr Name.«

»Noch schöner, Jerome.«

»Und sie will tatsächlich ins Hochland?«

»Ach! Das weiß man auch schon?« fragte Sir Anthony scheinheilig. »Es gibt hier doch eine Menge offener Ohren.«

»Sie hat es selbst überall erzählt. Da dröhnen natürlich die Buschtrommeln. Wann können wir kommen?«

»Morgen abend?«

»Einverstanden. Und – Garantie für ein Exklusivinterview.«

»Das kostet was, Jerome.«

»Anthony, wir sind doch Freunde ...«

»Eine Expedition kostet Geld. Ihr könnt also dazu beitragen, indem ihr ein gutes Honorar bezahlt. Auf Dollarbasis. Überleg es dir, ruf wieder an, sonst kein Bildchen für deinen Sender!«

General Lambs legte auf, rieb sich die Hände und kehrte auf die Terrasse zurück. Leonora hatte sich auf einem Liegestuhl ausgestreckt und ließ sich von Butler Herbert mit einem Gin Tonic erfreuen.

»Das Fernsehen kommt«, sagte Lambs und setzte sich auf einen Korbstuhl neben ihr. »In drei Tagen wird ganz Papua-Neuguinea von Ihnen sprechen. Ihre Expedition wird das Gespräch des Jahrzehnts sein.« Und mißlingen, dachte er dabei zufrieden. Spätestens in Kopago wird sie das Handtuch werfen, genau das, was alle von ihr im geheimen erwarten und ihr gönnen. »Was wissen Sie von Ihrem Vater?« fragte er und beugte sich zu Leonora vor.

»Eigentlich sehr wenig. Meine Mutter, eine Deutsche aus der Gegend von Stuttgart, starb, als ich zehn Jahre alt war, an Leukämie. Ich wuchs dann in Internaten auf und sah Vater praktisch nur in den Ferien. Und auch das nur tageweise. Er war immer unterwegs. Einmal mußte ich in den großen Ferien ihm bis Borneo nachfliegen. Dort wohnte ich in einem Camp, und Vater war tagelang im Urwald unterwegs, brachte kleine, nackte braune Menschen mit, die ihre Zähne spitz zugefeilt hatten, und sagte zu mir: ›Sieh sie dir an. Das sind echte Menschenfresser. Ich habe sie entdeckt.‹ Und dann gab es im Camp ein Trinkgelage, Affen wurden geschossen, und wenn sie aus dem Fell waren, sahen die Körper aus wie kleine Kinder. Dann mußten die Wilden uns zeigen, wie man bei ihnen das Fleisch zubereitet. Ich habe damals schrecklich geweint, weil es aussah, als fräßen sie tatsächlich gebratene Kinder. Er hat mich dann nie wieder zu einer seiner Forschungsreisen mitgenommen.« Sie schloß die Augen, als blicke sie jetzt nach innen und rufe die Erinnerung zurück. »Genaugenommen weiß ich wirklich wenig von meinem Vater. Als er vor zehn Jahren hier im Hochland verschwand, hatte ich ihn fast zwei Jahre nicht gesehen.«

»Das heißt ganz nüchtern: Seit zwölf Jahren haben Sie keinen Vater mehr, Leonora. Und trotzdem wollen Sie sich jetzt in dieses lebensgefährliche Abenteuer stürzen?«

»Nur, weil ich spüre, daß er noch lebt.«

»Unter den Kopfjägern? Ich wiederhole immer wieder: Das gibt es nicht! Das Flugzeug ist spurlos verschwunden, der Pilot – den Namen habe ich vergessen – ist nie wieder aufgetaucht, genau wie Ihr Vater.«

Sir Anthony wischte sich über die Augen und schüttelte den Kopf. »Aber warum sage ich das alles? Ich rede ja doch ins Leere. Sie werden Ihren Kopf durchsetzen.«

»Gut, wenn Sie das einsehen, Sir Anthony.« Leonora lachte, aber es klang etwas gepreßt. »Wir werden die Expedition bis in die kleinste Kleinigkeit vorbereiten. Ich habe viel Zeit mitgebracht, viel Zeit …«

Der holländische Geologe Fred Kreijsman war ein langer, dürrer Mensch Ende der Dreißig, mit schon schütterem blonden Haar, einem schmalen Gesicht und merkwürdig stechenden graugrünen Augen. Auf den ersten Blick war er eine unsympathische Erscheinung, aber dieses Vorurteil legte sich, wenn er sprach. Seine Stimme war dunkel und weich, und was er sagte, war immer wohlüberlegt, logisch und eingebettet in großes Wissen.

Sir Anthony empfing ihn in seiner Bibliothek. Butler Herbert geleitete den Gast steif wie immer und mit deutlicher Kühle in den nach alter englischer Manier holzgetäfelten Raum und servierte sofort – auch das war Tradition – einen alten, trockenen Sherry, aus einer geschliffenen Kristallkaraffe natürlich.

»Der interne Nachrichtendienst klappt also«, sagte General Lambs, nachdem er Kreijsman mit Handschlag begrüßt hatte.

»Die ganze Stadt spricht schon darüber. Stimmt es, daß die Regierung die Genehmigung erteilt hat?«

»So ist es.«

»Erstaunlich. Mein Antrag läuft seit einem halben Jahr, und immer werde ich vertröstet.«

»Suchen Sie auch Ihren Vater?«

»Nein.« Kreijsmans Antwort war direkt. Er sah keinen Grund, sein Geheimnis zu verschweigen. »Diamanten.«

»Im Hochland?« Lambs sah den holländischen Geologen voller Zweifel an. »In Papua gibt es keine Diamanten. Sind Sie bei geologischen Studien auf dieses Vorkommen gestoßen? Das wäre eine Sensation.«

Kreijsman setzte sich in einen der verschlissenen Ledersessel der Bibliothek und wartete ab, bis Butler Herbert den Sherry serviert hatte und den Raum verließ. »Ich habe«, sagte er, »die alten Sagen der Papuas durchstudiert, so wie sie überliefert und von einigen Papua-Schriftstellern der Neuzeit wiedergegeben worden sind. Immer ist da die Rede von einem ›Glitzernden Berg‹, bei dessen Anblick man das Augenlicht verliert. In einer Sage ist die Rede von einer Höhle, deren Decke und Wände mit Sternen übersät sind und die von Dämonen bewacht wird. Das deutet alles auf ein Diamantenvorkommen hin, das man mit den Händen abbrechen kann wie einen Eiszapfen. Was ist der ›Glitzernde Berg‹? Gibt es wirklich im unerforschten Papua eine Diamantenmine ungeahnten Ausmaßes?«

»Die Papuas sind Meister im Umschreiben von Dingen, die einen Zauber auf sie ausüben. Ein ›Glitzernder Berg‹ kann auch ein vereister Berg sein.«

»Eine Eishöhle?«

»Warum nicht? Wir haben eine Menge Viertausender im Hochland. Den Mount Wilhelmina mit fast viertausendsiebenhundert Metern, den Mount Kubor und den Mount Giluwe mit über viertausend Metern. Da sind Eishöhlen ohne weiteres möglich. Muß ich das einem Geologen erzählen? Diamanten – nein!« Sir Anthony schüttelte den Kopf. »Das ist ein Hirngespinst wie die Hoffnung, Miss Leonoras Vater wiederzufinden.«

»Mag sein.« Kreijsman prostete Sir Anthony mit dem Sherryglas zu. »Aber mich reizt dieses Rätsel. Wenn Miss Patrik mich mitnimmt –«

»Bestimmt nimmt Leonora Sie mit«, antwortete Lambs etwas grob. »Sie sucht ja Verrückte.«

Kreijsman war weit davon entfernt, beleidigt zu sein. Er grinste, trank sein Glas leer und sprang auf, als Leonora die Bibliothek betrat. »Sie sind Miss Patrik, nicht wahr?« rief er überschwenglich. »Mein erster Blick sagt mir schon: Sie schaffen es!«

Es wurde ein Nachmittag mit viel Worten und noch mehr Plänen. Nachdem Kreijsman wieder gegangen war, lehnte sich Lambs in seinen Korbsessel auf der Terrasse zurück. »Es ist hochinteressant, Spinnern wie euch zuzuhören«, sagte er voll Sarkasmus. »Mit dem Mund habt ihr das Unbekannte bereits erobert. Ich sage Ihnen, Leonora: Es wird alles anders werden, als Sie planen. Und wenn Sie noch so viele Risiken einkalkulieren: Dort in den undurchdringlichen Urwäldern gibt es Probleme, die man nicht voraussehen kann, die man nach menschlichem Ermessen für unmöglich hält. Aber es gibt sie, denn dieses Land übertrifft jede Phantasie.«

Nach zehn Tagen intensiver Vorbereitung, der Aufstellung langer Listen, des Zusammentragens der Expeditionsausrüstung und des Kaufs von Fleisch in Dosen und von Fertiggerichten, vakuumverpackten Lebensmitteln und Kaffee und Tee, Trinkwasserfiltern und vor allem einer umfangreichen Medikamentensammlung für alle möglichen Krankheitsfälle – sogar eine Notoperationseinrichtung stellte Leonora zusammen, mit einem vollkommenen chirurgischen Besteck, bei dem nichts fehlte –, nach dem Kauf der vielen hundert Dinge, die man für nötig erachtete, sagte Sir Anthony eines Abends: »Es ist erhebend und geradezu überwältigend mitanzusehen, was man alles für eine Expedition braucht. Da kommt ein ganzer Güterwagen zusammen. Ich frage mich bloß: Wie wollt ihr das alles mitschleppen, wenn ihr euch Meter um Meter durch den Urwald schlagen müßt?«

»Wir werden ein Basislager einrichten, das man auf dem freigeschlagenen Weg schnell erreichen kann. Und dann rückt das Basislager immer weiter vor, von Woche zu Woche. Wir haben ja Zeit, Sir Anthony, wir sind von keiner Uhr mehr abhängig.«

»Und so gehen die Monate dahin, unwiederbringliche Monate, sinnlos vertan. Ich weiß nicht, warum ich Sie nicht einfach in den Keller sperre und allen sage, Sie seien plötzlich wieder abgereist. Hätten Angst bekommen vor den Schwierigkeiten, die Sie jetzt erst, hier vor Ort, erkannt haben. Jeder würde das glauben.«

»Wie lange, glauben Sie, leben Sie noch, Sir Anthony?« fragte Leonora. Ihr Lächeln war ehrlich und nicht gequält.

»Ich bin jetzt zweiundsiebzig.« Sir Anthony blickte in den Himmel. »Wenn Gott will, kann ich neunzig werden. Also noch achtzehn Jahre!«

»Sie wollen mich also achtzehn Jahre lang in Ihren Keller sperren?«

General Lambs starrte sie entgeistert an, lachte dann auch und beugte sich zu ihr hinüber. Er küßte sie auf die Stirn. »Ich gebe mich geschlagen, Leonora. Ein alter General muß wissen, wann er kapitulieren muß. Dennoch halte ich das alles für idiotisch.«

Fred Kreijsman war nicht der einzige, der in Port Moresby aktiv wurde, als sich die Kunde von der genehmigten Expedition ins unbekannte zentrale Hochland verbreitete. Nacheinander meldeten sich verschiedene Bewerber, die sich dem Unternehmen anschließen wollten. Sir Anthony empfing sie alle, irgendwie fasziniert von diesen Menschen, die, aus welchen Gründen auch immer, bereit waren, ihr Leben wegzuwerfen.

Da erschien der Deutsch-Amerikaner John Hannibal Reißner, ein einunddreißigjähriger stämmiger Bursche mit einem schwarzen Lockenkopf und muskelbepackten Armen. Er nannte sich Fotograf, hatte auch eine Kamera um den Hals hängen und trug einen Leichtmetallkoffer mit Objektiven und anderem Kamerazubehör, aber Sir Anthony ahnte, daß dieses Köfferchen der einzige Besitz Reißners war. Schon eine zweite Hose wäre ein Luxus gewesen – die ausgebleichten, geflickten Jeans sahen nach Dauergebrauch aus.

John Hannibal Reißner kam ins Haus und begrüßte Sir Anthony wie einen alten Kumpel. Er lachte laut, klopfte ihm auf die Schulter, sagte: »Hallo, Tony!« und blickte Leonora zuerst auf die Brust und dann erst ins Gesicht. »Wenn Sie Referenzen verlangen«, rief er ohne Einleitung, »stelle ich Ihnen mein Dia-Archiv zur Verfügung: Afrika, Australien, Alaska, Nordindien, die Mongolei, Tibet und Feuerland, lauter Extremtouren. Jetzt fehlt mir nur noch Papua, um sagen zu können: Diese Welt ist verdammt schön und gefährlich zugleich. Schöne Lady, die Gefahr ist meine Geliebte. Mit mir machen Sie einen guten Fang.«

»Bei mir werden Sie kaum finden, was Sie suchen, John Hannibal.« Leonora musterte den stämmigen Kerl. Er hat die Muskeln, die nötig sind, wenn man sich mit der Machete durch den Dschungel schlagen muß, dachte sie. So einen braucht man immer. Kreijsman ist nicht der Typ, der nach großer Ausdauer aussieht. »Wir gehen mit Köpfchen vor, nicht allein mit Muskeln.«

»Wetten, Sie brauchen mich eher und öfter, als Sie jetzt glauben?«

»Und warum wollen Sie mit uns ins Unbekannte?«

»Eben weil es unbekannt ist. Und mit den Fotos von den letzten Steinzeitmenschen kann man eine Menge Dollars verdienen. Ein Bildbericht in ›Time-Life‹, und ich bin ein gemachter Mann! Ist das kein Grund?«

Leonora sagte Reißner die Mitnahme zu. »Was haben Sie zur Expedition beizutragen?« fragte sie aber vorher.

Sir Anthony war auf die Antwort sehr gespannt.

»Beitragen? Wieso?« Reißners verblüfftes Gesicht war von einer kindlichen Naivität.

»Wieviel Dollar?«

»Ich und Dollar? Sehe ich so aus?«

»Eben nicht. Darum frage ich ja.«

»Ich denke, Sie haben den ganzen Kram schon zusammengekauft?«

»Das habe ich. Man kann aber die Kosten trotzdem aufteilen.«

»Ich mache Ihnen einen Vorschlag, schöne Lady.« Reißner verströmte wieder seinen handfesten, rauhen Charme. »Ich stelle Ihnen meine Arbeitskraft zur Verfügung. Für jeden Meter Dschungelpfad, den ich Ihnen freischlage, berechne ich zehn Dollar. Nein, werde nicht unverschämt, John Hannibal! Ich schlage Ihnen einen Freundschaftspreis von fünf Dollar vor. Das ist bares Kapital. Wenn wir am Ende die Meter zusammenzählen, bekomme ich noch etwas raus von meinem Anteil! Einverstanden?«

»Einverstanden!« Leonora erwiderte sein Lachen. »Verrechnen wir es so. Nur herausbekommen werden Sie nichts. Dafür dürfen Sie Fotos machen, so viel Sie wollen, ohne eine Honorarbeteiligung meinerseits.«

»Das ist eine knochenharte Lady!« sagte Reißner zu Sir Anthony. »Aber sie gefällt mir. Mit der ziehe ich sogar durch die Hölle und fotografiere den Teufel beim Kesselumrühren.«

»Dafür gefallen Sie *mir* nicht«, antwortete Sir Anthony. »Sie haben keine innere Bremse. Das ist bei einem solchen Unternehmen gefährlich.« Um weiteren Diskussionen auszuweichen, drehte er sich um und verließ das Zimmer.

Reißner blickte ihm betroffen nach. Er verstand nicht ganz, was der alte General meinte.

Einen Tag später stellte sich Peter Paul Schmitz vor, ein schlaksiger Junge von dreiundzwanzig Jahren mit rötlichblonden Haaren, wachen blauen Augen und zartgliedrigen Händen. Seine Nase war übersät mit Sommersprossen, und wenn er sprach und man ihn dabei scharf ansah, knackte er mit den Fingern oder wippte auf den Zehen auf und ab.

»Sie sind also Medizinstudent«, sagte Leonora, nachdem Sir Anthony dem Jungen einen eisgekühlten Whisky hatte servieren lassen, den er tapfer trank und dann die Augen verdrehte.

»Ja.« Ein Wippen auf den Zehen und ein Knacken der Finger. »Ich bin Deutscher, Miss Patrik. Aus Köln. Schmitz, kölscher Adel. Ich bin für ein Jahr aus dem Studium ausgestiegen.«

»Sie wollen kein Arzt mehr werden?«

»Aber ja! Ich bin Mediziner aus Leidenschaft, wenn man es so ausdrücken darf. Ich habe mir nur gesagt: Pepau – so nennen mich meine Freunde, gebildet aus Peter und Paul –, wenn du einmal fertig bist, brauchst du Jahre, bevor du es dir leisten kannst, dir die weite Welt anzusehen. Vielleicht bist du dann schon ein alter Mann und humpelst rheumatisch durch Singapore oder Hongkong. Sieh dir die Welt an, solange du noch nichts am Hals hast, solange du jung bist und dahin gehen kannst, wo kein Ausflugsbus hinfährt und wo die Eingeborenen nicht eine halbe Stunde im Kostüm tanzen, dann zu ihren Autos gehen und wegfahren zu ihren Bungalows. Tja, und das habe ich gemacht. Mein alter Herr – so nennt man bei uns seinen Vater – hat seinen Segen dazu gegeben. Er ist auch Arzt, hat eine Praxis mit drei Assistenten und neun Sprechstundenhilfen und scheffelt Geld, hat aber nie Zeit. Das ist mir eine Warnung, Miss Patrik. Also bin ich los ... Ein Vierteljahr in Ostafrika, zwei Monate in der Südsee, zwei Monate Japan, dort habe ich auf einem Luxusdampfer als Assistent des Schiffsarztes angeheuert und bin hier in Port Moresby wieder von Bord gegangen. Da hörte ich von Ihrer geplanten Expedition ins unbekannte Hochland und ...«

»... und dachten sich: Das ist das Richtige für mich. Genau das fehlt mir noch! Ein Marsch in die Urzeit unserer Welt.«

»Genau so ist's.«

»Und Sie glauben, ich nehme Sie mit?«

»Ich bin zäh, ich kann arbeiten, und als angehender Mediziner –«

»Ich bin selbst Ärztin, Mr. Schmitz.« Leonora gefiel der Junge. Er hat einen offenen Blick, ist ehrlich und voller Begeisterung. Aber er ahnt nicht, was ihn da draußen im Hochland erwartet. Hält er überhaupt die Belastungen aus? Wenn man seine zarten Hände betrachtet – die sollen eine Axt festhalten und einen Baum fällen können?

»Ich wäre Ihnen ein guter Assistent. Auf dem Schiff habe ich einige Erfahrungen gesammelt.«

»Ein Schiff ist kein Dschungel, Pepau.«

»Danke.«

»Wofür danke?«

»Daß Sie mich eben Pepau nannten. Das gibt mir Hoffnung.«

»Wenn ich Sie mitnehme, wird's ein harter Job. Er kann tödlich werden.«

»Wenn Sie das auf sich nehmen, kann ich es auch.«

»Ich habe auch ein großes Ziel.«

»Sie wollen Ihren Vater suchen, ich weiß es.« Peter Paul Schmitz war sehr ernst geworden. Sein Jungenlächeln verschwand, er sah plötzlich älter aus, energischer, selbstbewußt. »Ich möchte Ihnen dabei helfen. Ich glaube fest, daß ich Ihnen ab und zu nützlich sein kann und Ihnen kein Klotz am Bein bin.«

»Wenn Sie das wären, würde ich Sie nicht mitnehmen.«

»Das heißt also ...« Er holte tief Atem. »Ich darf mit Ihnen?«

»Ja.«

»Ich danke Ihnen.« Er machte eine linkische Verbeugung und war wieder der große, noch nicht ganz erwachsene Junge. »Ich werde Sie nicht enttäuschen.«

Wieder einen Tag später stellte sich Pater Lucius Delcorte vor. Er gehörte dem belgischen »Orden des Heiligen Opfers« an und trug eine bodenlange weiße Soutane. Sein von grauen Haaren umwucherter Kopf war rund wie eine Kugel, und seine Stimme war tief und klangvoll, als sei er ein Opernbaß. Wenn er sprach, klang es immer etwas pathetisch und hallend. Sir Anthony schätzte ihn auf etwa fünfzig Jahre, was genau zutraf.

»Sie werden sich wundern«, sagte Pater Lucius, als er wie alle anderen Besucher in einem der Korbsessel auf der Terrasse saß und von Butler Herbert mit einem Drink bedient wurde, »daß ich als Priester mich der geplanten Expedition anschließen möchte. Normal ist es ja, daß die jeweilige Mission ihre eigenen Expeditionen durchführt, in Zusammenarbeit mit Regierungstruppen oder Polizeieinheiten.«

»So ist es.« Sir Anthony nickte mehrmals. »Bisher sind Missionare auf eigene Faust losgezogen.«

»Unser ›Orden des Heiligen Opfers‹ ist eine noch kleine Gemeinde, die bisher nur zwei Urwaldkirchen gegründet hat und vier Missionsstationen betreibt, vor allem im Sepikgebiet. Wir sind eine im Verhältnis zu den anderen Missionen sehr arme Gemeinschaft, die von Spenden lebt. Als wir von der neuen Expedition ins unerforschte Hochland hörten, haben wir lange darüber gesprochen und beschlossen zu versuchen, mit dieser Expedition auch Gottes Wort in das unbekannte Land zu tragen. Man hat mich ausgewählt für diesen Versuch.« Pater Lucius hob die Hände und legte sie dann aneinander. »Das ist eigentlich alles sehr wenig und doch ungeheuer viel.«

»Ich mache Sie darauf aufmerksam, daß die Expedition von Miss Patrik allein dem Zweck dient, ihren verschollenen Vater zu finden – oder das, was von ihm übriggeblieben ist. Sie werden wenig Gelegenheit haben, bei den Urzeitmenschen, auf die man stoßen wird, garantiert stoßen wird, Vorträge über Jesus zu halten.«

»Das klingt sehr spöttisch, Sir Anthony«, sagte Pater Lucius duldsam.

»Es ist nur die Wahrheit. Zum Missionieren braucht man Zeit und Geduld. Beides wird fehlen. Dafür wird es tausend Gefahren geben.«

»Und Gott wird seine Hand über uns halten.«

»Ich habe noch keinen Giftpfeil gesehen, der durch himmlische Fügung in eine verkehrte Richtung geflogen ist.«

»Sie sind ein Zweifler, Sir Anthony?«

»Ich bin ein Mensch, der allen Grund hat, nicht an den allwissenden Gott zu glauben. Aber darüber möchte ich nicht sprechen.« Sir Anthony winkte ab. »Überlassen wir die Entscheidung Miss Patrik! Wenn sie einen Priester mitnehmen will, ist das ihre Sache. Das wird überhaupt eine sehr bunte Gruppe, die da loszieht.« Er musterte den Pater, als habe er Zweifel, daß er wirklich ein Geistlicher sei und nicht vielmehr ein Abenteurer, der sich mit einer Soutane getarnt hatte. »Welchen Beitrag kann Ihr Orden zu der Expedition leisten?«

»Gottes Wort und Segen.«

»Das ist unbezahlbar, zugegeben. Aber Dollar wären uns lieber.«

»Wir stiften ein Tonbandgerät, eine Polaroidkamera und einen Zauberkasten.«

»Einen was?«

»Zauberkasten. Sie kennen doch so etwas, Sir Anthony. Eine Sammlung von kleinen Zauberkunststückchen. Außerdem bin ich ein guter Amateurzauberer.« Pater Lucius griff in seine Soutane, holte eine Münze hervor und zeigte sie dem General. »Sie haben eine Stimme, als hätten Sie einen Schnupfen. Das kommt aber nur davon, daß Ihre Nase verstopft ist. Ich werde sie freimachen.« Er berührte blitzschnell Sir Anthonys Nasenrücken und drückte ihn, und bei jedem Druck fiel eine Münze in Pater Lucius' Handfläche. Es klirrte und klingelte. Nach der zehnten Münze hielt der Pater inne und hielt Lambs seine mit Münzen gefüllte Hand unter die Augen. »Ist das ein Wunder, Sir Anthony? Wenn Sie die Nase voller Geld haben, können Sie doch nicht frei atmen. Jetzt sprechen Sie nicht mehr, als hätten Sie einen Schnupfen.«

»Phänomenal!« Der General faßte an seine Nase und zog daran. »Machen Sie weiter, Pater, damit schließen wir unsere Finanzlücke.«

Sie lachten laut, und damit war eine Freundschaft geboren.

Wieder zehn Tage später waren die Vorbereitungen abgeschlossen. Das große Abenteuer konnte beginnen. Der Plan Sir Anthonys, die Expedition spätestens in Kopago enden zu lassen, war durch eine ganz einfache Handlung von Leonora Patrik verhindert worden: Sie hatte ein Privatflugzeug gechartert, eine alte, aber genügend große Maschine, die alle Expeditionsteilnehmer und auch das Gepäck aufnehmen konnte. Geflogen wurde sie von Donald Zynaker, einem amerikanischen Piloten, der seit neun Jahren über Papua-Neuguinea flog, einem typischen Buschpiloten, den nichts erschüttern konnte.

»Miss Patrik«, hatte Zynaker zu Leonora gesagt, als sie ihn und sein Flugzeug charterte, »ich kenne die Gegend, in die Sie wollen. Die Papuas nennen sie ›Tal ohne Sonne‹. In die engen Urwaldschluchten kommt kaum ein Sonnenstrahl, und wenn, dann beginnt das Tal zu dampfen, Nebel steigen hoch, nasses Schweigen deckt alles zu. Ich bin immer froh, wenn ich aus dieser Gegend weg bin oder sie nicht zu überfliegen brauche. Und wenn, dann in großer Höhe.«

»Wir aber müssen hinunter, Donald. Ins Tal hinein und dann mit Fallschirmen abspringen.«

»Ob das gelingt?« Zynaker kratzte sich die Nase. »Ich will's versuchen.«

Zynaker war ein Typ, dem man aus dem Weg ging, wenn er einem begegnete. Die dicken buschigen Augenbrauen, die Boxernase, das Wiegen in den Schultern beim Gehen, die tellergroßen Hände und das kurzgestutzte dunkelbraune Haar ließen jeden darauf schließen, daß es angebracht sei, mit dieser Kampfmaschine nicht näher in Berührung zu kommen. Nur wer Zynaker besser kannte, wußte, daß der gute Donald zwar ein harter Bursche, sonst aber ein seelenguter Mensch war, ein Kerl, auf den man sich verlassen konnte, wenn man ihm einmal die Hand gedrückt hatte. Seine Ehe war in die Brüche gegangen in den Tagen, als seine erste Maschine, eine sechssitzige Piper, eine Bruchlandung im Sepikgebiet machte, er als vermißt galt, nach zwei Monaten wieder auf einer Mission auftauchte und, ohne Nachricht zu geben, nach Port Moresby zurückkehrte. Morgens um sechs schloß er seine Wohnung auf, tappte auf Zehenspitzen ins Schlafzimmer und fand sein Bett mit einem blonden Jüngling besetzt. Mabel – das war Zynakers Frau

– lag mit dem Kopf an des Blonden Schulter, beide schliefen selig, und natürlich waren beide auch nackt.

Zynaker tat darauf drei Dinge, die in ganz Port Moresby bekannt wurden und für wochenlange Unterhaltung sorgten: Er holte mit seinen Riesenhänden den blonden Jüngling und seine Mabel aus dem Bett, gab dem Liebhaber eine Ohrfeige, die ihn halb betäubte, schüttelte die kreischende Mabel wie einen Cocktailmixer, band die beiden Nackten mit Stricken zusammen, Vorderseite auf Vorderseite, so wie es für Liebende normal ist, trug das nackte Paket auf seiner Schulter hinaus zur Garage, warf sie in den Wagen und fuhr mit ihnen mitten in die Altstadt. Dort, auf dem Platz vor dem Papua-Jachtclub, holte er sie heraus, band die vor Entsetzen Stummen an eine Palme und fuhr dann zu seiner Wohnung zurück.

So etwas in Port Moresby! Die Zeitungen brachten Fotos der aneinandergefesselten Nackten, Magazine und Illustrierte – meist amerikanische – druckten mit Wonne diese Fotos nach, das Fernsehen war diskreter und brachte nur Aufnahmen der verzweifelten Gesichter von Mabel und ihrem Liebhaber, und es ist wohl einmalig, daß man die gefesselten Nackten erst nach über einer Stunde von ihrem Elend befreite – bis man alle Fotos geschossen hatte. Erst dann alarmierte man die Polizei und einen Rettungswagen.

Zynaker hatte von da an nie wieder etwas von Mabel und dem blonden Jüngling gehört. Sie verschwanden, und man munkelte, sie seien nach Madang gezogen, wo Mabel eine Änderungsschneiderei aufgemacht habe.

Für Donald zahlte sich der Ruhm, ein rächender Ehemann zu sein, bestens aus. Er gab amerikanischen Magazinen Interviews, stellte sich als Busch- und Dschungelflieger dar, erzählte von haarsträubenden Abenteuern im unbekannten Papua und verdiente damit eine Menge Geld, das ausreichte, das neue Flugzeug anzuzahlen; den Rest finanzierte die Bank von Papua-Neuguinea und besaß damit eine große, unbezahlbare Reklame.

Sir Anthony sah mit Mißfallen, wie gut sich Zynaker mit Leonora unterhielt. Vor allem war ihm klar geworden, daß sie nun unabhängig von Flugzeugcharterfirmen war und man ihr in Kopago, der letzten Station vor dem Unbekannten, nicht sagen konnte: »Es gibt keinerlei Flugmöglichkeiten.«

»Nun sind wir eigentlich komplett«, sagte Leonora, als sich Zynaker nach dem Dinner verabschiedet hatte. »Wir sind sechs Teilnehmer, die Ausrüstung ist vollständig, wir haben ein Flugzeug, das die Verbindung zur Außenwelt aufrechterhält, Träger und Dolmetscher werden wir in Goroka oder Kopago bekommen. Die Suche nach James Patrik kann beginnen.«

Sir Anthony gab noch nicht auf. Er rief am nächsten Tag das Distriktshauptquartier in Kopago an und bekam einen Lieutenant namens Ric Wepper an den Apparat. In kurzen Worten wollte er die Absicht von Miss Patrik schildern, aber schon nach vier Sätzen unterbrach ihn Lieutenant Wepper: »Sir, ich bin unterrichtet. Das Ministerium hat uns alles mitgeteilt. Wir sollen die Expedition von Miss Patrik nach besten Kräften unterstützen.«

»Was heißt das?« bellte Lambs. »Sie machen den Blödsinn mit? Sie schließen sich an?«

»Nein. Wir helfen der Lady bis zum Abmarsch. Von uns wird sie keiner begleiten. Aber wir können sie beraten. Wir kennen das Gebiet aus der Luft und hören ab und zu, was sich da hinten alles tut. Kannibalen gibt es dort mit Sicherheit, aber an die kommt ja keiner ran.«

»Und Sie sehen mit treuherzigen Augen zu, wie Miss Patrik in einer Kochgrube landet?«

»Ich kann sie nicht zurückhalten.«

»Doch!«

»Nein. Sie hat eine Erlaubnis der Regierung.«

»Sie könnten zum Beispiel auf Ihrer Piste Startverbot geben.«

»Wer fliegt?«

»Donald Zynaker.«

»Ausgerechnet der tapfere Ehemann? Sir, den kann keiner von einem Verbot überzeugen, solange wir selbst fliegen.«

»Verhindern Sie Dolmetscher, Führer, Träger oder was weiß ich sonst. Du lieber Himmel, es wird doch nicht so schwer sein, eine Expedition zu sabotieren.«

»Das möchte ich nicht gehört haben, Sir«, antwortete Wepper steif. »Ich bin Offizier und kein Terrorist.«

»Sie sollen nur verhindern, daß dieser Wahnsinn stattfindet!« schrie Lambs ins Telefon. »Lieutenant, wenn Miss Patrik als Schrumpfkopf endet, haben Sie eine Mitschuld! Sie *hätten* es verhindern können. Denken Sie mal darüber nach.«

»Ich habe keinen Befehl dazu, Sir. Ich habe den Auftrag zu helfen, nicht zu verhindern.«

»Und Ihr gesunder Menschenverstand?«

»Haben Sie damals im Krieg, General, auch immer nur nach dem gesunden Menschenverstand gehandelt, oder haben Sie Befehle korrekt ausgeführt?«

»Das ist doch kein Vergleich.«

»Ich glaube doch, Sir. Damals waren Sie im Dienst, jetzt, in Pension, sehen Sie viele Dinge anders. Ich bin noch im Dienst und sehe die Dinge so, wie man es von mir verlangt.«

»Wenn Miss Patrik etwas passiert, empfinden Sie also keine Mitschuld?«

»Nein, durchaus nicht.«

Sir Anthony legte den Hörer auf. Ein sturer Militärhund, dachte er bitter. Was kann ich noch tun? Diesen Zynaker bestechen, daß er einen schweren Motorschaden an seinem Flugzeug vorgibt? Noch einmal mit dem Ministerium sprechen? Vielleicht war das ein Weg, der letzte, der überhaupt blieb.

Der Ministerialbeamte wunderte sich sehr, als General Lambs sich telefonisch meldete und ohne Einleitung sagte: »Können Sie die Genehmigung zu dieser Expedition nicht wieder zurücknehmen?«

»Ich sehe keinen Grund dazu.«

»Sie könnten anführen, daß man das Gebiet sofort sperren müsse, weil Flüchtlinge von blutigen Stammeskämpfen berichten.«

»Das ist aber nicht der Fall.«

»Die Wilden befinden sich immer im Kriegszustand und schlagen sich die Köpfe ab. Das weiß man doch. Man könnte sagen –«

»Sir, die Presse schreibt über Miss Patriks Expedition, im Rundfunk hat sie zwei Interviews gegeben, das Fernsehen hat darüber berichtet. Sollen wir uns blamieren mit der Rücknahme der Genehmigung? Außerdem waren Sie es doch, der die Genehmigung befürwortete.«

»Sie wissen genau, daß es nur geschah, um Miss Patrik hinzuhalten, bis wir unüberwindliche Widerstände aufgebaut hatten.«

»Das sieht man der Genehmigung nicht an, Sir. Auf eigene Gefahr – das entbindet uns von jeglicher Verantwortung. Können Sie sich vorstellen, welch einen Sturm es entfacht, wenn wir jetzt plötzlich nein sagen? Ich sehe keine Möglichkeit, Ihrem Wunsch nachzukommen.«

Am Sonntag kamen alle Expeditionsteilnehmer im Haus von Sir Anthony zur letzten Besprechung zusammen. Das Fernsehen von Papua-Neuguinea war wieder dabei und filmte Butler Herbert, wie er mit starrer Miene, abgezirkelten Schritten und – trotz der schwülen Hitze – weißen Handschuhen auf der Terrasse Fruchtsäfte, Whisky und Gin Fizz servierte.

»Am Mittwoch, wie besprochen, fliegen wir mit der gesamten Ausrüstung erst nach Goroka«, sagte Leonora. »Fred, ist mit den Übernachtungen alles klar?«

»Wir wohnen im ›Goroka Lodge‹.« Kreijsman nickte. »Der Besitzer, ein Pieter van Dooren, ein Landsmann von mir, freut sich auf unseren Besuch.«

»Ich habe noch eine Maschinenpistole organisiert, mit zweitausend Schuß Munition.« Reißner blickte sich um, als erwarte er Beifall, aber Pater Lucius schüttelte den Kopf.

»Wir wollen die unbekannten Menschen aus ihrem Dunkel holen, aber nicht ausrotten. John Hannibal, wenn Sie das Mordsding wirklich mitbringen, bestehe ich darauf, daß Sie es mir aushändigen. Nur im Notfall gebe ich es dann heraus.«

»Bin ich ein Idiot?« knurrte Reißner.

»Nein, aber wer weiß jetzt schon, wie man reagiert, wenn die Papuas uns mit Geschrei, Pfeilen und Speeren empfangen? Auch Sie können dann die Nerven verlieren. Wir kommen als Boten des Friedens, der Nächstenliebe, so wie Jesus uns –«

»Warum muß ausgerechnet ein Priester dabeisein?« unterbrach ihn Reißner laut. »Sie singen noch von göttlicher Vergebung, wenn die Papuas Sie mit Pfeilen spicken.«

»Das wird ein fröhliches Unternehmen werden«, sagte Sir Anthony spöttisch. »Ihr seid noch nicht mal unterwegs, und schon geht der Krach los.«

»Sir Anthony hat recht.« Kreijsman schnitt damit eine Entgegnung Reißners ab. »Jeder von uns verfolgt bei dem Vordringen ins Unbekannte eigene Interessen. Aber wir haben uns, soll das Unternehmen gelingen, zu einer starken Einheit zusammenzuschließen und dem großen Ziel unterzuordnen.«

»Das ist doch selbstverständlich«, warf Schmitz ein. »Darüber braucht man doch nicht zu reden.«

»Miss Patrik ist die Leiterin der Expedition, und ihr Wort gilt. Seien wir uns darüber einig.« Kreijsman blickte Zustimmung heischend in die Runde. »Nur durch sie können wir unsere Wünsche realisieren.« Er sah Leonora mit einem langen Blick an und nickte ihr dann zu. »Die Suche nach Ihrem Vater hat natürlich Vorrang, wir alle wollen Ihnen dabei mit allen unseren Kräften helfen und Ihnen damit danken, daß Sie einen so bunten Haufen, wie wir es sind, mitgenommen haben.«

»Das war eine Predigt, wie sie der Pater nicht besser kann.« Sir Anthony klopfte Kreijsman auf die Schulter. »Es ist erstaunlich, wie vernünftig Verrückte reden können.«

Bis zum späten Abend blieben alle zusammen, tranken immer wieder auf das Gelingen der Expedition, gaben in der Bibliothek von Sir Anthony dem Fernsehen Interviews und verließen dann das Haus in heiterer Stimmung. Leonora winkte den abfahrenden Wagen nach, bis ihre Rücklichter hinter einer Kurve des absteigenden Weges erloschen.

Der General legte den Arm um Leonoras Schulter und ging

mit ihr zurück zur Terrasse. »Wie fühlen Sie sich jetzt?« fragte er. »Wie ein Triumphator? Sie haben bis jetzt alles erreicht, was Sie sich vorgenommen haben. Ihr Herz muß doch im Glück schwimmen.«

»Nein.« Leonora setzte sich und senkte den Kopf. In diesem Augenblick sah sie schmal, wie zerbrechlich aus. »Ich habe Angst.«

»Angst?«

»Ja. Aber auch das geht vorüber, spätestens dann, wenn ich im Flugzeug nach Goroka sitze. Es ist die Angst, Sir Anthony, daß alles umsonst ist und sein wird.«

»Das weiß ich im voraus.« Sehr rauh und herzlos klang das, aber es war die Wahrheit.

Leonora blickte zu General Lambs empor.

Die Traurigkeit in ihren Augen erschreckte ihn. »Noch ist es nicht zu spät«, sagte er und hatte das Gefühl, plötzlich eine Zunge aus Leder zu haben. »Noch können wir alles abblasen.«

»So war das nicht gemeint.« Sie atmete ein paarmal tief durch und richtete sich dann auf. »Es ist schon vorbei. Vergessen Sie, Sir Anthony, daß ich für eine kurze Zeit so etwas wie Schwachheit gezeigt habe. Das kommt auch bei euch Männern vor.«

Zwei Tage später wurde das Flugzeug von Donald Zynaker beladen. Reißner und Pater Lucius, die dabei halfen, standen dann vor der vollgestopften Maschine, tranken Bier aus Flaschen und schwitzten aus allen Poren. Es war schwülheiß geworden, das typische Klima von Papua-Neuguinea, vierzig Grad Hitze bei fünfundneunzig Prozent Luftfeuchtigkeit. Wenn man nur den Arm hob, brach der Schweiß aus und lief den ganzen Körper hinunter.

»Die Kiste ist voll, Donald«, sagte Reißner und klopfte gegen die Verkleidung des Flugzeugs. »Jetzt noch wir sechs dazu – bekommst du da den Vogel überhaupt in die Luft?«

»Mit Beten ja. Wozu haben wir einen Priester an Bord?« Zynaker grinste breit. »Es reicht doch, wenn wir über die Berge,

Flüsse und Sümpfe hüpfen. Ich frage mich überhaupt, wozu man so einen Berg von Ausrüstung braucht, wenn man durch den Urwald marschiert.«

»Das Basislager muß mit allem versorgt sein, da gebe ich Leonora recht.« Pater Lucius trank sein Bier aus und steckte die leere Flasche in seine Hosentasche. »Wir werden so schnell die Zivilisation nicht wiedersehen.«

»Wie lange wird es dauern?«

»Fragen Sie mich nicht, John Hannibal. Wenn wir die wilden Stämme erreicht haben, beginnt Gottes Arbeit, und da gibt es keine Zeit. Leonora hat sich auf ein halbes Jahr eingerichtet«, er hob zweifelnd die Schultern, »es kann aber auch kürzer oder länger dauern. Wer weiß das jetzt schon? Schon im ersten Dorf kann alles zu Ende sein.«

»Wenn unsere Köpfe präpariert werden, meinen Sie?« warf Reißner ein.

»Das glaube ich nicht. Wir werden zunächst als fremde weiße Götter zu den Steinzeitmenschen kommen. Erst wenn sie merken, daß wir auch Menschen sind, kann es gefährlich werden. Nein, ich denke, daß wir sehr schnell erfahren, was vor zehn Jahren geschehen ist – so etwas spricht sich von Stamm zu Stamm herum –, und daß es keine Spur mehr von James Patrik gibt. Auch keinen Schrumpfkopf. Dann hat die ganze Expedition keinen Sinn mehr.«

»Aber Sie bleiben dann bei den Papuas, Pater?« fragte Zynaker.

»Ja. Ich werde dort eine Kirche bauen.« Der Pater sah zur Seite auf Reißner. »Und Sie?«

»Ich werde, hoffe ich, ein paar fabelhafte Filme von den neuentdeckten Menschen drehen und eine Menge Fotos machen und damit in den USA und bei allen großen Illustrierten in aller Welt eine Menge Geld verdienen. Ich habe gestern mit ›Time-Life‹ telefoniert. Die Jungs sind ganz scharf auf diese Fotos. Und wenn du erst mal bei ›Time-Life‹ drin bist, steht dir die ganze Presse offen.« Reißner hatte sein Bier auch ausgetrunken und warf die leere Flasche auf die Wiese. Zynaker sah ihn strafend an, aber Reißner reagierte nicht darauf. »Was will eigentlich Kreijsman im Hochland?«

»Er ist Geologe.« Pater Lucius hob die Schultern. »Was weiß ich, was ein Geologe in einem unerforschten Land macht? Messungen, topographische Zeichnungen, Anlegen von Landkarten – eben das, was früher die Entdecker wie Kolumbus, Magellan oder Cook auch gemacht haben.«

»Braucht man dazu einen Motorhammer?«

»Hat er einen?«

»Ja. Vor vier Tagen kam er damit an. Ein Mordsding, betrieben mit einem Benzinmotor. Dazu ein ganzer Satz Stahlhämmer und eine Schleifmaschine, mit der man die stumpf gewordenen Schneiden wieder scharf macht. Allein schon sein Gepäck wird uns verdammt belasten.«

»Weiß das Leonora?«

»Keine Ahnung.« Reißner blickte in das vollgestopfte Flugzeug. »Ein Geologe mit einem Motorhammer ist nicht normal.«

»Vielleicht will er Bodenproben machen«, sagte Zynaker. »Steine aus den Bergen hämmern, um deren Alter zu bestimmen – das ist ja die ganz große Freude der Geologen – und später zu sagen: ›Dieser Stein hier ist zwanzig Millionen Jahre alt.‹ Das interessiert zwar keinen, aber die Erdforscher bekommen vor lauter Begeisterung fast einen Orgasmus.«

»Zynaker, Sie sind ein Ferkel!« Pater Lucius schüttelte mißbilligend den Kopf. »Forschung kommt jedem zugute.«

»Mich interessiert nur, daß die Propeller sich drehen und kein Flügel abbricht.«

»Kreijsman macht keine Erdbohrungen.« Reißner ließ nicht locker. »Da steckt mehr dahinter. Das riecht gewaltig nach Schatzgräberei.«

»In einem unerforschten Land?«

»Ich denke da an Sibirien. An die Taiga. Jahrhunderte hieß es: Da heulen nur die Wölfe. Da ist der Boden im Dauerfrost hart wie Fels. Da weinen die Füchse und beißen sich die Nerze vor Einsamkeit in den eigenen Schwanz. Und was ist jetzt? Erdgas und Erdöl hat man gefunden, Gold und Kupfer, Mangan und

Uran und sogar Diamanten. Die Bodenschätze Sibiriens sind überhaupt nicht abzusehen und nur zu einem kleinen Teil abgebaut. Da liegt ein unfaßbarer Reichtum in der Erde. Warum sollte es in Papua anders sein? Kreijsman als Geologe muß da auf etwas gestoßen sein, wovon die Welt noch keine Ahnung hat.«

»Und zieht mit einem Motorhammer los ... Verrückt!« Zynaker tippte sich an die Stirn. »Man kann Ölquellen nicht mit einem Einmeterhammer aufbohren.«

»Aber Goldadern. Diamanten. Andere Edelsteine.«

»Wenn's so ist: Gratuliere, Fred Kreijsman!« sagte Zynaker. »Wir sind jetzt eine auf Leben und Tod verschworene Gemeinschaft.« Reißner kramte in seinen Taschen, zog eine zerknitterte und schweißfeuchte Zigarettenpackung hervor und steckte sich eine Zigarette an. »Die Expedition wird eine Gemeinschaftsarbeit werden, allein könnte bei allem Idealismus und allem Mut Leonora nie in die Wildnis vordringen. Wir alle, jeder von uns, ist auf den anderen angewiesen. Sie, Pater, wären allein nie in der Lage, Ihre neue Kirche bei den unbekannten Stämmen zu bauen, ich wäre ebenso hilflos, wenn ich allein loszöge, und auch Kreijsman kann seine Pläne nur verwirklichen, wenn wir alle mithelfen.«

»Und was soll das heißen?« fragte Pater Lucius naiv.

»Nichts anderes als das: Wenn Kreijsman wirklich Diamanten oder Gold oder sonst was findet, sollten wir alle daran beteiligt sein. Fünfzig Prozent für ihn, fünfzig Prozent aufgeteilt unter den übrigen. Das ist gerecht, nicht wahr?«

»Man müßte mal darüber sprechen.« Pater Lucius verabschiedete sich, stieg auf sein altes, zerbeultes Motorrad und preschte knatternd davon. Der Konflikt ist schon vorprogrammiert, dachte er, als er in die Stadt fuhr, in den Stadtteil Boroko, wo die Mission des »Ordens des Heiligen Opfers« ein kleines Haus mit einem Betsaal bezogen hatte. Die Spenden, die vom Mutterhaus in Gent in Belgien nach Port Moresby flossen, waren so karg, daß der Prior einmal sagte: »Wenn unsere Brüder, die Franziskaner, ein Bettelorden genannt werden, dann sind wir der erste und einzige Hungerorden.« Wenn es jetzt gelang, in dem unerforschten Gebiet des Hochlandes eine Kirche zu bauen und den Papuas das Wort Jesu zu verkündigen, wenn alle Welt von dieser Entdeckung sprach, würden auch die Spenden reichlicher fließen und der »Orden des Heiligen Opfers« allen bekannt sein.

Wir sollten auf Reißner verzichten, dachte Pater Lucius weiter und ratterte über den Hubert Murray Highway nach Boroko hinein. Der Mann ist ein Abenteurer ohne Gewissen, eine Gefahr vielleicht, ein unberechenbarer Kerl, der die ganze Expedition in eine gefährliche Lage bringen kann. Die Sache mit Kreijsman stinkt – das kann der Anfang einer Katastrophe werden. Reißner wird nicht lockerlassen, und wenn Kreijsman wirklich findet, was er sucht, werden die Urinstinkte durchbrechen, die gegenseitige Zerfleischung. Da hilft auch das Kreuz nicht, das man dazwischenhält.

Pater Lucius kurvte in eine Seitenstraße ein und hätte bald eine Katze überfahren und einen Handkarren mit Fischen gerammt. Er riß sich zusammen, achtete mehr auf die Straße und ließ seine Hupe hören, um die auf der Straße spielenden Kinder zu verscheuchen. Ich muß mit Leonora darüber sprechen, nahm er sich vor. Was hindert sie, Reißner von der Expedition auszuschließen? Schließlich ist sie die Verantwortliche, ihr ganzes Vermögen steckt in dem Unternehmen. Was wir beitragen können, ist unsere Hilfe, unser Mut, unser Idealismus und unsere Tatkraft. Die Hauptlast trägt sie; wir sind eigentlich nur Parasiten, die sich bei ihr einnisten. Und Reißner – lieber Gott, paß auf uns auf! – ist der größte Parasit.

Im »Kloster« empfing ihn der Prior mit einer Nachricht aus Belgien. Sie waren hier in Port Moresby vier Patres, drei Laienbrüder und vier eingeborene Helfer, sie buken ihr Brot selbst, schlachteten Schweine und Lämmer, stellten Wurst und Schinken her, züchteten Blumen und verkauften alles auf dem Wochenmarkt am Fuße des Paga Hill. Am Sonntag wurde der Klingelbeutel von Hand zu Hand durch die Sitzreihen gereicht. In den Betsaal gingen nicht mehr als vierzig Gläubige hinein, und voll war er nie, meistens nur zur Hälfte besetzt. Wer kannte denn schon den kleinen Orden, der nicht einmal ein Harmonium oder ein Klavier, geschweige denn eine Orgel besaß. Pater Seraphin, ein knochiger Mann ohne Alter, begleitete die Gesänge und Psalmen auf einer alten, keuchenden und pfeifenden Ziehharmonika.

»Wir sind alle sehr fröhlich!« rief der Prior, als Pater Lucius von seinem Motorrad stieg und es in den Flur des Hauses schob. »Wir danken Gott aus ganzem Herzen, loben seine Güte und wollen dich umarmen, Bruder. Du hast mit deiner Idee, die Expedition mitzumachen, ein Tor aufgestoßen.«

»Was ist passiert?« fragte Pater Lucius vorsichtig.

»Das deutsche, belgische, holländische und französische Fernsehen haben den Bericht aus Port Moresby übernommen und ausgestrahlt. ›Zurück zur Urwelt‹, hieß die Sendung. Aus Gent kam ein Anruf vom Generaloberen: Von allen Seiten laufen Spenden ein.«

»In Gent!« Pater Lucius winkte ab, stellte das Motorrad an die Flurwand und legte einen Lappen unter, falls Öl auslaufen sollte. »Was sehen *wir* davon?«

»Eine Reihe bekannter Firmen will sich der Expedition anschließen und sie mitfinanzieren.«

»Ah! Ich ahne, welch eine Lawine da losgetreten worden ist. Man will die Expedition als Werbemittel für Produkte einsetzen.«

»Und das gibt Geld, Bruder.«

»Rechnen wir nicht damit! Rechnen wir um des Himmels willen nicht damit! Ich bin sicher, daß Miss Patrik jedes Angebot ablehnen wird.«

»Aber warum denn? Wer lehnt denn Geschenke ab?«

»Soll ich mit einem Schild auf der Brust und mit einem auf dem Rücken loslaufen? Vorn steht: ›Ich ziehe in die Steinzeit mit Butterkeksen von Slingfield‹, und auf dem Rücken steht: ›Bald werden auch die Papuas den Kaugummi von Wippineg kennen.‹«

»Man kann es diskreter machen, Bruder.« Der Prior schob

die Hände in die weiten Ärmel seiner Kutte. »Der Abflug morgen wird natürlich im Fernsehen gezeigt werden. Ein paar Worte nur zur Ausrüstung – in Gent liegen fette Angebote vor. Überdenke es: Es kommt Geld in die Kasse.«

»Ohne Miss Patrik ist da gar nichts zu machen.«

»Sprich mit ihr, Lucius.«

»Heute noch?«

»Ja. Fahr sofort zurück zu ihr. Du wirst in der Ordensgeschichte einen Ehrenplatz bekommen. Du bist jetzt der einzige Magnet, der die Weltöffentlichkeit anzieht. Gott hat dich auserwählt.«

»Ich will sehen, was ich erreichen kann.« Pater Lucius schob sein klappriges Motorrad wieder hinaus auf die Straße. »Aber hegt keine großen Hoffnungen!«

»Wir werden für dich beten, Lucius. Halte dir immer vor Augen: Schon vier Markenartikelfirmen bescheren uns ein sorgloses Missionieren. Um Gottes Wort zu verbreiten, ist keine offene Hand eine Schande.«

Leonora und General Lambs waren sehr erstaunt und warfen sich fragende Blicke zu, als Butler Herbert die Rückkehr von Pater Lucius meldete.

»Was hat er bloß?« fragte Sir Anthony. Es klang sehr besorgt. »Herbert, wie sieht er aus?«

»Wie immer, Sir. Einem Priester sieht man nie etwas an, sie gleichen sich der Umgebung an wie ein Chamäleon.« Der Butler verzog keine Miene, während er das sagte.

General Lambs lachte laut. »Er mag keine Pfaffen«, sagte er dann, »da seine Mutter mit einem anglikanischen Priester durchgebrannt ist und einen gebrochenen Ehemann und drei Kinder zurückgelassen hat. Sie ist nie wieder aufgetaucht.« Er nickte Herbert zu. »Lassen Sie Pater Lucius eintreten.«

»Sehr wohl, Sir.«

Pater Lucius war es sichtlich peinlich, noch einmal zurückgekommen zu sein. Man sah es ihm an, sein Hals war mit roten Flecken übersät, die er immer bekam, wenn er aufgeregt war.

Der Aufforderung, sich in einen der Korbsessel zu setzen, kam er nicht nach, er blieb stehen und nagte an der Unterlippe. »Ich ... ich hätte da noch eine Frage«, begann er zögernd, »die ich nicht in Gegenwart der anderen aussprechen konnte und wollte.«

»Irgendwelche Bedenken, die mit der Expedition zu tun haben?« fragte Leonora erstaunt.

»Ja. Das heißt ...«

»Wo drückt der Schuh, Pater?« Sir Anthony goß ihm einen weißen Rum mit Orangensaft ein. »Suchen Sie keine höflichen Worte, sagen Sie es frei heraus.«

»Nun gut! Muß Mr. Reißner unbedingt dabeisein?«

»John Hannibal?« Leonora schüttelte verblüfft den Kopf. »Was haben Sie gegen ihn, Pater Lucius?«

»Er ist ein Abenteurer.«

»Das wissen wir. Das hat er uns lang und breit erzählt.«

»Er ist ein Mensch ohne Skrupel.«

»Das müßte erst bewiesen werden«, warf Sir Anthony ein. »Ein großes Mundwerk hat er, und einen Kursus für Benehmen hat er nie besucht, das stimmt alles. Aber er ist auch ein Kerl, den so schnell nichts umwirft. Urwalderfahren – er kann Miss Patrik bestimmt viel helfen.«

»Reißner fährt nur mit, um Geld aus der Expedition zu schlagen.«

»Wollen das – seien wir doch ehrlich! – nicht alle? Kreijsman sucht Diamanten, wo es keine Diamanten gibt, Zynaker fliegt nur, weil er dafür gute Dollars bekommt, Reißner will Fotos machen und Filme drehen und damit ins große Reportergeschäft kommen, Schmitz, der schwärmerische Junge, will die große Welt kennenlernen und wird vielleicht auch mal darüber schreiben, später, wenn er Arzt geworden ist, und Sie, Pater, ziehen mit, um im letzten Niemandsland unserer Erde Heiden zu bekehren, Gottes Wort zu verkünden und eine Kirche zu errichten. Außerdem wird es Ihrem armen Orden Geld einbringen. Jeder hat also seinen eigenen Vorteil im Auge. Was stört Sie da so an Reißner?«

Pater Lucius trank mit bebender Hand sein Glas Rum mit Orangensaft. Er umklammerte es so fest, daß man meinen konnte, er halte sich an dem Glas fest. »Auf meinen Orden komme ich noch zu sprechen.« Er stellte das Glas ab und wischte sich mit der Hand über die schwitzende Stirn. Es war ein schwüler Abend, wie sie in Papua-Neuguinea häufig sind. »Reißner hat natürlich herausgefunden, was Kreijsman in das unbekannte Land treibt. Er ist der Ansicht, daß – da wir alle eine Gemeinschaft sind und ohne uns auch Kreijsman nicht zu seinem Ziel kommen würde – Kreijsman von seinem Gewinn die Hälfte behält und die andere Hälfte unter den übrigen aufteilt. Damit ist das Drama schon geschrieben.«

»Hat Reißner das Ihnen selbst gesagt?« fragte Leonora betroffen.

»Ja. Ganz deutlich.«

»Das kommt natürlich überhaupt nicht in Frage!«

»Ich glaube nicht, daß Sie ihm das ausreden können.« Pater Lucius räusperte sich. Was er jetzt zu sagen hatte, klang verdammt nach einem billigen Kriminalroman. Aber oft ist die Wirklichkeit erschreckender als die trivialste Phantasie. »Ich traue Reißner ohne weiteres zu, Unfälle oder sonst was zu inszenieren, um schließlich die fünfzig Prozent von Kreijsman allein zu kassieren.«

»Du lieber Himmel! Sie trauen ihm Morde zu?« rief Sir Anthony entsetzt.

»Ja.«

»Das sagen Sie als Priester?«

»Ich kann Morde nicht verhindern, ich kann die Toten nur segnen – wenn ich nicht der erste bin auf seiner Liste.«

»So weit denken Sie bereits?« Leonora war aus ihrem Sessel aufgesprungen und lief unruhig auf der Terrasse hin und her. »Das sind doch Hirngespinste!«

»Sie haben seine Augen nicht gesehen, als er seinen Plan vortrug. Das sind Wolfsaugen, kalt, ausdruckslos, unergründlich, starr. Jeder Mensch hat lebende Augen, ein Stück seiner Seele spiegelt sich in ihnen – Reißner hat tote Augen, in denen keine Regung mehr liegt. Haben Sie das noch nicht bemerkt?«

»Nein. Ehrlich gesagt, ich habe ihm noch nie so tief in die Augen geschaut.«

»Das sollten Sie aber.« Pater Lucius leerte sein Glas; er spürte den Rum ein wenig im Kopf und fühlte sich nicht mehr so gehemmt. »Nun zu meinem Orden! Der möchte auch mitmachen.«

»Aber das tut er doch durch Sie.« Sir Anthony schüttelte den Kopf. »Soll noch ein Pater mitziehen?«

»Nein. Wir sollen bei Foto-, Film- und Video-Aufnahmen einige Markenartikelfirmen in den Vordergrund stellen. Zum Beispiel die Hersteller der Konserven, die wir mitnehmen. Oder den Hersteller der Zelte und Schlafsäcke. Wer hat das Schlauchboot geliefert? Wenn es im Fernsehen gezeigt wird, weiß es jeder.«

»Die Expedition von Miss Patrik als wandernde Reklametafel!« Sir Anthony war sichtbar empört. »Und deswegen kommen Sie noch einmal zurück? Warum werden Sie nicht glutrot vor Scham?«

»Ich schäme mich ja.« Pater Lucius hob beide Hände, als wolle er um Entschuldigung bitten. »Aber wenn mein Prior wünscht, daß ich mit Ihnen, Miss Patrik, spreche – Gehorsam ist eine Säule meines Ordens. Die Angebote der Firmen, die genannt werden möchten, sind verlockend und könnten unserer Mission sehr helfen. Bedenken Sie, daß wir mit dem Geld neue Christen erziehen könnten.«

»Das wäre ein Grund, sofort abzulehnen«, sagte Sir Anthony sarkastisch. »Warum wenden sich die Firmen nicht direkt an uns?«

»Der Orden hat über die kommende Mission ein Fernsehinterview gegeben, und das ist auch in Europa und den USA gesendet worden. So kamen alle Anfragen zu uns.«

»Wenn es den Patres hilft, sollten wir nicht nein sagen, Sir Anthony«, sagte Leonora und nickte Pater Lucius zu. »Nachdenklich macht mich, was Sie von Reißner berichten.«

»Sie sollten ihn nicht mitnehmen.«

»Ich kann ihn doch nicht einen Tag vor dem Abflug von der Expedition ausschließen! Wie soll ich das denn begründen? Ich kann doch nicht sagen: Ihre Wolfsaugen gefallen mir nicht. Oder: Pater Lucius hat mir von Ihren Plänen erzählt. Er wird behaupten, daß das nur ein Scherz gewesen sei. Wer kann ihm das Gegenteil beweisen?«

»Wenn Kreijsman wirklich Diamanten entdeckt, kann es dramatisch werden. Dann bestimmt Reißner, was mit uns geschieht.«

»Wir werden uns wehren, Pater.«

»Womit denn? Sie haben ja gehört: Er hat eine Maschinenpistole organisiert. Schon das wäre Anlaß genug, ihn nicht mitzunehmen. Wir kommen in Frieden, nicht als Eroberer.«

»Die große Frage ist, ob die Papuas das auch so sehen.« Sir Anthony blickte hinaus in den Garten mit seinen Blütenbüschen, Fächerpalmen und Riesenfarnen. Er schwieg, schien an etwas Entferntes zu denken und zuckte mit den Wangenmuskeln. »Dieses Land und diese Menschen wird man nie begreifen. Jahrhunderte, Jahrtausende trennen uns von ihnen.«

»Wenn Reißner mitkommt, nehmen wir eine Bombe mit!« sagte Pater Lucius ziemlich dramatisch.

»Was will er denn? Wir werden, wenn es so kommt, wie Sie befürchten, alle gegen ihn sein. Er steht allein da.«

»Und er ist stärker als wir alle zusammen. Das ist es, Miss Patrik. Davor habe ich – ehrlich gesagt – große Angst.«

»Ich kann jetzt nichts mehr ändern, Pater.« Leonora hob die Schultern zu einem auch sichtbaren Bedauern. »Wir können nur abwarten und die Augen offenhalten – und uns wehren. Nicht nur Reißner kann gut schießen, ich kann es auch. Das habe ich beim Überlebenstraining gelernt.«

»Eine fabelhaft harmonische Expedition bei solchen Voraussetzungen!« sagte Sir Anthony spöttisch. »Es wäre doch praktischer – schon wegen der vorhandenen Spitäler –, sich gleich hier die Köpfe einzuschlagen. Dazu braucht man doch keine unerforschten Gebiete.«

»Ich glaube, wir sind alle ein wenig nervös, wenn wir an morgen denken.« Leonora versuchte ein Lachen, das aber kläglich mißlang. »Reisefieber ... Das ist alles vorbei, wenn wir in Goroka landen. Sie werden sehen, Pater, dann sind wir alle wieder normal. Und Ihrem Prior sagen Sie, daß wir gern den Orden unterstützen und die Schleichwerbung mitmachen.«

»Sie sind fabelhaft, Miss Patrik!« Pater Lucius mußte sich zurückhalten, sonst hätte er sie umarmt und vielleicht sogar geküßt. »Wenn wir eine richtige Kirche bauen können, dann ist das mit Ihr Werk. Gott wird Sie dafür segnen.«

»Auf den letzteren würde ich mich nicht so absolut verlassen«, sagte Sir Anthony, als Pater Lucius aufstand, um auf seinem knatternden Motorrad nach Port Moresby zurückzufahren. »Wenn Er seine Gnade über alle ausschüttete, hingen nicht Dutzende von Missionaren als Schrumpfköpfe über der Hüttentür oder am Gürtel eines Wilden. Wenn ihr euch nicht selbst helft, hilft euch da draußen keiner.«

Der nächste Tag wurde zu einem Ereignis, an dem über TV nicht nur ganz Port Moresby, sondern auch Papua-Neuguinea, alle umliegenden Inseln und sogar Neuseeland teilnahmen. Teams von ausländischen TV-Stationen wie aus Australien, den USA und sogar aus Deutschland belagerten schon Stunden vorher den Flugplatz von Port Moresby und die Maschine von Donald Zynaker. Der Prior des Klosters des »Ordens des Heiligen Opfers« war mit zwei Patres erschienen und ließ nach einer Liste, die er sich immer unter die Augen hielt, Kartons oder Kisten von Firmen, die für die unauffällige Werbung gute Dollars bereitgestellt hatten, vor dem Flugzeug aufbauen. Trotz der Kürze der Zeit waren es immerhin sechs Hersteller, die anständige sechstausend Dollar in die Klosterkasse scheffelten. Für den kleinen Orden war es ein Vermögen.

Pater Lucius erschien auf dem Flugplatz, im Meßgewand und flankiert von zwei Meßdienern, von denen einer das Kreuz und der andere den Weihrauchkessel trug. Er verzog gequält das Gesicht, als er die Kisten und Kartons erblickte.

Zynaker überprüfte in der Kanzel noch einmal alle Instrumente. Interviews für das TV lehnte er ab. »Was ist schon zu sagen?« ließ er sich hören. »Wir fliegen in ein unbekanntes Gebiet – na und?«

»Und Sie glauben, den verschollenen Dr. Patrik zu finden?«

»Fragen Sie Miss Patrik danach, nicht mich.«

»Aber Sie fliegen doch die Expedition. Warum?«

»Weil ich gutes Geld dafür bekomme – nur deshalb. Wenn Ihre TV-Gesellschaft hunderttausend Dollar bietet, fliege ich Sie auch auf den Mond!«

Die Reporter lachten, ließen aber Zynaker von da an in Ruhe. Um so größer wurde das Gedränge, als Leonora mit den anderen Expeditionsteilnehmern in zwei Wagen vorfuhr und neben dem Flugzeug ausstieg. Die Musikkapelle des »Christlichen Vereins junger Männer«, die der Prior engagiert hatte, spielte einen flotten Marsch.

General Lambs hatte sich überwunden und war gekommen, um den vollkommenen Blödsinn zu verabschieden. Sein Butler begleitete ihn und hielt einen großen Sonnenschirm über den Kopf des Generals. Eine brütende Hitze lag über der Stadt. Das Hinterland schien zu verdampfen.

Pater Lucius trat an einen kleinen Tisch, den Zynaker neben dem Einstieg des Flugzeugs aufgestellt hatte, griff in eine lederne Reisetasche, holte ein Kruzifix, einen Hostienbehälter und einen Weihwasserwedel hervor und legte sich dann eine Stola über die Schultern. Dann blickte er zu der Kapelle hinüber und nickte. Die jungen Männer intonierten einen Choral, und plötzlich wurde es sehr feierlich auf diesem abgelegenen Teil des staubigen Flugfeldes. Vor dem kleinen Tisch, der nun zum Altar geworden war, standen Leonora, Kreijsman, Reißner, Schmitz und Zynaker und hatten die Hände gefaltet.

»Muß das sein?« flüsterte Reißner zu Kreijsman hinüber. »Das ist doch ein verdammtes Theater!«

»Das kommt mir vor wie ein Feldgottesdienst, damals im Krieg.« Sir Anthony zog das Kinn an. »Da waren auch Priester, die segneten die jungen Soldaten, bevor man sie ins Sterben schickte, und sie segneten die Bomben unter den Flugzeugen und weihten die Kanonen, die tausendfachen Tod über die Menschen brachten. Lassen Sie die Hände gefaltet, Reißner. Auch für Sie wird jetzt gebetet, denn die Hölle liegt vor Ihnen.«

»Wir stehen vor einer großen Prüfung«, erhob Pater Lucius seine Stimme, »einer Prüfung, die wir auf uns genommen haben, weil die Liebe zu einem Menschen stärker sein soll als alle Gefahren, die uns umlauern werden.«

»Das klingt gut«, zischte Reißner und blickte Sir Anthony grinsend an. »Wie so ein Priester doch alles elegant hinbiegt! Den meisten von uns geht's um Geld.«

»Mehr denn je werden wir auf Gottes Hilfe und seine Allmacht vertrauen müssen, werden wir Kraft aus unserem Glauben brauchen in der Urwelt, in die wir eintauchen werden. Lasset uns beten! Herr im Himmel, beschütze unser Werk, blicke auf uns hernieder und gib uns den Mut, die nächsten Monate durchzustehen. Segne unseren Marsch ins Ungewisse und laß es mit Deiner Güte geschehen, daß wir finden werden, was wir suchen.«

»Diamanten«, flüsterte Reißner und verzog das Gesicht.

»Herr, verlaß uns nicht. Wir geben uns in Deine Hand.« Pater Lucius hatte mit großer Ergriffenheit gesprochen. Jetzt drehte er sich um, hob die Arme und segnete das Flugzeug. Dabei schloß er die Augen, um nicht zu sehen, daß er gleichzeitig auch die Kisten der Konservenfabrik Pitts & Co. segnete, die genau vor ihm und voll im Bild der TV-Kameras standen, die diesen Segen natürlich in Großaufnahme filmten.

»Im Namen des Vaters, des Sohnes und des Heiligen Geistes«, sagte Pater Lucius mit belegter Stimme, »segne ich dich und wünsche dir den ersehnten Erfolg. Amen.«

Er drehte sich wieder um, warf einen langen Blick auf die Reihe der Menschen vor sich, packte das Kruzifix und die anderen Geräte in die lederne Reisetasche, trat an die Flugzeugtür und warf die Tasche ins Innere. Ohne sich noch einmal umzusehen, stieg er ein und verschwand hinter den runden Fenstern.

Zynaker und der Prior luden die Kisten und Pakete mit den Reklameaufschriften schnell ein. Die TV-Kameras schwenkten auf Leonora, und die Reporter redeten auf sie ein.

»Haben Sie Hoffnung, Ihren Vater zu finden?«

»Nach zehn Jahren – ist das nicht eine Utopie?«

»Was machen Sie, wenn Sie seinen Schrumpfkopf finden?«

»Haben Sie keine Angst, von Kopfjägern überfallen zu werden?«

»Auf alle Fragen kann ich nur antworten: Wenn wir die Hoffnung nicht hätten, wäre das Leben ohne Sinn.« Leonora lächelte in die surrenden Kameras. In ihrem Khakianzug sah sie bezaubernd aus, mehr wie eine reiche Globetrotterin als wie ein Mensch, der weiß, daß er sein Leben verlieren kann. »Drückt mir alle die Daumen, ich hab's nötig.«

Noch einmal umarmten sich Sir Anthony und Leonora, dann riß sie sich los und stieg schnell ins Flugzeug. Die anderen folgten, winkten noch einmal in die Kameras, und Zynaker zog als letzter die Tür zu. Die Propeller begannen zu kreisen, die beiden Motoren donnerten und heulten auf, langsam begann das Flugzeug sich zu bewegen und rollte auf die Startbahn zu. Dort gab Zynaker Vollgas, die Motoren dröhnten, wie mit einem Sprung schnellte die Maschine vor, raste über die Piste und erhob sich nach einer kurzen Anlaufstrecke.

Als das Flugzeug in einem ziemlich steilen Winkel in den heißen blauen Himmel stieß, wischte sich Sir Anthony über die Augen, senkte den Kopf und wandte sich ab, als wolle er das Entschwinden der Maschine nicht mehr sehen.

Der Butler sprach diszipliniert aus, was der alte General dachte: »Ob wir sie wiedersehen, Sir?«

»Nein.«

»Wir sollten daran glauben, Sir.«

»Da hilft kein Glauben, Herbert.« Sir Anthony wandte sich ab und ging mit langsamen Schritten zu seinem Wagen. Der Butler folgte ihm, den Sonnenschirm über den Kopf des Generals haltend. »Von da, wo sie hinwollen, käme selbst ein Bataillon nicht mehr zurück.«

Im flimmernden Blau des Himmels verschwand das Flugzeug als kleiner, sich auflösender Punkt.

Pieter van Dooren hatte seinen Beruf von der Pike auf gelernt. Als Kochlehrling in Rotterdam, getrieben von den Ohrfeigen des Chefkochs, dem nichts recht zu machen war, hatte er angefangen, wurde dann Saucier und später Sous-Chef in Vlissingen, besuchte nach der Meisterprüfung einen Lehrgang auf der Hotelfachschule in Haarlem, übernahm die Leitung eines kleinen Kurhotels bei Noordwijk aan Zee, wechselte in die Schweiz, wo er stellvertretender Hoteldirektor in Montreux wurde, um schließlich einen Ruf nach Singapore anzunehmen, wo er das Hotel »Shari Dong« leitete. Eine kontinuierliche steile Karriere, die in Singapore ihren Höchststand erreicht hatte. Mehr als das »Shari Dong« konnte man nicht bekommen. Vielleicht noch das »Mandarin« in Hongkong oder das »Shangri-La« in Singapore oder das »Ritz« in Paris, aber so hoch dachte Pieter van Dooren nicht. Für ihn war der Gipfel erstiegen.

Um so mehr staunte jeder, der ihn kannte, daß er mit zweiundvierzig Jahren das herrliche »Shari Dong« verließ, den erklommenen Gipfel wieder hinunterstieg, nach Papua-Neuguinea auswanderte und dort, im unwirtlichen, wilden östlichen Hochland, in der Stadt Goroka das Hotel »Goroka Lodge« übernahm. Man munkelte, die unglückliche Liebe zu einer wunderschönen Singapore-Chinesin, die leider verheiratet war, habe Pieter van Dooren zu diesem verrückten Entschluß getrieben, aber wenn ihm schon Singapore verleidet war, warum dann ausgerechnet Papua-Neuguinea und nicht Hongkong, Bangkok, Manila oder Tokio, wo man europäische Hoteldirektoren sehr schätzte und mit offenen Armen aufnahm? Goroka, du lieber Himmel, das war eine Verbannung in Hitze, neunzigprozentige Luftfeuchtigkeit, unter fünfundzwanzigtausend typischen Papuas mit Federhüten, durchbohrten Nasenflügeln und Wildschweinhauern als Schmuck, weil man Schrumpfköpfe verboten hatte. Und es war auch die Heimat der geheimnisvollen »Lehmmenschen«, jener Eingeborenen, die ihren Körper mit weißem Lehm beschmierten und riesige, wild aussehende Köpfe aus Lehm über sich stülpten, um damit ihre Feinde zu erschrecken, die an fremde Götter glauben mußten, wenn die Gestalten auf sie zuschlichen und unter schaurigen Schreien gestikulierten. Hier im Hochland prallten Urkultur und Neuzeit aufeinander und verschmolzen sogar. Die Papuas fielen nicht mehr aufs Gesicht, wenn auf dem Flugplatz von Goroka die donnernden Riesenvögel vom Himmel sanken, sondern sie standen hinter dem hohen Drahtzaun und starrten auf die Weißen, die aus dem Leib der Vögel quollen und sofort zu fotografieren begannen. Der Tourismus hatte Goroka entdeckt, und die Papuas hatten das Geld entdeckt. Sie bildeten Tanzgruppen und führten in ihren alten, prächtig-bunten Federgewändern Kriegstänze und Götterbeschwörungen auf. Das reichlich fließende Geld erlaubte es ihnen nach und nach, aus ihren Dörfern mit Allradbussen japanischer Herkunft zu den Vorstellungen zu fahren.

Pieter van Dooren sprach mit niemandem über diesen verrückten Übergang vom Luxus in die Steinzeit. Sein »Goroka Lodge« wurde zum führenden Hotel der ganzen Provinz, es stand nie leer, weil die Air Niugini, die Fluggesellschaft von Papua-Neuguinea, laufend Touristen, vor allem Amerikaner, in das Hochland flog, und wenn in Port Moresby die großen Kreuzfahrtschiffe aus aller Welt ankerten, karrten die Flugzeuge dreihundert oder gar vierhundert Passagiere zu einem Tagesausflug nach Goroka, wo sie mit leichtem Erschauern die Tänze der »Wilden«, das Anschleichen der Lehmmenschen und ein grandioses kaltes Buffet im Garten des Hotels genossen. Pieter van Dooren hatte eine Goldgrube aufgemacht, um den Preis, am Ende der Zivilisation zu leben.

An diesem heißen Mittag stand nun van Dooren auf der Piste des Flugplatzes Goroka und rauchte einen langen schwarzen Zigarillo. Neben ihm lehnte der Flugplatzkommandant an der Mauer und kaute auf einem Fruchtgummi herum. Es roch nach Orange.

»Ich bin gespannt, wie die Verrückten aussehen«, sagte der Kommandant. »Das Bild in der Zeitung – die Lady muß eine Schönheit sein. Pieter, Sie haben doch eine Sammlung von grauslichen Dingen der Eingeborenen. Die sollten Sie ihr mal zeigen. Wenn sie in Ohnmacht fällt, gibt sie den Plan vielleicht doch noch auf.«

»Ich glaube nicht, daß sie sich von gegerbten Menschenhäuten, Trinkgefäßen aus Hirnschalen und getrockneten, aufgespannten Penissen beeindrucken läßt. Was General Lambs nicht geschafft hat, das kriege auch ich nicht hin. Frauen haben einen massiveren Dickkopf als Männer, das ist bekannt.« Van Dooren schwieg und streckte die rechte Hand aus. »Da kommen sie. Zynaker mit seiner alten Mühle. Daß er einen solchen Blödsinn mitmacht, das hätte ich nie gedacht. Wenn einer weiß, worauf sie sich da einlassen, dann ist es Donald.«

»Dann sollte man ihn überreden, Pieter.« Der Flugplatzkommandant spuckte seinen Kaugummi aus. »So einen kleinen Defekt an der Maschine kann man leicht konstruieren.«

»Dann chartert sich die Lady eine andere Maschine.«

»Von wem denn?«

»Es gibt in Madang noch so einen verrückten Flieger wie Zynaker. Einen Franzosen. Ich wette, daß die Lady längst von seiner Existenz weiß. Sehen Sie sich das an!« Van Dooren hob beide Hände in den Himmel. »Er schwebt herein wie zu einem Tiefangriff. Er stürzt auf uns zu. Ich sage ja, Zynaker gehört zu den Kerlen, die überhaupt keinen Respekt vor dem Leben haben – vor dem Tod schon gar nicht.«

Das Flugzeug kam ziemlich steil herunter, richtete sich aber vor der Landepiste wieder auf und schwebte über das Rollfeld. Weich setzte es auf und rollte dann aus. Auf einer Zubringerpiste verließ es die Startbahn.

»Fliegen kann er!« sagte der Kommandant anerkennend. »Das hat er als Dschungelflieger in Vietnam gelernt.« Van Dooren beobachtete das Flugzeug, das jetzt in den hinteren Teil des Flugplatzes rollte und vor ein paar Lagerschuppen zum Stehen kam. »Gehen wir der Lady entgegen.«

Die Begrüßung war herzlich, so als kenne man sich schon seit Jahren. Van Dooren, der Leonora bisher nur von den Pressefotos kannte, war von ihrer Erscheinung fasziniert und betroffen zugleich. Der Gedanke, daß sie in den »Tälern ohne Sonne« für immer verschollen bleiben könnte, ließ sein Herz plötzlich schwer schlagen.

Reißner, wie immer alle übertönend, zeigte lachend auf die Papuas, die hinter dem Drahtzaun standen und zu ihnen herüberstarrten. »Genau so habe ich mir das vorgestellt: ein Haufen bekleideter Affen. In Australien laufen die Nigger genau so rum.«

»Wer ist denn das?« fragte van Dooren und sah fast erschrocken Leonora an.

»John Hannibal Reißner, ein Fotograf.«

»Der gehört auch zur Expedition?«

»Ja.«

»Mit dem werden Sie noch Spaß bekommen, tödlichen Spaß, Miss Patrik. Mit dieser Einstellung zu den Papuas redet er sich um den Kopf. Glauben Sie nicht, das seien dumme Wilde! Sie haben ein ungemein ausgeprägtes Feingefühl. Wenn es verletzt wird, bestimmen die Urinstinkte alle Handlungen. Das sollten Sie sich als Goldene Regel merken: Beleidigen Sie nie einen Papua – seiner Rache würden Sie nie entgehen.«

Mit einem Kleinbus fuhren sie zur Homate Street, wo in einem weiten, gepflegten Park mit Eukalyptusbäumen und großen Begonienbüschen das Hotel lag, ein weißer, langgestreckter, einstöckiger Bau im Stil der Kolonialzeit, mit Säulen, verglaster Terrasse, kurzgehaltenem englischen Rasen und einem halbrunden gläsernen Speisesaal. In einem Anbau befand sich die Wohnung von Pieter van Dooren. Von seiner Terrasse ging der Blick weit über das Land bis zum Zokizoi River und einer Ansiedlung mehrerer Papua-Familien. Langgezogene, wie auf Pfählen stehende Holzhäuser, strohgedeckt und mit buntbemalten, hochgezogenen spitzen Giebeln.

Nach dem Essen, bei dem sie von zwei weiß gekleideten Papuas bedient wurden, machten sich Reißner, Kreijsman und Pater Lucius auf, die Stadt Goroka und vor allem den Eingeborenenmarkt an der Kundiawa Road zu besichtigen. Zynaker kehrte zum Flugplatz zurück, um das Flugzeug nicht allein zu lassen und aufzutanken. Peter Paul Schmitz ließ sich mit einem Taxi zur Morchhauser Street fahren, um das McCarthy-Museum zu besuchen. Leonora und van Dooren blieben auf der Terrasse zurück und ließen sich einen starken Kaffee und Gebäck servieren.

»Sie haben bei General Lambs gewohnt?« fragte van Dooren, nachdem Leonora das schöne Hotel und den prächtigen Park gelobt hatte. »Er muß Sie für verrückt halten.«

»Das tut er.«

»Er haßt dieses Land.«

»Den Eindruck hatte ich nicht. Es schien, als fühle er sich wohl in Port Moresby.«

»Er fühlt sich wohl in seinem Haß – das ist es. Kennen Sie seine Geschichte?«

»Nein. Er sprach wenig, ja gar nicht über sich selbst.«

»Es ist über dreißig Jahre her.« Van Dooren hielt Leonora eine Schachtel Zigaretten hin. Sie schüttelte den Kopf, aber van Dooren nahm sich eine heraus und zündete sie an. »Damals machte seine Frau, Lady Mary, einen Ausflug auf dem Sepik. Sie waren eine Gruppe von sieben Personen, die Lady, ein Captain der Armee, zwei Korporale, der Motorbootführer und zwei Botaniker aus Neuseeland. Sie wollten von Ambunti bis Angoram fahren, durch die riesigen Sumpfgebiete der Ostprovinz und vor allem in das Pflanzenparadies des Lake Chambri, ein Dorado für Botaniker. Lady Mary war nämlich selbst eine große Botanikerin – irgendeine seltene Dschungelpflanze, die sie entdeckt hat, trägt ihren Namen Mary Lambs. Es war eine völlig ungefährliche Tour. Gerade an diesem Teil des Sepik reiht sich Dorf um Dorf an den Fluß, liegen Missionen, Polizeistationen und Sammelstellen von Händlern. Bei dem Dorf Suapmeri verließ das Boot den Sepik und fuhr auf einem Nebenarm zum Lake Chambri, wollte ihn durchqueren und bei dem Dorf Wombun für zwei Tage ein

Lager beziehen. Das war keine Seltenheit, und weil der Ausflug so ungefährlich war, hatte Oberstleutnant Lambs – damals war er noch nicht General – seine Einwilligung gegeben. Von Suapmeri empfing die Garnison in Madang, wo Lambs damals das Kommando hatte, noch einen fröhlichen Funkspruch, in dem Lady Mary sagte, wie wundervoll hier die Landschaft sei, aber von da an verliert sich jede Spur. Das Boot mit den sieben Personen ist nie in Wombun angekommen. Lambs ließ mit seinem Militär das ganze Gebiet durchsuchen, ich glaube, nicht einen Meter des Lake Chambri ließ er unerforscht, immer und immer wieder verhörten die Soldaten die Eingeborenen und bekamen immer die gleiche Antwort: ›Wir haben nichts gesehen. Wir wissen nichts.‹ Keine Trümmer des Bootes, kein Kleiderfetzen wurde gefunden. Die kleine Gruppe hatte sich im Nichts aufgelöst. Da so etwas aber nicht möglich ist, schickte Lambs eine Strafexpedition aus. Sie brannte ein Dorf der Papuas nieder und drohte, alle Dörfer rund um den Lake Chambri zu verbrennen, wenn niemand die Wahrheit sagte – umsonst. Je mehr sie drohte, um so schweigsamer wurden die Papuas, um so starrer ihre Gesichter. Nach dem Niederbrennen des Dorfes war alles aus – die Papuas hätte man in Stücke schneiden können, und sie hätten dennoch geschwiegen.« Van Dooren atmete tief auf und goß sich noch eine Tasse Kaffee ein. »Das war vor dreißig Jahren. Man wollte Lambs versetzen – er weigerte sich. Im Gegenteil, er baute sich in Port Moresby das Haus, das Sie kennen, und blieb in Papua-Neuguinea, um nie seinen Haß zu verlieren und ihn zu pflegen wie einen kostbaren Gegenstand. Die Erinnerung an seine Frau wurde zu einer Wurzel, die ihn festhält.« Van Dooren sah Leonora nachdenklich an. »Und nun kommt eine Frau daher in der wahnsinnigen Absicht, in die ›Täler ohne Sonne‹ zu fliegen und dort ihren verschollenen Vater zu suchen. Ahnen Sie, was in Lambs' Innerem vor sich gegangen ist? Er sieht in Ihrem Plan eine Wiederholung der damaligen Tragödie.«

»Ich werde nicht spurlos verschwinden, Pieter.« Leonora

blickte über das Land und die Siedlung der Papuas. »Ich komme zurück, mit meinem Vater oder mit seinem Kopf.«

Sie sagte es so betont und siegessicher, daß van Dooren darauf verzichtete, noch weiter über dieses Thema zu sprechen.

Am Abend meldete sich ein junger, fast schwarzhäutiger, krummbeiniger Papua, der seinem Namen alle Ehre machte, denn als 1526 die Portugiesen dieses Land entdeckten, nannten sie es »Ilha das papuas«, was so viel heißt wie »Insel der Krausköpfigen«.

Der Eingeborene prallte zunächst mit dem Portier des Hotels zusammen, einem Zweimeterbrocken, der auf den Kleinen hinabsah wie auf eine Maus.

»Du willst Masta sprechen?« schrie der Riese den Zwerg an. »Ein Käfer will Masta über die Hose krabbeln?«

Sie redeten miteinander in der Goroka-Sprache der »Lehmmenschen« aus dem Asaro-Tal, einer der siebenhundert verschiedenen Sprachen, die nicht Dialekte sind, sondern eigene Papua-Sprachen, so verschieden wie Französisch und Polnisch.

»Was soll ich mit seiner Hose?« schrie der Kleine zurück. »Ich habe etwas Wichtiges zu sagen. Man wird mich gebrauchen können.«

»Es gibt keine Arbeit mehr bei uns! Alles vergeben.«

»Sie werden dich später mit Stöcken schlagen, wenn du mich wegtreibst!«

»Zuerst bekommst du Prügel.«

»Es geht um die Fremden.«

»Wir haben hier nur Fremde.«

»Die mit dem Flugzeug gekommen sind.«

»Fast alle Fremden kommen mit dem Flugzeug.«

»Die, von denen man sagt, sie wollen ins Hochland.«

»Woher weißt du das, du Wurm?«

»Wenn einer es erfahren hat, weiß es bald jeder. Es ist wirklich wichtig. Laß mich zu Masta.«

Es war eine Glücksminute für den Kleinen, daß gerade in diesem Augenblick Pieter van Dooren durch die Eingangshalle ging, beim Anblick des mit einer ausgefransten kurzen Hose und einem zerschlissenen, ehemals hellblauen Hemd bekleideten Papuas stehen blieb und das »Laß mich zu Masta« hörte. »Was will er?« fragte er.

Der riesige Portier wedelte mit beiden Händen. Der Kleine zog den Kopf zwischen die schmächtigen Schultern.

»Ein Frosch bläst sich auf, Masta!«

Van Dooren ging auf den krummbeinigen Eingeborenen zu und musterte ihn erstaunt. »Warum wolltest du mit mir sprechen?« fragte er.

»Ich bin ein guter Spurensucher.« Der kleine Papua drehte die Hände nach oben, als wolle er um ein bißchen Essen betteln. »Ich kann neun Sprachen, ich habe sie auf der Missionsstation gelernt, ich bin geboren bei Kopago, im Dorf Hauwindi, der Pater Jakob hat mich mitgenommen nach Goroka, nun bin ich hier, aber ich kenne die Flüsse und die Berge, wohin die Fremden wollen, und ich spreche die Sprachen der Lagaip- und Ufei-Leute.«

»Das ist interessant.« Van Dooren wies mit dem Kopf nach hinten. »Komm mit. Vielleicht kann man dich wirklich gebrauchen.«

Der Kleine streckte sich, wölbte die Brust vor, warf einen Blick voll abgrundtiefer Verachtung auf den Portier und folgte dem »Masta« mit langen Schritten. Daß er zuvor mit aller Wucht gegen das rechte Schienbein des Riesen trat, war sicher nur eine Ungeschicklichkeit.

In einem kleinen Salon waren alle Expeditionsteilnehmer versammelt und tranken einen ausgezeichneten australischen Wein, als van Dooren mit dem kleinen Papua hereinkam. Während van Dooren zu dem großen runden Tisch trat, blieb der Papua an der Tür stehen und faltete die Hände, wie er es auf der Mission gelernt hatte.

Reißner rief fröhlich: »Wen haben Sie denn da, Pieter? Soll das Lockenköpfchen das Nachtgebet sprechen? ›Ich bin ein kleiner Papua und ruf' von fern und auch von nah: Wenn Väterchen auch Köpfe schnitt, ich bin ein Christ und bete mit.‹«

»Finden Sie das witzig?« fragte Pater Lucius sauer. Er stand auf, hob das Kreuz, das vor seiner Brust an einer goldenen Kette baumelte, in der rechten Hand hoch und trat einen Schritt auf den Papua zu. »Wie heißt du?«

»Samuel, Masta.«

»Du bist getauft?«

»Ja.«

»Ich bin Pater Lucius.«

»Gott segne Sie, Vater.« Der Kleine schlug schnell ein Kreuz und faltete dann wieder die Hände. Seine schwarzen Augen glänzten. Für einen Papua aus dem Hochland hatte er einen schönen Kopf, ebenmäßige Gesichtszüge, schmale Lippen und nicht die breite klobige Nase, durch die sich seine Stammesgenossen Wildschweinzähne, schmale Knochen, Eisenstifte oder Federkiele bohrten. Auch er schien sich in frühen Jahren so geschmückt zu haben; seine Nasenlöcher zeigten noch die Narben der Durchbohrungen. Aber seitdem er ein Christ geworden war und auf den Missionsstationen gelebt hatte, den Namen Samuel trug und keine Sorgen um seinen Lebensunterhalt kannte, wurde er zu einem der zivilisierten Papuas in einer Welt, die er nur zur Hälfte verstand. »Ich kann euch helfen«, sagte er und versuchte dabei ein vertrauenerweckendes Lächeln.

»Er gibt an, neun Sprachen zu sprechen«, erklärte van Dooren. »Er kennt die Stämme der Hewa, Duna und Enga.«

»Ich bin ein Duna«, sagte Samuel stolz. »Ich kann euch hinführen, wohin ihr wollt.«

»Das ist ja fabelhaft!« Kreijsman war begeistert. »Ein einheimischer Führer, das ist genau, was wir noch brauchten. Da tappen wir nicht wie blinde Hühner durch die Gegend. Samuel, kennst du die Wälder und Täler zwischen dem Lagaip River und dem Pori River?«

»Da ist noch kein Mensch gewesen, Masta.«

»Aber dort leben Menschen?«

»Ich weiß es nicht. Keiner weiß das. Nur böse Geister gibt es da, das weiß man. Sie fassen die Menschen an, und dann werden sie zu Luft. Als Nebel fliegen sie in den Himmel.«

»Das sagst du als Christ, der Jesus kennt?« sagte Pater Lucius tadelnd. »Es gibt keine Geister, Samuel, keine bösen und keine guten. Es gibt nur den einzigen Gott.«

»Ich habe gehört, daß auch Jesus zu Luft wurde und in den Himmel schwebte.«

»Der Junge ist in Ordnung!« Reißner lachte laut. »Er gibt's Ihnen gehörig, Pater! Den nehmen wir, nicht wahr, Miss Patrik?«

»Komm einmal her, Samuel.« Leonora winkte dem Papua zu.

Der Krummbeinige trat zögernd vor und blieb vor Leonora stehen. Seine unter den Brauenwülsten liegenden Augen flehten sie an. Nimm mich, hieß dieser Blick. Ich will dich hinführen in das wilde, unbekannte, geisterbewohnte Land. Und ich will meine Sippe wiedersehen, in Hauwindi bei den Yuma-Bergen, ein kleines Dorf, nur meine Sippe wohnt da, eine große Familie, siebenundfünfzig sind es, und ich bin der einzige Getaufte. Ich wollte mehr sehen als unsere Felder, unser Vieh, den Wald, die Flüsse zwischen den Bergen, die Pfahlhütten mit den Palmstrohdächern und den Wänden aus geflochtenen Matten. Darum bin ich mitgegangen mit dem Pater Missionar, damals vor neun Jahren. Ich war fünfzehn Jahre alt, hatte die Mutprobe der Krieger überstanden, hatte meinen Federhut, meine Lanze und die Bambuspfeile mit dem Bogen und der Tiersehne, und vor meiner bemalten Brust hing wie ein Schild das Schulterblatt eines Ebers, und seine Zähne staken in meinen Nasenlöchern. Ich war der beste Spurensucher meiner Sippe, ein guter Jäger, und als die Sippe der Kelebo uns überfiel und drei Mädchen raubte, habe ich sie über Berge und durch Täler, durch Flüsse und Dschungel verfolgt und vier von ihnen getötet. Ihre Köpfe konnte ich nicht abschneiden und mitnehmen, das hat der Distriktskommandant verboten; aber ich habe ihnen die Schwänze abgeschnitten und an meinen Gürtel gehängt. Ja, ich war ein großer Krieger, und trotzdem bin ich weggegangen von meiner Sippe, um etwas mehr von der Welt zu sehen. Nun bin ich hier in Goroka in der Mission und habe

Sehnsucht nach meiner Sippe. Nimm mich mit, große Massa, ich bin der beste Spurenleser. Du kannst mich brauchen.

»Du hast keine Angst, in die ›Täler ohne Sonne‹ zu ziehen?«

»Keine Angst, Massa.« Samuel reckte sich, als wolle er seine Muskeln zeigen. »Ich bin ein großer Krieger.«

»So sieht er zwar nicht aus«, sagte Reißner und schüttelte den Kopf, »aber ich glaube, der Junge weiß genau, wovon er spricht. Was meinen Sie, Miss Patrik?«

»Kannst du so einfach weg von der Mission?« fragte Leonora und lächelte Samuel ermunternd zu. Es war wie eine halbe Zusage. »Was werden die Patres sagen?«

»Ich habe ihnen neun Jahre treu gedient, Massa. Nicht einen Tag Urlaub, wie die weißen Männer sagen, wenn sie plötzlich verschwunden sind und lange wegbleiben. Ich werde jetzt auch Urlaub machen.«

»Ich sag's ja«, rief Reißner wieder und schlug mit der flachen Hand auf den Tisch. »Der Junge ist clever. Wir sollten ihn mitnehmen, er könnte sehr wertvoll sein.«

»Ich werde mit meinen Glaubensbrüdern sprechen.« Pater Lucius erhob sich von seinem Stuhl. »Sofort. Sie werden uns Samuel sicherlich mitgeben. Nach Plan fliegen wir übermorgen weiter nach Kopago zum Distriktshauptquartier. Sie nehmen Samuel mit, nicht wahr, Leonora?«

»Ja. Es wird sich zeigen, ob er wirklich das hält, was er uns verspricht, oder ob er nur umsonst zu seiner Sippe zurückkehren will.« Sie nickte Samuel zu, der sie mit glänzenden Augen anstarrte. »Ich will es mit dir versuchen – du kommst mit uns.«

»Danke, Massa.« Samuel machte eine tiefe Verbeugung. »Danke.« Dann sah er Pater Lucius an, machte eine Art Luftsprung, rief laut: »Halleluja!« und rannte aus dem Zimmer. Pater Lucius folgte ihm.

»Ich glaube, da haben Sie einen guten Fang gemacht, Miss Patrik«, sagte van Dooren. Er sagte es sehr ernst. »So ein Eingeborener kann eine Art Lebensversicherung sein.«

Nach zwei Stunden kam Pater Lucius wieder ins »Goroka Lodge« zurück. Samuel folgte ihm, einen Sack aus Zeltstoff über dem Rücken. Er enthielt seine ganze Habe: einen Anzug für den sonntäglichen Gottesdienst in der Kirche, etwas Unterwäsche, ein Paar derbe Lederschuhe mit dicken Sohlen, zwei alte Hemden, eine kurze, ausgefranste Hose aus Khakistoff, ein beidseitig geschliffenes Messer mit einem geschnitzten Holzgriff, ein Foto der Mission von Goroka, worauf man Samuel im Ornat eines Meßdieners sehen konnte, drei Heiligenbildchen mit frommen Sprüchen, ein Kruzifix aus silbergefärbtem Kunststoff, zwei Stirnbänder, mit bunten Perlen bestickt, und aus vergangener Zeit einen Buschen Paradiesvogelfedern und das Brustschild aus dem Eberschulterblatt. Das war das Wertvollste seines Gepäcks; wenn er nach Hauwindi zurückkehrte oder mit den Weißen in das unbekannte Land der »Täler ohne Sonne« zog, zeigte das Brustschild jedem, daß er ein großer Krieger war und keine Furcht kannte. Seine triumphale Beute, die vier abgeschnittenen Schwänze der Kelebo-Krieger, hatte man ihm auf der Missionsstation sofort abgenommen und am gleichen Tag noch verbrannt. Fast zehn Tage lang trauerte Samuel ihnen nach, dann erst war er bereit, sich von Jesus und der brüderlichen Liebe zu allen Menschen erzählen zu lassen. Wer aber Jesus wirklich war, hatte er bis heute noch nicht ganz begriffen. Die Hauptsache war, er lebte in einem schönen festen Haus und hatte immer zu essen und zu trinken, ohne stundenlang auf die Jagd gehen zu müssen.

»Alles klar!« sagte Pater Lucius und legte den Arm um Samuels Schulter. »Er bringt die besten Empfehlungen mit. Ein braver, fleißiger Bursche – sogar die lateinische Messe kann er auswendig.«

In der Nacht aber geschah etwas Merkwürdiges. Der riesige Portier wachte von dem unangenehmen Gefühl auf, jemand kratze ganz leicht über seine Brust. Er hob den Kopf, sah zunächst nichts, griff zur Seite, knipste das Licht an und lag dann regungslos, wie erstarrt auf dem Rücken. Er spürte, wie kalter Schweiß ihm plötzlich aus allen Poren drang, wie ein inneres Zittern ihn ergriff, wie sein Hals gewürgt wurde und seine Lungen nach Luft rangen. Mit weit aufgerissenen Augen starrte er auf seine breite, schwitzende Brust. Dort bewegte sich träge, oft anhaltend und den Gliederschwanz hochreckend, ein großer Skorpion und kroch langsam zu seinem Hals hinauf.

Der Riese hielt den Atem an, das Hämmern des Blutes in seinem Kopf betäubte ihn fast, die Angst verkrampfte seine Hände und Zehen, er starrte den Tod an, den noch hochgehobenen Giftstachel und wußte, daß er bei der geringsten Bewegung nach unten stieß, in ihn eindrang und das Gift in seinen Körper spritzte.

Der Skorpion kroch langsam weiter, am Hals entlang, über die rechte Schulter und ließ sich dann auf den Boden fallen. Mit einem dumpfen Schrei sprang der Portier von seinem Bett, rannte ins Zimmer, ergriff einen Kerzenleuchter aus dickem Messing – auf dem Markt von Mount Hagen hatte er ihn vor Jahren gekauft –, stürzte zurück zum Bett, sah den großen Skorpion über die Holzdiele kriechen und schlug zu, immer und immer wieder, auch als der Skorpion nur noch eine unförmige, zermalmte Masse war, und er hörte erst auf, als der Leuchter in der Mitte durchbrach.

Nein, es gibt keinen Grund anzunehmen, Samuel habe seine Hand im Spiel gehabt. Wie kann man einem Meßdiener so etwas zutrauen?

3

Lieutenant Ric Wepper kapitulierte: Gegen eine Frau wie Leonora Patrik kam er nicht an.

Seit Wochen bedrängte ihn General Lambs telefonisch mit der dringenden Bitte, die Expedition ins unbekannte Hochland zu verhindern. Jeder Trick war dazu gut genug, ja, sogar Sabotage an dem Flugzeug von Zynaker hatte der General vorgeschlagen ... »Stoppen Sie den Wahnsinn!« hatte Sir Anthony immer wieder gerufen. »Sie sind die letzte Station, Wepper!

Unternehmen Sie etwas! Als District Commander müssen Sie sich etwas einfallen lassen! Oder wollen Sie offenen Auges zusehen, wie Miss Patrik das gleiche Schicksal erleidet wir ihr Vater vor über zehn Jahren?«

Nun war Zynaker mit seiner alten Mühle gelandet, die Expedition wohnte in einem Seitengebäude der Polizeistation, Kreijsman lief schon, entnervt von vierzig Grad Hitze und achtundneunzig Prozent Luftfeuchtigkeit, wie ein mit Leim eingeschmierter Mensch, an dem alles kleben bleibt, herum, und Peter Paul Schmitz, der junge Medizinstudent, lag in einer Wanne mit kaltem Wasser und beneidete die kaltblütigen Fische. Richtig wohl fühlte sich eigentlich nur Samuel. Er hatte seine zivilisierte Kleidung weitgehend abgelegt, trug jetzt einen Lendenschurz aus Bast- und Lederstreifen und das Eberschulterblatt auf der nackten Brust. Er trug auch keine Schuhe mehr, sondern ging barfuß herum, was ihm sehr zu schaffen machte, denn wer neun Jahre lang in Schuhen herumgelaufen war, dessen Fußsohlen hatten die dicke Hornschicht verloren, die bei den Eingeborenen die Schuhsohle ersetzte und sie gegen alles schützte, gegen Dornen und Käfer, Splitter und messerscharfes Gras. Am ersten Tag schon mußte er aus seinen verweichlichten Füßen Dornen und Splitter herauspulen, und Schmitz klebte ihm unter beide Fußsohlen dicke, große Pflaster. Samuel betrachtete sie mit düsterer Miene und empfand es als eine Entehrung seines Kriegertums.

Noch einmal wurde die gesamte Ausrüstung durchgesehen und nach Vorschlägen von Lieutenant Wepper ergänzt. Man packte noch Hängematten aus unverwüstlichen Lianen ein und nahm zusätzlich zehn Plastikkanister mit Frischwasser und eine Motorkettensäge mit drei Ersatzketten und zwei Schwertern an Bord des Flugzeugs.

»Die werden Sie im Urwald gut brauchen«, hatte Wepper gesagt. »Das Monstrum, das Sie da rumschleppen, eignet sich für den Hausbau und dicke Stämme, aber wenn Sie Brennholz für das Lager brauchen, ist so eine kleine Säge besser als zehn Äxte. Denken Sie daran … Sie werden sich einen Weg durch die Wildnis schlagen müssen. Da steht vor Ihnen eine riesige grüne Wand, eine lebende Wand, durch die Sie hindurch müssen. Und sie ist nicht ein paar Meter dick, sondern Hunderte von Kilometern. Bergauf, bergab, durch Schluchten und überwucherte Felsen, durch Täler, in denen der feuchte Nebel liegt wie ein klebriges Tuch. Es weiß ja keiner, wie es dort aussieht – vom Flugzeug aus ist es eine dicke grüne Masse, nur durchschnitten von Flußläufen.«

Am zweiten Abend auf der Station zog sich Leonora zurück und blätterte in den Distriktsberichten, die Lieutenant Wepper ihr aus dem Archiv gegeben hatte. Sie glichen einer abenteuerlichen Erzählung von der Kolonisation eines Steinzeitlandes. Leonora blätterte zehn Jahre zurück und suchte die Eintragungen, die sich mit Dr. James Patrik befaßten.

Im Berichtsbuch war unter dem Datum 10. Februar notiert worden: »Ankunft von Mr. James Patrik. Amerikanischer Geologe. Will versuchen, in das unerforschte nördliche Hochland vorzudringen. Hat sich das Flugzeug von Steward Grant gechartert, um zunächst aus der Luft das Gebiet zu besichtigen. Von unserer Seite aus ist Mr. Patrik gewarnt worden. Er ist über die Gefahren eindringlich unterrichtet worden. Mr. Patrik wohnt im Gästehaus. Er will in den nächsten Tagen seine Ausrüstung ergänzen.«

Und einige Tage später, am 17. Februar, schrieb der Berichterstatter mit einem deutlichen Ton von Sorge: »Mr. Patrik ist nicht von seinem Plan abzuhalten. Auch die Patres der nahen Missionsstation von Kopago haben mit ihren Warnungen kein Glück. Drei ihrer Missionare sind mitsamt neun eingeborenen Trägern im Gebiet der ›Täler ohne Sonne‹ vor zwei Jahren verschollen. Flugaufnahmen dieses Gebietes zeigen keinerlei Hinweise auf menschliche Siedlungen, was nicht bedeutet, daß es unbewohnt ist. Mr. Patrik ist entschlossen, zusammen mit dem Piloten Grant dieses Land zu erkunden. Wir haben keine Möglichkeit, ihn von diesem Vorhaben abzuhalten.«

Und dann, am 10. April, die letzte Eintragung in das Berichtsbuch: »Mr. Patrik und Mr. Grant sind im Gebiet des Lagaip River und des Ufei River verschollen. Eine Suchexpedition aus der Luft entdeckte keine Flugzeugtrümmer oder irgendwelche Spuren. Es muß damit gerechnet werden, daß Mr. Patrik und Mr. Grant das gleiche Schicksal ereilt hat wie ihre Vorgänger. Sie werden nie wieder auftauchen.« Und dann eine ganz und gar persönliche Meinung des Berichterstatters: »Es ist ein verfluchtes Land!«

Leonora klappte das Berichtsbuch zu und starrte eine Weile stumm gegen die Wand ihres Zimmers. Sie haben aus der Luft gesucht, dachte sie. Sie haben es nicht gewagt, in den Urwäldern zu suchen. Was unter den Wipfeln der über dreißig Meter hohen Bäume geschah und auch jetzt geschieht, hat noch niemand erforscht. Warum nicht? In unserem hochtechnisierten Zeitalter muß es doch möglich sein, ein Stück Land – auch wenn es unbekannt ist – zu betreten und zu erforschen. Zum Mond können wir fliegen, vom Mars und Jupiter funken wir Fotos zur Erde, Hunderte von Satelliten umkreisen unsere Welt, aber vor Urwald, Bergen und Sümpfen zucken wir zurück. Ist das nicht lächerlich? Aber wen interessiert schon dieses Gebiet? Es bringt nichts ein, und warum ein Land mit Millionenbeträgen kultivieren, wenn es dort nur Holz, Felsen und wilde Wasser gibt? Ja, wenn man wüßte, daß dort Bodenschätze liegen, Gold und Kupfer, Uran oder Erdöl, dann würde man sich überlegen, wie man dieses Land erschließen könnte. Aber die Geologen sagen: »Da ist nichts. Die erdgeschichtlichen Formationen sagen nichts aus.« Wozu also Millionen investieren? – Und die Toten? Die Vermißten? Was ist mit denen? Was soll schon sein! Sie brachen auf eigene Verantwortung in diese Wildnis ein, gegen alle Warnungen. Begeisterte Selbstmörder, die man nicht zurückhalten konnte. Auch sie sind keine Millionen wert. Wer in die Gefahr hineinrennt, muß damit rechnen, in ihr umzukommen.

»Ich weiß, daß ich dich finden werde, Vater«, sagte Leonora plötzlich laut. »Ich bin deine Tochter, ich kann mich in dich hineindenken, und ich weiß, wo ich dich suchen muß!«

Lieutenant Wepper sah Leonora fragend an, als sie ihm die

Berichtsbücher zurückbrachte. Er schloß sie wieder in den Stahlschrank ein. Als sie kein Wort sagte, rückte er doch mit der Frage heraus: »Macht Sie das nicht ein wenig nachdenklich, Miss Patrik?«

»Nein. Nur mutiger, Lieutenant. Aus allem lese ich, daß der damalige District Commander versagt hat. Blicken Sie mich nicht so vorwurfsvoll an – in zwei Tagen sind Sie mich los und können ins Buch eintragen: Es war unmöglich, Miss Patrik an der Ausführung ihres Planes zu hindern.«

»Und ich würde zu gerne schreiben: Miss Patrik ist heute aus den ›Tälern ohne Sonne‹ wohlbehalten zurückgekehrt.«

Sie lachte – es klang ein wenig gequält – und verließ das Büro der Polizeistation. Auf dem Platz vor dem Gebäude traf sie Samuel, der in ein erregtes Gespräch mit Papuas verwickelt war, die auf der Station arbeiteten, normale Kleidung trugen und Christen geworden waren. Daß Samuel jetzt wie ein Halbwilder herumlief, erregte ihr Erstaunen.

Als er Leonora aus dem Distriktsgebäude kommen sah, löste er sich aus dem Kreis seiner Landsleute und rannte auf sie zu. »Massa«, rief er und fuchtelte mit den Armen wild durch die Luft, »Massa, die Duna-Leute sagen, in den Bergen lebe der Gott des Donners und der Blitze. Wenn er die Hand hebt, spaltet sich der Himmel. Er streckt einen Finger aus, und die Affen fallen tot von den Bäumen. Massa, er regiert genau in dem Tal, zu dem wir wollen. Massa, seine Blitze werden uns erschlagen.«

»Das sagst du, der an den einzigen wahren Gott glaubt? Samuel, du weißt doch: Es gibt keine anderen Götter.«

»Das sagen die Patres, Massa.«

»Aber du glaubst das nicht?«

»Die Duna-Leute sagen: Man hat den Donnergott gesehen. Männer aus den Tälern haben ihm Opfer gebracht.«

»Es leben also Menschen in diesen Wäldern?« Leonora spürte, wie sich eine Klammer um ihr Herz legte.

»Sie sagen: Kleine braune Menschen mit gelb und rot bemalten Gesichtern und Ketten aus Knochen und Zähnen hätten

einmal Schweine der Missionare gestohlen. Zwei hat man gefangen, bevor sie in den Tälern verschwanden. Sie haben das alles erzählt. Als die Patres ihnen Hosen und Hemden gaben und ihre bemalten Gesichter abwaschen wollten, haben sie sich die eigenen Giftpfeile in die Brust gestoßen und waren nach fünf Minuten tot. Sie haben auch erzählt, daß einer ihrer Krieger, der zu nahe herankam, von dem Donnergott mit dem Finger durchbohrt wurde. Er fiel um und hatte ein Loch im Kopf.«
Durch Leonora zuckte es wie ein elektrischer Schlag. Mein Gott, wenn das wahr ist, wenn das wirklich keine Sage ist, dann ist das eine Spur, eine ganz deutliche Spur ... »Er hatte ein Loch im Kopf?« wiederholte sie.

»Ja, Massa, und war sofort tot. Aus dem Finger des Gottes traf ihn der Blitz. Sie haben es gesehen, die Patres nicht!« Samuel zog den Kopf zwischen die Schultern. »Was soll man glauben, Massa? Hier Gott und Jesus und Maria, dort der Donnergott mit dem Blitz in den Fingern.«

»Und jetzt hast du Angst, mit uns ins Hochland zu ziehen?«

»Samuel hat keine Angst.« Der Kleine reckte sich und drückte die Brust heraus. »Ich war ein großer Krieger, Massa. Ich bin es noch! Ich bleibe bei Ihnen.« Er tat, als sei er der mutigste Mensch der Welt, aber in seinen Augen lag deutlich die Angst. Ein Gott, aus dessen Fingern Blitze zucken, ist ein böser Gott. Man sollte ihn nicht reizen.

»Ich habe von Samuel etwas erfahren, was unserer Suche einen ganz neuen Weg vorzeichnet«, sagte Leonora am Abend, als man im Gästehaus nach dem Essen noch zusammensaß und australischen Wein trank. Nur Zynaker trank Whisky, pur, ohne Eis, und er schüttete ihn in sich hinein, als tränke er Limonade.

»In der Gegend, wo mein Vater verschollen ist, gibt es einen Gott, der Blitze aus seiner Hand schleudert.«

»Blödsinn!« sagte Pater Lucius sofort.

»Nichts Neues.« Kreijsman winkte ab. »Das tat der alte Göttervater der Griechen, der Halunke Zeus, auch.«

»Nur sind wir hier nicht in Griechenland, sondern in Papua.« Leonora blieb ernst. »Dieser Gott, so erzählt man sich, streckte einen Finger aus, und der Blitz traf einen Krieger mitten in die Stirn. Ein kleines rundes Loch.«

»Verdammt, das sieht ganz nach einem Schuß aus!« Reißner schlug erregt die Fäuste gegeneinander. »Einem Schuß aus einer Pistole oder einem Revolver. Wenn das wahr ist – Leute, da lebt einer im unerforschten Land mit einer Schußwaffe. Das ist ja eine Weltsensation! Das ist unglaublich!«

»Genau das habe ich auch gedacht. Dieser Blitz in die Stirn des Eingeborenen war ein Schuß. Wer ist das, der dort im unbekannten Urwald lebt? Woher stammt er, wie ist er in das ›Tal ohne Sonne‹ gekommen? Warum lebt er dort, und keiner weiß etwas von ihm?«

»Leonora, bitte«, Pater Lucius hob beschwörend beide Hände, »verrennen Sie sich nicht in den Gedanken: Das ist mein Vater! Das ist unmöglich.«

»Ich habe durch diese Erzählung der Duna-Leute eine ungeheure Hoffnung bekommen.«

»Leonora, sehen wir das doch ganz nüchtern!« Pater Lucius schüttelte den Kopf. »Wenn James Patrik wirklich überlebt hat, dann hätte er alles mobilisiert, um wieder in die Zivilisation zurückzukehren. Zehn Jahre hätte er dazu Zeit gehabt. Glauben Sie nicht, daß ihn innerhalb von zehn Jahren ein Weg aus der Wildnis geführt hätte? Warum sollte Ihr Vater bei den noch unbekannten Menschen bleiben und einen Gott spielen? Das wäre doch irr! Und wenn man auf allen vieren kriechen müßte, innerhalb von zehn Jahren kommt man aus dem ›Tal ohne Sonne‹ heraus. Zehn Jahre! Da kann man auf dem Bauch rund um die Erde kriechen! Nein, Leonora, das sind Göttersagen der Wilden.«

»Aber den toten Krieger mit dem Loch in der Stirn hat es gegeben.«

»Wer sagt das?«

»Viele müssen ihn gesehen haben.«

»Wo sind sie? Denken Sie an die Nibelungen-Sage. Siegfried,

der den Drachen erschlägt. Sogar den Ort will man kennen: den Drachenfels im Siebengebirge am Rhein, schräg gegenüber von Bonn. Man will sogar wissen, wo Siegfried geboren ist: in Xanten am Niederrhein. Aber was ist die Wirklichkeit? Alles ist nur eine Sage, die man zur Wahrheit gemacht hat. Und jetzt stellen Sie sich diese Urmenschen vor, die nie aus ihrem Urwald herausgekommen sind, deren Welt vielleicht drei Täler weiter aufhört. Für das, was um sie herum geschieht, für Donner, Blitz, Regen, Sonnenglut, Feuer, Erdbeben und Überschwemmungen, müssen sie eine Erklärung finden. Und diese Erklärung lautet wie bei allen Urvölkern: Es sind die guten und die bösen Götter. Die Geister, die die Welt regieren. So werden aus Mythen, wenn sie über Jahrhunderte erzählt werden, Tatsachen.«

»Immerhin wissen wir jetzt eins: In den unerforschten Gebieten leben wirklich Menschen. Wenigstens etwas.«

»Das ahnte man schon immer, nur hat sie bisher keiner zu Gesicht bekommen. Und wer nach ihnen gesucht hat, ist nie wieder zurückgekommen.«

»Wir werden sie sehen und wieder zurückkommen!« sagte Leonora fest. »Und eines ist mir jetzt sicher: Wir werden uns um diesen Donnergott kümmern. Pater Lucius, das muß Sie, als Missionar, doch reizen. Gewissermaßen ein Duell zwischen Gott und Gott, das Sie, sein Abgesandter, austragen müssen.«

»Da habe ich keine Sorge.« Pater Lucius lächelte in die Runde. »Ich werde den Donnergott mit seinen eigenen Waffen schlagen.«

»Und wie wollen Sie das anstellen?« fragte Reißner.

»Ich habe in meinem Gepäck auch einige Feuerwerkskörper. Eine Rakete, die in den Himmel rote Sterne zaubert, wird jeden Wilden überzeugen. So einfach ist das, meine Herren, für den Anfang. Später, wenn es an die Seele geht, wird's schwerer. Welcher Kopfjäger begreift schon: Liebet eure Feinde – das fällt ja uns sogar schwer.«

In dieser Nacht fand Leonora keinen Schlaf. Sie starrte an die Decke, wo sich die langen Flügel eines Ventilators mit einem leisen Brummen drehten, und dachte an den Donnergott, an seinen blitzeschleudernden Finger und an das kleine Loch in der Stirn des Papua-Kriegers. Das konnte keine Sage sein, keine Überlieferung aus grauer Vorzeit – der Tod durch einen Schuß in den Kopf war so genau geschildert, daß es keinen Zweifel geben konnte: Dort, in den dampfenden Bergen, lebte ein Mensch, der aus der Zivilisation in die Steinzeit gekommen war. Ein Einsiedler, der nie den Versuch gemacht hatte, aus dem Urwald zurückzukehren. Warum? Was hielt ihn in diesem Urland zurück? Wann und vor allem wie war er in das Tal gekommen? Niemand hatte ihn gesehen, und nun hatte er sich zum Gott der Wilden gemacht.

Welche Geheimnisse verbarg das Land noch?

Leonora schlief irgendwann ein, und als Reißner an ihre Tür klopfte und sie im Bett hochzuckte, war es ihr, als habe sie gerade erst die Augen geschlossen.

»Schöne Chefin«, hörte sie Reißners Stimme. »Aufstehen! Kommen Sie mit? Wir wollen zum Kopago-See fahren und schwimmen. Es sind schon jetzt sechsunddreißig Grad Hitze. Wenn Sie sich den Kopf kratzen, quillt schon der Schweiß aus allen Poren. In einer Viertelstunde fahren wir los. Mit zwei Jeeps. Lieutenant Wepper fährt auch mit. Der Kaffee dampft bereits in der Kanne.«

»Ich bleibe hier!« rief sie durch die Tür zurück. »Viel Vergnügen!«

»Danke. Schade, daß Sie nicht mitkommen – ich hätte Sie gern im Bikini gesehen.« Reißner lachte, klopfte noch einmal gegen die Tür, dann entfernten sich seine Schritte.

Leonora blieb noch zehn Minuten liegen, duschte sich dann, zog ein weites Baumwollkleid an und ging in den Gemeinschaftsraum des Gästehauses. Er war mit Korbmöbeln ausgestattet und hatte an der Längswand, getreu der britischen Tradition, sogar einen offenen Kamin, der noch nie angezündet worden war. Auch am Abend sank die Temperatur selten unter dreißig Grad.

In einer Nische am Fenster, das auf den verwilderten Garten

hinausging, saß Zynaker und rauchte eine Zigarette. Er winkte, als er Leonora eintreten sah, und zeigte auf den Sessel neben sich. »Sie sind nicht mit an den See gefahren?« rief er. »Dann können wir endlich mal unter vier Augen miteinander reden. Immer ist ein Dritter dabei.«

»Gibt es etwas so Wichtiges?« Sie setzte sich neben Zynaker. In ihrer Frage lag ein sorgenvoller Ton. »Bedrückt Sie etwas, Donald?«

»Ja. Ihr Plan ist, daß Sie alle mit dem Fallschirm über dem Flußbett abspringen.«

»So haben wir uns geeinigt. Es ist die einzige Möglichkeit.«

»Und wie kommen Sie wieder aus dem Urwald heraus?«

»Auch das haben wir bis ins Kleinste besprochen. Wenn wir unser Ziel erreicht haben, geben wir über Funk Nachricht, und ein Hubschrauber holt uns über eine lange Strickleiter an Bord.«

»Das heißt: Ich fliege Sie hin und bin dann entlassen.«

»Entlassen klingt dumm, Donald.«

»Sagen wir so: Ich kann Ihnen nicht helfen, Leonora.«

»Sie fliegen uns in das ›Tal ohne Sonne‹.«

»Und überlasse Sie dann Ihrem Schicksal.«

»Das ist nun mal der Lauf der Dinge.«

»Ich … ich möchte aber bei Ihnen bleiben.« Zynaker blickte aus dem Fenster, nur um Leonora nicht ansehen zu müssen. Wie er es gesagt hatte, klang es wie das schüchterne Bekenntnis eines Jünglings. »Zwei Arme und zwei Augen mehr könnten vielleicht für Sie sehr wichtig sein.«

»Aber es ist doch unmöglich, Donald.«

»So, wie der Plan bisher läuft, mag das sein. Aber es gibt kein Unmöglich. Ich habe die ganze vergangene Zeit darüber nachgedacht. *Müssen* wir übermorgen starten?«

»Ich möchte nicht noch mehr Zeit verlieren, Donald.« Leonora beugte sich zu Zynaker hinüber und legte ihre Hand auf seinen Arm. Es war, als zucke er durch die Berührung innerlich zusammen. »Worüber haben Sie nachgedacht?«

»Können Sie noch ungefähr zehn Tage warten?«

»Ist mit der Maschine etwas nicht in Ordnung?« fragte sie plötzlich voller Betroffenheit.

»Die Maschine ist klar. Nur – ich möchte sie umbauen.«

»Umbauen? Wieso?«

»Ich möchte die Räder auswechseln gegen Schwimmer. Ich möchte aus ihr ein Wasserflugzeug machen. Leonora, bitte, sagen Sie jetzt noch nicht nein!« Zynaker hob beschwörend beide Hände. »Ich habe mir von Lieutenant Wepper die neuesten Luftaufnahmen unseres Suchgebietes geben lassen. Mit einem Hubschrauber haben sie den Fluß abgeflogen – er ist breit genug, daß man mit Schwimmern auf ihm landen könnte. Es gibt da ein paar Stromschnellen und Felsen im Wasser, aber es müßte gehen.«

»Und dann zerschellt Ihr Flugzeug an irgendeinem großen Stein im Fluß.«

»Ein Risiko ist immer dabei, Leonora. Es gibt im Leben nichts ohne Risiko. Genaugenommen ist jede Fahrt mit dem Auto auch eine Versuchung des Schicksals. Weiß man, was einem entgegenkommt, von links oder rechts? Ich habe gelesen, daß jemand in einem normalen Waschbecken ertrunken ist – er wurde ohnmächtig, fiel mit dem Gesicht in das handhohe Wasser und ertrank. Alles ist möglich …«

»Es hat noch niemand versucht, in solch einem Urwaldfluß zu landen.«

»Alles nimmt einmal seinen Anfang. Auch Sie wollen ja in ein unerforschtes Land vordringen.«

»Donald, Ihr Plan ist phantastisch, aber undurchführbar. Ich will nicht, daß Sie Ihr Flugzeug, Ihr einziges Kapital, verlieren. Sie werden ärmer sein als ein Bettler auf dem Markt von Port Moresby. Oder sind Sie versichert?«

»Nein, eine solche Prämie könnte ich nie bezahlen. Außerdem, keine Versicherung nimmt mich. Sie würden mich auslachen, wenn ich mit einem Antrag käme.«

»Also fliegen wir wie geplant. Übermorgen früh. Wenigstens Sie sollen von der Expedition übrig bleiben.«

»Wie Sie das so sagen, krampft sich mein Herz zusammen.«

Zynaker wandte den Kopf. Jetzt sah er sie voll an, und in seinem Blick lagen Entsetzen und Flehen. »Ich kann Sie nicht allein lassen, Leonora. Ich bin vielleicht ein primitiver Mensch, der mehr Muskeln als Hirn hat, der aussieht wie ein Bursche, der Nägel mit der bloßen Faust in die Wand schlägt, der säuft und herumrauft und eine Jahreskarte für einen Puff hat, und was man über mich erzählt, reicht für drei nicht jugendfreie Bücher – aber der Gedanke, Sie könnten als Schrumpfkopf über einer Häuptlingshütte enden, zerreißt mir das Herz.«

»Soll das eine Liebeserklärung sein, Donald?«

»Fassen Sie es auf, wie Sie wollen, Lady!« Zynaker sprang auf, stieß dabei den Korbsessel um und gab ihm auch noch einen Tritt, daß er gegen die Wand flog. »Es bleibt bei übermorgen?«

»Ja.«

»Und warum? Nur, weil es so im Plan steht?«

»Nein, ich will Sie nicht ruinieren, Donald.«

Sie sah zu ihm auf, mit einem langen Blick, dem er sofort auswich, indem er sich abwandte. »Schon gut. Ich habe verstanden. Noch einen schönen Tag, Leonora.« Er stapfte davon und schlug hinter sich die Tür des Zimmers zu. Erst draußen, vor dem Gästehaus, blieb er stehen, hieb die Fäuste gegeneinander und sagte laut in die flimmernde Hitze hinein: »Verdammt, ich liebe sie, ich liebe sie ... Was bist du doch für ein Idiot, Zynaker!«

Aus den Schluchten des Hochlands dampften noch die Morgennebel in den wolkenlosen, blaßblauen, sonnengebleichten Himmel, als Lieutenant Wepper Leonoras Hand drückte; zum letztenmal, dachte er dabei, sieh sie dir noch einmal genau an, du wirst ihr nie mehr gegenüberstehen. Die anderen waren schon im Flugzeug verschwunden und winkten durch die runden Fenster nach draußen. Zynaker wartete ungeduldig, um die Motoren anzulassen.

»Viel Glück«, sagte Wepper mit etwas belegter Stimme. Es kam ihm vor, als sei sein ganzer Hals innen aufgerauht. »Mehr ist nicht zu sagen. Geben Sie per Funk bitte sofort Nachricht, wenn Sie gelandet sind. Ich habe Ihnen übrigens verschwiegen, daß Sir Anthony gestern beim Premierminister gewesen ist und in letzter Minute Ihre Expedition verhindern wollte. Heute will sich der Premier entscheiden – aber da sind Sie ja schon längst weg. Nochmals: Viel Glück.«

»Danke, Lieutenant.« Leonora nickte Wepper zu und stieg dann in das Flugzeug. Peter Paul Schmitz zog hinter ihr die Tür zu und verriegelte sie.

Zynaker drehte sich im Cockpit zu ihr um und sah sie lange an. »Können wir?«

»Alles okay, Donald.«

»Na, dann los! Pater –«

»Was ist?« rief Pater Lucius zurück.

»Kein Gebet mehr vor dem Flug in die Hölle?«

»Sie Lästermaul! Werfen Sie Ihre Propeller an! Wie oft ich innerlich mit Gott spreche, wissen Sie ja nicht.«

Zynaker stellte die Motoren an. Ein donnerndes Gebrüll erfüllte den Raum, ein Ruck ging durch die Maschine, dann rollte sie an und fuhr langsam zu der schmalen und ziemlich kurzen Startbahn. Sie war nicht betoniert, sondern aus festgewalztem Schotter. Lieutenant Wepper winkte ihnen nach, mit einem erstarrten Gesicht – für ihn gab es kein Wiedersehen mehr.

Noch einmal heulten die Motoren auf, das Flugzeug raste über die Startbahn, die Passagiere wurden in die Sitze gedrückt, die Schnauze hob sich, und halsbrecherisch steil stieß die Maschine in den Himmel.

Reißner streckte seine Beine aus. »Ich sag's ja immer wieder: Der Bursche kann fliegen. Der landet sogar in einem Sandkasten«, rief er.

Für seinen Humor hatte in diesem Augenblick keiner ein Ohr. Alle sahen aus den runden Fenstern hinunter auf die Station Kopago, über die Zynaker jetzt eine Schleife flog und dann Kurs auf das im Morgennebel liegende Hochland nahm. Und jeder von ihnen dachte: Nun gibt es kein Zurück mehr. Sehen wir diesen Flecken Erde wieder? Was wird in zwei Stunden sein? In zwei Stunden werden wir über den unbezwingbaren Bergen kreisen, über den dampfenden Tälern, über den sich durch den Urwald schlängelnden wilden Flüssen, über Urwald, der alles überwuchert, riesigen Bäumen, deren Kronen kaum Licht auf die Erde durchlassen, Schluchten, in denen der Nebel wallt – ein Urland wie vor Millionen Jahren. Und dann wird es unter uns liegen, das geheimnisvolle »Tal ohne Sonne«, und wir werden hinunterstarren und alle unsere Herzen schlagen hören, und die Beklemmung wird uns den Hals zudrücken und die Angst – ja, die Angst, warum es leugnen? – in uns hochsteigen und ein Gefühl der Lähmung hinterlassen.

Aus dem Tal wallten noch in zerrissenen Streifen die Nebel hoch, als Zynaker über den Bordlautsprecher bekanntgab: »Wir sind da! Da unten ist es. Nach der Karte und den Luftaufnahmen muß es die Stelle sein. Aber wir sind zu früh dran; bei dieser Sicht kann ich nicht tiefer runter und euch absetzen.«

Unter ihnen lag ein undurchdringliches, dichtes Grün, aus dem der Morgennebel wie Dampf emporstieg, ein Grün, das die Berge überwucherte, die Hänge bis hinunter zu dem Fluß, der jetzt gelb aussah und sich im Lauf des Tages in Hellgrau verfärbte, bis ein Schimmer Licht ihn wie Silber glitzern ließ.

Das Tal war so weit, daß das Flugzeug hineinfliegen und so tief gehen konnte, daß der Absprung mit den Fallschirmen möglich war. Es war ihnen klar, als sie jetzt den lückenlosen, dichten Urwald sahen, daß sie nur im Fluß landen konnten; wenn sie über den Wald abtrieben, stürzten sie in die riesigen Baumkronen, über dreißig Meter vom Boden entfernt. Noch wichtiger war es, daß die Materialfallschirme im Fluß niedergingen, denn was irgendwo in den Mammutbäumen hängen blieb, war verloren, nicht mehr erreichbar.

Zynaker schien ihre Überlegungen zu ahnen. Er sagte über das Mikrofon: »Zum Glück wird im Tal kaum ein Wind wehen, ihr könnt also nicht abtreiben. Ich gehe so tief wie möglich runter, damit ihr auf den Punkt abspringen könnt.«

»Wenigstens so hoch muß er bleiben, daß sich der Fallschirm öffnet«, sagte Reißner sarkastisch. »Mein höchster Sprung ins

Wasser war vom Dreimeterbrett. Und da dachte ich schon: Junge, jetzt biste mit dem Kopf auf 'nen Stein gefallen.« Während Zynaker über dem Tal zu kreisen begann, legten sie ihre Fallschirme an und halfen sich gegenseitig beim Festschnallen.

Nur Samuel weigerte sich, sich den Sack auf den Rücken binden zu lassen. »Ich bin noch nie gesprungen!« schrie er und starrte in die Tiefe. »Nein! Nein!« Er wich bis zum äußersten Ende des Flugzeugs zurück, als Pater Lucius mit dem Fallschirmsack zu ihm kam. »Ich sterbe! Ich sterbe!«

»Wie willst du Idiot denn auf die Erde kommen?« schrie Reißner. »Es ist doch ganz einfach. Wir werfen dich aus dem Flugzeug, die Reißleine ist an der Tür festgebunden, du fällst ein paar Meter, und dann gibt's einen Ruck, und du schwebst sanft in den Fluß. Ist das klar?«

»Nein, Masta, nein!«

»Ich passe auf dich auf, Samuel.« Pater Lucius hängte Samuel die breiten Riemen um. »Ich springe sofort nach dir, es kann überhaupt nichts passieren. Nur naß wirst du werden. Paß auf. Hier ist der Zentralverschluß. Sobald du mit dem Boden Berührung hast, drückst du darauf, und der Schirm fällt von dir ab.« Er sah sich nach Leonora um, die bereits an der Tür stand, fertig zum Sprung.

Sie trug Hosen und Jacke aus Khakistoff, halbhohe Stiefel mit dicken Profilsohlen und im Gürtel ein langes, scharfes Messer. Sie wollte als erste springen und hatte deswegen schon Streit mit Reißner und Kreijsman bekommen. Sie argumentierten, daß es besser sei, zwei Männer sprängen als erste ab, um unvorhergesehene Gefahren auszuschalten. Es konnte ja sein, daß ihnen vom dicht verfilzten Ufer aus ein Hagel von Pfeilen entgegenflog, auch wenn man keine Anzeichen sah, daß in der Nähe ein Dorf war. Man wußte ja nichts, gar nichts von diesem Tal zwischen den Urwaldbergen.

Die Nebel lichteten sich etwas. Der gelbschimmernde Fluß wurde klarer. Sie sahen jetzt, daß große Steine aus dem Wasser ragten und damit Stromschnellen, Wirbel und Barrieren bildeten. Zynaker wölbte die Unterlippe vor und fragte sich, wo er hier mit anmontierten Schwimmern hätte landen können. Die Luftaufnahmen mußten viel weiter abwärts gemacht worden sein, oder der Fluß hatte nach einer Regenperiode Hochwasser geführt, das die meisten Felsen überspülte.

»Ich versuche jetzt den ersten Anflug«, sagte er über den Bordlautsprecher. »Noch nicht abspringen! Ich suche eine breite Stelle ohne diese Steine! Ich habe vorhin so eine Art Ausbuchtung gesehen, vielleicht geht es da. Ihr müßt in drei Gruppen abspringen, immer zu zweit, sonst landet ihr zu weit voneinander. Aufgepaßt, ich gehe auf steilen Sinkflug!«

Die Maschine kippte nach vorn weg, Leonora und die anderen klammerten sich fest. Reißner starrte Pater Lucius mit weiten Augen an. Der Priester hatte Samuel an seine Brust gedrückt.

»Daß wir abstürzen, davon war nicht die Rede«, sagte Reißner mühsam. »Verdammt, wenn er das Ding nicht mehr in die Waagerechte bekommt!«

»Dann sparen wir uns den Absprung aus der Tür«, antwortete Pater Lucius trocken. »John Hannibal, seit wann haben Sie Angst? Denken Sie an Ihren Namensvetter. Der zog im Winter mit tausend Elefanten über die Alpen.«

Die Maschine richtete sich wieder auf. Ein Blick aus den runden Fenstern ließ die Herzen schneller schlagen. Links und rechts ragten die Urwaldwände auf, unter ihnen gurgelte der gelbe Fluß über Steine und Geröll. Die Bäume, Riesenfarne und Lianen bildeten eine geschlossene Wand. Sie glänzte noch von der Feuchtigkeit der Nacht, die jetzt in Nebelfäden verdunstete.

Zynaker drosselte die Motoren auf ein Mindestmaß, gerade bis an die Grenze, um nicht wegzusacken. »Wir sind auf achtzig Meter Höhe«, sagte er durchs Mikrofon.

»Das reicht für einen Absprung?« fragte Reißner, aber nur Kreijsman und Schmitz, die neben ihm standen, hörten es.

»Wir müssen sofort die Reißleine ziehen, ein freier Fall ist nicht mehr möglich«, antwortete Schmitz.

»Aber wir müssen weit genug vom Flugzeug weg, sonst verfangen wir uns an den Flügeln oder im Leitwerk.« Kreijsman preßte das Gesicht ans Fenster. Neben ihm sauste der Urwaldhang vorbei.

Zynaker zog die Maschine wieder an und ging im Flußtal mehr auf Höhe. Dabei kippte er etwas über den linken Flügel. »Seht ihr die Bucht? Gleich kommen wir ran. Das wäre der beste Platz. Das Wasser scheint seicht zu sein. Außerdem gibt es da keine Steine. Achtung, da sind wir!«

Alle starrten an der linken Seite nach draußen. Wirklich hatte der Fluß hier eine kleine Bucht in das Land gerissen, sogar eine Art Ufer gab es, ein schmaler Streifen ohne Bewuchs, Geröll aus dunkelgrauen, vom Fluß geschliffenen und polierten Steinen, begrenzt von grauweißen, ausgeblichenen, toten Baumstämmen.

»Ein geradezu idealer Badeplatz!« höhnte Reißner, als sie die Bucht überquerten. »Dürfte eine große Zukunft haben. Platz genug für eine Strandbar, am Ufer eine Flotte aus Motor- und Tretbooten, Hubschrauberpendelverkehr von Kopago bis zur Kopfjägerbucht, und da hinten, am Waldrand, kann Ihre Kapelle stehen, Pater Lucius. Wird das ein Boom! Trauung im unerforschten Land. Da können Reno und Las Vegas nicht mehr mit. Das hier ist nun wirklich was für totale Snobs. Laßt uns einen Ferienclub gründen.«

»Fertig?« fragte Pater Lucius sauer.

»Ja.«

»Dann sehen Sie mal genauer hin.«

»Na und? Links könnten einige Bungalows stehen –«

»Hören Sie doch auf mit Ihren dämlichen Reden, John Hannibal!«

Zynaker hatte die Maschine noch höher gezogen, stieg über die Berggipfel hinaus, flog einen weiten Bogen und kehrte ins Tal zurück.

Pater Lucius hob seine Stimme, damit ihn alle hörten. »Habt ihr die toten Baumstämme gesehen?«

»Wie riesige Gerippe, auch in der Farbe«, sagte Schmitz.

»Ich habe mal in Borneo einen abgestorbenen Wald in einem Sumpf gesehen – gespenstisch, wirklich wie aufrecht stehende Gerippe.«

»Das meine ich nicht. Ist euch nicht aufgefallen, wie ordentlich die toten Stämme am Waldrand neben- und übereinanderliegen? So schichtet kein Hochwasser die Stämme.«

»Pater, Sie haben recht. Ich werd' verrückt.« Kreijsman spreizte die Beine, um das Gleichgewicht zu halten. »Sie meinen ...«

»Ja.«

»Menschen? Die toten Bäume haben Menschen gesammelt und dahin gelegt? Als Vorrat an Feuerholz? Dann ... dann wäre ja die Bucht ...«

»Richtig, dann wäre sie bewohnt. Wir springen den Wilden direkt in die Arme.«

»Ich hänge mir meine Maschinenpistole um!« schrie Reißner. »Die liegt hinten irgendwo zwischen dem Gepäck. Suchen Sie sie mal.«

»Scheiße!«

Pater Lucius sah hinüber zu Leonora, die noch immer an der Tür stand, um als erste zu springen. »Haben Sie mich gehört?« rief er durch den Motorenlärm.

Leonora schüttelte den Kopf. Sie hob die Hand und zeigte aus dem Fenster. Sie hatte die gleichen Gedanken wie der Pater. »Menschen!« rief sie mit heller Stimme zurück.

»Sie hat's also auch gesehen.« Er ließ Samuel los, der zitternd eine Sessellehne umklammerte, und tappte, hin und her geschleudert, zu Leonora hinüber. Als er neben ihr stand, sah er ihr fast versteinertes Gesicht. Das Erschrecken flog ihm in alle Glieder. »Was haben Sie, Leonora?«

»Das muß die Stelle sein, die auch mein Vater gefunden hat. Das ist sie, ich spüre es! Keiner weiß, was damals passiert ist, aber hier muß es gewesen sein. Und genau dort springen wir ab.«

»Wozu noch springen? Bringen wir uns doch gleich auf anständigere Weise um als durch Giftpfeile und Speere.«

»Sie haben noch nie vom Himmel schwebende Menschen gesehen. Sie werden denken, da kommen die Geister zu ihnen, und sie werden sich verkriechen und das Gesicht in die Erde drücken.«

»Sind Sie sich da so sicher?«

»Fast. Es ist die einzige Stelle, wo wir sicher runterkommen können und auch die Ausrüstung nicht in den Baumkronen landet. Donald hat recht, nur in der Bucht haben wir eine Chance.«

Zynaker stieß in das Tal hinab. Über den Bordlautsprecher sagte er ganz ruhig: »Die erste Gruppe fertigmachen. Reißleinen, wie geübt, an der Stange über der Tür befestigen. Wenn ich sage: ›Hopp!‹, dann sich abstoßen und mit ausgebreiteten Armen raus! Nach drei Sekunden gibt es einen Ruck, und ihr schwebt. Ich gehe sogar auf siebzig Meter runter. Ihr könnt die Bucht überhaupt nicht verfehlen.«

»Scheiße!« sagte Reißner laut. »O Scheiße! Mir zuckt die Muffe.«

»Dann bleiben Sie in der Maschine!« schrie ihn Kreijsman an. »Es geht auch ohne Sie.«

In diesen letzten Sekunden zerbrachen alle Dämme, die Aggressionen setzten sich frei, die Nervenanspannung war zu groß. In diesem Moment haßte jeder jeden, und keiner wußte, warum. Wenn sie auf der Erde gelandet waren, würde alles vergessen und vorbei sein. Aber diese Sekunden vor dem Sprung waren fürchterlich, die Nerven flirrten.

Pater Lucius schob Leonora zur Seite. Auch Kreijsman baute sich vor ihr auf.

»Was soll das?« rief sie. »Fred, wir hatten uns doch darauf geeinigt –«

»Als erste Gruppe springen ich und Fred!« schrie Pater Lucius durch den Motorenlärm.

»Nein!«

»Doch! Mit mir springt Gott. Er wird mich beschützen.«

»Haben Sie dafür eine Garantie?«

»Ja, meinen Glauben an die Liebe Gottes.« Pater Lucius sah

Leonora mit einem langen, merkwürdigen Blick an, streckte dann den Arm aus, zog sie an sich und küßte sie auf die Stirn. »Der Herr beschütze dich –«

»Tür auf!« dröhnte Zynakers Stimme durch den Lautsprecher. »Reißleinen eingehakt? Achtung … Hopp!«

Als erster stieß sich Pater Lucius ab, schwebte mit ausgebreiteten Armen in der Luft, dann sank er weg, die Reißleine zuckte, der Fallschirm mußte sich geöffnet haben. Gleich darauf stürzte sich Kreijsman aus dem Flugzeug und verschwand in der Tiefe.

»Tür zu!« brüllte Zynaker. »Nächste Gruppe fertigmachen!«

Die Maschine zog wieder hoch, drehte sich. Reißner, Schmitz und Leonora sahen jetzt, wie Pater Lucius und Kreijsman genau in der Bucht niederschwebten und im seichten Wasser aufkamen. Von Papuas oder einem Hagel von Pfeilen war nichts zu sehen. Samuel hatte beide Hände vor das Gesicht gepreßt und zitterte wie im Schüttelfrost.

Reißner klatschte in die Hände. »Bravo!« brüllte er. »Fabelhaft! Gelandet! Gelandet!« Er hangelte sich zu Leonora an der Tür vor. »Jetzt sind wir dran, schöne Chefin! Übrigens, Pater Lucius hat kein Format. Der Papst hätte sofort den Boden geküßt.«

Zynakers Stimme unterbrach ihn.

»Die zweite Gruppe, fertigmachen! Einhaken! Ich fliege einen Bogen in hundertfünfzig Metern Höhe und gehe dann wieder hinunter. Die Landung von Pater Lucius und Kreijsman ist gelungen. Am Waldrand keinerlei Reaktion.«

»Sie scheinen recht zu haben.« Reißner blinzelte Leonora zu. »Die Wilden liegen jetzt mit dem Gesicht auf der Erde und bepinkeln sich vor Angst.« Er sah sich nach Peter Paul Schmitz um, der neben dem zusammengesunkenen Samuel stand. »Pepau, werfen Sie Samuel zuerst in die Luft, und dann folgen Sie als letzter.«

»Ich sterbe!« schrie der Papua und klammerte sich am Sitz fest. »Ich sterbe, Masta!«

Die Maschine flog wieder einen Bogen, die mit Urwald bewachsenen Bergwände kamen bedrohlich näher.

Reißner atmete tief aus, als sie nach vorn in die Tiefe kippte.

»Achtung!« Zynakers Stimme war hart; er wußte, daß jetzt Leonora springen würde. »Einhaken!«

Reißner schluckte mehrmals.

»Damit büße ich siebzig Prozent meiner Sünden ab«, sagte er dumpf.

»Tür auf! Achtung ... Hopp!«

Reißner stieß sich ab, die Reißleine zuckte, der Fallschirm öffnete sich. Sofort sprang Leonora hinterher, und es war ein unbeschreibliches Gefühl, wie schwerelos mit ausgebreiteten Armen durch die Luft zu stürzen. Dann der Ruck, der über die Gurte durch den ganzen Körper ging, und dann entfaltete sich über ihr der orange-weiß gestreifte Fallschirm und ließ sie über den Fluß schweben, genau auf den Strand der Bucht zu, wo Pater Lucius und Kreijsman standen und ihr mit beiden Armen zuwinkten.

Zynaker hatte noch gesehen, wie sich Leonoras Fallschirm öffnete. Er atmete aus, schloß einen Augenblick die Augen und war glücklich und zerrissen zugleich. Sie ist unten, dachte er, und ich bin hier oben und muß zurückfliegen nach Kopago. Aber das schwöre ich dir, Leonora, morgen lasse ich mich mit dem Hubschrauber des Distrikts hierher fliegen und springe auch ab. Ich lasse dich doch nicht allein in der Wildnis. Vor allem nicht allein mit diesem widerlichen Reißner und seinem schleimigen »Schöne Chefin«.

Leonora und Reißner kamen noch besser hinunter als Kreijsman und der Pater. Auf den Punkt genau kamen sie auf dem Uferstreifen auf, öffneten den Zentralverschluß und brauchten sich nicht einmal abzurollen. Kreijsman und Pater Lucius liefen ihnen entgegen und klatschten in die Hände.

»Das war eine Musterlandung wie aus dem Lehrbuch!« rief Kreijsman. »Willkommen am Eingang der Hölle!«

Reißner sah sich um und dehnte den Oberkörper. »Wieso Hölle? Es sieht mehr nach einem neuen Paradies aus.«

»Ich traue der Stille nicht.« Pater Lucius sah sich immer wieder zum Waldrand und den zusammengetragenen toten Baumstämmen um. »Seien wir in unserer Euphorie bloß nicht zu leichtsinnig! Mir wäre lieber, ich sähe die Wilden. Dann würde ich einen Trick loslassen.« Er klopfte gegen seine Hosentasche und lächelte verschmitzt.

»Was haben Sie da eingesteckt?« fragte Reißner.

»Einen Knallfrosch. So einen krachenden Donnerschlag. Wenn ich den loslasse, fällt jeder Wilde um. Aber man weiß dann, was man voneinander zu halten hat. Die Stille regt mich auf.«

Sie starrten empor in den Himmel, wo Zynaker eine gewagte Schleife zwischen den Berghängen zog. Erst von hier unten begriff man, was Zynaker wagte, wie phantastisch sein Flugkönnen war, wie er seine Maschine beherrschte und welcher Mut zu solchen Flugkunststücken gehörte. Jetzt drehte er wieder auf halber Berghöhe, kehrte zurück und setzte zum steilen Sinkflug an. Im Inneren machten sich jetzt Schmitz und der jammernde Samuel bereit und standen an der Tür, die Reißleinen in die Stange gehakt.

Aber plötzlich schien etwas schiefzulaufen. Hatte sich Zynaker verrechnet, oder klemmte ein Seitenruder? Was es auch war, das Flugzeug blieb nicht auf Kurs in der Mitte des Flusses, sondern schwenkte zum Urwaldhang hin.

»Was ist denn das?« schrie Reißner. »Ist Zynaker verrückt geworden? Das gibt's doch nicht! Er ist viel zu nahe am Wald! Das muß er doch sehen! Die Bäume kommen ihm ja entgegen!« Leonora hatte die Fäuste gegen den Mund gepreßt und starrte fassungslos auf das Flugzeug. Auch sie begriff nicht, was sie sah. Zynaker schien die Gewalt über seine Maschine verloren zu haben, er drosselte zwar die Geschwindigkeit, man hörte es deutlich, aber das Flugzeug änderte nicht den Kurs, kam dem Urwald immer näher, und es war ein helles, knirschendes Geräusch, das bis auf die Knochen drang, als der linke Flügel die Baumwipfel streifte.

Wie von einer Riesenfaust wurde das Flugzeug herumgerissen, schleuderte in der Luft in den Fluß hinunter, fiel dann wie ein Stein in das Wasser und zerbrach an einer der im Fluß aufragenden Felsspitzen in zwei Teile. Keine Explosion folgte, kein lodernder Feuerball. Als habe ein Riese die Maschine über seinen Knien in der Mitte durchgebrochen und dann weggeworfen, so lag sie im Fluß, umgurgelt von den gelben Wassern. Nur die im Wasser liegenden beiden Motoren ließen das Wasser unter sich verdampfen und warfen weiße Dunststreifen über das Wrack.

»Das war's nun«, sagte Reißner heiser. »Unsere Ausrüstung ist wohlbehalten angekommen. So gesehen, war es eine glatte Landung.«

Sie rannten zum Ufer der Bucht und warteten. Im Vorderteil wurde jetzt die Tür aufgedrückt, und ein Gegenstand plumpste ins Wasser.

»Das war Samuel!« stellte Pater Lucius fest. »Der Kerl hat sich vor Angst zusammengekrümmt. Und da kommt auch Pepau. Es ist also alles gut gegangen.«

Kreijsman und Reißner wateten den beiden durch den Fluß entgegen, um ihnen in der Strömung zu helfen. Nun kam auch Zynaker zum Vorschein und blieb in der Tür stehen. Er winkte zu Leonora hinüber und breitete beide Arme aus, als wolle er sagen: »Ich kann nichts dafür. Die Maschine hat mich verraten.« Darauf verschwand er wieder im Inneren und tauchte am Ende des abgebrochenen Teils auf, kletterte in den Fluß und watete zum hinteren Teil des Flugzeugwracks hinüber. Es hatte sich zwischen zwei Felsen in der Strömung geklemmt. Zynaker hatte Mühe, gegen das hier schäumende und strudelnde Wasser anzukommen; er zog sich an dem bizarr verbogenen Gestänge empor und bahnte sich einen Weg durch die Trümmer. Dort setzte er sich auf eine der Kisten und schüttelte den Kopf. Er begriff einfach nicht, wie sein Flugzeug mittendurch brechen konnte, so als habe man es zersägt und dann weggeworfen. Daß er alles, was er besaß, verloren hatte, daß dieser Absturz sein Ruin war, daß er nie mehr ein Flugzeug besitzen würde, denn keine Bank würde ihm den

Kauf einer neuen Maschine finanzieren, daran dachte er in diesen Minuten nicht. Er dachte nur: Irgendwie muß das Schicksal Gedanken lesen, muß Worte verstehen, muß Gefühle erkennen – ich wollte Leonora nicht allein lassen, wollte zurückkommen und auch abspringen; nun bin ich bei ihr auf Leben oder Tod. Mein Gott, wie liebe ich sie! Und ich kann es ihr nicht sagen, sie würde mich ungläubig anstarren, ja, vielleicht sogar erschrocken sein und eine unsichtbare Wand zwischen uns errichten.

Er kroch durch den Frachtraum, stellte fest, daß doch einige Kisten und Kartons durch den Aufprall zerrissen und aufgeplatzt waren, aber das meiste der Ausrüstung war unbeschädigt und vielleicht in einem besseren Zustand, als wenn man sie mit den Fallschirmen abgeworfen hätte.

Schmitz und Samuel hatten nun die Bucht erreicht und sahen zu den Trümmern im schäumenden Fluß hinüber.

»Ich weiß nicht, wie das gekommen ist«, sagte Schmitz und hockte sich auf die rund geschliffenen Kiesel. »Plötzlich zog die Maschine nach links und streifte die Baumwipfel. Ich hörte noch Zynaker schreien: ›Scheiße!‹, da krachte es auch schon, wir wurden in den Fluß geschleudert, und dann brach die Maschine mittendurch. Wir hielten uns an den Sitzen fest.«

»Sind Sie verletzt, Pepau?« fragte Leonora und beugte sich über ihn.

»Nein. Vielleicht ein paar Prellungen. Im Augenblick spüre ich nichts.«

»Und du, Samuel?«

Der krummbeinige Papua bekreuzigte sich. »Nichts, Massa. Ich habe die Augen zugemacht, und dann lag ich auf Masta Pepau.«

Sie sahen zu dem Wrack hinüber und warteten, daß Zynaker wieder aus den Trümmern hervorkam. Unruhig drehte sich Pater Lucius ein paarmal zum Waldrand um, doch kein Laut und keine Bewegung zeigten die Anwesenheit von Menschen an. Aber der Wall aus aufgeschichteten toten Baumstämmen war deutlich genug. Sie waren nicht allein, und das Gefühl, daß Hunderte von Augen sie jetzt beobachteten, war wie kleine Stiche in Rücken und Nacken.

Endlich erschien Zynaker an der Abbruchstelle, ließ sich ins Wasser gleiten und watete mit rudernden Armen, um das Gleichgewicht zu behalten, durch den gurgelnden Fluß und seine schäumende Strömung. Reißner rannte sofort ins Wasser und kam ihm hilfreich entgegen.

»Man kann über John Hannibal sagen und denken, was man will«, sagte Pater Lucius, als Reißner außer Hörweite war, »ein Kumpel ist er doch. Er packt an, ohne Rücksicht auf seine eigene Person. Seht euch das an! Er nimmt Zynaker fast auf den Rücken und bringt ihn durch die Stromschnelle.«

Etwas erschöpft, vor allem aber geschockt durch den Absturz, erreichte Zynaker den Strand der Bucht und stützte sich dabei auf Reißners Schulter. Ein paarmal holte er tief Atem und wischte sich dann über das nasse Gesicht. »Verzeihung«, sagte er. Es klang bitter und resignierend. »Ich weiß nicht, wie das passieren konnte. Plötzlich klemmte das Seitenruder, und dann ging alles sehr schnell. Ihr habt's ja gesehen.«

»Wir sollten sofort einen Funkspruch nach Kopago absetzen«, schlug Kreijsman vor.

»Das wollte ich.« Zynaker hob die Schultern. »Das Funkgerät tut's nicht mehr.«

»Wir haben doch den Handfunk im Gepäck.« Pater Lucius zog sein Hemd und die Stiefel aus. »Wir brauchen es nur zu holen.«

»Das war mein erster Gedanke. Darum bin ich sofort hinüber zur Ausrüstung.« Zynaker ließ Reißners Schulter los, die Schwäche war überwunden. »Nach dem ersten Überblick sind neun Kisten und drei Kartons zerplatzt, darunter auch unsere Funkausrüstung – ausgerechnet die!«

»Dann sind wir also jetzt von aller Welt abgeschnitten!« sagte Reißner laut. »Wir können hier verfaulen, und niemand erfährt es.«

»So ist es.« Pater Lucius sprach es fast feierlich aus. »Wenn man uns morgen sucht, weil Zynaker nicht zurückgekommen ist, haben wir nur die einzige Hoffnung, daß man die Flugzeugtrümmer im Fluß entdeckt. Wenn nicht, sind wir verschollen, und man macht einen Strich durch unsere Namen. ›Wir haben es ja gewußt‹, wird man draußen sagen. ›Das Land hat sie gefressen.‹«

»Das heißt im Klartext: Hier kommen wir nie wieder raus!« sagte Kreijsman. Seine Stimme zitterte dabei.

Pater Lucius nickte. »Wenn wir nicht unverschämtes Glück haben … Wir sind an der Endstation angelangt.«

»Und das sagen Sie so ruhig?« rief Reißner erregt. »Verdammt nochmal, ich habe noch viel vor mit meinem Leben.«

»Das können Sie haben. Hier wird noch allerhand passieren. Langeweile werden Sie bestimmt nicht haben. In den nächsten vierundzwanzig Stunden wird sich entscheiden, ob wir leben oder Schrumpfköpfe werden.«

»Damit rechnen Sie?«

»Ja. Ich wette, daß uns jetzt eine Menge Augen beobachten und man abwartet, was wir tun. Ob wir Menschen oder Götter sind, das wird sich in den kommenden Stunden entscheiden.«

»Und wie müssen wir uns benehmen, wenn wir Götter sein wollen?« fragte Schmitz.

»Unangreifbar.«

»Das machen Sie mal den Wilden klar«, sagte Kreijsman sarkastisch. »Wenn einen von uns der erste Pfeil trifft und er umkippt, ist's vorbei mit der unverletzbaren Gottheit.«

»Pater, Sie haben doch den Knaller in der Tasche.« Reißner wurde bei dem Gedanken an den Kanonenschlag sichtlich hoffnungsvoller. »Los, werfen Sie ihn zum Waldrand, und rummbumm – wir sind die unbesiegbaren Götter. Dagegen kommt sogar der geheimnisvolle Donnergeist mit den Blitzen aus seinen Fingern nicht an.«

»Warten wir ab, bis sie kommen«, sagte Pater Lucius.

»Wenn es vorher knallt, kommen sie erst gar nicht aus ihrer Deckung. Der Angriff ist immer besser als die Verteidigung.

Der Angreifer diktiert das Geschehen. Das ist in tausend Jahren Krieg erprobt.«

»Wir wollen nicht abschrecken, sondern Vertrauen gewinnen. Wir sind ja hierher gekommen, um die unbekannten Menschen kennenzulernen, um mit ihnen zu sprechen, sie aus der Steinzeit herauszuführen, sie den wahren Gott zu lehren.«

»Es hat keinen Sinn, mit einem Priester zu diskutieren.« Reißner wandte sich resignierend ab. »Die singen noch ›Jesus, geh voran‹, wenn sie im Kochtopf schmoren. Ich schlage vor, wir reden nicht mehr viel, sondern holen die Ausrüstung an Land.«

»Das wollte auch ich gerade vorschlagen.« Leonora zog ihre Stiefel aus, ihnen folgte die Khakibluse. Es machte ihr gar nichts aus, daß sie keinen BH trug. Ihre Brüste waren rund und fest und von der Sonne gebräunt. Zynaker warf einen schnellen Blick darauf und wandte sich dann zum Fluß. »Zuerst die Zelte und die Kücheneinrichtung, die Konserven und die Wasserkanister. Das ist im Moment das Wichtigste.«

»Und meine Maschinenpistole!« sagte Reißner betont. »Ich werde der Gott der ratternden Blitze sein.« Er hielt Leonora am Arm fest, als sie zum Fluß gehen wollte. »Sie bleiben hier, schöne Chefin.«

»Natürlich gehe ich mit.«

»Nein. Sie waren nicht im Fluß. Aber ich kenne ihn jetzt. Da ist in der Mitte eine Strömung, die reißt Sie glatt mit. Wie ein Stück Holz treiben Sie ab. Sie und Samuel bleiben hier. Und lassen Sie sich von Pater Lucius seinen Knaller geben, falls die lieben Kopfjäger auftauchen, während wir drüben am Flugzeug sind.« Er streifte Hemd und Hose ab und lief in seiner knappen Unterhose in den Fluß. Dort drehte er sich um und rief Pater Lucius lachend zu: »Seien Sie nicht so schamhaft, Pater! Sie sehen nicht anders aus als wir, und in der Bibel ist genug von Nackten die Rede. Mit den nassen Klamotten am Leib haben Sie's schwerer, durch den Fluß zu kommen.«

»Manchmal ist er ein richtiger Kamerad«, sagte Pater Lucius, »aber öfter ist er ein richtiges Ekel. Leonora, auch ich bitte Sie:

Bleiben Sie hier.« Er zog ebenfalls seine Hose aus und reichte ihr den viereckigen Donnerschlag hin, dazu ein Feuerzeug, um die Lunte anzustecken. »Bitte, nur im Notfall zünden, hören Sie. Wir werden unseren Feuerwerkskörper noch gut gebrauchen können.«

Er streifte auch noch das Hemd ab und watete Reißner nach. Schmitz und Kreijsman folgten ihm, nur Zynaker blieb zögernd zurück. Samuel war ohnehin nicht dazu zu bewegen, noch einmal in den Fluß zu gehen.

»Sie haben mich vorhin so merkwürdig angesehen, Leonora«, sagte Zynaker stockend. »So als wollten Sie etwas sagen.«

»Sie irren sich, Donald.« Leonora blickte den Männern nach, wie sie sich gegen die Strömung stemmten und zu den Flugzeugtrümmern durchkämpften. »Ich war nur entsetzt über das plötzliche Unglück. Mir stand fast das Herz still.«

»Es war wirklich ein Schaden am Leitwerk, glauben Sie mir.«

»Wir haben es ja gesehen, wie die Maschine nicht mehr reagierte.«

»So etwas kann man auch spielen, provozieren.«

»Ich verstehe Sie nicht, Donald.«

»Ich habe einmal zu Ihnen gesagt, daß ich Sie nicht allein lassen will und bei Ihnen sein möchte, wenn Sie ins Unbekannte ziehen. Nun bin ich bei Ihnen. Glauben Sie nicht, daß ich den Unfall bewußt herbeigeführt habe, um bei Ihnen zu sein?«

»Mein Gott, Donald, wer wird denn so etwas denken! Das Flugzeug war doch Ihr einziger Besitz. Jetzt sind Sie bettelarm. Genaugenommen trifft mich die Schuld. Ich habe Sie überredet, uns in dieses Land zu fliegen. Ohne mich hätten Sie Ihr Flugzeug noch.«

»Was reden Sie da, Leonora! Es war mein Risiko, und ich wußte darum. Ich hätte ja auch ablehnen können. Ich wollte nur nicht, daß Sie denken –« Er sprach nicht weiter, drehte sich um, entledigte sich seiner Kleidung und rannte in den Fluß. Du dämlicher Hund, sagte er zu sich, welch einen Blödsinn hast du da wieder geredet! Sieh dir doch den Blick an, mit dem sie dich mustert! Für sie bist du eine gescheiterte Existenz, ein halbwegs kultivierter Halunke, ein Prolet, der nach Flugbenzin und Maschinenfett stinkt, ein ungebildeter, ungehobelter Klotz, ein Weiberheld und Whiskysäufer, ein Raufbold und Aufschneider. Soll ich ihr sagen: »Ich bin Donald Zynaker, Oberleutnant der Marineflieger, mehrfach ausgezeichnet und in Ehren aus der Navy entlassen, dreimal in Vietnam verwundet und bestens vertraut mit all den unsagbaren Greueln dieses Krieges. Das macht hart, Lady, das prägt einen jungen Menschen, das bleibt in den Knochen und im Blut. Man lernt, um sich zu schlagen, denn man hat gelernt, daß nur der überlebt, der zuerst zuschlägt. Man muß seinen Weg gehen und nie auf das zurückblicken, was man hinter sich gelassen hat, über was man hinweggestampft ist. Nur die Strecke vor einem ist wichtig, das, was man erreichen will und kann; nur die Gegenwart und die Zukunft zählen und das, was man darin anstellen kann. Überleben, das ist es, Lady, das haben wir begriffen in Vietnam. Überleben um jeden Preis. Um *jeden* Preis! Und so ist Donald Zynaker das geworden, was er jetzt ist. Verdammt nochmal, ja, ich liebe dich, Leonora, auch wenn du mir einen Tritt gibst. Ich bin Schmerzen gewöhnt, auch das haben wir gelernt.«

Er erreichte das Flugzeugwrack und ließ sich von Reißner in die Trümmer ziehen. Kreijsman, Pater Lucius und Schmitz kletterten zwischen den Kisten, Säcken und Kartons herum, und der Pater fluchte mit Worten, die man einem Priester nie zugetraut hätte. Am meisten erregte ihn, daß seine Spezialkonstruktion – ein Klappaltar – zwei Beine verloren hatte.

»Ich mache mir Gedanken, Donald«, sagte Reißner zu Zynaker, »wie wir das alles an Land bringen sollen. Auf dem Buckel? Diese schweren Kisten? Durch die Strömung? Das kann Tage dauern.«

»Haben wir jetzt nicht genug Zeit, John Hannibal? Mehr Zeit, als uns lieb ist? Wir können die Kisten ja auspacken und aufteilen. Außerdem haben wir ein Schlauchboot an Bord und eine Anzahl Schwimmwesten. Die können wir als Träger benutzen und brauchen nur zu schieben.«

»Nur … Sie haben Humor, Donald! Ich habe schon überlegt, ob wir nicht aus unseren Nylonseilen eine Art Transportlift bauen. Was in den Alpen möglich ist, muß auch hier gehen. Werkzeug und Material haben wir genug. Aus der Verkleidung des Flugzeugs hämmern wir offene Gondeln zusammen und lassen sie hin- und herschweben. Die leichteren Teile nehmen wir auf den Buckel.«

»Wichtig sind zuerst die Zelte, der Propankocher, Töpfe, Geschirr, Bestecke und Verpflegung.«

»Und meine MPi.«

»Lecken Sie mich doch am Arsch mit Ihrer MPi!«

»Sie werden mir bald dankbar sein, daß ich sie besorgt habe. Der Mensch überlebt in dieser Hölle nicht mit Essen und Trinken allein.«

»Meine Zauberkiste ist unversehrt!« jubelte von hinten Pater Lucius. »Gott sei's gedankt! Unversehrt und trocken. Wenn man uns sucht, können wir wenigstens Raketen in den Himmel schießen und uns bemerkbar machen. Noch ist nicht alles verloren. Und die Fotoausrüstung hat auch überlebt, hören Sie, John Hannibal?«

Nach kurzer Beratung war man sich einig, auf den Bau eines Lifts zu verzichten und alles auf den Schultern oder mit dem Schlauchboot und den Schwimmwesten an Land zu bringen. Kreijsman und Schmitz begannen, mit einer Fußpumpe das Schlauchboot aufzublasen, Pater Lucius und Zynaker suchten die verpackten Zelte aus dem Gewühl des durcheinandergewirbelten Gepäcks. Reißner hatte seine Fotokiste ausgepackt und damit begonnen, die ersten Aufnahmen zu machen: das Flugzeugwrack, den Fluß, die Urwaldberge, die Bucht, die schwitzenden und schleppenden Kameraden, das Beladen des Schlauchbootes und den ersten Versuch von Kreijsman, Zynaker und Schmitz, das Boot gegen die Strömung an Land zu drücken. Das kostete Kraft und laugte die Körper aus. Als sie endlich die Bucht erreicht und das Boot ins seichte Wasser geschoben hatten, fielen sie auf den Kieselstrand, streckten alle viere von sich und lagen wie von einer Flut angespült da.

»Da ist jedes Foto tausend Dollar wert!« sagte Reißner und schoß eine ganze Serie Bilder. »Das sind Fotos, die einmal um die ganze Welt gehen werden.«

»Wenn wir hier rauskommen«, meinte Pater Lucius trocken. »Kann auch sein, daß spätere Generationen mal die Filme finden. Dann werden wir zu Helden gemacht. So dämlich wird die Nachwelt uns sehen.«

Der Pendelverkehr zwischen Flugzeugwrack und Strand dauerte bis zum Abend. Auf dem Propanherd kochte Leonora eine Suppe und wärmte vier Dosen Gulasch auf, aber die Männer waren zu erschöpft, um Hunger zu spüren. Um so mehr tranken sie – kein Wasser, sondern Whisky und Gin, und Reißner rief, sich auf eine der Kisten setzend: »Leute, besauft euch! Dann sieht sogar dieses Mistland schön aus!« Bis zum Einbruch der Dunkelheit hatten sie das Notwendigste an Land gebracht, vor allem die Zelte, die Verpflegung und die technischen Geräte wie die Wasserfilter und die Motorsäge, auch die Apotheke. Dann lagen sie alle, am Ende ihrer Kräfte, auf der Erde. Allein Zynaker, durchtrainiert und anscheinend von nicht ermüdender Kraft, saß neben Leonora am Propankocher und aß aus einer Plastikschüssel die Suppe.

Am Waldrand, hinter den toten Baumstämmen, rührte sich nichts. Das machte Pater Lucius unruhig, er hob mehrmals den Kopf und starrte zu der hohen grünen Pflanzenwand hinüber.

»Sie sind da!« sagte er einmal. »Ich spüre es. Sie lauern in den Riesenfarnen und wissen nicht, wie sie sich verhalten sollen. Diese Stille ist zum Verrücktwerden.«

»Wir werden diese Nacht abwechselnd Wache halten müssen.« Zynaker stand auf und dehnte sich. Auch ihm lag die Anstrengung in den Knochen, aber er konnte sie besser verkraften als die anderen. »Auf, Jungs! Die Zelte aufstellen. Hier wird's schnell dunkel. Wenn die Papuas jetzt nicht angreifen, haben wir Ruhe.«

»Wieso?« fragte Reißner und erhob sich ächzend. Er kam sich vor, als habe man ihm alle Knochen zerknickt.

»Die Wilden fürchten die Nacht. Für sie ist sie voller Geister. Erst beim Morgengrauen kann es gefährlich werden.«

»Und wenn dieser Stamm hier eine andere Einstellung zur Nacht hat?« fragte Kreijsman.

»Darum müssen wir Wache halten.«

»Und was tun wir, wenn sie kommen? Hände hoch und den Kopf hinhalten zum Abschneiden?« Reißner blickte auf seine MPi, die neben ihm auf den Kieseln lag.

»Wenn sie uns angreifen, dann nur nach einem Regen von Giftpfeilen, dem dann die Speere folgen. Erst dann wird man sie sehen, das heißt, wir sehen nichts mehr, denn dann sind wir mit Pfeilen gespickt.«

»Fabelhafte Aussichten!«

»Deshalb keine Müdigkeit mehr, Jungs!« Zynaker klatschte in die Hände. »Die Zelte aufbauen! Im Zelt sind wir halbwegs sicher vor den Pfeilen, da bleiben sie im Stoff hängen. Aber ich glaube nicht, daß sie in der Nacht kommen. Für sie sind wir unbekannte Dämonen.«

Es war schon dunkel, als endlich die drei Zelte standen. Zwei Batteriescheinwerfer erhellten den Platz, und schon das mußte für die Wilden ein göttliches Wunder sein, zwei Sonnen in der Nacht. Das können nur die Götter.

»Ich übernehme die erste Wache«, sagte Schmitz. »Wie lange?«

»Der Wechsel findet alle zwei Stunden statt«, antwortete Zynaker. »Der nächste wird Fred sein.«

Kreijsman nickte. Reißner gähnte wieder und sehnte sich nach seinem Schlafsack.

Schmitz sah ihn fordernd an. »Geben Sie mir Ihre Maschinenpistole.«

»Können Sie überhaupt damit umgehen?«

»Wenn man auf den Abzugshebel drückt, rattert sie los – das ist doch alles? Und wo die Sicherung ist, werden Sie mir zeigen.«

Reißner brummte etwas Unverständliches vor sich hin, hob die MPi von der Erde auf und hielt sie Schmitz hin. »Ballern Sie nicht sinnlos herum«, sagte er dabei, »wenn irgendwo im Gebüsch ein Affe raschelt. Ich habe nur zweitausend Schuß Munition bei mir, und keiner weiß, wie lange die reichen müssen.«

»Jetzt wird man sich in Kopago die Haare raufen.« Zynaker blickte in den Nachthimmel. Er ist schwarz, und hier ist es jetzt wie in einem Grab, dachte er. »Lieutenant Wepper wird nach allen Seiten Funksprüche hinausjagen. Zweimotoriges Flugzeug mit sieben Menschen an Bord im Hochland vermißt.«

»Und morgen früh wird die große Suchaktion gestartet.« Pater Lucius schien frohen Mutes zu sein. »Das ist etwas, was mich ungemein beruhigt. Die Flugzeugtrümmer kann man nicht übersehen. Man wird uns finden. So schnell verschwinden heute keine Menschen mehr. Gute Nacht allerseits! Ich werde für uns beten – auch für Sie, Reißner.«

»Verbindlichsten Dank.« Reißner machte eine kleine Verbeugung. »Grüßen Sie den alten Herrn von mir.«

»Auch Sie werden ihn einmal brauchen.«

»Vielleicht.« Reißner lachte laut. »Ich gebe Ihnen ein Zeichen, wenn's soweit ist.« Er schlüpfte in das Zelt, das er mit Kreijsman teilte, glitt in den Schlafsack und war nach wenigen Minuten eingeschlafen.

»Er hat nur eine große Schnauze«, sagte Zynaker verächtlich, als Reißner im Zelt verschwunden war. »Das ist auch alles. Ich bin gespannt, wie er den Marsch durch den Urwald übersteht. Samuel?«

»Hier bin ich, Masta.« Samuel kam aus dem Schatten eines Zeltes hervor in den Lichtkreis der Lampe. Der Blick seiner schwarzen Augen irrte umher. Er schien sehr unruhig zu sein.

»Sind Papua-Krieger in der Nähe?«

»Ich weiß es nicht, Masta.«

»Ihr riecht euch doch sonst kilometerweit gegen den Wind.« Zynaker zeigte in die völlige Dunkelheit, in der jetzt der Wall aus toten Bäumen lag. »Hier waren doch Menschen. Ich denke, du bist der beste Spurensucher des Hochlands?«

»Morgen früh, Masta, werde ich suchen. Hatte ich heute dafür Zeit?«

»Da hat er recht, Donald«, sagte Leonora. »Haben Sie Angst?«

»Ja, um Sie …«

»Wir werden alle das gleiche Schicksal erleiden, Donald. Aber ich glaube, Sie sehen alles viel zu schwarz. Warten wir die erste Begegnung mit den Wilden ab – ich hoffe, die wird nicht so dramatisch, wie wir alle befürchten.«

»Sie hoffen …«

»Ohne Hoffnung wäre jedes Unternehmen sinnlos.« Leonora ging aus dem Schein der Batterielampe zu ihrem Zelt. Neben dem Eingang des Zeltes hatte es sich Samuel bequem gemacht; er hatte von Pater Lucius eine Decke bekommen, sie auf dem Boden ausgebreitet und saß nun mit hochgezogenen Knien auf der Erde wie ein Wächter.

Zynaker folgte Leonora schweigend, bis sie am Zelteingang stehenblieb. »Ich mache mir Vorwürfe«, sagte sie wieder. »Sie haben alles verloren, Donald.«

»Ich werde nicht verhungern. Arbeit gibt es überall, man muß sie nur suchen und nicht warten, bis sie zu einem kommt. Ich … ich bin kein Mensch, der sich von Schlägen kleinkriegen läßt, ich schlage zurück.«

»Das weiß ich. Trotzdem –«

»Trotzdem«, nahm er das Wort auf und blickte an Leonora vorbei, »bin ich ein Idiot.«

»Donald, wieso sind Sie ein Idiot? Sie sind –«

Er hob die Hand und winkte ab. Seine Stimme klang plötzlich gepreßt, als würge man ihn. »Vergessen Sie, was ich jetzt sage. Bitte, vergessen Sie es. Es ist das Idiotischste, was ein Mann wie ich sagen kann.« Er holte tief Atem und preßte die Worte aus sich heraus: »Ich habe mich in Sie verliebt. Und jetzt lachen Sie mich aus wie einen Narren!«

Leonora lachte nicht. Sie erwiderte aber auch nichts. Wortlos drehte sie sich um und betrat das Zelt.

Als der Vorhang hinter ihr zurückfiel, senkte Zynaker den Kopf und wandte sich ab. Das war's, dachte er. Nun ist es heraus, und sie läßt dich stehen und geht ohne ein Wort davon.

Hast du etwas anderes erwartet? Hast du gehofft, sie fällt dir in die Arme? Was bildest du dir ein, Donald? Aber nun weiß sie, wie es um mich steht. Ich bin ein ehrlicher Mann, vielleicht meine einzige gute Eigenschaft. Er ging zu den Lampen zurück und traf dort Schmitz an, der sich für seine Nachtwache einrichtete. Er hatte seinen Schlafsack zusammengerollt und saß darauf. »Wenn sie kommen«, sagte er und blickte zu Zynaker auf, »mehr als schreien kann ich nicht.« Er zog Reißners MPi an seine Hüfte. »Oder soll ich sofort schießen?«

»Zuerst in die Luft, das wird ihnen einen lähmenden Schrecken einjagen. Das wird sie an diesen geheimnisvollen donnernden Gott erinnern. Zielen Sie bloß nicht auf den Mann, Pepau! Dazu haben wir immer noch Zeit.«

»Und ich habe ja auch noch den Knaller von Pater Lucius.«

»Der wird eine ungeheure Wirkung haben.« Zynaker sah auf den jungen Medizinstudenten hinab. Er konnte nachempfinden, was jetzt in Schmitz vor sich ging. »Angst?« fragte er.

»Es gehört nicht gerade zu meinen Lieblingsbeschäftigungen, auf Kopfjäger zu warten.«

»Soll ich für Sie die Wache übernehmen?«

»Danke. Was hätte das auch für einen Nutzen – einmal bin ich ja doch an der Reihe. Außerdem: Ich bin kein Feigling.«

»Halten wir gemeinsam Wache, Pepau!«

»Dann wären Sie ja doppelt dran.«

»Mir macht's nichts aus.« Zynaker sah sich nach allen Seiten um. Vier Zelte hatten sie aufgebaut, in einem Kreis standen sie um den Platz, der von den zwei Lampen erhellt war. Auch Pater Lucius hatte sich in sein Zelt zurückgezogen, durch die Leinwand drang ein Schimmer Licht von einer Taschenlampe. Er saß auf seinem Schlafsack, hatte das Brevier auf den Knien und betete. Neben ihm, griffbereit, mit offenem Deckel, stand seine »Zauberkiste« mit den Feuerwerkskörpern und anderen Dingen, darunter auch dieser kleine Kasten, aus dem er eine Fülle von bunten Kunstblumen hervorholen konnte.

Zynaker nahm sich aus einer der herumstehenden Kisten eine Decke, faltete sie zusammen und setzte sich neben

Schmitz auf den Boden. Um sie herum herrschte völlige Stille, nur das Gurgeln des Flusses bewies, daß sie sich nicht in einem endlosen Raum befanden. Die Nachtgeräusche, die sonst einen Urwald beleben, das Schreien und Flattern von Nachtvögeln, das heisere Rufen von Affen, das Rascheln irgendwelcher Tiere im Unterholz, das alles gab es hier nicht. Hinter ihnen wuchs die dichte grüne Wand hoch in den Himmel, drohend und abweisend, wie ein gefräßiges Ungeheuer mit Hunderten von Mäulern und Hunderten von Armen.

Im Zelt von Pater Lucius erlosch die Taschenlampe. Das Abendgebet war gesprochen. Zynaker stemmte sich vom Boden hoch, ging zu den Lampen und knipste sie aus. Die Dunkelheit lag plötzlich wie eine erdrückende Last auf ihnen.

»Muß das sein?« fragte Schmitz in die plötzliche Schwärze hinein.

»Wir müssen mit den Batterien sparsam umgehen.«

»Wir haben einen kleinen Benzingenerator mit und ein Aufladegerät.«

»Und wie lange reicht der Benzinvorrat? Wissen Sie, wann wir hier wieder herauskommen? Außerdem, die völlige Dunkelheit hält die Papuas zurück. Im Licht sind wir für sie ein leichtes Ziel. Da trifft jeder Pfeil.«

»Diese Dunkelheit drückt mir aufs Herz.«

»In zehn Minuten haben Sie sich daran gewöhnt.« Zynaker setzte sich wieder neben Schmitz auf seine Decke und steckte sich eine Zigarette an. Der winzige glühende Punkt tanzte wie ein Leuchtkäfer durch die Nacht.

»Auch die Stille ist eine schwere Last«, sagte Schmitz plötzlich.

»So ist es, vor allem, wenn man auf etwas wartet. Legen Sie sich hin, Pepau, und machen Sie die Augen zu.«

»Wo denken Sie hin, Donald! Ich habe Wache.«

»Sie haben heute genug geschuftet, ruhen Sie sich aus. Ich passe für Sie mit auf.«

»Ich bin kein weicher Jüngling! Nur weil ich hier der Jüngste bin –«

»Sie werden sich wundern, wie hart Sie noch sein müssen. Vielleicht sind Sie der einzige, der durchhält, eben weil Sie jung sind. Dann werden wir Alten uns auf Sie stützen.« Zynaker schnippte die Asche seiner Zigarette weg. »Und jetzt hauen Sie sich hin. Das bleibt ein Geheimnis zwischen uns beiden.«

Er sah schemenhaft, wie Schmitz sich hinlegte und den zusammengerollten Schlafsack als Kopfkissen benutzte. Wenig später hörte er gleichmäßige Atemzüge, tief und ruhig. Pepau schlief.

Ein paarmal in diesen zwei stillen, dunklen Stunden erhob sich Zynaker, ging um die Zelte herum, näherte sich auch den aufgeschichteten Baumgerippen und blieb lauschend stehen. Einmal meinte er ein leises Rascheln gehört zu haben, aber es war so schnell vorbei, daß er nicht sagen konnte, woher es gekommen war.

Verdammt, sie sind da, sagte er sich und ging auf den Platz zwischen den Zelten zurück. Er legte den Finger auf den Lichtschalter und drehte die Lampen zu dem Baumwall, damit beim Aufflammen der Scheinwerfer die plötzliche Blendung einen Schrecken hervorrief. Aber dann war wieder die Stille um ihn, durchzogen vom Gurgeln und leisen Rauschen des Flusses.

Kommt doch, dachte Zynaker. Zeigt euch, dann haben wir klare Verhältnisse. Entweder wir sind Freunde, oder wir schlachten uns gegenseitig ab. Aber dieses Belauern zerfrißt einem die Nerven. Es dringt bis auf die Knochen. Kommt raus aus eurer Deckung!

Er setzte sich wieder auf seine zusammengefaltete Decke, hörte neben sich Schmitz mit tiefen Atemzügen schlafen und dachte darüber nach, was der morgige Tag bringen könnte.

Sie werden uns suchen, weil sie keine Funknachricht erhalten haben. Auf der Station haben wir zwei alte Hubschrauber, mit denen sie die »Täler ohne Sonne« ziemlich tief überfliegen können. Und wenn sie nicht ganz blind sind, müssen sie deutlich die Flugzeugtrümmer im Fluß sehen. Außerdem werden wir Notsignalraketen in den Himmel schießen, wenn wir die Motoren hören. Theoretisch kann gar nichts schiefgehen …

Eigentlich ist das Flugzeugwrack eine hervorragende Expeditionsbasis, ein ideales Standquartier. Das Hinterteil ist noch gut erhalten; wenn es uns gelingt, dieses abgebrochene Stück an Land zu bringen, haben wir das beste Quartier, das man sich wünschen kann. Sogar die Motoren könnten wir ausbauen und als Kraftwerk benutzen. Ich habe noch rund fünftausend Liter Benzin in den Tanks, die könnte man ansaugen und rüberschaffen. Und aus den Flügeln kann man auch noch eine Hütte bauen, Werkzeuge sind genug an Bord.

Er schrak hoch. Er hatte etwas Schleichendes gehört, so etwas wie gedämpfte Schritte, ein Anstoßen an die Kiesel. Er sprang auf, bückte sich, nahm Reißners MPi von Schmitz' Seite und biß die Zähne aufeinander, als er den kalten Stahl in seinen Fingern spürte.

Vor ihm tauchte ein Schatten auf, der auf ihn zuzuschweben schien, und er wollte gerade einen Alarmruf ausstoßen, als er erkannte, daß aus dem Schatten Leonora Patrik wurde. Er senkte die MPi und wartete, bis sie dicht vor ihm stand. »Tun Sie das nicht noch mal«, sagte er heiser. »Um ein Haar hätte ich Sie mit Blei gespickt. Verdammt, warum schleichen Sie hier herum, Leonora?«

»Ich kann nicht schlafen«, antwortete sie leise.

»Dann bleibt man in unserer Situation im Zelt, aber wandert nicht durch die Finsternis.«

»Sie sind ja auch nicht in Ihrem Zelt. Sie haben erst die dritte Wache.«

»Ich habe meine Gründe.«

»Männer verschanzen sich immer hinter Gründen, das ist ihr liebstes Alibi. Nehmen wir an, auch ich hatte einen Grund, nicht in meinem Zelt zu bleiben.« Sie sah sich um, aber die Dunkelheit ließ keinen weiten Blick zu. »Hat nicht Pepau jetzt Wache?«

»Ja.«

»Und wo ist er?«

»Wenn Sie mir versprechen zu schweigen, sage ich's Ihnen.«

»Versprochen. Wo ist er?«

»Drei Meter links von Ihnen auf der Erde. Er schläft.« Zynaker faßte Leonora am Arm und führte sie ein paar Schritte in die Dunkelheit. »Darf ich den Grund Ihres nächtlichen Wandels erfahren?«

»Ich konnte einfach nicht schlafen. Das ist alles. Und Ihre Gründe?«

»Mir ging durch den Kopf, wie Sie entscheiden werden, wenn man uns morgen sucht und tatsächlich findet. Lieutenant Wepper wird darauf bestehen, daß wir sofort in die Hubschrauber steigen.«

»Da sage ich laut nein!«

»Er ist berechtigt, Ihnen die sofortige Rückkehr zu befehlen.«

»Mit welcher Begründung?«

»Die Expedition hat sofort mit einem Unglück begonnen.«

»Irrtum! Verunglückt sind *Sie*, und Sie gehören nicht zur Expedition. Alle Mitglieder sind unverletzt, die Ausrüstung ist gerettet. Es liegt gar kein Grund vor, die Expedition einzustellen.«

»Der Absturz des Flugzeugs allein genügt vollauf.«

»Dann soll Wepper Sie in den Hubschrauber verfrachten. Ich habe Sie gechartert, uns hierher zu bringen. Mit der Expedition haben Sie gar nichts zu tun. Sie waren lediglich unser Transportmittel.«

»Danke.«

»Wofür ›danke‹?«

»Für die Charakterisierung, die Sie für mich gefunden haben. Ich bin ein Transportmittel ... Gut, das zu wissen.«

»Donald, ich habe Ihnen nur gesagt, was ich Lieutenant Wepper antworten werde, wenn er mir Befehle geben will. Er kann hundert Strickleitern runterlassen – von uns wird sie keiner angreifen. Natürlich sind Sie kein Transportmittel.«

»Was sonst?«

»Ein ... ein lieber Freund.« Leonora hatte nach einem unverbindlichen Wort gesucht. Zynaker merkte es an ihrem Zögern. Aber gleichzeitig wußte er durch dieses Zögern auch, daß er mehr war als ein Freund. Wie ein heißer Strom zog es durch seinen Körper, aber er schaffte es, neben ihr starr in der Finsternis zu stehen, ihren Atem zu hören, ihre Nähe zu fühlen und den leichten Hauch eines herben Parfüms einzuatmen.

Parfüm im Urwald von Papua-Neuguinea. Ein diskreter Duft aus Paris im unerforschten Land. Der Mensch ist schon ein verrücktes Wesen ...

»Danke«, sagte er noch mal.

»Wofür denn jetzt?«

»Für das Ziehen einer Grenze. Ich habe verstanden, Leonora. Ein lieber Freund kann auch ein Dackel sein, ein Mops.«

»Das sind Sie alles nicht, Donald. Sie sind ein Frosch, der laut quakt, aber sich im Schilf versteckt.«

»Ein Frosch, der quakt, erwartet Antwort. Warum quakt er sonst?«

»Bei Fröschen ist es wie bei Menschen. Manche quaken falsch.«

»Ich habe doch schon alles gesagt, Leonora.« Er atmete wieder ihr Parfüm ein und spürte ihre Nähe wie eine warme Strahlung. Er wußte, daß, wenn er jetzt die Hände ausstreckte und sie berührte, ihre Haut glatt und warm war, daß ihr Körper sich ihm entgegenbog, wenn er sie küßte, daß ihre Arme um seinen Nacken flogen und ihre Hände sich über seinen Rücken tasteten.

»Sie haben gesagt, daß Sie mich lieben ...«

»Ja.«

»Es sind doch nur Worte.«

Da griff er zu, zog sie an sich, mit einem Ruck, der weh tun mußte, aber es war in ihm wie eine Explosion, er schlang die Arme um ihren Rücken und spürte, wie ihre Hände seinen Nacken umgriffen, und dann küßten sie einander und waren nur noch verschmelzende Sehnsucht.

Später, in ihrem Zelt, lagen sie schweißüberzogen auf den Decken, rauchten eine Zigarette. Ihre Körper berührten sich, sie spürten den Schauer und waren stumm vor Glück.

»Jetzt wird alles nur noch schwerer«, sagte Zynaker plötzlich.

»Sprich nicht davon, nicht jetzt, mein Schatz.«

»Deine Expedition ist Wahnsinn.«

»Das sagen alle, und ich weiß es auch.«

»Und trotzdem machst du sie?«

»Ich habe mir geschworen, meinen Vater zu suchen, oder das, was von ihm übriggeblieben ist. Und diesen Schwur halte ich. Er ist zum Sinn meines Lebens geworden.«

»Auch jetzt noch?«

»Verstehst du das nicht, Donald?«

»Ich soll dich in meinen Armen halten mit dem Wissen, daß morgen, übermorgen, in einer Woche oder in einem Monat alles unter den Giftpfeilen der Papuas zu Ende ist? Soll ich mitansehen, wie sie dich umbringen? Mein Gott, hast du denn keine Angst?«

»Doch. Aber jetzt bist du bei mir, und ich bin ruhiger, viel ruhiger.«

»Sollen wir es den anderen sagen?«

»Sie werden es von sich aus merken.«

Kurz vor Ablauf der Wachzeit zog sich Zynaker wieder an und verließ das Zelt. Schmitz lag noch immer in seinem Schlafsack und schlief. Er rüttelte ihn wach, Schmitz stieß einen dumpfen Laut aus und schlug im Halbschlaf um sich. Dann war er ganz wach und sprang auf. »Verdammt, ich habe wirklich geschlafen!«

»Und wie!«

»Ich bitte um Verzeihung.« Schmitz strich sich über die rötlichen Haare. »Donald, ich schäme mich.«

»Kein Grund, Pepau. Es weiß es ja keiner.« In einem der Zelte wurde eine Taschenlampe angeknipst, der schwache Schein schwankte über die Leinwand. »Aha. Die Ablösung. Wer ist dran?«

»Ich glaube, Reißner ist es.«

»Und da kommt er auch schon.«

Von seinem Zelt her, den Weg mit der Taschenlampe ableuchtend, kam Reißner heran und richtete den Schein auf Zynaker und Schmitz.

»Danke«, sagte Zynaker mit Ironie. »Sie machen aus uns eine hervorragende Zielscheibe.«

»Ach Scheiße!« Reißner senkte den Lichtstrahl wieder zur Erde. »Haben wir 'ne Doppelwache?«

»Ich bin zufällig hier«, sagte Zynaker.

»Haben sich verlaufen, was?« Reißner lachte und schwenkte mit der Taschenlampe in Richtung der toten Bäume.

»Lassen Sie das!« sagte Zynaker scharf. »Knipsen Sie endlich Ihre dämliche Lampe aus. Pepau, Sie können jetzt gehen. Legen Sie sich aufs Ohr.«

»Jeijeijei, das klingt ja, als ob hier einer was zu befehlen hat!«

»Ich kenne den Urwald, Sie nicht.«

»Irrtum. Ich habe schon am Amazonas in Baumhütten übernachtet.«

»Das ist ein Unterschied wie zwischen einem Grandhotel und einer Hausnische. In beiden kann man schlafen.«

»Ich gehe dann also«, sagte Schmitz und tappte durch die Dunkelheit zu seinem Zelt zurück.

Reißner ließ noch einmal kurz seine Taschenlampe aufblitzen. »Wo hat der Junge meine MPi?«

»Sie liegt neben Ihnen auf der Decke.«

»War etwas Verdächtiges zu hören?«

»Nein. Nicht mal ein Affe hat gefurzt.«

»So gefallen Sie mir, Donald.« Reißner lachte wieder. »Können Affen übrigens furzen?«

»Da sie Primaten sind wie wir, müßten sie es können. Gehört habe ich noch keinen.« Zynaker wandte sich ab. »In zwei Stunden löst Sie Kreijsman ab.«

»Ich weiß. Gute Nacht, Napoleon.«

Zynaker kroch in sein Zelt und schlüpfte in seinen Schlafsack, aber einschlafen konnte er nicht. Er dachte an Leonora, an diese kurze Stunde des Glücklichseins, an ihre Umarmungen und das wahnsinnige Gefühl, mit ihr ein Leib zu sein. Und wieder kroch die Angst in ihm hoch vor den kommenden Tagen, und er war wie gelähmt von der Sorge um Leonora. So lag er lange wach, starrte an die Leinwand über sich und sehnte den Morgen herbei, den Morgen, an dem vielleicht die Entscheidung über ihrer aller Schicksal fiel.

Die letzte Wache hatte Pater Lucius. Er löste Zynaker ab, der nach einem kurzen unruhigen Schlaf von Kreijsman die Wache übernommen hatte.

»Nichts«, sagte Kreijsman bei der Ablösung. »Wir scheinen tatsächlich die einzigen Menschen zu sein. Das beruhigt.«

Zynaker vermied es, ihm seine gegenteilige Ansicht mitzuteilen.

Samuel, der neben Leonoras Zelteingang auf dem Boden lag und ihn bewachte, hatte Zynaker, als er Leonora verließ, zugeflüstert: »Männer sind da.«

»Wo?«

»Im Wald.«

»Ich höre nichts.«

»Ab und zu machen sie einen Vogelschrei nach und wissen dann, wo sie sind.«

»Du bist da ganz sicher?«

»Ich bin der beste Fährtenleser meines Stammes. Ich höre und rieche alles, Masta. Und ich sage: Sie sind da.«

Pater Lucius hob seine Armbanduhr an die Augen und las die Leuchtziffern ab. »In ungefähr einer Stunde wird es hell, Donald. Das ist eine kritische Zeit, wenn wir ... wenn wir nicht allein sein sollten. Beim ersten Schein der Sonne geht man auf Jagd, ob auf Tiere oder Menschen, das bleibt sich hier gleich.«

»Dann legen Sie schon mal Ihre Knaller bereit, Pater.« Zynaker klopfte ihm auf die Schulter. »Mit Ihnen wacht doch jetzt auch Gott.«

»Verlassen Sie sich darauf, trotz Ihres Zynismus.«

Beim Rückweg zu seinem Zelt überlegte Zynaker, ob er zu Leonora gehen sollte, aber dann hielt er es für sinnvoller, wieder in sein eigenes Zelt zu kriechen. Der kommende Tag würde wieder hart werden ... Er hatte sich entschlossen, nun doch die Flugzeugtrümmer auszuschlachten und alles, was man gebrauchen konnte, an Land zu schaffen.

Das erste Dorf in einem unbekannten Land, dachte er. Wände aus Aluminium und Kunststoffen, ausgestattet mit den Polstersesseln der Kabine, den Bodenteppichen, der kleinen Küche, dem Kühlschrank – nur, wie man genügend elektrischen Strom erzeugte, war noch ein Problem. Konnte man einen Flugzeugmotor in einen Generator umbauen?

Pater Lucius schien wirklich auf Gott zu vertrauen. Er setzte sich auf einen der Klappstühle mit dem Markisenstoffbezug, stützte den Kopf in beide Hände und schlief nach einer Viertelstunde ein.

Er erwachte, weil es hell um ihn war, schrak hoch, sah sich von Nebelschwaden umhüllt, die vom Fluß herüber- und an den Berghängen hinaufzogen, und drehte sich mit einem plötzlich merkwürdigen Gefühl im Nacken zu der grünen Wand des Urwalds um.

Mit einem tiefen Erschrecken starrte er auf das Bild, das sich ihm bot.

Auf den toten Baumstämmen, diesen gebleichten Gerippen aus Holz, hockten kleine, fast schwarze Gestalten, mindestens hundert mochten es sein. Sie hockten stumm und bewegungslos da und blickten auf das Zeltlager. Ihre Gesichter waren rundum mit gelber Farbe bemalt, der Hals leuchtete rot, und Muschelketten in mehreren Reihen schlangen sich um den Nacken, Amulette aus Eberzähnen, Brustschilde aus Knochen; kunstvoll gesteckte bunte Federn türmten sich zu bizarren Gebilden auf den Köpfen. Viele hatten ihre Nasen mit dünnen langen Knochen durchbohrt, um die Hüften flatterte ein Lendenschutz aus langen, spitz zulaufenden Blättern, die von einem kunstvoll geflochtenen, bunten Bastgürtel gehalten wurden. Als Zierde hingen an diesen Gürteln größere Knochen, und um die Waden und die Unterarme hatten sie lederartige Manschetten geschnallt, zum Teil mit roter oder gelber Bemalung.

Pater Lucius rührte sich nicht. Er kam gar nicht auf den Gedanken, seinen Knaller zu zünden – regungslos starrte er auf die ebenso regungslosen Wilden und wußte: Die dicken Knochen sind Menschenknochen, und die Ledermanschetten sind gegerbte Menschenhaut. »Gott, jetzt kommt Deine Stunde«, flüsterte er in sich hinein. »In Deine Hände lege ich unser Leben.«

Reißner war der erste, der im Zelt aufwachte, den Kopf durch den Eingangsschlitz steckte, die bemalten und geschmückten Papuas auf den toten Baumstämmen erblickte und sofort wieder im Zelt verschwand.

»O du Scheiße!« stöhnte er, beugte sich über Kreijsman und rüttelte ihn wach. »Fred, wachen Sie auf! Wie kann man nur so schlafen! Fred, sie sind da! Sie hocken auf den Baumstämmen wie große Hühner!«

»Was?« Kreijsman zuckte hoch, als habe man ihn in den Hintern gestochen. Mit einem geradezu irren Blick, der die Situation noch nicht voll begreifen konnte, stierte er Reißner an. »Was sagen Sie da?«

»Unsere Kopfabschneider warten auf uns.«

»Wo ist Leonora, wo sind die anderen?«

»Die schlafen noch. Ich bin der erste, der aus dem Zelt geblickt hat.«

»Und Pater Lucius, hat der nicht Wache?«

»Er wird jetzt niederknien und beten«, sagte Reißner mit plötzlich heiserer Stimme. Nein, du hast keine Angst, John Hannibal. Du hast eine MPi. Wo hast du sie? Bei Pater Lucius ist sie, und da kommst du jetzt nicht ran. O Scheiße, Scheiße! Nur keine Panik, hörst du, nur das nicht! Du hast keine Angst. Du mußt jetzt raus aus dem Zelt, zu Leonora hinübergehen und so tun, als seien die Wilden gar nicht vorhanden. Verdammt, warum hat der Pater keinen Alarm gegeben? Da sitzt er auf einer Kiste voller Feuerwerkskörper, und nichts geschieht. Reißner richtete sich auf und tat einen Schritt zum Zelteingang.

Kreijsman, der noch immer in seinem Schlafsack lag, hielt ihn am Hosenbein fest. »Wo wollen Sie hin?«

»Raus, zu Leonora.«

»Wollen Sie sich abschießen lassen?«

»Ob jetzt oder in zehn Minuten, das ist doch egal. Kommen Sie mit?«

Kreijsman nickte. Er erhob sich ächzend, zog seine Hose an, strich sich über das Stoppelkinn, zog den Eingangsschlitz auseinander, sah die zum Fürchten bemalten Papuas und zuckte, wie vorher Reißner, zurück.

»Nicht in die Hose scheißen!« sagte Reißner rauh. »Wer Diamanten suchen will, muß schon was ertragen können.«

»Warum rührt sich Pater Lucius nicht?«

»Was weiß ich. Vielleicht liegt er schon pfeilgespickt neben meiner MPi. Das ist ja der Mist. Wenn ich sie jetzt hier hätte, könnte ich losrattern, wenn der erste Pfeil uns entgegenfliegt. Ich frage mich nur: Worauf warten die Kerle? Warum greifen sie nicht an? Leichter, als uns im Schlaf umzubringen, bekommen sie es nie wieder.« Reißner hob den Eingangsvorhang auf.

Kreijsman spreizte die Finger, als habe er in etwas Klebriges gegriffen. »Sie wollen wirklich hinaus?«

»Wenn denen noch unklar ist, ob wir Menschen oder Götter sind, dann sollen sie's jetzt wissen. Ich werde ihnen einen tollen Gott vorspielen.«

»Was haben Sie vor, John Hannibal?«

»Ich will zuerst zu meiner MPi. Wenn ich die in der Hand habe, ist mir wohler. Und dann sehen wir weiter.« Er schlüpfte ins Freie, warf nicht einen Blick auf die auf den toten Bäumen hockenden Papuas, sondern ging, als sei er ganz allein, mit ruhigen Schritten hinüber zu dem Platz, wo Leonora die Küche aufgestellt hatte. Dort sah er, wie Pater Lucius regungslos neben den Lampenständern stand, die MPi zu seinen Füßen.

»... und Lots Weib erstarrte zur Salzsäule«, sagte Reißner. »Geweihter Mann, warum haben Sie keinen Laut gegeben?«

»Ich will alles vermeiden, was die Wilden erschrecken könnte«, antwortete der Pater.

»Seit wann hocken sie denn da? Waren sie plötzlich da?«

»Ich weiß es nicht.« Das klang ausgesprochen kläglich.

Reißner sah Pater Lucius erstaunt an. »Sie haben nichts bemerkt?«

»Nein.«

»So lautlos waren sie?«

»Ich … ich habe geschlafen.«

»Warum auch nicht?« Reißner troff vor Spott. »Der liebe Gott hat sicherlich die Wache übernommen.«

»Ihr Sarkasmus hilft uns nicht weiter. Irgend etwas müssen wir tun.«

»Da haben Sie recht.« Reißner bückte sich und nahm seine MPi von der Erde auf.

Pater Lucius wedelte verzweifelt mit der rechten Hand. »Um Gottes willen, schießen Sie nicht, John Hannibal! Tote haben noch nie zur Verständigung beigetragen.«

»Ich schieße nur, wenn die Gelbgesichter zuerst anfangen. Aber eine Frage: Wozu haben Sie Ihren Kanonenschlag in der Tasche? Wenn Sie den jetzt werfen, fallen die Bemalten von ihren Baumstämmen.« Er streckte die Hand aus. »Geben Sie mir den Knaller! In zwei Minuten sind wir Götter.«

Zögernd griff Pater Lucius in seine Hosentasche, holte das verschnürte blaue Päckchen mit der kleinen Zündschnur hervor und drückte es Reißner in die Hand.

Reißner fingerte aus seiner Hose ein Gasfeuerzeug und hängte sich die Maschinenpistole an dem Lederriemen um den Hals.

»Und was tun Sie, wenn sie genau entgegengesetzt reagieren und angreifen?« fragte Pater Lucius gepreßt.

»Dann haben wir erstens Pech gehabt, und zweitens kommen sie an uns nur heran, wenn ich das Magazin leergeschossen habe. Das kostet sie eine Menge Krieger.« Reißner ließ das Feuerzeug aufschnappen, die kleine Flamme züngelte unruhig. Schon das mußte für die scharf beobachtenden Papuas ein Wunder sein: Aus den Fingern der seltsamen bleichen Gestalten wuchs Feuer.

Reißner hielt die Flamme an den Zünder und bog sich dann beim Werfen weit in den Hüften zurück. Zischend und kleine Sterne von sich schleudernd fiel der Knaller ungefähr vier Meter vor den toten Bäumen auf die Erde, und plötzlich hatten die Papuas grell bemalte Schilde in den Händen und hielten sie vor sich hin. Von irgendwoher gellte ein Schrei. Ein Kommando für die Krieger?

Der Donnerschlag war wirklich eine Wucht. Selbst Reißner zuckte zusammen, als der Knallkörper explodierte und sich beim Zerplatzen von der Erde abhob.

Die Papuas waren verschwunden – es war, als seien sie nach hinten von den Baumstämmen gekippt. Zynaker, Schmitz und Kreijsman stürzten aus ihren Zelten, Samuel riß den Vorhang zu Leonoras Zelt auf und verschwand im Inneren.

»Volltreffer«, sagte Reißner genußvoll. »Wenn ich schon erschrecke, muß bei den Wilden die Welt untergehen. Was haben Sie noch in Ihrer Zauberkiste, Pater? So einen im Zickzack herumzischenden Knallfrosch?«

Zynaker war der erste, der Lucius und Reißner erreichte. »Seid ihr verrückt geworden?« schrie er. »Wollt ihr die Kopfjäger anlocken?«

»Sie sind schon da.« Lucius wischte sich über die Augen. »Vielleicht hundert. Saßen auf den toten Stämmen.«

»Und liegen jetzt dahinter auf der Erde. Der Donnergott hat zugeschlagen.«

»Und jetzt?« brüllte Zynaker.

»Abwarten.« Reißner nahm seine MPi wieder in Anschlag. »Wir waren uns klar darüber, daß die erste Begegnung mit den Urmenschen dramatisch wird. Und wer zuerst zuschlägt, hat meistens die besten Chancen. Meistens.«

Nun kam auch Leonora aus ihrem Zelt, gefolgt von Samuel, der hinter ihr herschlich und nach allen Seiten sicherte wie ein verfolgtes Wildtier. Er hatte eine Machete in der Hand, aber was nutzt ein großes Haumesser gegen Pfeile und Speere?

»Samuel sagt, wir seien umzingelt«, sagte Leonora mit völlig ruhiger Stimme. Nicht einen Funken Angst sah man ihr an, im Gegensatz zu Kreijsman, der nervös an seinem Hemd und an seinem Gürtel zupfte.

»Das ist übertrieben. Sie saßen auf den toten Bäumen wie Hühner auf der Stange. Der Donnerschlag hat sie glatt weggefegt.« Reißner hob den Kopf und legte den Zeigefinger an den Abzug seiner MPi. »Achtung, die Götter werden besichtigt ...«

Zwischen den bleichen Stämmen erschien eine Gestalt, die zunächst aussah wie ein großer, wandelnder Federbusch. Erst dann erkannte man inmitten der Federn, bemalten Baumrinden, Muschelketten, aufgereihten Zähne und ebenfalls bemalten, getrockneten, lanzenförmigen Blätter einen menschlichen Körper. Barfuß, die Beine ebenfalls mit Federn umwickelt, schlich die Gestalt langsam näher. Das Gesicht war bis zur Unkenntlichkeit mit gelber, roter, weißer und blauer Farbe bestrichen; nur die schwarzen Augen stachen hervor und die wie eine blutende Wunde rot bemalten Lippen. Um die Stirn trug die Gestalt ein breites Band aus weißem Bast, aus dessen Mitte ein nach oben gebogener Knochen hervorragte. Bei jedem Schritt rasselten leise die Muschelketten um Hals, Leib und Beine. Es war wirklich schwer zu erkennen, daß da ein Mensch kam.

»Der Medizinmann«, sagte Pater Lucius mit hohler Stimme.

»Woher erkennen Sie das?«

»Nur ein Medizinmann kommt in einem solchen Aufzug. Das ist doch der Medizinmann, Samuel?«

»Ja, Masta.« Samuel betrachtete die Gestalt mit sichtlicher Ehrfurcht. Auch wenn er auf einer Mission aufgezogen worden war und gearbeitet hatte, auch wenn er einmal Meßdiener gewesen war – der uralte Geisterglaube war auch mit Jesus nicht ganz zu vertreiben, und ein Medizinmann bleibt ein auserwähltes, geheimnisvolles und mit den Geistern redendes Wesen.

»Sprich mit ihm«, befahl Pater Lucius. »Frag ihn, was er will. Sag ihm, wir kämen als Freunde.«

Der Medizinmann blieb in sicherer Entfernung vor ihnen stehen. Mit den bleichen großen Gestalten konnte er noch nichts anfangen, wohl aber mit Samuel. Er war ein Papua wie er, von einem fremden Stamm zwar, aber ein normaler Mensch. Wenn er mit den donnerschleudernden Wesen auskam, konnten es keine bösen Geister sein.

Zynaker stieß Samuel die Faust in den Rücken. »Rede!« zischte er.

Samuel nickte. In einer der Sprachen des südlichen Hochlandes stieß er ein paar Laute aus und dann Sätze von einer eigenartigen Sprachmelodie. Der noch immer in sich geduckte Medizinmann straffte sich, und jetzt sah man erst, daß er einen muskulösen, tiefbraunen Körper besaß, der auch mit gelben und roten Strichen bemalt war.

Zuerst bekam Samuel keine Antwort, nur die schwarzen Augen musterten die fremden Wesen.

»Er spricht eine andere Sprache«, sagte Leonora leise. »Gehen wir auf ihn zu, die Arme ausgestreckt, die Handflächen flach nach vorn! Das verstehen alle Völker als Friedenszeichen.«

Aber so weit kamen sie nicht. Der Medizinmann begann plötzlich mit einer hohen, singenden Stimme zu sprechen. Eine Art Zauberstab aus bemaltem Holz, an der oberen Hälfte mit einem Federbusch geschmückt, lag plötzlich in seiner Hand, er schwenkte ihn hin und her und auf und nieder und stieß dabei kurze, helle Schreie aus.

Reißner konnte es nicht lassen zu sagen: »Pater, sehen Sie sich das genau an. Wie bei Ihnen: Er schlägt ein Kreuz. Jetzt sind Sie dran, da steht ein Kollege von einer anderen Fakultät.«

»Was will er, Samuel?« fragte Pater Lucius.

»Er beschwört die guten Geister und bittet um Gnade.«

»Was sag' ich!« Reißner rieb sich die Hände. »Was wollen Sie antworten, Pater? ›Hosianna in der Höhe‹?«

Pater Lucius tat genau das, was auch der Medizinmann getan hatte. Er öffnete sein Hemd, holte das um seinen Hals hängende, kleine silberne Kruzifix hervor, hob es hoch und schlug damit das Kreuz. Zauberstab gegen Zauberstab – der erste Schritt war getan.

Der Medizinmann straffte sich noch mehr. Seine Augen funkelten, er drehte sich ein paarmal um sich selbst, mit kleinen hüpfenden Schritten, die Muschelketten rasselten, die großen bunten Federn wippten, und immer wieder stieß der Kopf mit dem Stirnband und dem gebogenen Knochen nach vorn, wie ein hackender Geier.

Reißner klatschte in die Hände, was ihm strafende Blicke der anderen einbrachte. »Pater, da müssen Sie jetzt mithalten!« rief er spöttisch. »Schade, daß Sie kein Neger sind, dann hätten Sie jetzt ein tolles Gospel auf der Pfanne. Mit einem Choral schinden Sie hier keinen Eindruck. Leute, die Situation wird kritisch. Man erwartet Großes von uns.«

Der Medizinmann hielt plötzlich inne und stieß ein paar Laute aus.

Samuel nickte und übersetzte. »Er sagt, er heißt Duka Hamana.«

Lucius trat einen Schritt vor und zeigte mit der Hand auf seine Brust. »Ich bin Pater Lucius«, sagte er langsam und betont. »Und du bist Duka Hamana.« Dabei zeigte er auf den Medizinmann. Dann trat er näher an ihn heran, zeigte ihm eine kleine Silbermünze, die er aus der Tasche holte, drehte sie zwischen Daumen und Zeigefinger, griff Hamana an die Nase, und plötzlich rieselten zehn gleiche Silbermünzen aus dem Nasenloch des Medizinmannes. Ein uralter Zaubertrick, der bei Duka Hamana eine ungeheure Wirkung zeitigte.

Der Medizinmann machte drei Sprünge rückwärts, griff sich an die Nase, zog daran, aber da kam nichts mehr heraus. Entgeistert betrachtete er seine Hand, schüttelte sie und starrte dann Pater Lucius an.

»Aus der Nase«, sagte Reißner gedehnt. »Pater, Sie hätten ihn Geld scheißen lassen sollen. Dann würde er tagelang in der Hocke sitzen, und wir hätten Ruhe vor ihm.«

»Sie haben eine gottverdammte Schnauze, John Hannibal«, sagte Zynaker und blickte zu den Baumgerippen hinüber, aber dort zeigte sich kein Papua mehr. Sie warteten, was ihr Medizinmann bei den fremden Geistern ausrichtete. »In Wirklichkeit aber kneifen Sie vor Angst den Hintern zu.«

Der Medizinmann bückte sich jetzt, legte seinen federumwickelten Zauberstab auf die Erde und trat zwei Schritte von ihm zurück. Eine deutliche Geste: Ich unterwerfe mich den guten Geistern.

Pater Lucius verstand es sofort, aber er war nicht bereit, sein Halskreuz auch auf den Boden zu legen. Doch irgend etwas mußte er tun, um das Geschenk des Medizinmannes mit einem Gegengeschenk zu beantworten.

»Pepau«, sagte er ruhig, »wagen Sie es, in mein Zelt zu gehen und meine Zauberkiste zu holen?«

»Warum nicht?«

»Sie werden von zweihundert Augen beobachtet. Ihr Weggehen könnte als eine feindliche Handlung aufgefaßt werden. Außerdem kommen Sie dabei in den Rücken des Medizinmannes, und das mag er gar nicht, nehme ich an.«

»Ich will es versuchen, Pater. Ohne Ihre Zaubertricks sind wir doch verloren.« Schmitz warf einen Blick auf den lauernden Medizinmann, löste sich von der Gruppe und ging langsam zu Pater Lucius' Zelt zurück. Als er durch den Eingang schlüpfte, ging ein Aufatmen durch die Wartenden. Am Waldrand rührte sich nichts, bis auf die Geräusche vom Fluß war kein Laut zu hören.

Wenig später trat Schmitz wieder aus dem Zelt. Er hatte die Kiste des Paters geschultert und kam ebenso ruhig zur Lagermitte zurück. Dort stellte er die Kiste vor den Füßen des Paters ab, klappte den Deckel auf und versuchte ein schiefes Lächeln. »Geglückt! Nun sind Sie dran, Pater.«

Pater Lucius bückte sich, wühlte zwischen den verschiedensten Dingen und zog dann einen roten Zylinder hervor, den er auf seinen Kopf drückte.

Reißner starrte ihn verblüfft an. »Die Paradiesvogelfedern von Duka Hamana sind schöner«, zischte er. »Mit so einem Karnevalszylinder imponieren Sie nie.«

»Abwarten.« Pater Lucius trat einen Schritt auf den Medizinmann zu, nahm den Zylinder ab und hielt ihn so hin, daß Duka Hamana ins Innere sehen konnte. Es war leer. Dann zog der Pater den Zylinder an sich heran, sprach ein paar laute Worte, völlig sinnloses Zeug wie »Rabanamana, Sumlasimbum, hottehü«, griff dann in die leere Kopfbedeckung und holte einen Busch wundervoll leuchtender Blumen hervor. Natürlich waren es künstliche Blumen, aber die Wirkung war ungeheuer, als er den Strauß wegwarf und einen neuen aus dem Zylinder zauberte, einen dritten, einen vierten, einen fünften, einen sechsten, und alle warf er dem Medizinmann vor die Füße. Auch das war ein uralter Zaubertrick, aber ein Wesen, das aus dem Nichts sechs wunderschöne Blumensträuße werfen kann, muß etwas Überirdisches sein.

Duka Hamana griff nach einem der Sträuße, und das Wunder verstärkte sich. Blumen, die nicht aus dem Material waren, aus dem sonst Blumen sind. Blumen, die sich seltsam anfühlten, deren Blätter nicht zerrissen, deren Blüten nicht zwischen den Fingern zu Brei zerquetscht werden konnten, Blumen aus einer anderen Welt, dem Reich der Götter. Blumen, die nie verwelkten …

Duka Hamana bückte sich, hob seinen Stab vom Boden auf und begann, geduckt rückwärts gehend, die Götter nie aus den Augen lassend, den Rückzug zu der Barriere der toten Bäume. Einen der Kunstblumensträuße nahm er mit, als Beweis, daß sie nicht von dieser Erde stammten. Mit einem letzten großen Satz verschwand der Medizinmann zwischen einer Lücke in den Baumskeletten.

Kreijsman atmete laut aus, und auch Leonora fuhr sich mit bebenden Händen durch die Haare. »Das kann uns das Leben gerettet haben«, sagte sie stockend. »An so etwas hat mein Vater nicht gedacht, er hätte sonst zaubern gelernt und lebte heute noch.«

»Abwarten.« Pater Lucius legte seinen roten Zylinder zurück in die Kiste. »Auf jeden Fall haben wir Zeit gewonnen, der Kontakt zu den Wilden ist hergestellt, den wichtigsten Mann des Stammes haben wir verblüfft. Was jetzt kommt, können wir in Ruhe abwarten. Eins wissen wir jetzt: Sie wollen uns nicht töten, denn das hätten sie sonst längst getan.«

»Und so sollen wir nun hier herumstehen und warten?« Reißner hängte sich seine MPi wieder vor die Brust.

»Im Gegenteil.« Zynaker zeigte auf das Flugzeugwrack im Fluß. »Wir tun das, was wir besprochen haben, als gäbe es keine Papuas.«

»Sie haben vielleicht Nerven!« sagte Kreijsman tonlos.

»Ja, die müssen wir jetzt alle haben!« Zynaker wandte sich zum Gehen. »Wir müssen das Wrack ausschlachten und an Land holen, was man noch gebrauchen kann. Aus den Seitenteilen und den Flügeln können wir uns feste Hütten bauen, mit den Rädern können wir Karren konstruieren, die Sitze werden zu Sesseln werden ... Leute, wir bauen hier eine Luxussiedlung!« Er blickte hinauf zu dem noch von Nebelschwaden verhangenen Himmel, hinter denen man die Sonne nur ahnen konnte. Die Hitze war da, der Urwald dampfte und gab die Feuchte der Nacht her. »Es kann auch sein, daß bald ein Hubschrauber über uns erscheint. In Kopago und Port Moresby hat man längst Alarm gegeben, weil ich nicht zurückgekommen bin. Sie werden uns suchen.« Er blickte von einem zum anderen, und jeder wußte, was er jetzt sagen würde. »Wer gerettet werden will, kann sich ja hochziehen lassen und in den Hubschrauber einsteigen.« Er sprach das »gerettet« wie ein Schimpfwort aus. »Jeder ist in seinen Handlungen frei.«

»Gut. Fangen wir an abzustimmen, wenn's schon sein muß! Also angenommen, der Hubschrauber findet uns – Sie zuerst, Zynaker: Wie entscheiden Sie sich?«

»Ich bleibe bei Leonora.«

»Leonora, Sie?«

»Ich bleibe selbstverständlich hier. Welche Frage!«

»Pepau?«

Schmitz winkte ab. »Es ist mir zu blöd, darauf zu antworten. Aber Sie, John Hannibal?«

»Trauen Sie mir Fahnenflucht zu? Fred, wie ist's mit Ihnen?«

»Leonora hat mein Wort.«

»Ich stelle fest«, sagte Reißner laut, »daß wir einstimmig beschlossen haben, verfluchte Helden zu sein. Wenn wir also einen Hubschrauber hören, volle Deckung! Keine Zeichen! Nichts! Kann man das so sagen?«

»Ja!« antwortete Zynaker ebenso laut. »Und jetzt hören wir mit der Quatscherei auf und fangen an zu arbeiten. Wie in der Nacht – einer bleibt immer als Wache an Land zurück und wird alle zwei Stunden abgelöst. Wer ist dagegen?«

»Die Papuas!« Reißner zeigte zu den Baumgerippen. »Neuer Besuch. Wir sollten ein Gästebuch anlegen.«

Zwischen der Lücke in den toten Baumstämmen, durch die der Medizinmann verschwunden war, erschien jetzt eine andere Gestalt. Im Gegensatz zu Duka Hamana war er nicht bis zur Unkenntlichkeit mit Federn und Ketten verkleidet. Er war eine muskulöse dunkelbraune Gestalt. Um sich hatte er nur den Blätterlendenschutz und eine Kette aus Sauzähnen geschlungen, während auf seinem kraushaarigen Kopf eine Art Hut aus Baumrinde und drei große Paradiesvogelfederbüsche wippten. Sein Gesicht war mit gelber Farbe vollkommen zugeschmiert, und über den Nasenrücken bis hinauf zum Haaransatz zog sich ein dicker roter Strich und teilte das Gesicht in zwei Hälften. Das Auffallendste aber waren die Schmuckstücke, die er über dem Lendenschutz an einem dicken geflochtenen Baststrick trug. Kreijsman schluckte mehrmals, aber selbst Reißner verlor sein loses Mundwerk und schnaufte nur durch die Nase.

Rund um den Leib, eben an dieser Bastschnur, baumelten, mit den Haaren an dem Gürtel verknotet, faustgroße menschliche Köpfe. Obwohl sie präpariert und zusammengeschrumpft waren, erkannte man deutlich die Stirn, die Augenhöhlen, die Nase, den Mund und die zusammengebundenen Falten des abgetrennten Halses.

Der einzige, den dieser Anblick nicht bis auf die Knochen frieren ließ, war Samuel. Im Gegenteil, es schien, als atme er im Gegensatz zu den Weißen befreit auf.

»Mir wird übel«, flüsterte Kreijsman.

»Halten Sie's Maul«, knurrte Reißner.

»Das ist mein erster Schrumpfkopf!«

»Seien Sie froh, daß es nicht Ihrer ist.«

»Ich kotze gleich.«

»Götter kotzen nicht. Machen Sie bloß keinen Scheiß, Fred! Drehen Sie sich um, wenn Sie's nicht sehen können.«

Samuel blickte mit strahlenden Augen zu Leonora hinauf, die hinter ihm stand. »Der Häuptling kommt selbst, Massa. Das ist eine große Ehre für uns.«

»Das wird sich zeigen.« Zynaker trat neben Leonora und schob sich dann schützend vor sie.

Der Häuptling blieb fünf Schritte vor ihnen stehen, spreizte die Beine und sah die fremden Götter furchtlos an. Dann sagte er mit tiefer Stimme ein paar Worte, die Samuel sofort übersetzte.

»Er heißt Dai Puino und begrüßt uns als Freund.«

»Das sollen wir ihm glauben, bei so einem eindrucksvollen Gürtel?« knurrte Reißner.

»Er meint es ehrlich, sonst wäre er nicht selbst gekommen«, sagte Zynaker. »Wir dürfen ihn nicht enttäuschen.«

»Selbstverständlich nicht. Beugt eure Köpfchen und laßt sie euch ehrenvoll abschneiden.«

»Bei den Naturvölkern ist Gastfreundschaft noch eine Ehre, die nicht verletzt werden darf.« Leonora ging um Zynaker herum, und ehe er sie am Arm festhalten konnte, war sie auf Dai Puino zugetreten und streckte ihre Hand aus.

Der Häuptling stand regungslos, starrte auf die weiße Hand und wußte nicht, was er tun sollte.

»Sag ihm«, wandte sich Leonora an Samuel, »daß auch wir als Freunde kommen und Dai Puino als Freund begrüßen. Wir kommen aus einem fernen Land, um seinen Stamm zu besuchen, und bringen Geschenke mit.«

Samuel übersetzte es. Dai Puino hörte aufmerksam zu, musterte die Fremden mit stummem, aber lauerndem Interesse und hob dann die Hand. Er zeigte zu den Baumgerippen vor dem Urwald und sprach wieder ein paar Worte.

»Er sagt, wir sollen mitkommen. Der ganze Stamm wird sich freuen.«

»Das glaube ich ihm aufs Wort.« Reißner lächelte den Häuptling breit an. »So schöne Festbraten haben sie lange nicht gehabt. Leonora, Sie werden dem Häuptling vorbehalten bleiben.«

»Himmel noch mal, man sollte Ihnen die Schnauze einschlagen!« knirschte Zynaker. »Sie am Spieß überm offenen Feuer müssen ein herrlicher Anblick sein.«

»Das hätten Sie nicht sagen sollen, Donald.« Reißner war plötzlich sehr ernst. »Darüber sprechen wir noch, wenn wir einen weiteren Überblick haben.«

»Gern. Jederzeit!«

»Wir sind eingeladen«, sagte Leonora und wandte sich den anderen zu. »Sollen wir mitgehen?«

»Ich denke, wir wollen das Wrack ausschlachten?« warf Kreijsman ein.

»Das können wir immer noch.« Pater Lucius setzte sich auf seine Zauberkiste. »Wichtiger ist jetzt der Kontakt mit den Papuas. Wenn wir ihr Vertrauen haben, ist der Weg frei für unsere Expedition. Vielleicht erfahren wir von Dai Puino sogar etwas über das Schicksal von James Patrik. Wenn er hier verschwunden ist, wie Leonora annimmt, muß Dai Puino etwas über ihn wissen, hat ihn gekannt, kann uns weiterhelfen ...«

Samuel und der Häuptling hatten unterdessen miteinander einige Sätze gewechselt.

Samuel wedelte mit den Händen. »Er sagt, das Dorf ist eine halbe Tagereise von hier entfernt, mitten im Wald. Er will uns das beste Männerhaus geben. Er will eine große Feier veranstalten und sieben Schweine schlachten. Und er will Geschenke austauschen.«

»Jedem von uns seinen Schrumpfkopf.« Reißner lachte dumpf und sah Zynaker herausfordernd an. »Was haben wir zu bieten? Bunte Glasperlenketten, Büstenhalter für die Frauen, Gottes Wort und Whisky. Damit rotten wir sie aus! Gehen wir ins Dorf oder nicht?«

»Wir gehen«, sagte Leonora fest.

»Und lassen hier alles zurück?«

»Sie müssen uns Träger stellen.«

»Das machen Sie denen mal klar, Leonora. Was wir hier alles mitgeschleppt haben! Mir war immer ein Rätsel –«

»John Hannibal, das ist doch ganz einfach. Wir hatten uns ein Basislager vorgestellt, von dem aus die Expedition versorgt werden sollte.« Kreijsman sah die anderen fast flehend an. »Und so soll es bleiben. Ich bleibe hier und verwalte das Basislager.«

»Und Ihre Diamantensuche, Fred?« fragte Leonora.

»Wenn das Basislager später weiter ins Innere rückt, wenn wir einen endgültigen Standplatz haben, habe ich Zeit genug, nach meinen Aufzeichnungen zu suchen.«

»Das heißt: Wir holen die Kohlen aus dem Feuer, und dann kommt der liebe Fred nach und wärmt seinen Arsch daran.« Reißner schüttelte den Kopf. »Alle oder keiner.«

Leonora tippte Samuel auf die nackte Schulter. »Sag Dai Puino, daß wir seine Einladung annehmen. Aber um alles zu zeigen, was wir mitgebracht haben, brauchen wir viele Freunde, die es auf ihren Schultern wegtragen. Frag ihn, ob er uns Leute zum Tragen zur Verfügung stellen kann.«

»Jetzt bin ich gespannt«, röhrte Reißner.

Samuel übersetzte. Dai Puino hörte bewegungslos zu und antwortete dann mit schnellen Sätzen. Eine ganze Tirade prasselte auf Samuel herab, der ab und zu nickte und den Häuptling nicht unterbrach.

Als Dai Puino schwieg, drehte sich Samuel um. Er hatte große Augen. »Er sagt«, übersetzte er, »er habe Männer genug, die die Sachen tragen könnten. Er fragt, ob die Freunde noch mehr Wunder bei sich haben, denn er braucht sie als Hilfe gegen seinen Bruder Hano Sepikula. Im Stamm ist ein Streit ausgebrochen. Hano Sepikula sagt, Dai Puino sei zu alt für einen Häuptling, und will selbst Häuptling werden. Der halbe Stamm ist für Dai Puino, die andere Hälfte für Hano Sepikula. Wenn die Fremden zu Freunden von Dai Puino werden, können sie ihm helfen, mit Götterzauber über Hano Sepikula zu siegen.«

»Aha, Familienkrach!« Zynaker erkannte die große Chance, die sich jetzt allen bot. »Deshalb die Freundlichkeit. Er braucht uns. Er will mit uns seine Häuptlingsstellung zurückerobern. Etwas Besseres konnte uns gar nicht passieren. Dai Puino wird uns auf ewig dankbar sein, wenn er seinem Stamm zeigen kann, wie stark er mit uns ist.«

»Das kann aber auch ins Auge gehen«, warf Reißner ein.

»Nicht, wenn Pater Lucius ein Feuerwerk abbrennt und Raketen steigen läßt. Wir müssen nur immer aufpassen, daß wir Wesen aus einer anderen Welt und unangreifbar sind.«

»Ich will nicht Schrecken verbreiten, sondern Liebe.« Pater Lucius schüttelte den Kopf. »Ich bin als Mensch gekommen, um das Wort des Herrn zu verkünden, so wie Jesus als Mensch zu uns kam, um uns den wahren Glauben zu lehren. Jesus brauchte keine Raketen.«

»Er war auch nicht bei Kopfjägern und Menschenfressern!« Reißner fuhr sich mit beiden Händen durch die ungekämmten schwarzen Haare. »Auch das noch! Der pastorale Auftrag, wo es jetzt nur ums nackte Überleben geht. Pater, mit Ihrer Mission fangen Sie bitte an, wenn wir sicher sind, in keinem Kochtopf zu landen. Die Religion rennt uns nicht weg, aber unser Leben! Wenn wir Dai Puino als Verbündeten haben, ist das wie eine Garantieerklärung fürs Weiterleben. Sehe ich das richtig?«

»Völlig richtig.« Zynaker blickte den wartenden Samuel an. »Sag dem Häuptling, wir helfen ihm, wenn er uns hilft, sein Land kennenzulernen als echte Freunde. Und sag ihm, seine Männer sollen kommen. Wir werden jedem etwas zu tragen geben.«

Samuel wandte sich Dai Puino zu und sprach auf ihn ein. Der Häuptling nickte, hob seine rechte Hand Leonora entgegen und zeigte ihr seine Handfläche. Das Zeichen des Friedens und der Freundschaft.

Die erste Begegnung mit der Urzeit war überstanden. Die Menschen aus verschiedenen Jahrtausenden hatten sich gefunden …

Der Marsch durch den Urwald, auf einem schmalen, in Gebüsch, verfilzte Lianen, Riesenfarne und ewig nasse, tropfende und andere miteinander verschlungene Dschungelpflanzen geschlagenen Pfad, war mühsam und kräftezehrend. Nur trübes Licht erhellte den Weg, denn über ihm schlugen die Äste der Bäume und das Netz der Schlingpflanzen wieder zusammen und ließen nur wenig Sonnenlicht durch. Hier herrschte immer ein Halbdunkel vor, eine bedrückende Dämmerung, der Boden war glitschig und glatt, jeder Schritt war ein Platschen der Stiefel, während man die nackten Füße der Papuas nicht hörte. Sie gingen durch das »Tal ohne Sonne«, als berührten sie gar nicht den Boden.

Dai Puino hatte, nachdem er zu seinen Kriegern hinter den toten Bäumen zurückgekehrt war, so etwas wie eine Rede gehalten. Erst hörte man seine laute Stimme mit der singenden Sprache, darauf ertönte ein Geschrei aus hundert Kehlen, das auf- und abschwoll, und dann quollen die gelbbemalten Männer durch die Lücken des Baumwalles, stimmten ein neues wildes Geschrei an und stießen ihre Speere in den Himmel. Es waren ganze Bündel von mannshohen Speeren mit scharfen Spitzen und Widerhaken, die sich in den Leib des Gegners bohrten und schreckliche Wunden rissen, wenn man ihn wieder zurückzog. Einen solchen Speerstoß überlebte keiner. Und war der Gegner von den Widerhaken zerfleischt, wurden die Buschmesser geschwungen und die Köpfe abgeschlagen – ein Mann ist erst ein Mann, wenn eine Kopftrophäe an seinem Gürtel hängt.

Reißner hatte das Herausstürzen der grell bemalten Männer mit zusammengekniffenen Augen beobachtet. Er schob seine MPi wieder schußbereit vor seine Brust. »So ganz überzeugend scheinen Sie nicht gewesen zu sein, Pater!« sagte er mit rauher Stimme, in der deutlich die Angst mitschwang. »Wenn der erste Speer fliegt, ziehe ich durch.«

»Das ist eine ausgesprochen freundliche Begrüßung.« Pater Lucius löste sich aus dem Kreis und ging an Leonora vorbei den Kriegern entgegen.

Reißner pfiff erregt durch die Zähne. »Der Kerl ist verrückt!«

»Er hat recht, John Hannibal.« Leonora drehte sich zu Reißner um. »Dai Puino hat seinen Leuten erzählt, daß wir ihm gegen seinen Bruder Hano Sepikula helfen. Jetzt sind alle unsere Freunde.«

»Und die andere Hälfte des Stammes zerstückelt uns.«

»Abwarten. Auch für sie sind wir zunächst Wesen aus einer anderen Welt.«

Die gelb bemalten Krieger mit ihren Blätterschurzen und Ketten aus Knochen und Muscheln umringten jetzt die merkwürdigen weißen Gestalten und hoben mit einem hellen Aufschrei wieder ihre schrecklichen Speere. An Samuels Gesicht konnte man ablesen, daß es kein Kriegsgeheul, sondern ein Freudenschrei war.

Dai Puino kam auf Leonora zu und sagte einige Sätze zu ihr.

Samuel übersetzte sofort. »Er sagt, wir sollen seinen Männern mitgeben, was sie tragen sollen. Jeder freut sich, etwas zu tragen.«

»Jetzt kommen wir in einen Entscheidungszwang.« Zynaker sah die anderen fragend an. »Was tun? Gehen wir mit, oder bleiben wir hier?«

»Natürlich gehen wir!« sagte Leonora.

»Und was nehmen wir mit?«

»Alles, was wir durch den Fluß geschleppt haben. Mit hundert Trägern kann man schon was abschleppen.« Reißner machte eine umfassende Handbewegung. »Hier liegt nichts rum, was wir entbehren könnten. Vor allem die Zelte können wir brauchen.«

»Nein, Masta.« Samuels Gesicht glänzte wie mit Fett eingerieben. »Wir sind Freunde des Stammes. Wir bekommen ein eigenes Haus.«

»Mit Flöhen, Wanzen und Kakerlaken?« Reißner schüttelte den Kopf. »Ich schlafe in meinem Zeit.«

»Das ist eine Beleidigung des Häuptlings.«

»Ich werde ihm einen Schlafsack anbieten. Du sollst sehen, wie schnell er die Zivilisation begreift.« Reißner warf einen Blick auf den wartenden Zynaker. »Ihr Flugzeugwrack, das wollten wir doch ausschlachten und ein Luxusdorf daraus bauen.«

»Wenn das Dorf wirklich nur einen halben Tagemarsch entfernt ist, können wir jederzeit zurück. Die Trümmer klaut keiner.«

»Nehmen Sie an.«

»Ja. Für die Wilden ist das etwas Unberührbares. Ein Ungeheuer, das sie verschlingen könnte. Es fiel mit uns vom Himmel herunter und wartet auf seine Opfer. Das Flugzeug rührt keiner von ihnen an.«

»Also denn.« Pater Lucius machte einer beginnenden Diskussion ein Ende. »Zelte abbauen. Alles wieder einpacken. Samuel, sag Dai Puino, daß sich seine Männer in einer Reihe hintereinander aufstellen und die Lasten aufnehmen sollen, die wir ihnen auf die Schulter packen.« Er sah Zynaker an. »Sie haben doch Erfahrung darin. Wieviel kann ein Mann tragen?«

»Zwanzig, fünfundzwanzig Kilogramm. Besser weniger als zu viel. Bei dieser feuchten Hitze wiegt alles zweimal so schwer. Wenn sie sagen: ›Einen halben Tagemarsch‹, dann ist es mit Gepäck ein ganzer Tag.«

Während sie die Zelte abbrachen und zusammenlegten, die Schlafsäcke einrollten und die »Küche« wieder in die Kisten packten, sahen die Papuas, auf ihre Speere gestützt, interessiert zu. Der Wall der gelb und rot bemalten Gesichter flößte keine Furcht mehr ein. Die Krieger lächelten die weißen Unbekannten an, sie lachten sogar, als Schmitz über einen Karton stolperte und fast hingestürzt wäre. Mit großen Gesten und auf- und abschwellenden Stimmen redeten sie aufeinander ein.

Es dauerte doch über eine Stunde, bis alles verpackt war und zum Transport bereit lag. Pater Lucius hatte seine Zauberkiste neben sich stehen, sie gab er nicht aus der Hand; der Träger, der sie auf seine Schultern nehmen würde, mußte ihm unmittelbar vorausgehen. Nicht nur Feuerwerkskörper und Zaubertricks lagen in der Kiste, sondern auch ein versilbertes Kruzifix, eine kleine vergoldete Monstranz mit einem Schmuck aus Bergkristall, ein Silberkelch und ein versilberter Weihwasserschwenkkessel. In einer länglichen, luftdicht abgeschlossenen, verchromten Dose verwahrte er die Hostien. Ein Glück, daß Reißner nicht wußte, daß die Altarausstattung auch in der Zauberkiste lag – seine hämischen Bemerkungen hätten Pater Lucius zur Weißglut getrieben. »Fertig«, sagte er. »Samuel, die Männer sollen antreten. Jeder eine Kiste, einen Sack oder zwei Kartons. Je Mann ein Zeltballen. Leonora, wieviel wiegt Ihre medizinische Ausrüstung?«

»Wir müssen sie auf vier Träger verteilen.«

»Du lieber Himmel!« Reißner warf einen Blick auf die Sanitätskisten. Auf ihre Deckel war das internationale Zeichen gemalt: ein rotes Kreuz. »Was schleppen Sie denn da herum?«

»Medikamente und ein Instrumentarium für alle Notfälle, einige Flaschen reinen Sauerstoff, ein Sterilisierungsgerät und –«

»Eine Herz-Lungen-Maschine, eine Röntgeneinrichtung, einen OP-Tisch, ein Narkosegerät, vielleicht sogar eine Ultraschall-Diagnostik ...«

»Sie werden nicht mehr spotten, John Hannibal, wenn ich Ihnen – nur zum Beispiel – ein Bein amputieren müßte.«

»Wieso denn das?«

»Möglich ist alles. Wissen wir, welche unbekannten Tiere hier leben, die Sie anfallen könnten? Sie waren doch im bengalischen Dschungel. Was würde man tun, wenn ein Tiger Ihnen ein Bein zerfleischt bis auf die Knochen und Wundbrand eintritt?«

»Gewonnen.« Reißner lachte dumpf. »Können Sie amputieren?«

»Ich kann alles. Ich habe mich jahrelang auf diese Expedition vorbereitet.«

Sie ließ Reißner stehen und ging zu Pater Lucius und Samuel, die mit Häuptling Dai Puino verhandelten. Die Krieger begannen, sich hintereinander aufzustellen, für sie eine völlig fremde Ordnung. Sie waren gewöhnt, immer Mann neben Mann zu gehen, eine furchterregende Walze aus Körpern und Speeren und mannshohen, bemalten, dicken Holzschilden.

»Der Häuptling will zwei Läufer vorausschicken, um uns in

seinem Dorf einen festlichen Empfang zu bereiten«, sagte Pater Lucius. »Es soll ein großes Essen werden.«

»Hoffentlich nicht Braten von Angehörigen eines feindlichen Nachbarstammes.« Leonora lachte Dai Puino an; er erwiderte es mit vorgewölbten Lippen und einem tiefen Grunzen. Es klang wie das Schnauben eines Wildschweins. Das gelb bemalte Gesicht aber blieb regungslos, eine farbige Maske.

Das Beladen der Krieger erwies sich als gar nicht so einfach. Sie waren zwar trotz ihrer Kleinwüchsigkeit stämmig und muskulös, aber sie hatten kein Gefühl für das Ausbalancieren der Last. Immer wieder fielen die Kisten oder Kartons von ihren Schultern oder rutschten ihnen den Rücken hinunter. Dann lachten sie wie spielende Kinder, zogen sogar ihren Vordermännern die Last von der Schulter und schnatterten dabei in einem hellen Singsang.

Zynaker war nahe daran, sich die Haare zu raufen. »Ich kann nicht hundert Mann einzeln zum Tragen ausbilden«, schrie er zu Pater Lucius hinüber. »Machen Sie dem Häuptling klar, daß wir hier keinen Vergnügungspark haben! So kommen wir nie weg.«

Es dauerte noch eine Zeit, bis die Papuas begriffen hatten, wie man eine Kiste auf der Schulter trägt, wie man die Balance hält, wie man ein Wegrutschen aufhalten kann. Als alle Lasten verteilt waren, blieben neununddreißig Krieger übrig, die nichts zu tragen hatten. Mit finsteren Gesichtern standen sie herum und waren beleidigt. Sie kamen sich entehrt vor; die fremden Götter – oder was sie waren – hatten ihre Hilfe abgelehnt. Sie standen außerhalb der Glücklichen, die den Göttern dienen durften. Im Dorf würde man sie auslachen, die Frauen würden spotten, die Kinder würden ihnen johlend nachlaufen und die alten Weiber ihnen in die Sojasuppe spucken.

Dai Puino erkannte die Gefahr, die von den neununddreißig übergangenen Kriegern ausging, sofort. Er kam zu Zynaker, begleitet von Samuel, und redete wild gestikulierend auf ihn ein. Die Neununddreißig standen mit finsteren Gesichtern und brennenden Augen um ihn herum.

»Er sagt, auch diese Männer müssen etwas tragen«, übersetzte Samuel sehr ernst. Er, als Papua aus dem Hochland, kannte genau das Ehrgefühl seiner Landsleute. »Wenn du ihnen keine Last gibst, bestrafst du sie. Warum? Es sind tapfere Krieger.«

»Es gibt nichts mehr zu tragen, Samuel.« Zynaker hob die Schultern. »Im Wrack liegt noch einiges, aber das müssen wir erst rüberholen oder ausbauen.«

»Dann tu das, Masta. Alle werden dir helfen.«

»Also gut.« Zynaker ging zu Leonora und Pater Lucius hinüber und breitete hilflos die Arme aus. »Es tut mir leid, aber heute kommen wir nicht mehr zum Dorf.«

»Unmöglich, wir müssen!« Pater Lucius starrte Zynaker verständnislos an. »Was ist denn los?«

»Wir haben neununddreißig tief Beleidigte, Pater, und das könnte sich auf uns alle auswirken. Wir müssen noch Tragbares aus dem Wrack holen.«

»Das ist doch idiotisch!« rief Pater Lucius.

»Wenn wir es nicht tun, hat Hano Sepikula neununddreißig Anhänger mehr, und die sind auch noch in unserem Rücken.«

»Was wollen Sie denn noch rüberholen?« fragte Leonora. An Zynakers Gesicht sah sie, daß sich die Lage wieder verschlechtert hatte.

»Wir haben noch einige Kisten mit Material drüben, Kanister mit Benzin und Petroleum, Propangasflaschen und vier Kisten mit Alkohol.«

»Die lassen Sie mal in den Trümmern liegen.« Pater Lucius blickte zu den neununddreißig Gelbbemalten und zu Dai Puino hinüber, der laut auf sie einsprach. Er versuchte sie zu beruhigen. »Meine spanischen Brüder besiegten zwar damals die Inkas und Mayas mit Kreuz, Schwert und Schnaps, aber das ist nicht mein Stil. Ich habe die Konquistadoren immer verachtet. Man schafft nicht das Reich Gottes, indem man die Ungläubigen ausrottet. Und Schnaps ist das Gift, das sie schnell krepieren läßt.«

»Wie lange wird es dauern?« fragte Leonora.

»Mindestens zwei Stunden.«

»Dann los, Donald! Zwei Stunden? Dann könnten wir es noch schaffen bis zum Dorf.«

»Bei zwanzig Kilogramm Last rechnet man mit einer Tagesstrecke von zwanzig, höchstens fünfundzwanzig Kilometern. Mehr ist nicht zu schaffen, vor allem, wenn es auf engen, glitschigen Urwaldpfaden dahingeht. Und nachts bewegt sich überhaupt niemand, aus Angst vor den bösen Geistern.«

»Du wirst es schon schaffen, Donald.« Zum erstenmal duzte sie ihn und merkte erst, als sie es ausgesprochen hatte, was sie damit verriet. Sie schielte zu Pater Lucius hinüber, aber der schien nichts gehört zu haben.

Er sprach mit Kreijsman, der immer noch sehr unruhig war und dem Frieden nicht traute. Reißner hatte neben seiner MPi nun zwei Kameras um den Hals hängen und fotografierte ununterbrochen. Die Papuas grinsten ihn an. Was der weiße Fremde da tat, war ihnen rätselhaft. Er hielt etwas vor das rechte Auge, und das Auge wuchs, kam aus dem Kopf heraus und war vielmal größer. Ab und zu knackte das Auge – wie lustig war das.

Samuel übersetzte Dai Puino, was Zynaker ihm vorsagte. Die Träger setzten ihre Lasten wieder ab und stützten sich wartend auf ihre schrecklichen Widerhakenspeere. Die Neununddreißig gingen zum Fluß hinunter und warteten dort, im Wasser stehend.

Nun hatte Zynaker Helfer genug. Man brauchte nicht alles mühsam durch die Strömung zu schleppen, immer in Gefahr, auszugleiten und in den gurgelnden Fluß zu stürzen, wo die Kisten und Kartons an den glattgeschliffenen Felssteinen aufbrachen und der Inhalt weggeschwemmt wurde. Die Träger bildeten eine Menschenkette vom Wrack bis zum Ufer, und von Hand zu Hand wurde das Gepäck weitergereicht zum Strand, wo Pater Lucius, Schmitz, Kreijsman und Samuel es in Empfang nahmen.

Reißner fotografierte. Er wußte, es waren Bilder, die einmal seinen Namen weltberühmt werden ließen. John Hannibal Reißner, einer der besten Fotografen der Welt. Er war jetzt einunddreißig Jahre alt. Mit fünfunddreißig würde er sich eine Villa in Palm Beach kaufen – davon träumte er. Eine Villa am Meer, ein Motorboot und das schönste Girl weit und breit. Man lebt ja nur einmal ...

Als letztes Gepäckstück wurde durch die Menschenkette ein ausgebauter Flugzeugsitz getragen.

Reißner ließ den Fotoapparat sinken und wandte sich an Leonora. »Jetzt scheint der Sonnenstich zu wirken. Was will er denn mit dem Sessel?«

»Ich weiß es nicht.«

»Soll der etwa auch mitgeschleppt werden ins Dorf?«

»Fragen Sie ihn doch selbst, John Hannibal.«

»Darauf können Sie sich verlassen, Leonora. Nicht nur, daß er versucht, uns alle herumzukommandieren, jetzt verblödet er sogar!«

Die Papuas kamen aus dem Fluß zurück und umstellten die herangebrachten Waren, als wolle man sie ihnen wieder wegnehmen. Zynaker, der als letzter an Land kam, stieß auf Reißner, der ihn fotografierte, wie er durch den Fluß watete.

»Das wird das Bild eines vollendeten Spinners!« rief Reißner. »Sie wollen den Flugzeugsessel mitnehmen?«

»Ja.«

»Haben Sie nicht mehr alle auf der Reihe?«

»Abwarten, John Hannibal.« Zynaker kam an Land und schüttelte sich wie ein nasser Hund. »Was Ihnen fehlt, ist Phantasie. Dieser Flugzeugsessel ist vielleicht das Wichtigste, was wir mitschleppen.«

»Erklären Sie mir das.«

»Später.« Zynaker blickte auf seine Uhr. »Genau anderthalb Stunden. Wir könnten es bis zum Abend schaffen.«

»Wenn die Angaben von Dai Puino stimmen. Und vergessen Sie nicht: Hierher sind sie ohne Traglasten gehüpft, mit zwanzig Kilo auf dem Buckel wird's langsamer.«

»Wir können«, sagte Zynaker, als er wieder bei Leonora und Pater Lucius stand. »Verteilen wir uns in der Reihe, oder gehen wir geschlossen voraus oder hinterher?«

»Pater Lucius und ich bilden mit Dai Puino die Spitze.« Leonora überblickte noch einmal die Reihe der gelb bemalten Krieger und das vor ihnen liegende Gepäck. »Schmitz und Kreijsman gehen in der Mitte, Reißner und Zynaker am Schluß.« Sie sagte es so unpersönlich wie möglich, wie bei einer Befehlsausgabe in einem Militärcamp.

Zynaker protestierte. »Ausgerechnet ich mit Reißner? Bis wir im Dorf sind, haben wir uns längst geprügelt.«

»Du lieber Himmel, Sie sind doch keine kleinen Kinder!« Pater Lucius sah Zynaker mit einem strafenden Blick an. »Wenn Reißner wieder große Töne spuckt, hören Sie einfach weg, Donald.«

»Das geht nur bis zu einer gewissen Grenze.«

»Auch wenn Sie mich lästig finden, Donald – ich frage auch: Was wollen Sie mit dem Flugzeugsessel? Bleibt nichts Wichtigeres im Wrack zurück?«

»Nein.«

Pater Lucius wandte sich staunend an Leonora. »Verstehen Sie das?« fragte er.

»Noch nicht. Aber wenn Donald es uns nicht sagen will, dann sagt er es auch nicht. Dann soll es eine Überraschung sein.«

»So ist es«, antwortete Zynaker. »Dieser Flugzeugsessel wird vielleicht sogar unser Leben garantieren.«

»Haben Sie ihn vielleicht als Schleudersitz präpariert?« fragte Lucius sauer.

Zynaker hob vielsagend die Schultern, wandte sich ab und ging zu der langen Reihe der Papuas. Samuel und Dai Puino warteten dort auf ein Zeichen.

»Wir können«, sagte Zynaker zu Samuel. Er überblickte die Gelbbemalten und vermißte den Medizinmann. »Wo ist Duka Hamana, Samuel?«

»Schon gegangen, Masta.«

»Zurück ins Dorf? Allein?« Zynaker zog die Stirn in Falten. »Das gefällt mir gar nicht.«

»Er wird uns anmelden, Masta.«

»Oder die anderen gegen uns aufhetzen. Er hat gegen Pater Lucius verloren, das wird er ihm nie verzeihen.«

»Mit uns ist Dai Puino stärker als alle anderen Stämme. Das wird man in alle Winde melden. Es wird keine Kriege mehr geben, solange wir da sind, Masta. Man wird nicht mehr die Frauen rauben und nach Köpfen jagen.«

»Hoffen wir es, Samuel.« Zynaker nickte den wartenden Kriegern zu. »Sag ihnen, jeder soll wieder seine Last aufnehmen.«

Samuel spreizte seine krummen Beine, reckte sich hoch empor und schrie ein Kommando. Die Papuas wuchteten die Kisten, Ballen und Kartons auf ihre Schultern. Besonders stolz war der Mann, der den Flugzeugsessel tragen durfte. Auch wenn es unbequem war, ihn auf Schulter, Nacken und Kopf zu laden, verzog er sein gelb und rot bemaltes Gesicht zu einem breiten Lachen. Neidlos sahen die anderen Papuas zu. Der Sesselträger war einer der besten Krieger des Stammes. Über der Tür seiner Hütte hingen neun Köpfe …

Die lange Kolonne formierte sich. An der Spitze Pater Lucius und Leonora mit Dai Puino, in der Mitte Kreijsman und Schmitz, am Ende Zynaker und Reißner. Samuel lief der Kolonne einige Meter voraus.

Wortlos gingen Zynaker und Reißner nebeneinander her, tauchten in den Weg ein, den man durch den Urwald geschlagen hatte und der wie eine grüne Röhre aussah, ewig feucht und glitschig. Vor ihnen, als letzter der Trägerkolonne, ging der große Krieger, bis zu den Waden verdeckt durch den Flugzeugsessel. Seine Hände umklammerten die Lehne, die er über den Kopf gezogen hatte. Schon nach einigen hundert Metern hörte man ihn keuchen, und ein halber Tag lag noch vor ihm.

»Eigentlich müßten Sie Ihren dämlichen Sessel tragen«, konnte sich Reißner nicht verkneifen zu sagen. »Der Kerl hält das doch niemals durch. Wenn sie ihn zu zweit trügen –«

»Das würde seine Kriegerehre verletzen. Und wenn er nachher im Dorf tot zusammenbricht – er bringt ihn ins Dorf. Haben Sie ein Foto von ihm gemacht?«

»Was denken Sie denn? Das sind Dokumente! Unbezahlbar. Wenn ich das erzähle und es nicht mit Fotos beweise, glaubt mir das doch kein Mensch. Eine Expedition ins Unbekannte mit einem Flugzeugsessel! Das geht ins Guinnessbuch der Rekorde ein, als Gipfelpunkt der Blödheit.«

»Abwarten, John Hannibal.« Zynaker war über den neuen Angriff gar nicht verärgert. »Sie werden den Sessel noch öfter fotografieren.«

Das alles war vor vier Stunden geschehen. Nun zog die schwer bepackte Kolonne noch immer durch die grüne Röhre aus Baumästen, Lianengewirr, Riesenfarnen und verfilztem Buschwerk, langsamer als zu Beginn der Wanderung, eingehüllt in ein hundertfaches leises Stöhnen und Keuchen, das sie wie eine Wolke umgab. Von Stunde zu Stunde wurden die Lasten schwerer, die Beine lahmer, die Rücken gebeugter, das Atmen mühsamer, aber niemand trat aus der Reihe heraus, setzte sich auf seine Last und versuchte, neue Kraft in sich hineinzupumpen. Die kleinen schwarzbraunen Krieger tappten auf ihren nackten Füßen weiter, zäh und gehorsam; an der Spitze ging ihr Häuptling, und ehe er nicht die Hand zum Rasten hob, mußte man weiterkeuchen, mit geschlossenen Augen und Schweiß über dem ganzen Körper, der unter den Farben auf der Haut brannte.

Nach Ablauf der vierten Stunde blieb die Spitze stehen. Wie eine Welle lief das Halten die lange Reihe hindurch, bis sie Zynaker und Reißner erreichte. Der tapfere Papua vor ihnen ließ den Flugzeugsessel von seiner Schulter rutschen, knickte in die Knie ein und ließ sich einfach zur Seite auf den Boden fallen.

»Endlich!« sagte Reißner mit völlig ausgedörrter Kehle. »Ich habe Beine wie aus Pudding. In meinem ganzen Leben bin ich noch nicht vier Stunden hintereinander marschiert. Und dann noch durch den Urwald! Erlauben Sie, daß ich mich in Ihren dämlichen Flugzeugsessel setze und mich ausruhe?«

»Er ist also doch zu etwas nütze. Bitte, nehmen Sie Platz.« Zynaker grinste zynisch. »Die Stewardess kommt gleich mit Erfrischungen. Aber tätscheln Sie ihr nicht den Hintern …«

Reißner setzte sich in den Sessel, streckte die Beine von sich und verzichtete auf eine Antwort. Zynaker ließ ihn allein, kletterte über die sitzenden Papua-Krieger und die weggeworfenen Gepäckstücke nach vorn und traf zunächst auf Kreijsman und Schmitz. Sie lagen auf dem Boden, als seien sie auch weggeworfen worden.

»Das ist viehisch«, stammelte Kreijsman. Er hatte tiefliegende, hohle Augen bekommen. »Wie lange soll das noch so weitergehen?«

»Das müssen Sie den Häuptling fragen, Fred.«

»Wir erreichen das Dorf heute nie. Wetten?«

»Wir müssen! Kein Papua bleibt die Nacht über im Freien. Wegen der bösen Geister.«

»Das haben Sie jetzt schon zehnmal gesagt.«

»Und trotzdem glauben Sie es nicht.«

»Wieviel Kilometer haben wir denn schon hinter uns?«

»Keine Ahnung. Wer kann das auch bei diesem langsamen Tempo schätzen?«

Zynaker stieg weiter über Menschen und Gepäck und erreichte die Spitze der Kolonne. Auch Leonora und Pater Lucius saßen ausgepumpt auf der Erde, wie von einem Wall aus Kisten und Kartons umgeben. Dai Puino und Samuel saßen auf einem Zeltballen.

»Ich weiß nicht, was passiert, wenn die Nacht hereinbricht«, sagte Zynaker und ging neben Leonora in die Hocke. In ihr Gesicht hatte sich die Anstrengung eingegraben. Es sah fahl und verkrampft aus. Pater Lucius lag mit geschlossenen Augen da wie im Koma.

»Dai Puino scheint die gleichen Gedanken zu haben.« Auch Leonoras Stimme war verzerrt, als kämen die Töne aus einer zerklüfteten Kehle. »Er hat drei Läufer vorausgeschickt, um Verstärkung zu holen.«

»Wie weit ist das Dorf noch entfernt?«

»Ich weiß es nicht. Aus Dai Puinos Zeitangaben werde ich nicht klug. Ich nehme an, wir haben die Hälfte hinter uns.«

»Die nächste Hälfte schaffen wir nie! Das ist für mich sicher.

Wenn sie merken, daß der Abend kommt, werden sie alles von sich werfen und wegrennen. Da hält sie auch ihre Kriegerehre nicht zurück.«

Pater Lucius schien aus dem Koma zu erwachen. Er hob den Kopf und stützte sich dann auf den Ellenbogen auf. »Vielleicht ist es heute anders«, sagte er.

»Warum?«

»Weil wir bei ihnen sind. Wir, die gütigen Götter.«

»Darauf würde ich mich nicht verlassen. Wer ist in ihren Augen stärker, die Nachtgeister oder wir?«

»Wir.«

»Das müssen Sie erst mal beweisen.«

»Das werde ich.«

»Und womit?«

»Mit einer simplen Taschenlampe. Wenn es dunkel wird, knipse ich sie an. Für diese Urmenschen halte ich damit die Sonne in der Hand. Und wenn wir erst einen unserer Batteriescheinwerfer aufstellen, verjagen wir jeden noch so grausamen Nachtgeist.«

»Und locken Schlangen, Giftspinnen, Skorpione und anderes Getier an. Mir ist lieber, wir erreichen das Dorf ohne Zauber. Wenn uns tatsächlich neue Träger entgegenkommen, kann es noch gelingen.«

»Dann sind wir alle dreiviertel tot.«

»Aber das letzte Viertel reicht fürs Überleben.«

»Ich werde zwei Tage und zwei Nächte schlafen«, sagte Leonora. Die Müdigkeit und die Anspannung schienen sie zu töten. »Ich weiß nicht, ob ich nachher überhaupt noch aufstehen kann. Ich möchte hier liegen bleiben.«

»Ich werde dich über meine Schulter hängen und tragen.«

»Und wer trägt mich?« Pater Lucius ließ sich wieder zurücksinken. »Wieso sind Sie so unanständig frisch, Donald?«

»Das bin ich gar nicht, das sieht nur so aus.«

»Wie ist es mit Reißner?«

»Der sitzt in meinem Flugzeugsessel und wartet auf die Stewardess.«

Sie waren zu erschöpft, um zu lachen, und verzogen nur den Mund.

Samuel kam zu ihnen und hockte sich vor sie hin. »Dai Puino sagt, bald kommen neue Krieger.« Sein Gesicht glänzte wieder wie mit einer Speckschwarte eingerieben. »Dann sind wir schnell im Dorf.«

»Wenn ich das richtig verstehe, kann das Dorf nicht mehr allzu weit entfernt sein«, sagte Pater Lucius. »Was wird uns da erwarten?«

»Ein großes Fressen, das ist sicher.«

»Hoffentlich nicht wir als Festtagsbraten.«

»Wir sind Freunde auf ewig«, sagte Samuel feierlich. »Dai Puino sagt, wenn wir seinen Bruder Hano Sepikula besiegen –«

»Wenn ... Darauf kommt es an! Wenn ...«

»Warten wir es ab.« Zynaker ließ sich neben Leonora auf den Boden gleiten. Er berührte dabei ihre Schulter und ihre Hüfte und atmete tief durch. War es vergangene Nacht? dachte er. Wirklich erst gestern? Es kam ihm vor, als sei es schon immer so gewesen, daß sie an seiner Seite lag und er den Arm um ihren Hals schlang.

Und so warteten sie auf die Ankunft neuer, frischer Krieger.

4

Über Kopago lag lähmendes Entsetzen, als bei Einbruch der Dunkelheit Donald Zynaker mit seinem Flugzeug noch nicht gelandet war. Auch der Funkverkehr war unterbrochen. Auf alle Anfragen antwortete nur Schweigen.

Lieutenant Wepper lief wie ein gefangenes Tier in der Station hin und her, trank mehr Whisky, als er vertragen konnte, und blieb dennoch nüchtern. Ein Sergeant, der ihn mit den Worten: »Zynaker ist doch ein alter Hase!« trösten wollte, wurde niedergebrüllt. »Sie Idiot!« schrie Wepper unbeherrscht. »Auch alte Hasen können mal vor die Flinte laufen!«

»Sie sehen zu schwarz, Lieutenant. Er hat genug Benzin an Bord.«

»Und warum meldet er sich nicht?« Wepper starrte auf das Funkgerät. »Der letzte Funkspruch kam vor sieben Stunden! Sieben Stunden! ›Ich glaube, wir sind da‹, hat er gefunkt. ›Verdammte Nebelschwaden, aber wir schaffen es!‹ Ab da – nichts. Sie haben es nicht geschafft.«

Bei Einbruch der Dunkelheit stand es für Wepper fest, daß dort drüben in den unerforschten Bergen und Schluchten, die nie eines Weißen Fuß betreten würde, eine Tragödie abgelaufen war. Er saß vor dem Funkgerät, den Kopf in beide Hände gestützt, und dachte an die Worte von Sir Anthony: »Wenn etwas passiert, trifft auch Sie die Schuld! Sie müssen diesen Irrsinn aufhalten!«

»Glauben Sie noch immer, daß Zynaker zurückkommt?« fragte er den Sergeanten.

»Es … es sieht so aus, als wenn nicht.« Der Sergeant lehnte an der Wand und rauchte hastig eine Zigarette. »Aber vor morgen früh können wir nichts tun, Lieutenant.«

»Das weiß ich auch!« Wepper hob den Kopf. Der Alkohol rollte durch sein Gehirn. »Ich muß das Oberkommando benachrichtigen und General Lambs. Es hat doch keiner von mir verlangen können, daß ich das Flugzeug in die Luft sprenge! Und mit Worten war Miss Patrik nicht zurückzuhalten. Was ist da im Hochland bloß los? Warum kommt keiner mehr zurück?«

»Irgendwie muß ein Fluch über diesem Land liegen«, sagte der Sergeant. Er meinte es ernst. »Es heißt nicht umsonst: Der Urwald frißt den Menschen.«

Lieutenant Wepper starrte auf das Telefon, griff dann zum Hörer und wählte das Polizeioberkommando in Port Moresby. Es dauerte eine Weile, bis von dem Mädchen in der Telefonzentrale über drei verschiedene Dienststellen endlich der Leiter aller Polizeieinheiten am Apparat war. Er saß gerade in einer Konferenz mit dem Innenminister und besprach eine

Verstärkung der Polizeitruppe. Die Kriminalität besonders unter den jugendlichen Papuas nahm sprunghaft zu. Es war die Generation ohne Arbeit. Sie lungerte herum, überfiel oder stahl, um überhaupt überleben zu können, eine Generation ohne Hoffnung und Zukunft. Wie ihre Väter und Großväter von dem zu leben, was ihnen das Land gab, hatten sie verlernt. Auch Papua-Neuguinea war in den Strudel der Weltwirtschaftskrise geraten. Auf der einen Seite prachtvolle Bankengebäude und ein moderner Flughafen, auf der anderen Seite, nur wenige Kilometer landeinwärts, die Pfahlbauten und Regenwaldhütten eines Volkes zwischen der Steinzeit und einer bewunderten Neuzeit, die viele noch nicht begriffen.

»Wer ist da?« fragte der Oberkommandierende ungehalten. »Ein Lieutenant Wepper? Aus – woher? Aus Kopago? Es wäre dringend, sagte man mir. Was ist in Kopago dringend? Machen Sie schnell, Lieutenant Wepper.«

»Sir«, Wepper schluckte einen Kloß, der ihm im Hals saß, mühsam hinunter, »ich habe eine Meldung zu machen. Die Expedition von Miss Leonora Patrik ist im Hochland verschollen.«

Schweigen. Der Oberkommandierende schien Mühe zu haben, das zu begreifen. »Verschwunden?« fragte er endlich.

»Ja, Sir. Die Expedition sollte mit einem zweimotorigen Flugzeug, Besitzer Donald Zynaker, über dem Hochland abgesetzt werden –«

»Das weiß ich, Lieutenant.«

»Sie haben heute morgen Kopago verlassen. Der letzte Funkspruch von Zynaker kam vor sieben Stunden. Er meldete, daß das Zielgebiet erreicht sei. Von da ab kein Funkverkehr mehr. Das Flugzeug ist bis jetzt nicht zurückgekehrt. Es ist unmöglich, daß es sich noch in der Luft befindet. Auch eine Notlandung ist in diesem Gebiet nicht möglich, nirgendwo gibt es freien Raum, wo es niedergehen könnte.«

Wieder langes Schweigen. Und dann die Stimme des Oberkommandierenden, sehr gepreßt und stockend: »Sie vermuten das Schlimmste, Lieutenant?«

»Ja, Sir. Es gibt keine andere Möglichkeit.«

»Wir werden eine große Suchaktion starten.«

»Darum wollte ich Sie bitten, Sir. Ich habe hier nur zwei kleine Hubschrauber zur Verfügung.«

»Morgen früh wird eine Staffel zu Ihnen kommen und das ganze Gebiet absuchen. Eine Zweimotorige kann ja nicht einfach verschwinden!«

»Auch das Flugzeug von Steward Grant mit Dr. Patrik an Bord ist bis heute spurlos verschwunden. Das ist zehn Jahre her. Vor vier Jahren versuchten drei Missionare ins Hochland vorzudringen – man hat nie wieder etwas von ihnen gehört. Und jetzt –« Wepper sprach den Satz nicht zu Ende. Er hörte nur, wie der Oberkommandierende tief atmete.

»Wir werden alles einsetzen, um sie zu finden, Lieutenant«, sagte er endlich. »Zunächst veranlasse ich eine absolute Nachrichtensperre. Nichts darf in die Presse oder in die Medien! Bei Anfragen heißt es: Alles verläuft planmäßig. Mehr nicht.«

»Jawohl, Sir. Darf General Lambs benachrichtigt werden?«

»Das übernehme ich. Was haben Sie jetzt vor, Lieutenant?«

»Nichts, Sir. Wir können bis morgen früh nichts tun. Diese Hilflosigkeit ist furchtbar.«

»Ich verstehe Sie sehr gut, Wepper. Mir geht's nicht anders. Ich danke Ihnen, daß Sie so hartnäckig waren, mich aus der Konferenz zu holen.« Ein Knacken, der Oberkommandierende hatte aufgelegt.

Wepper lehnte sich in seinen Stuhl zurück. »Morgen kommt eine ganze Staffel zu uns«, sagte er mit müder Stimme zu dem Sergeant. »Wissen Sie, was dann morgen abend los ist? Nichts! Absolut nichts! Man wird nicht die geringste Spur entdeckt haben. Ich weiß es im voraus.«

Es dauerte zwei Stunden, bis sie von weitem laute Schreie hörten, die schnell näher kamen. Dai Puino antwortete mit einem langgezogenen Schrei und wandte sich dann zu Leonora. Was er sagte, verstand sie auch ohne Übersetzung durch Samuel. Die neuen Träger kommen. Gleichzeitig rechnete sie: Da wir mit dem Gepäck viel langsamer gehen als die kommenden Krieger, könnten wir in drei Stunden im Dorf sein. Rechtzeitig vor dem Einbruch der Nacht.

Die Träger, die bisher links und rechts des aus dem Urwald herausgehauenen Pfades auf dem Boden gelegen hatten, waren nun auch aufgesprungen und stimmten ebenfalls ein lautes Geschrei an.

Pater Lucius stemmte sich von der Erde hoch. »Was wäre der Mensch ohne Glück«, sagte er. »Heute haben wir laufend Glück gehabt. Nehmen wir das als ein gutes Zeichen.«

Wenig später tauchten die ersten Papuas auf dem Pfad auf. Sie waren nicht gelb und rot bemalt und trugen auch keinen Schmuck, aber sie sahen nicht weniger furchterregend aus. Die meisten hatten ihre Nasen mit Bambusstäbchen, Knochensplittern und Vogelklauen durchbohrt, einige sogar mit den langen Hauern von Ebern oder Zähnen von anderen Tieren. Nur wenige hatten ihre braunen Körper mit unregelmäßigen weißen Strichen bemalt. Beim Anblick der Weißen blieben sie wie erschrocken stehen und glotzten sie mißtrauisch an.

Dai Puino begann auf sie einzureden. Mit großen Gesten schien er zu erklären, was sie zu tun hatten, immer wieder unterbrochen von dem Schnattern der gelbbemalten Krieger, die erzählten, was sie bisher mit den fremden Göttern erlebt hatten. Nach einer halben Stunde Palaver wurden die neuen Träger auf die Kolonne verteilt, das Gepäck für jeden vermindert, nur der große Krieger, der den Flugzeugsessel getragen hatte, weigerte sich, ihn einem anderen zu übergeben. Er hatte sich in der Wartezeit gut erholt, schrie seinen ihn ablösenden Stammesgenossen an und bedrohte ihn mit einem Speer, den er dem Nebenmann entriß.

»Du liebe Güte«, sagte Reißner, als Zynaker zu ihm zurückkehrte. »Sehen Sie sich das an! Auch bei den Urvölkern gibt es Idioten. Statt daß er froh ist, den Sessel nicht mehr zu tragen, macht er ein wüstes Theater.«

»Das verstehen Sie nicht, John Hannibal. Er würde eher sterben als den Sessel hergeben.«

Nach der Umverteilung der Lasten zog die Kolonne weiter. Es war, als hätte jeder neue Kraft bekommen. Sie begannen sogar zu singen, in auf- und abschwellenden Tönen, ohne feste Melodie, in Lauten, die sich fast willkürlich aneinanderreihten – ein Singsang, der in die Beine fuhr, der vorantrieb, der die Muskeln aktivierte und das Gepäck auf Rücken und Nacken leichter werden ließ.

Die ersten Anzeichen, daß sie in die Nähe des Dorfes kamen, nach fast drei Stunden Marsch, waren Hühner und zwei schwarze Schweine, die über den Weg liefen und Reißaus nahmen. Vögel, die die Weißen noch nie gesehen hatten und die Tauben ähnelten, aber ein buntes Federkleid trugen, flatterten zwischen den Bäumen, der Wald wurde lichter, die Baumriesen, die Farne, die Lianen machten Bananenstauden und Kokospalmen Platz, der Weg führte jetzt steil den Berghang hinauf, aus einem Wasserfall entstand ein Fluß, der im Urwald verschwand. Und dann sahen sie das Dorf, umgeben von Sagopalmen und hochragenden Eukalyptusbäumen, Kokospalmen, die mit breiten Fächerkronen die Hütten wie grüne Schirme schützten, und ein Bananenfeld, wie eine Grenze zum Urwald, der unmittelbar dahinter wieder begann.

In Form von vier großen Hufeisen lagen die Häusergruppen unter den Blätterdächern: die mächtigen, auf niedrigen Pfählen ruhenden, langgestreckten Männerhäuser, mehr als vierzig Meter lang, mit aus Palmblättern, Lianen und Holzstäben geflochtenen Wänden und einem riesigen Dach aus Matten und Blättern, und auf der anderen Seite die entweder auf dem Boden gebauten oder auf hohen Baumpfählen errichteten, nur über eine Leiter erreichbaren Frauenhäuser, viel kleiner als die Männerhäuser, innen durch Baumrindenwände abgeteilt, so daß jede Frau ihr eigenes Zimmerchen hatte, wo sie zusammen mit den Kindern wohnte. Von Haus zu Haus, in weiten Bögen, schwangen endlos lange Girlanden aus breiten bunten Vogelfedern in einem sanften Wind, der von den Hängen auf das Plateau hinunterwehte. Braune und schwarze, hellgrüne, weiße und knallrote Federn, aufgereiht auf dünne Palmfasern, ergaben ein prächtiges Farbenspiel gegen das dichte Grün des Waldes.

Auf dem großen Platz, der von den hufeisenförmigen Häusergruppen gebildet wurde, wartete eine dunkelbraune Menge. Frauen und Kinder, die meisten nackt oder weiß-rot bemalt, die Alten mit weißen Kraushaaren, die Jungen mit langen schwarzen, zotteligen Haaren, starrten unbeweglich auf die Kolonne der Krieger, die aus dem dichten Busch, aus der grünen Röhre, heraustraten in den Wald aus Sagopalmen und Bananenstauden. Dai Puino erhob seinen langen, federgeschmückten Kriegsspeer hoch in die Luft, stieß die Spitze mit den schrecklichen Widerhaken in den Himmel und stieß einen schrillen Schrei aus. Getrennt von dem Block der Frauen und Greise standen in einer Reihe nebeneinander die Krieger vor den großen Männerhäusern, auf Speere und Schilde gestützt, mit Federschmuck und gelb gestrichenen Köpfen. Ganz allein, unter einer nach allen Seiten offenen kleinen Hütte, die über und über mit Federn, Muscheln, Girlanden und Knochen behangen war, saß der Medizinmann Duka Hamana auf einer Matte aus Palmstroh. Trotz der vielen Menschen lag große Stille über dem Dorf.

Pater Lucius war stehengeblieben und legte die Hand auf Leonoras Schulter. »So stellt man sich das Paradies vor«, sagte er schwer atmend, »wenn man nicht wüßte, daß sie Köpfe jagen und das Herz, die Leber und den Penis ihrer getöteten Feinde essen.«

Reißner kam von hinten, die Kamera schußbereit in den Händen. »Welch ein tolles Foto!« rief er. »Pater, haben Sie so etwas mitten im Unbekannten erwartet?«

»Nein. Das ist unglaublich. Und wir sehen es als erste, und vielleicht auch als einzige.«

»Ich denke, Sie wollen hier eine Kirche bauen? Eine Krankenstation, eine Schule?«

»So Gott will ...«

Das Erscheinen von Reißner schien ein Signal zu sein. Plötzlich löste sich die braune Masse auf der Platzmitte auf. Frauen und Kinder stoben kreischend auseinander, die Greise wackelten in den Schutz der Hütten, Hunde ergriffen jaulend die Flucht. Ein dröhnendes Getrappel wie das einer Herde wilder Pferde stieg in die feuchtheiße Luft, der Boden schien zu vibrieren, das Geschrei der Kinder klang, als häute man sie bei lebendigem Leibe, nur die Reihe der Krieger vor den Männerhäusern blieb regungslos stehen, eine Mauer aus bemalten Schilden und Speeren.

Dai Puino machte das Zeichen zum Weitermarsch. Die Trägerkolonne lachte laut und rief zu den Flüchtenden hinüber, Hühner flatterten zwischen den Sagopalmen auf, aus einem Bananenwald preschte eine kleine Herde Schweine und versteckte sich hinter dem zweiten Männerhaus.

Auf dem großen leeren Dorfplatz legten die Träger ihre Lasten nieder und bildeten einen weiten Kreis darum. Die Krieger vor den Männerhäusern rührten sich noch immer nicht. Es waren offensichtlich die Männer, die zu Hano Sepikula hielten, dem feindlichen Bruder des Häuptlings.

»Wir scheinen nicht allen willkommen zu sein«, sagte Kreijsman. »Hat man uns nicht einen triumphalen Empfang versprochen? Das sieht eher nach Feindschaft aus.«

Samuel, der mit Dai Puino gesprochen hatte, kam zu Leonora. Sein Gesicht glänzte wieder, ein Beweis, daß er gute Nachrichten mitbrachte. »Er sagt«, berichtete er von Dai Puino, »daß ihr alle im Männerhaus zwei wohnen werdet und daß es morgen ein Fest gibt. Alle freuen sich, daß ihr bei ihnen seid.«

»Das sieht mir aber nicht so aus.« Reißner blickte kritisch zu den Männerhäusern hinüber. »Ins Männerhaus zwei – da müssen wir erst mal hinkommen. Solange die finsteren Knaben dort stehen, setze ich mich lieber auf eine Kiste. Pater?«

»Ja?« Pater Lucius drehte sich zu Reißner um. »Haben Sie eine Idee?«

»Ja. Noch mal einen Knaller loslassen.«

»Nein. Das bringt uns gar nichts. Dai Puino wird schon einen Weg finden.«

Und so war es. Ein Teil der Träger war im Männerhaus eins

und drei verschwunden und kam nun mit Trommeln aus ausgehöhlten Baumstämmen und Schweinehaut zurück. Auch Klanghölzer, Stäbe, die man gegen einen dicken Baumast schlug und die verschiedene dumpfe Töne von sich gaben, hatten sie in den Händen, hockten sich vor den Hütten nieder und begannen ein Furioso von Getrommel und rhythmischem Lärm. Wie eine Glocke lag das Trommeln über dem Dorf, wie eine tönende Haube, die es gegen den Himmel abschloß.

Langsam, vorsichtig, wie sichernde Tiere, kamen aus den Hütten die Frauen und Kinder auf den Platz, kletterten an den Leitern der auf hohen Stelzen gebauten Frauenhäuser herab, schlurften die Alten herbei und schlichen sich die Hunde näher. Hellbraune, fast gelbe Hunde mit einem kurzhaarigen Fell, Peitschenschwänzen und Hängeohren. Auch in die stumme Kette der Krieger vor den Männerhäusern kam Bewegung. Die Mauer aus Schilden und Speeren löste sich auf und verschwand in den Eingängen der langen, mit einem buckligen Dach behelmten Häuser, die aussahen, als seien sie Riesentiere mit hohem Rücken, Kopf und Schwanz, die sich zwischen die Kokospalmen kauerten.

Plötzlich war die Scheu vor den fremden weißen Gestalten wie weggeblasen.

Die Kinder waren die ersten, die schreiend und lachend Leonora und die anderen umringten; sie betasteten die noch nie Gesehenen, strichen vertrauensvoll mit den Händen über den Stoff der Kleidung, umkreisten immer wieder die Fremden und redeten auf sie ein, tanzten um sie herum, zeigten auf sich und riefen anscheinend ihre Namen. Ein Junge mit laufender Rotznase baute sich vor Reißners Kamera auf, ohne zu wissen, was das war, und hob seinen gut entwickelten Penis mit beiden Händen hoch, so stolz, bald ein richtiger Mann zu sein, daß Reißner knurrte: »Für das Foto verlange ich einen Sonderpreis!«

Auch die Frauen kamen nun heran und brachten Eier mit, Bananenbüschel, Kokosmilch in Bambusbechern, Brocken von faulig riechendem Schweinefleisch, grüne Tabaksblätter, frisch gepflückt vom Strauch, und hellbraun gebackene Sagokuchen, noch warm und duftend.

Aus dem Männerhaus zwei wurden mit lautem Geschrei Kinder, Küken, Ferkel und Hunde herausgetrieben, Unrat, Küchenreste und zerfetzte Matten wurden ins Freie geworfen, ein großes Reinemachen schien begonnen zu haben. Samuel, der wie ein Wiesel hin und her lief, kam mit der Meldung zurück, die hohen Gäste könnten jetzt das Haus beziehen. Es gehöre ihnen.

»Das ganze lange Haus?« fragte Leonora zweifelnd. »Ja. Das Gepäck muß ja auch Platz finden.«

»Und die Männer, die bisher in dem Haus wohnten?«

»Sie werden ein neues Haus für sich bauen. Sieh hin, Massa. Siehst du die schwarzen Pfähle und Wände? Sie wollten es abbrennen, die Pogwa, vor zwei Wochen, sie haben neun Mann getötet und dazu sieben Frauen geraubt. Pogwa, das ist der Stamm hinter der Bergkuppe. Aber sie haben sich gewehrt, die Alten und die Jünglinge. Die Uma sind tapfere Menschen. Uma, so heißt der Stamm, bei dem wir sind. Sie haben die Feuer gelöscht und die Pogwa vertrieben, viele sind verwundet worden von den Uma und werden vielleicht sterben. Die Pogwa sind gekommen, als fast alle Uma auf der Jagd waren und am Fluß, um zu fischen.« Samuel reckte sich, als sei auch er ein Uma. »Aber sie werden Rache nehmen. Sie werden die Pogwa auch überfallen und viele Köpfe erbeuten. Es ist jetzt die Zeit der Kopfjäger. Die Trockenzeit beginnt.«

»Na prost!« Reißner sah zu dem langen Männerhaus hinüber, das die Uma für sie geräumt hatten. »Da sind wir ja mittendrin. Köpfchen da, Köpfchen dort ... Die Kopfjäger-Saison. So wie bei uns die Jagd auf Hasen, Rehe und Rebhühner freigegeben wird, so heißt es hier: Jagd frei auf die Menschen. Halali! Pater, nun machen Sie denen mal klar: Du sollst nicht töten. Liebet eure Feinde.«

»Sie werden es begreifen«, sagte Pater Lucius schlicht. »Gottes Wort hat noch jeder Mensch verstanden.«

»Gehen wir«, sagte Zynaker. »Ich bin neugierig, wie unser neues Zuhause innen aussieht.«

Sie gingen zu dem Männerhaus hinüber, an dessen schmalem Eingang, so breit und hoch, daß gerade ein Mensch durchschlüpfen konnte, die einzige Öffnung, die Licht und Luft hineinließ, einige Papuas warteten. Als auch Leonora sich in Bewegung setzte, wurde sie von einigen Frauen festgehalten. Schnatternd redeten sie auf sie ein, zogen an ihrer Khakijacke und zeigten immer wieder zu einem kleinen Haus hinüber, das auf einer hölzernen Plattform gebaut war, eines der Frauenhäuser, nur mit einer Leiter zu erreichen.

Leonora begriff sofort, was man von ihr wollte. »Donald!« rief sie Zynaker nach, der als erster dem Männerhaus zustrebte. »Donald, sie lassen mich nicht gehen! Ich soll in ein Frauenhaus.«

Zynaker kehrte um, während die anderen stehenblieben. »Natürlich betreten wir nicht unser Haus, wenn Leonora nicht mitkommt!« sagte Reißner laut. »Pater, Sie müssen doch noch einen Knaller werfen, um Respekt in die Bande zu donnern.«

Zynaker drängte sich durch das Gewühl der Weiber, schob sie mit den Händen weg und zog Leonora an den Schultern zu sich heran. »Du brauchst keine Angst zu haben«, sagte er. »Dort oben in dem Haus bist du sicherer als wir.«

»Das ist es nicht. Ich habe keine Angst, aber ich will bei euch sein.«

»Es ist unmöglich, daß eine Frau im Männerhaus schläft. Wir können einen jahrhundertealten Brauch nicht mißachten. Es ist ja auch nur für eine Nacht.«

»Ich ... ich möchte bei dir sein«, sagte sie leise. »Ich will in deinen Armen einschlafen. Ich liebe dich ...«

»Liebling, im Männerhaus geht es doch auch nicht.«

»Aber du bist in meiner Nähe. Ich sehe dich, ich höre dich, ich kann dich anfassen ...«

»Wenn wir hier bei den Uma bleiben, als Basislager gewissermaßen, können wir vielleicht etwas ändern. Für jeden von uns eine eigene Hütte, das werden wir Dai Puino vorschlagen.«

Sie nickte, zwang sich, ihm keinen Kuß zu geben, und ließ sich von den lachenden Frauen zu dem Frauenhaus auf Stelzen führen. Mißtrauisch betrachtete sie die Leiter, deren Sprossen mit Lianen an zwei Stangen festgebunden waren, aber als zwei der Frauen ihr vorauskletterten und die Leiter nicht zusammenbrach, stieg auch sie vorsichtig zu der Plattform hinauf.

Das Haus war sauber, luftig, mit einem glatten Boden aus Palmstrohmatten und durch Flechtwände in vier Zimmer eingeteilt. Außer den Strohmatten und ein paar ausgehöhlten Kürbissen, die als Wasserbehälter dienten, einer Reihe von Bambusbechern und – als Schmuck – einer Girlande aus Schweineknochen war das Zimmer, in das man sie führte, leer. Vier Frauen, die sie begleitet hatten, gackerten um sie herum, eine von ihnen holte aus dem Nebenzimmer einen Säugling und hielt ihn ihr hin. Sie nahm ihn in die Arme, schaukelte ihn und gab ihn dann der stolzen Mutter zurück. Ein weißhäutiges Wesen, vom Himmel gefallen, hatte ihr Kind in den Arm genommen, das war eine Auszeichnung, durch die sie plötzlich über allen anderen Frauen stand.

Im Männerhaus erwarteten einige Überraschungen die durch das Türloch geduckt eintretenden Männer. Begonnen hatte es schon, als sie das langgestreckte Haus erreicht hatten und vor dem mit Schnitzereien verzierten Eingang standen. Über der Tür hing, an einer langen Lianenschnur aufgezogen, eine Kette aus gebleichten Knochen. Schmitz, der Medizinstudent, blieb ruckartig stehen. Der hinter ihm gehende Kreijsman prallte auf ihn auf. Auch die anderen blieben stehen.

»Das sind Menschenknochen«, sagte Schmitz dumpf. »Da, ein Unterschenkelknochen, daneben ein Unterarm, Elle und Speiche, der Teil eines Beckens, ein halbes Schulterblatt, ein Hüftknochen, die Knöchelchen von mehreren Fingern, vier Rückenwirbel –«

»Hören Sie auf, mein Gott, hören Sie doch auf!« stöhnte Kreijsman. »Wollen Sie, daß ich kotze?«

»Und dort«, Pater Lucius zeigte auf ein Gestell aus Bambus, das an einem Eckpfosten stand, »neun Schrumpfköpfe.«

»Noch frisch«, sagte Reißner heiser. »Die haben vor einer Woche noch gelacht und gesungen.«

»Sind Köpfe von Pogwa-Männern«, erklärte Samuel, als habe er mitgeholfen, sie abzuschlagen. »Masta, das war die erste Rache für den Überfall. Die zweite, große Rache kommt noch.«

»Nein!« sagte Pater Lucius fest. »Jetzt ist Christus da.«

»In Ewigkeit. Amen.« Samuel bekreuzigte sich, wie er es auf der Missionsstation und als Meßdiener gelernt hatte. »Aber die Uma glauben nicht an Jesus.«

»Sie werden den wahren Gott bald erkennen.«

»Darauf bin ich gespannt.« Reißner riß sich von dem schrecklichen Anblick der Schrumpfköpfe und der Knochengirlande los. »Ich kann mir nicht vorstellen, wie Sie es anfangen, diese Wilden umzudrehen. Dazu noch mit Samuel als Sprachrohr.«

»Ich werde die Sprache der Uma lernen, und während ich lerne, führe ich ihnen Gott vor. So lernen wir voneinander.«

»Sie vergessen Ihren ärgsten Feind, den Medizinmann.«

»Er wird bald von seinem Stamm isoliert sein.«

»Er wird Sie töten.«

»Nein. Er weiß ja noch nicht, daß ich auch sterblich bin. Wenn er das begriffen hat, ist es für ihn zu spät.« Pater Lucius zog Samuel am Arm zu sich heran. »Weißt du, wann die Uma gegen die Pogwa in den Krieg ziehen?«

»Nein, Pater.«

»Dann hör dich um.«

»Erst muß klar sein, wer stärker ist, Dai Puino oder sein Bruder Hano Sepikula. Erst dann gehorchen alle Krieger.«

»Und wir sollten Dai Puino zum Sieg verhelfen.« Zynaker blickte zu den beiden anderen Männerhäusern hinüber. Ein paar der bemalten Krieger standen herum, aber die Mehrzahl war im Inneren der Häuser. Durch die beiden Türlöcher und durch die Ritzen im Dach quoll grauer Rauch. »Ich möchte diesen Hano Sepikula gerne mal kennenlernen.«

»Da werden wir nicht lange zu warten brauchen. Morgen

früh wird der Bruderkampf beginnen. Wetten?« Reißner setzte sich wieder in Bewegung, warf noch einen Blick auf die bleiche Knochengirlande, bückte sich und betrat das Männerhaus.

Vor ihm lag ein einziger, vierzig Meter langer, ungeteilter Raum mit hohen Wänden, weil das Dach gleichzeitig die Decke war. Ein Saal der Krieger mit sieben auf Steinen errichteten Feuerstellen, ein glatter Boden, mit bemalten Matten belegt, an den hölzernen oder geflochtenen Wänden, auf quer gelegten Baumstämmen, die wie ein Wandbord aussahen, eine lange Reihe von Totenschädeln, darüber wieder Girlanden aus weißgebleichten Schweinskinnbacken, eine Gedenkstätte der Ahnen, zwischen denen nur die Männer leben durften. Die Seelen der Vorfahren waren immer um sie, gaben ihnen Kraft und Mut. Wer unter dem Schädel seines Vaters schlief, war ein großer Krieger, denn der Vater hatte seinen Kopf bis zum Tode behalten. Seine Kraft ging in seinen Sohn über.

»Nun sag einer noch, das sei hier nicht gemütlich!« rief Reißner ironisch, als alle in dem Haus waren und sich umsahen. »Platz genug, eine stumme, bleiche Gesellschaft, immer ein wohltuendes Halbdunkel, natürliche Ventilation durch Boden und Dach, was will man mehr?« Er verbeugte sich vor einem der bleichen Totenschädel und knallte die Hacken zusammen. »Gestatten, Sir ... John Hannibal Reißner mein Name. Erfreut, Sie zum Schlafgenossen zu haben.«

»In zwei Stunden sieht es hier anders aus.« Pater Lucius ging von einem Ende des Hauses zum anderen und kam sehr zufrieden wieder zurück. »Wenn wir erst ausgepackt haben, die Schlafsäcke, die Lampen, das ganze Material ... Ihr müßt zugeben: Der erste Tag war sehr erfolgreich. Wir sind bei den Kopfjägern als Freunde aufgenommen worden. Wenn das kein guter Anfang ist!«

Zum Auspacken aber kamen sie noch nicht.

Während durch die hintere Tür die Kisten, Kartons, Ballen und Säcke hereingebracht wurden, erschienen an der vorderen Tür, wie eine Woge, die durch eine Enge bricht, zwanzig Männer, beladen mit Bergen von Sojakuchen, kleingehacktem

Brennholz, frischen Tabaksblättern, unbekannten, langen schwarzen Wurzeln, Bananen und Früchten, die wie Papayas aussahen. Aber das köstlichste Geschenk in den Augen der Papuas waren die Säckchen voll lebender Sagowurmlarven, großer, feister Larven, die übereinanderkrochen, fingerdicke, gerippte, bleiche oder rahmgelbe, über fünf und mehr Zentimeter lange und glatte Scheusale mit eisenharten kleinen Köpfen, mit denen sie sich in das faulende, weiche Mark abgestorbener Sagobäume bohren und dort förmlich in ihrer Nahrung schwimmen.

Die Uma wußten genau, wann diese dicken, ekelhaften, glitschigen Larven den Höhepunkt ihrer Mast erreicht hatten; dann schälten sie die Rinde des Sagobaums ab und ernteten die sich wütend windenden, prall vollgefressenen Larven und kochten oder rösteten sie.

Pater Lucius nahm die aus Binsen geflochtenen Säckchen mit den Sagowurmlarven an sich und legte sie neben sich. Bei jedem Geschenk bedankte er sich durch ein Kopfnicken und gab die Sagokuchen und die anderen Geschenke weiter.

»Ich weigere mich, diese Larven zu fressen!« knurrte Reißner verhalten. »Das überlasse ich Ihnen, Pater. Das gehört zum Missionieren.«

»Noch verlangt das keiner.« Pater Lucius nahm wieder einen prall mit krabbelnden Larven gefüllten Beutel entgegen. »Ahnen Sie überhaupt, was das für diese Menschen bedeutet, uns ihre wertvollen Sagowurmlarven zu schenken? Ihre Haupteiweißnahrung? Das ist nicht nur Freundlichkeit, das ist ein echtes Opfer.«

»Und wann packen wir unsere Geschenke aus?« fragte Kreijsman.

»Morgen früh.« Zynaker legte einen Arm voll Sagokuchen neben sich auf die Matte. Immer mehr Kuchen wurden hereingebracht. Vor Pater Lucius und Zynaker baute sich ein Berg von Gebäck auf und ein Hügel von Säckchen, in denen sich die ekligen, glitschigen Larven zuckend bewegten.

»Nein! Auch das noch!« stöhnte Reißner plötzlich auf. In der

Türöffnung tauchten vier Männer auf, grinsend und gestikulierend, und schoben zwei kleine schwarze Schweine in das Männerhaus. Quiekend, als habe man sie angestochen, sausten sie durch den langen Saal, prallten am Ende gegen die dort aufgestapelten Kisten und rasten mit ohrenbetäubendem Geschrei zurück zum anderen Ausgang. Dort aber standen die vier lachenden Krieger und trieben sie mit Stockschlägen wieder in den Saal.

»Ich muß hier raus!« stöhnte Kreijsman. »Ich muß an die Luft! Riechen Sie nicht den Gestank von angewestem Fleisch?«

»Davon haben wir bestimmt zehn Pfund bekommen. Diese Gastfreundschaft ist unvergleichbar. Wenn Sie jetzt weglaufen, Fred, beleidigen Sie den ganzen Stamm. Wir müssen das einfach ertragen.«

»Diese Larven –«

»Wir schenken sie den Papuas morgen früh wieder zurück.« Zynaker schob zwischen den zuckenden Berg der Larven und sein Lager eine Wand von Sagokuchen.

»Wenn das geht, Donald.« Pater Lucius blickte zu den zwei kleinen Schweinen hinüber, die sich an die Wand gedrückt hatten und ängstlich um sich starrten. Über ihnen hing eine lange Kette mit bleichen Schweinskinnbacken. In gar nicht langer Zeit würden auch ihre Knochen als Schmuck irgendwo in oder an einem Haus hängen. »Ich fürchte, sie gehören morgen zum großen Festmahl.«

Schmitz, der bisher wortlos auf dem Boden gesessen hatte und die Geschenke annahm, schien eine Idee zu haben. Er winkte Samuel zu sich, der vor Freude über die vielen Geschenke von einem Fuß auf den anderen hüpfte. »Hast du nicht erzählt, daß vom letzten Überfall noch Verletzte in den Häusern liegen?«

»Ja, Masta. Viele werden sterben.«

»Wo liegen sie?«

»Im Männerhaus eins.«

»Kannst du mich dahin bringen?«

»Jetzt?«

»Ja, jetzt.«

»Warum, Masta?«

»Ich will ihnen helfen. Vielleicht brauchen sie gar nicht zu sterben.«

»Der Gedanke ist fabelhaft.« Reißner schlug die Hände begeistert zusammen. »Daß wir daran nicht gedacht haben! Pepau, Sie haben den ersten vernünftigen Schritt zur Mission getan: Kranke heilen. Das kommt immer an, das überzeugt. Wie wollen Sie das machen?«

»Ich nehme den Sanitätskoffer und eine Handlampe mit.«

»Sehr gut ... Damit sind Sie zunächst eine kleine wandelnde Sonne. Soll ich Sie begleiten, als Assistent?«

»Nein. Wenn, dann gehe ich allein mit Samuel.«

»Ich will Fotos machen.«

»Mit Blitzlicht? Genau das kommt nicht in Frage. Machen Sie Ihre Fotos morgen bei Tageslicht. Samuel!«

»Masta?«

»Wir gehen jetzt zu Haus eins.«

»Nein.«

»Warum nicht?«

Samuel kroch wie in sich selbst zusammen. Er wurde um die Hälfte kleiner. Als Pantomime auf einer Bühne hätte er Triumphe feiern können. »Masta, wir haben dieses Haus bekommen. Die anderen Männerhäuser sind nur für die Männer da, die darin wohnen. Wir dürfen nicht hinein, Masta.«

»Aber ich will doch helfen! Ich kann vielleicht Leben retten.«

»Erst müssen die Männer beraten, ob Masta hinein darf. Es ist schon dunkel.«

Pater Lucius hatte gerade eine der kleineren Lampen angezündet, die einen Umkreis von etwa fünf Metern erhellte. Aber schon das war für die Uma ein Wunder. Die Mäner wichen zum Türloch zurück und starrten furchtsam und doch neugierig auf die winzige Sonne in der Männerhütte. Wer sollte das begreifen? Es war Nacht, und da nahm einer der weißen Fremden einen Stab in die Hand, und mit einem leisen Knacken kam die Sonne wieder, das Licht, das Leben. Waren es doch Götter?

»Seit wann hast du, als getaufter Christ, der so viel gelernt hat, Angst vor der Nacht? Du weißt doch, daß es keine Nachtgeister gibt.«

»Nicht in Port Moresby, Masta.« Samuel verzog das Gesicht zu lauter Falten. »Aber hier? Weißt du es, Masta?«

»Auch hier ist Gottes Land.«

»Wissen das auch die Geister?«

»Es hat keinen Sinn.« Schmitz ging nach hinten und suchte zwischen den Kisten den Aluminiumkoffer mit dem roten Kreuz darauf.

Daß er mit einer zweiten Taschenlampe suchte, war für die Papuas am Eingang geradezu ungeheuerlich. Eine neue Sonne – jeder der fremden Weißen trug eine eigene Sonne mit sich herum! Das mußte man erzählen, das mußten alle wissen. Sie drängten sich durch die Tür nach draußen und liefen, wie gehetzt, hinüber zu den anderen Männerhäusern.

Schmitz kam mit dem Aluminiumkoffer zu den anderen zurück. »Samuel, kommst du mit?«

»Masta –« Samuel rollte die Augen, als würde er gewürgt.

»Du mußt übersetzen. Willst du, daß die tapferen Krieger sterben?«

»Der Medizinmann hat sie versorgt. Er hat Kräuter, Salben, Breie und Säfte, die alles heilen können, auch tiefe Wunden. Aber wenn er sagt: ›Du wirst sterben‹, dann muß man sterben.«

»Das hat alles zwei Seiten«, sagte Zynaker sehr ernst. »Sie gehen hin, Pepau, und behandeln die Verwundeten. Wenn sie überleben, sind Sie der große Gott über Leben und Tod, geht es aber daneben und einer stirbt doch nach Ihrer Behandlung, dann wird es heißen: Er hat ihn mit seinem Zauber getötet. Seine Berührung jagte das Leben aus ihm hinaus. Das kann gefährlich werden. Sie kennen die Verletzungen noch nicht.«

»Wer so schwer verletzt ist, daß es keine Hoffnung mehr gibt, dem sage ich wie der Medizinmann: Deine Ahnen warten auf dich. Sie sind stolz auf ihren tapferen Krieger. Und ich werde ihnen Morphium geben, damit sie schmerzlos sterben.«

»Das hört sich sehr human an.« Zynaker klopfte Schmitz auf die Schulter und begleitete ihn bis zur Tür. »Trotzdem, seien Sie vorsichtig. Sie kommen in das Revier des Medizinmannes rein. Wir alle wissen, wie groß sein Einfluß ist.«

»Den zu brechen ist Aufgabe unseres Paters!« ließ sich Reißner vernehmen.

»Ich werde gar nichts brechen!« sagte Pater Lucius laut. »Ich will überzeugen. Nur darin liegt der Erfolg. Zerstören ist einfach.«

Schmitz trat aus dem Männerhaus und stieg die vier Stufen auf den Boden hinunter. Samuel folgte ihm, in sich zusammengeschrumpft, wie ein Hund, dem befohlen ist, bei Blitz und Donner auf die Straße zu gehen. Völlige Dunkelheit umgab sie. Kein Feuer vor den Hütten, kein Lichtschimmer aus den Hütten. Im Wind, der die Berghänge herunterkam, klapperten die Knochen an den Girlanden. Selbst Hunde streunten nicht herum oder bellten oder winselten, die freilaufenden Schweine hatten sich verkrochen, die Hühner saßen in ihren niedrigen Krüppelholzställen. Selbst ein Kindergreinen hörte man nicht, obwohl es genug Säuglinge im Dorf gab. Es war, als sei die Nacht ein dickes schweres Tuch, das alles zudeckte.

Im zitternden Schein der Taschenlampe gingen Schmitz und Samuel, letzterer immer drei Schritte zurück, zum Männerhaus eins. An der vorderen Tür stand keine Wache – wozu auch? Die Nacht war Geheimnis und Schutz zugleich, sie war der Spielplatz der bösen Geister. Vor Menschen war man also sicher.

Schmitz leuchtete die Stufen aus behauenen Baumstämmen ab, ehe er zum Türloch hinaufstieg. Samuel blieb unten stehen und zitterte am ganzen Körper.

»Komm, du Feigling!« zischte Schmitz.

»Sie schlafen neben ihren Speeren, Masta«, flüsterte Samuel zurück.

Schmitz wandte sich ab und betrat den langen Saal. Der Strahl seiner Taschenlampe durchschnitt die Dunkelheit. Es war der gefährlichste Augenblick. Wenn jetzt die Speere flogen, gab es kein Entkommen mehr. In Sekundenschnelle ging sein Leben zu Ende.

Nichts rührte sich. Kein Laut, kein Rascheln, kein Atmen. Nur der Gestank von Schweiß und fauligem Fleisch schlug Schmitz entgegen, und ihm wurde einen Augenblick übel. Als er den Schein der Taschenlampe zu der Längswand wandern ließ, sah er, daß die Krieger nicht mehr lagen, sondern sich lautlos zum Sitzen erhoben hatten. Aber er sah auch eine Reihe von glänzend polierten, elfenbeinfarbigen Totenschädeln, und sie lagen nicht auf einem Bord an der Wand, sondern auf dem Boden der Schlafstellen, blank gescheuert vom täglichen Gebrauch. Die Krieger schliefen auf diesen schaudererregenden Schmuckstücken, benutzten sie als Kopfkissen, betteten ihr Haupt auf den Schädel ihres Vaters oder Großvaters und gaben sich damit in den Schutz der Ahnengeister. Ein Ahnenschädel ist das beste Abwehrmittel gegen feindliche Mächte, er hilft gegen Krankheiten, verjagt böse Geister, gibt Kraft zum Kampf gegen die Feinde und ist ein Trost im Sterben. Auch dein Schädel wird einmal hier liegen, und dein Sohn wird auf ihm schlafen. Du bist nicht tot, du hast dich nur verwandelt. Du bist immer bei deinem Stamm, deiner Familie. Ein Weiterleben nach dem Tode, das Pater Lucius ihnen predigen wollte, war nichts Neues für sie. Es gehörte bereits zu ihrem Leben.

Unter dem spitzen Dach hingen aus Binsen geflochtene Sagosäckchen mit den wimmelnden, glitschigen, ekligen Larven, ein paar Holzgeräte zum Sagoklopfen standen an der Wand, in einigen Winkeln des Daches staken schwarzgeräucherte Schädel, Überbleibsel des letzten Überfalls der Pogwa, und über allem lag der widerliche, ätzende Gestank, eine Mischung aus ranzigem Fett, Leichengeruch und Schweiß.

Schmitz ließ den Lichtstrahl seiner Taschenlampe weiterwandern und kam dabei tiefer in den Raum. Samuel folgte ihm jetzt auf Tuchfühlung, als wolle er in Schmitz hineinkriechen.

»Dieser Leichengeruch –«, flüsterte Schmitz. »Verwahren sie hier auch ihre Leichen, bevor sie verwest sind?«

»Nein, Masta.« Samuels Stimme war kaum hörbar. »Sieh auf die linke Seite des Hauses.«

Schmitz schwenkte zur Seite. Sein Atem stockte, als er erkannte, woher der Leichengeruch kam. Über die ganze Hauslänge war eine Rotang-Leine gespannt, an der in ununterbrochener Reihenfolge Tausende von Knochen hingen. Alte, gebleichte Knochen und neue Knochen, an denen noch die verfaulenden Fleischreste hingen. Drei Reihen nebeneinander, so lang, wie das Haus war, Knochen aller möglichen Herkunft, planlos durcheinander aufgezogen, eine Galerie des Grauens: Schweinsköpfe, Schildkrötenrücken, Menschenschenkel, Totenschädel, Menschenkiefer, Kasuarknochen, Fischgerippe, Fingerknochen, Nackenwirbel, zu Büschel gebundene Vogelfedern und ein ganzer Strang von Rückenwirbeln. Die schwarzen Stellen auf den weißen Knochen bewiesen, woher der infernalische Gestank kam: von den schlecht abgenagten, verwesenden Fleischresten, die noch an den Knochen klebten.

Schmitz hatte das Gefühl, sein Hals sei plötzlich verätzt. Er leuchtete weiter die Wand ab und ließ den Strahl auf einer Anhäufung von kleinen, an Binsen hängenden Säckchen stehen, Säckchen, die feucht und klebrig schienen.

Samuel drückte sich fest an den Rücken von Schmitz. »Weißt du, was das ist, Masta?«

»Nein.«

»Menschenfett.«

Schmitz wunderte sich, daß er nicht sofort erbrach. Er ließ den Strahl der Taschenlampe schnell wieder zur anderen Seite des Raumes gleiten und leuchtete die stummen, wie versteinert vor ihren Totenschädeln hockenden Krieger an. Es war offensichtlich: Sie waren gelähmt. Ein böser Geist der Nacht, der einen Strahl der Sonne geraubt hatte, war in ihr Haus gekommen. Jetzt würden sie sterben, alle. Wo blieben die schützenden Ahnengeister?

»Frag sie, wo die Verwundeten liegen«, sagte Schmitz zu Samuel. Seine Stimme war wie ein Krächzen, zerstört vom Ekel und der würgenden Übelkeit.

»Wenn wir sprechen, wissen sie, daß wir keine Geister sind. Masta, laß uns gehen!«

»Frag, oder ich schlage dich vor allen Männern auf die Backe.«

Samuel seufzte. Geschlagen zu werden, ohne sich zu wehren, war die größte Schande. Dann war man ein lebender Toter; selbst ein Hund mißachtete einen.

Mit aller Kraft rief Samuel in die stinkende Stille hinein: »Wo liegen die Verletzten, Freunde? Führt den großen Masta dorthin. Er wird helfen, daß sie bald wieder jagen können.«

Schweigen. Weiterhin Starrheit. Der Sonnenstrahl in der Hand des unbekannten Geistes lähmte sie noch immer. Nur ein einziger Krieger erhob sich, stützte sich auf seinen Speer, sah Schmitz mit rollenden Augen an und wies dann mit dem Speer zum hinteren Teil des Hauses.

Schmitz leuchtete den Krieger an, einen muskulösen, jetzt völlig nackten Mann, dessen Körper mit dicken weißen Streifen bemalt war. »Sag ihm, er soll vorausgehen.«

Samuel übersetzte. Der Krieger drehte sich um und ging langsam nach hinten. Schmitz und Samuel folgten ihm, vorbei an den hockenden Männern, deren starre Augen im Licht der Lampe glänzten, als seien sie aus schwarzem Glas.

An einer Ecke des Hauses blieb der Krieger stehen und stützte sich wieder auf seinen Speer. Schmitz leuchtete die Ecke ab und sah nebeneinander neun Männer liegen, ebenfalls von dem eingefangenen Sonnenstrahl erstarrt, mit geschlossenen Augen. Die Weissagung des Medizinmannes traf ein: Die Geister waren gekommen, sie zu holen. Der Tod leuchtete sie an.

»Halt die Lampe fest«, sagte Schmitz zu Samuel, »und leuchte den Mann an, vor dem ich knie.« Er drückte ihm die Taschenlampe in die Hand und ging bei dem ersten Verletzten in die Knie. »Verdammt, du sollst leuchten, aber nicht wackeln.«

»Ich zittere, Masta.«

»Warum denn? Reiß dich zusammen!«

»Hinter mir steht der Krieger mit dem Speer.«

»Er wird dir nichts tun.«

»Weißt du das genau, Masta?« Samuel richtete den Strahl der Taschenlampe auf den Verwundeten. »Ich nicht.«

Schmitz betrachtete den starren Mann. Auf seinem Unterbauch lag eine dicke Schicht eines grüngrauen, stinkenden Pflanzenbreis, der jetzt getrocknet und gerissen war. Auf dem Brei lagen drei weiße Federn eines Vogels und die Zähne eines Menschen. Als Schmitz seine Hand auf die Stirn des Verwundeten legte, wußte er, daß der Mann vor Fieber glühte. Er war einer von denen, die wußten, daß sie sterben mußten.

Jetzt kam der kritische Moment: das Entfernen des Breiverbandes. Hinter sich wußte Schmitz den Krieger mit dem Speer, er spürte den lauernden Blick wie einen Druck in seinem Nacken. Stieß er zu, wenn er den Verletzten berührte? Was würde er tun, wenn er den Brei entfernte, wenn er eingriff in den Zauber des Medizinmannes?

Schmitz schloß einen Moment die Augen. Köln. Die Universitätsklinik für Chirurgie. Der Operationssaal. Der abgedeckte Körper des Patienten, das leise Zischen des Atemgerätes, eine Menge grüner Kittel um den OP-Tisch, das helle Licht der OP-Scheinwerfer, das verhaltene Klappern der Instrumente. Auf der rechten Seite des Tisches der Chef, Professor Homberg, ihm gegenüber der Erste Oberarzt, Professor Brandis, drei Assistenten, die Instrumentenschwester. Brandis hatte den Bauch bereits geöffnet, die aufgespreizte Wunde gab das Operationsfeld frei, Klemmen hatten die Gefäße erfaßt, der Sauger gurgelte leise und saugte das letzte Blut aus der Wunde. Homberg blickte hoch, ließ die Augen über die vielen grünen Kittel und die vermummten Köpfe kreisen. »Diesen Eingriff mache ich zum zweitenmal«, sagte er mit ganz ruhiger Stimme. »Der erste Eingriff ging ex. Ob uns der hier gelingt, weiß nur der Herrgott. Aber der hat kein Skalpell in der Hand. Merken Sie sich eins, meine Herren, für Ihr späteres Leben: Ohne Wagnis kein Erfolg! Mut ist die erste Pflicht des Chirurgen.« Er streckte die Hand aus. »Leopoldine!«

Die OP-Schwester drückte ihm das Skalpell in die Hand,

Brandis bekam zwei Haken. »Atmung und Puls normal«, meldete der Anästhesist.

Nach drei Stunden war die Operation beendet. Der Patient wurde in den Wachraum hinausgerollt. Niemand am Tisch wagte zu klatschen, aber jeder wußte: Der Patient wird überleben. Und Homberg nickte zufrieden.

Wagnis … Mut.

Peter Paul Schmitz, du bist erst ein halber Mediziner, dir fehlen noch zwei Semester Klinik, aber Mut hast du, und wagen willst du es auch! Chef, ich habe mir die Worte gemerkt.

Mit beiden Händen griff er zu. Er entfernte erst die drei weißen Vogelfedern, dann die Reihe Menschenzähne, zuletzt den hart gewordenen Pflanzenbrei. Er legte alles neben sich und wartete einen Augenblick. Aber der Speer durchbohrte ihn nicht.

Was Schmitz nach der Entfernung des Breiverbandes sah, ließ wenig Hoffnung zu. Der Unterbauch war aufgeschlitzt worden, die Wundränder waren aufgequollen, schwarzrot, zum Teil schon brandig, aus der Wunde sickerte ein fauliges Sekret. Es war unvorstellbar, daß der Mann nicht gellend schrie, daß er sich bei diesen Schmerzen nicht aufbäumte, daß er seinen brennenden Unterbauch überhaupt noch ertrug. Statt dessen lag er stumm da, mit geschlossenen Augen, deren Lider noch nicht einmal zuckten, die wulstigen Lippen waren vom Fieber aufgeplatzt, aber der Mund war nicht verzerrt, der doch ein einziger, andauernder Schrei sein mußte.

Schmitz beugte sich über den Notfallkoffer und legte zurecht, was er brauchte. Eine scharfe Schere, Pinzetten, Tupfer, eine Spritze für die Betäubung, eine Injektion zur Herzstärkung, ein Schlafmittel mit schmerzstillender Wirkung. Zuletzt legte er eine Kompresse und die Mullbinden zur Seite. Samuel atmete röchelnd.

»Die Lampe näher«, sagte Schmitz. »Das Licht genau auf die Wunde.«

Samuel kniete sich an Schmitz' Seite und ließ den Lichtstrahl auf die schreckliche Wunde fallen. Ob der Verletzte ohnmächtig war, schlief oder wach war, ließ sich nicht feststellen – mit geschlossenen Augen lag er da, auch als Schmitz Samuels Hand nahm und mit der Lampe kurz auf sein Gesicht leuchtete.

Zuerst gab er ihm die betäubende Injektion. Auch beim Einstich der Nadel rührte sich der Körper nicht, aber nach kurzer Zeit sah Schmitz, wie sich das Gesicht glättete. Die Muskelanspannung infolge des unterdrückten Schmerzes fiel zusammen. Die Betäubung trat ein.

Schmitz fühlte den Puls, hörte mit einem Stethoskop das Herz ab und gab zur Sicherheit noch eine kreislaufstärkende Spritze. Dann griff er zu der scharfen Schere und einer Pinzette und begann, die Wundränder sauber zu umschneiden. Er spreizte die Wunde etwas auseinander, tupfte das Sekret weg und sah, daß sie bis in die Tiefe entzündet war. Mit einem stumpfen Wundhaken erweiterte er sein Blickfeld, säuberte die Wunde, legte einen Drain an, streute Penicillinpuder hinein und legte eine Sekundärnaht an. Auf einen Verband verzichtete er und legte nur die Kompresse über Naht und Drain, die er mit einigen Pflasterstreifen befestigte. Zur Sicherheit gab er dem Verletzten noch zwei Injektionen, eine gegen Tetanus und eine mit einer hohen Antibiotika-Dosierung.

Aufatmend legte Schmitz die Instrumente auf den Kofferdeckel und richtete sich auf. Sein Rücken schmerzte, aber er war glücklich.

Samuel starrte ihn mit großen Äugen an. »Er wird weiterleben, Masta?« flüsterte er.

»Wenn sein Körper jetzt mithilft – ich hoffe es.« Schmitz wandte sich dem nächsten lang ausgestreckten Körper zu. »Der nächste, Samuel.«

»Du willst sie alle behandeln, Masta?«

»Darum bin ich ja da.«

Schmitz hob den Kopf und blickte zur Seite. Der Krieger stand noch immer schräg hinter ihnen, auf seinen Speer gestützt. Wenn ich wüßte, was er jetzt denkt, dachte Schmitz. Sieht er das alles als einen Zauber an, oder begreift er, was hier geschieht? Er zögerte einen Augenblick, nahm dann die weißen

Vogelfedern und die menschlichen Zähne vom Boden auf und legte sie auf die Kompresse und das Pflaster.

Machen wir es gemeinsam, Duka Hamana, großer Medizinmann! Du sollst dein Gesicht nicht verlieren.

Der nächste Verletzte hatte einen Hieb in die linke Schulter bekommen. Sie war auch wieder mit dem Pflanzenbrei und den weißen Federn bedeckt, nur lagen anstelle der Menschenzähne menschliche Fingerknochen auf der Wunde. Die Hand mußte erst vor kurzem abgehauen worden sein, Hautfetzen klebten noch an den Gliedern.

Wieder versorgte Schmitz die Wunde, reinigte sie, nähte und verband sie, injizierte Tetanus und Antibiotika, Kreislaufmittel und schmerzstillende Mittel. Er tat dies neunmal hintereinander, neunmal an regungslosen, fieberglühenden Körpern, neunmal an Menschen, die schon an der Schwelle des Todes standen.

Nach vier Stunden war die Arbeit getan. Das Licht der Taschenlampe war deutlich schwächer geworden, die Batterie war bald leer. Schmitz richtete sich auf, seufzte leise und reckte sich, als er stand. Es war ihm, als knackte das stundenlang gekrümmte Rückgrat wieder in seine normale Haltung.

Hinter ihnen, stumm, wie geschnitzt, stand der Papua-Krieger mit großen, wachen Augen.

Schmitz nickte ihm zu. »Samuel, sag ihm, daß die Verwundeten vielleicht nicht sterben werden. Ich komme morgen nach dem Mittagessen wieder vorbei.«

»Und wenn doch einer stirbt, Masta?«

»Ich glaube nicht. Diese Körper sind medikamentös noch nicht verdorben, sie reagieren besser als unsere Körper, die oft mit Drogen vollgepumpt sind. Ich hoffe, daß das Fieber morgen schon gesunken ist – das wäre ein erster Schritt zur Heilung. Los, übersetz ihm das: Sie werden nicht sterben, ich komme morgen wieder.«

Samuel sprach auf den regungslosen Krieger ein. Eine Antwort bekam er nicht.

»Wir gehen jetzt, Samuel«, sagte Schmitz gepreßt. »Wenn er

uns fort läßt, wenn wir die Tür erreichen, haben wir gewonnen. Ganz ruhig, Samuel. Wir haben ihm einen Zauber vorgemacht, er weiß, seine Freunde werden überleben … Du hast dich tapfer gehalten, Samuel.«

»Danke, Masta.«

Schmitz nickte dem Krieger noch einmal zu und ging voraus, Samuel folgte ihm wieder auf Tuchfühlung. Im schwankenden, nun schwachen Schein der Lampe sahen sie wieder die an der Wand vor ihren Kopfkissen aus Totenköpfen hockenden Papuas, die sie mit ihren schwarzen Augen anstarrten. Als sich Schmitz kurz umblickte, sah er, wie ihnen der große Krieger folgte, lautlos, als schwebe er über den Fußboden.

Noch drei Meter bis zur Tür, noch zwei, noch einen – stieß er jetzt mit dem Speer zu? Das Türloch. Endlich, endlich der erste Hauch von frischer Luft nach dieser schweren Wolke aus Verwesungsgeruch und Schweiß! Luft, herrliche, klare Luft, man möchte die Arme ausbreiten und die Lungen blähen …

Und dann standen sie draußen, gingen die Bambusstufen hinunter, standen auf dem Boden, und als Samuel sich umdrehte und den Eingang anleuchtete, war er leer. Sie waren allein und lebten.

»Ich werde bei Masta Pater ein Gebet sprechen«, stotterte Samuel. »Masta Pepau, hat uns Gott beschützt?«

»Ich glaube, ja. So genau weiß man das nicht. Ich weiß nur eins: Diese Nacht hat uns ein gutes Stück weitergebracht.«

Im Männerhaus zwei war Zynaker noch wach und richtete sich in seinem Schlafsack auf, als Schmitz und Samuel zurückkamen. »Gott sei Dank, ihr seid da!« sagte er, von einer großen Sorge befreit. »Wie war's?«

»Neun Schwerverwundete.« Schmitz warf sich auf sein Lager und streckte Arme und Beine von sich. Es schien ihm, als hätte man ihm alle Knochen gebrochen. »Morgen mehr, Donald. Ich bin müde, ich kann kaum noch sprechen …«

Minuten später schlief er ein, und Zynaker knipste die kleine Lampe aus.

Im Frauenhaus, ungefähr sechs Meter über der Erde, saß Leonora auf den bemalten Flechtmatten, den Rücken an die Holzwand gelehnt, in völliger Dunkelheit und konnte nicht einschlafen. In den drei anderen abgeteilten Räumen hörte sie die Frauen leise tuscheln und lachen, ein Säugling begann zu greinen, verstummte aber schnell – sicherlich hatte die Mutter ihn an ihre Brust gedrückt und säugte ihn.

Der vergangene Tag zog noch einmal in ihrem Gedächtnis vorbei. Ein schwerer, ein mühsamer Tag, aber auch ein Tag des ungeahnten Erfolges. Morgen würde das große Fest der Uma stattfinden, der Austausch der Geschenke, die Schließung der Freundschaft mit Dai Puino, aber auch der erste Zusammenstoß mit Hano Sepikula, dem feindlichen Bruder, und Duka Hamana, dem Medizinmann, der um seine Ehre kämpfen würde. Vor allem aber würde sie versuchen, etwas über James Patrik zu erfahren. In dieser Gegend, in diesem Tal, das er nach dem Überfliegen das »Tal ohne Sonne« getauft hatte, mußte er verschwunden sein, und wenn ein Weißer, vor zehn Jahren ein noch fernerer Gott als heute, hier im Urwald mit den Wilden in Berührung gekommen war, dann war es gleichgültig, ob es die Uma oder Pogwa waren, die Assari oder die Tomba – die Baumtrommeln hatten das Ereignis sofort weitergegeben, und wenn ihn Dai Puino auch nicht gesehen hatte, so mußte er doch etwas von ihm wissen.

Eine einzige Spur genügte, ein vager Hinweis, und man hatte einen Faden gefunden, den man aufspulen konnte. Irgendwo war er dann zu Ende, und das Geheimnis enträtselte sich.

Nach zwei Stunden des Herumhockens hielt es Leonora nicht mehr im Frauenhaus aus. Sie lauschte zu den anderen Räumen hinüber, kroch dann zum Ausgang und streckte den Kopf ins Freie. Eine unbeschreibliche Sehnsucht nach Zynaker überfiel sie plötzlich. Sie sehnte sich nach seinen Händen, seinem Streicheln, seinen Lippen, seinen geflüsterten Worten, seinem muskulösen Leib, der sich an ihren Leib drückte und das Gefühl der Verschmelzung über sie schwemmte. Nur jetzt seine Stimme hören, nur seine Stimme, weiter nichts, das genügte schon. Mit jedem Wort fühlte sie, wie sie in sie eindrang, der Klang seiner Stimme umarmte sie, und wenn sie die Augen schloß, ihn im Inneren hörte, zog eine Seligkeit durch sie, und ihr Körper wurde von Schauern durchzittert, die sich an den Innenseiten ihrer Schenkel festsetzten, bis sie vor Verlangen zu brennen schienen.

Ich bin verrückt, sagte sie zu sich. Ich bin wahnsinnig. Du bist nie ein scheues Reh gewesen, das vor den Gefühlen wegrannte. Da war im ersten Semester auf der Universität von Kalifornien Jack gewesen, der beste Baseballspieler der Studentenmannschaft, und sie hatte sich beim ersten Anblick sofort in ihn verliebt. Ein Jahr lang liebten sie einander, da sah sie Edward, den jungen Studenten der Literatur, und der Sturz in dieses Abenteuer war wie das Hineinlaufen in die Wellen des Meeres. Sie hatte es nie bereut, so wenig, wie sie die Liebschaften mit Joe, Teddy und Charles bereut hatte, sie hatte oft geglaubt, nun wirklich glücklich zu sein und es gebe nichts Größeres als diese Lieben. Und nun war Donald Zynaker in ihr Leben getreten, und alles, alles war plötzlich anders.

Verwundert, selig und doch erschrocken begriff sie, daß alle Vergangenheit ein Spiel wie mit einem großen Ball gewesen war, den man hin- und herwirft, auffängt und zurückwirft, und dann ist das Spiel plötzlich vorbei, man legt den bunten Ball zur Seite und fühlt sich im Inneren doch etwas leer, zurückgelassen in einer Sehnsucht, die man sich nicht erklären kann, fern einer Seligkeit, die man nicht kennt, aber von der man weiß, daß es sie gibt.

Als Donald sie zum erstenmal, unbeabsichtigt, berührte, als er sie mit seinen blauen Augen kurz, aber durchdringend anblickte, als er das erste Wort zu ihr sprach, war es ihr, als habe ihr Herz eine Tür, die plötzlich weit aufsprang. Und es war ein ganz anderes Gefühl als bei Jack oder Edward und den anderen. Sie kroch in sich zusammen, begann zu frieren, lag in den Nächten wach, die Hände auf ihren Brüsten oder auf ihrem Leib, und träumte, es seien seine Hände, die über ihren Körper glitten und jede Pore mit Sehnsucht füllten. Plötzlich war es da, das Wissen, daß Liebe aus einem Himmel fallen und in einen Himmel tragen kann, daß ein Mensch vollkommen in einem anderen Menschen aufgehen kann, eine Einheit, die nie mehr eine Zweiheit werden kann.

Sie wußte und fühlte das alles in höchster Klarheit weit vor der Nacht, in der sie im Zelt zum erstenmal seinen Leib spürte, seine ihren Körper abtastenden Küsse, seine weichen und doch festen Hände und seine in der Erfüllung hauchende Stimme: »Ich liebe dich, mein Engelchen ...«

Von dieser alles Bisherige zu Asche verwandelnden Minute an wußte sie, daß ihre Welt nur noch aus Donald bestand und alles andere um sie herum zu Randerscheinungen verwehte. Sie hatte es gefunden, das geahnte, unaussprechliche, mit dem Verstand nicht erfaßbare, unendliche Glück.

»Mein Engelchen«, wenn er das sagte, war sie nichts mehr als Liebe, nur noch Liebe ...

Eine ganze Weile saß sie in der Tür des Frauenhauses und blickte in die schwarze Nacht. Langsam gewöhnten sich ihre Augen an die Finsternis, schemenhaft schälten sich Formen heraus: die Leiter hinunter zur Erde, links das langgestreckte, spitze, wellige Dach des ersten Männerhauses, die Dächer der ebenerdigen Hütten, in denen meist die Alten wohnten, der fast runde Häuptlingsbau, die Stangenwände der Ställe und Vorratshäuser, die Bananenstauden, die Palmen, die Sagobäume, das Tabaksfeld ... Je länger sie in die Dunkelheit starrte, um so mehr löste sich die völlige Finsternis auf.

Erschrocken fuhr sie zusammen, als von einem Männerhaus ein schmaler, schwankender Lichtschein sich wegbewegte und dann wieder erlosch. Ihr Verlangen nach Donald wurde so stark, so brennend, daß sie vorsichtig die Leiter hinunterkletterte, sich an die Fundamentstangen des Frauenhauses lehnte und zu den wie schlafende Ungeheuer aussehenden Männerhäusern hinüberblickte.

Wenn er meine Sehnsucht spürt, wird er gleich aus dem Haus kommen, dachte sie und ging ein paar Schritte ihrer Hoffnung entgegen. Er muß es spüren, diese Liebe ist so stark, daß es keine Entfernungen gibt, keine Hindernisse, kein Anhalten. Auf seiner Haut muß er spüren, daß ich an ihn denke, daß ich hier im Dunkeln stehe und auf ihn warte, in seinem Inneren muß meine Sehnsucht brennen und ihn heraustreiben zu mir. Komm, komm, ich rufe dich, ich kann ohne dich nicht mehr sein …

Wie lange sie in der Nacht stand, hin und her ging, sich wieder an die Pfähle des Frauenhauses lehnte und bettelte: »Komm heraus, komm, komm!« – sie wußte es nicht. Es gab keinen Zeitbegriff mehr, nur das immerwährende, innere Zittern nach seiner Umarmung.

Sie sah, wie der dünne Lichtstrahl zurückkehrte und im mittleren Männerhaus verschwand, ohne zu ahnen, daß es Schmitz und Samuel waren, die von den Verwundeten zurückkamen. Sie rutschte an dem Pfahl hinunter und setzte sich auf die Erde, zog die Knie an und stützte das Kinn darauf, und sie dachte: Warum spürt er es nicht? Wieso kann er jetzt schlafen? Warum sind unsere Sehnsüchte nicht wie Strahlen, die aufeinander zufliegen und verschmelzen? Komm, komm …

Sie schrak auf und merkte, daß sie im Sitzen eingeschlafen war. Ganz deutlich war ein Knirschen zu hören, jemand ging in der Dunkelheit herum, und es war das Knirschen einer Schuhsohle auf trockenem Boden. Die Wilden aber liefen barfuß und damit lautlos.

Sie schob sich an dem Pfahl empor und umklammerte ihn. Noch sah sie nichts, sie hörte nur, wie die Schritte vom Männerhaus kamen. Ein Glücksgefühl überwältigte sie plötzlich, eine Gewißheit, obwohl sie keinen Schatten sah. »Donald«, rief sie leise, »Donald!«

»Mein Engelchen!«

Seine Stimme … Und da tauchte auch sein Schatten auf, kam näher, verdichtete sich, nahm Gestalt an, wurde sein Gesicht, seine vorgestreckten Hände, sein Atem, seine Arme, die sich um sie schlangen, sein Mund, seine Lippen, seine Augen, sein Körper …

Sie küßten sich, als müsse jeder dem anderen neues Leben

einhauchen, stumm, vibrierend, unendlich das Verschmelzen der Lippen, ein Brand, den das Blut in jede Ader, jeden Nerv trug, ein Glücksgefühl, dem alles Irdische entglitt.

»Mein Engel«, sagte er wieder und küßte ihre Augen, ihre Nase, ihre Stirn, ihr Ohr und ihre Halsbeuge, daß ihr der Atem stockte und dann wiederkam in einem hellen Seufzen. »Mein Engel, ich habe gespürt, daß du hier draußen bist.«

»Ich habe dich gerufen.«

»Es war, als zöge mich jemand mit Gewalt aus dem Haus. Ich konnte nicht anders, ich mußte hinausgehen.«

»Ich habe dich gerufen«, sagte sie noch einmal. »Ich wußte, daß du mich hörst. O mein Liebster, ich ersticke vor Sehnsucht ...«

Bis der Himmel sich hellgrau färbte und die lichter werdende Nacht den neuen Tag ankündigte, blieben sie zusammen. Sie lagen auf einem Haufen getrockneter Palmblätter, die man zum Dachdecken verwenden wollte, neben einem Hühnerstall und vergaßen in der Umarmung, wo sie waren.

Erst als die Morgendämmerung das Dorf deutlich aus der Finsternis hob und neben ihnen ein Hahn aus dem Stall hüpfte und zu krähen begann, fanden sie zurück in diese Welt, küßten sich noch einmal und erhoben sich dann von den Palmblättern.

Vom Männerhaus eins erklang ein Hornruf, dumpf, langgezogen, befehlend. Zynaker hatte Leonora an der Hand gefaßt und stand mit ihr unter den Pfählen ihres Frauenhauses. Von oben auf der Plattform hörte man lautes Schwatzen, dann kamen die Frauen mit den älteren Kindern ins Freie, kletterten die Leiter herunter und riefen Leonora und Zynaker freundliche Worte zu. Überall regte es sich jetzt, der Dorfplatz belebte sich, an langen, ausgehöhlten Baumstämmen wuschen sich Frauen und Kinder in dem Wasser, das vom Berghang herabgeleitet wurde. Aus dem Männerhaus eins und drei quollen jetzt auch die Krieger, Rauch stieg durch die Ritzen der Dächer und Wände, die Feuerstellen waren entzündet, nicht zum Kochen, sondern zum Wärmen – für die Papuas war der frühe Morgen kalt.

Der erste, der in dem Türloch des Hauses zwei erschien, war Pater Lucius. Er reckte sich, gähnte kräftig, schlenkerte mit den Armen und bemerkte dann erst Zynaker und Leonora. Er kam die Treppe herunter und gähnte noch einmal kräftig. »Hat euch auch der Hornruf geweckt?« lachte er, aber noch mit Müdigkeit in der Stimme. »Ich habe lange nicht schlafen können. Mich haben die Operationen beschäftigt.«

»Welche Operationen?« fragte Leonora erstaunt.

»Ach ja, das wissen Sie noch nicht, woher auch!« Pater Lucius blickte zu den breiten Waschtrögen hinüber, an denen die Frauen und Kinder sich drängten.

Vor ihren Häusern warteten die Männer, um sich nach den Frauen zu waschen. Auch bei den Uma zeigte sich eine gerade bei den Naturvölkern verblüffende soziale Ordnung: Ein Krieger ist ein Held, aber regieren im Haushalt und im täglichen Leben tun die Frauen. Sie sind es auch vor allem, die ihre Männer antreiben, möglichst viele Köpfe der Feinde zu erbeuten – kein Jüngling wird bei seiner Braut Gehör finden, wenn er ihr nicht vor der Hochzeit einen Kopf zu Füßen legt. Und die Frauen sind es auch, die hohnlachend ihre Männer nach einem Kriegszug empfangen, wenn sie zu wenig Köpfe mitbringen.

»Wir werden uns sicherlich auch in den Trögen waschen müssen«, sagte Pater Lucius. »Da man hier keine Krätze kennt, macht's mir nichts aus.«

»Was war heute nacht?« ließ Leonora nicht locker.

»Pepau hat gezeigt, was er auf der Universitätsklinik gelernt hat und daß ein guter Arzt in ihm steckt. Er hat neun Verwundete operiert.«

»*Was* hat er?« Leonora starrte Pater Lucius ungläubig und entsetzt zugleich an.

»Operiert.«

»Das kann er doch gar nicht!«

»Und wie!«

»Er hat doch sein klinisches Praktikum noch vor sich!«

»Dann ist er ein ausgesprochen begabter Junge«, sagte Zynaker.

»Um Gottes willen! Wenn nur einer der Verletzten stirbt, ist es mit uns vorbei!« Leonora fuhr sich entsetzt mit beiden Händen durch die Haare. »Warum habt ihr *mich* nicht gerufen?«

»So wenig, wie Sie ins Männerhaus dürfen, so wenig dürfen wir ins Frauenhaus. Ich hielt es für eine gute Sache.« Pater Lucius zeigte auf die Waschtröge. »Ein Platz ist frei! Wollen Sie zuerst, Leonora?«

»Mir ist nicht ganz klar, ob sich auch Götter waschen«, warf Zynaker ein.

»Sollen wir nach einer Woche wie stinkende Schweine herumlaufen?«

»Ich sehe erst nach den Verletzten.« Leonora wollte gehen, doch Zynaker hielt sie am Arm fest. »Du kannst nicht in das Männerhaus!« Er duzte sie wieder, und wieder schien Pater Lucius es nicht wahrzunehmen.

»Ich bin Ärztin.«

»Das mach mal denen klar. Zuerst bist du eine Frau.«

»Eine unbekannte, fremde weiße Göttin. Darf man eine Göttin festhalten?« Sie wollte sich aus Zynakers Griff losreißen, als Schmitz aus dem Haus kam und sich wie Pater Lucius zunächst einmal reckte. Dabei fiel sein Blick auf Leonora, und er winkte ihr zu. »Der kann was erleben!« sagte sie giftig.

Zynaker ließ sie los, aber er folgte ihr, als sie mit schnellen Schritten zu Schmitz lief. »Sind Sie verrückt, Pepau?« rief sie, noch bevor sie vor ihm stand. »Was haben Sie da für einen Blödsinn gemacht?«

»Chefin, ich habe vielleicht neun Leben gerettet. Ist das Blödsinn?«

»Sie haben doch noch gar keine Erfahrung in Operationen.«

»Ich habe nicht operiert, ich habe lediglich eine Wundbehandlung gemacht. Ich würde mir nie erlauben, eine Kolostomie anzulegen, zum Beispiel.«

»Es sind aussichtslose Fälle, sagt Pater Lucius.«

»Wenn man sie mit weißen Vogelfedern, einem Pflanzenbrei und Menschenzähnen oder Fingergliedern heilen will, bestimmt.«

»Wir gehen jetzt sofort zu den Verletzten, und ich sehe sie mir an.«

»Leonora –«, sagte Zynaker warnend.

»Ich gehe ins Männerhaus!« Sie stampfte mit dem Fuß auf, und verblüfft sah Zynaker, wie wütend sie werden konnte. »Wo ist Samuel?«

»Er schläft noch.«

»Pepau, wecken Sie ihn! Er muß dolmetschen.«

»Er hat sich in der Nacht tapfer gehalten.«

»Aber auf die Idee, mich zu holen, ist keiner gekommen?«

»Ich wollte Sie schlafen lassen, Chefin. Sie hatten Erholung nötig.« Er zuckte mit den Schultern, wandte sich ab und ging zum Männerhaus, um Samuel zu holen.

Zynaker schüttelte den Kopf. »Du hast ihn sehr getroffen. Anstatt ihn zu loben –«

»Es hätte verdammt schiefgehen können.«

»Der Junge hat es gewagt. Er wußte, was passiert, wenn er versagt. So viel Mut hätte ich – glaube ich – nicht gehabt.«

Schmitz kam vom Männerhaus zurück, hinter sich den krummbeinigen Samuel, der, Böses ahnend, sich vor Leonora tief verbeugte. »Massa, ich wünsche einen schönen Tag.«

»Das wird sich zeigen.« Sie warf einen Blick auf den wirklich beleidigten Schmitz. »Gehen wir?«

Zynaker folgte ihnen mit vier Schritten Abstand und war gespannt, was sie am Männerhaus erwartete. Nun waren auch Reißner und Kreijsman aus dem Bau gekrochen und beobachteten erstaunt und fragend Leonoras Marsch.

Reißner begriff sehr schnell, was sich da abspielte. »Chefvisite«, sagte er gedehnt. »Aber die hört vor der Haustür auf. Wetten?«

»Sieht so aus, als wenn Leonora wütend ist«, stellte Kreijsman fest.

»Stinkwütend! Pepau hat ihr die Schau gestohlen. Das große medizinische Hoppla wollte sie selbst veranstalten. Jetzt bleibt ihr nur die Visite übrig.«

Vor dem Männerhaus eins stand wieder der große, stumme

Papua-Krieger mit seinem langen, federgeschmückten Speer. Man sah ihm nicht an, ob er geschlafen oder die ganze Nacht gewacht hatte. Wortlos hob er seinen Speer, hielt ihn waagerecht und versperrte damit den Eingang ins Haus.

»Hab' ich's nicht gesagt?« rief Reißner und stieß Kreijsman an. »Eine Ärztin hat's immer schwer in einer Männergesellschaft, schon bei uns Zivilisierten. Und erst recht hier in der Wildnis.«

Leonora war vor dem großen Krieger stehengeblieben. Sie sahen sich stumm an, und jeder hielt dem Blick des anderen stand. Es war ein lautloser Machtkampf, die Waffen waren die Augen.

»Samuel, sag ihm, ich bin die Göttin der Heilkunst. Ich will sehen, was mein Helfer gemacht hat.«

»Kann man das nicht anders ausdrücken?« fragte Schmitz pikiert. »Weniger herabwürdigend.«

»Nein, sonst begreift er es nicht.«

Samuel übersetzte und wartete. Der Krieger blieb stumm, der Speer sperrte weiter das Türloch.

»Sag ihm, wenn seine Freunde überleben sollen, muß ich die Wunden sehen.«

Samuel übersetzte.

Der Papua wandte den Blick nicht von Leonora, sein bemaltes Gesicht blieb unbeweglich, eine bunte Maske. Dann plötzlich ging ein Ruck durch den muskelbepackten Körper, der Speer zuckte empor und gab die Tür frei. Der Uma sagte ein paar halblaute, kehlige Worte.

»Wir können eintreten, wenn alle Männer das Haus verlassen haben.«

»Dann soll er sie schnell an die Luft setzen.«

»Vorher muß ich Sie noch warnen, Chefin.« Schmitz dachte an die Knochengirlanden, die faulenden Fleischfetzen, den Verwesungsgeruch, die blank gescheuerten Totenschädel und die von der Decke hängenden Beutel mit Menschenfett. »Sie müssen starke Nerven haben, wenn Sie gleich eintreten. Sie werden Sachen sehen, die nie mehr aus Ihrem Gedächtnis verschwinden werden. Ein Schrumpfkopf ist noch harmlos und ästhetisch dagegen.«

»Ich habe gute Nerven, Pepau. Wäre ich sonst hier?«

Aus dem Männerhaus stiegen die letzten Uma, musterten mit finsteren Blicken die weiße Göttin und stellten sich seitlich der Balkentreppe auf. Der große Krieger trat zur Seite. Der Weg war frei.

»Sie hat's erreicht!« rief Reißner auf den Stufen von Männerhaus zwei. »Sie darf tatsächlich hinein! Die kann mit dem Kopf durch die Wand! Und ich prophezeie Ihnen, Fred: Die findet auch den Kopf ihres Vaters. Das ist ein zähes Luder!«

Leonora, Schmitz und Samuel gingen in das Männerhaus. Der widerliche, atemnehmende Gestank aus Verwesung und Schweiß schlug ihnen entgegen und legte sich fast ätzend auf ihre Kehlen. Leonora hielt unwillkürlich den Atem an. In dem Halbdunkel, das jetzt die weite Halle erhellte, erblickte sie auch die schrecklichen Knochengirlanden und die blankgescheuerten Totenschädel der Ahnen.

Schmitz schluckte mehrmals. Obwohl er den Anblick kannte, huschte ein Schauer über seine Haut. »Ich habe Sie gewarnt, Leonora«, sagte er leise.

»Wo sind die Verwundeten?«

»Ganz hinten, links, in der Nische an der Wand.«

Sie ging tapfer weiter, sah nur aus den Augenwinkeln die Menschenknochen und die Säckchen mit dem fettigen Inhalt, von dem sie noch nicht wußte, was er bedeutete, und blieb vor den regungslos auf dem Rücken liegenden Verletzten stehen. Sie hatten die Augen aufgeschlagen und starrten mit deutlichem Entsetzen die weiße Frau an. Schmitz kniete nieder und kontrollierte die Drainagen. Sie funktionierten, stinkendes Sekret sonderte sich durch sie ab. Das Fieber war gesunken, aber noch nicht beseitigt.

Nur einen Pflasterverband hob Leonora ab und betrachtete die versorgte Wunde. Sie hätte es nicht besser machen können als Pepau. »Wann wollten Sie wiederkommen?« fragte sie und richtete sich auf.

»Heute gegen Mittag.«

»Ich würde die Drainagen schon jetzt wechseln und noch einmal starke Antibiotika geben. Wir haben doch Fortral bei uns?«

»Ja.«

»Dann jedem noch eine Injektion mit Fortral, damit sie schmerzfrei sind.«

»Ja, Chefin.«

Sie sah Schmitz an und mußte plötzlich lächeln. »Ich habe Ihnen unrecht getan«, sagte sie betont. »Ihre Arbeit ist vorzüglich.«

»Danke.«

»Es ist eigentlich eine Schande, daß Sie hier im Urwald vielleicht verschimmeln werden, statt Ihre Klinikpraktiken zu sammeln.«

»Ich möchte Erfahrungen sammeln – ich sagte es Ihnen schon bei unserem ersten Gespräch.«

»Erfahrungen in der Wildnis?«

»Gerade in der Wildnis. Es würde mich reizen, einmal in einem Urwaldkrankenhaus zu arbeiten oder in einem Entwicklungsgebiet, an der vordersten Front, wo uns die Menschen am nötigsten brauchen. Wo für Tausende nur ein Arzt vorhanden ist.«

»Ein kleiner Albert Schweitzer.«

»Jetzt spotten Sie wieder. Aber wenn Sie so wollen, ja! Ich bewundere Schweitzer, er ist mein Vorbild. Ein jeder Mensch sollte für sein Leben ein Vorbild haben und damit ein Ziel.« Er sah Leonora tief in die Augen. »Haben *Sie* ein Vorbild, Chefin?«

»Ja, meinen Vater. Deshalb suche ich ihn ja auch.«

Sie gingen durch den langen Raum zum Türloch zurück und atmeten tief auf, als sie wieder an der frischen Luft standen. Zynaker wartete unten an der Treppe, der große Krieger stand, auf seinen Speer gestützt, neben dem Eingang.

»Sag ihm, seine Freunde können weiterleben, wenn wir ihnen helfen«, wies Leonora Samuel an. »Es sieht gut mit ihnen aus.«

Samuel übersetzte, aber der Uma rührte sich nicht. Keine Antwort, kein Mienenspiel, keine Regung in den schwarzen Augen.

»Ich möchte wissen, was er jetzt denkt.« Leonora stieg die Treppe hinunter und hatte das Bedürfnis, sich bei Zynaker einzuhaken, den Kopf an seine breite Brust zu legen, die Arme um ihn zu schlingen und sich bei ihm geborgen zu fühlen. Statt dessen mußte sie ihn fast gleichgültig ansprechen, so wie sie auch mit den anderen redete. »Sie machen einen guten Eindruck«, sagte sie mühsam. Der Blick seiner Augen durchfuhr sie, seine körperliche Nähe war wie ein Sog, der sie mitreißen wollte. Sie stemmte sich dagegen an, indem sie einfach an ihm vorbeiging und Reißner und Kreijsman zuwinkte.

Pater Lucius kam von den Waschtrögen zurück. Er hatte den Kopf in das Wasser gesteckt und fühlte sich jetzt munterer. Ein paar Frauen redeten auf ihn ein, zeigten zum Männerhaus eins, und wenn er auch nichts verstand, eins begriff er doch, und das ließ ihn mit großen Schritten auf Leonora zugehen. Fast gleichzeitig trafen sie auf dem Dorfplatz zusammen. Reißner wollte etwas sagen, aber eine Handbewegung von Pater Lucius ließ ihn erstaunt verstummen.

»Leonora«, rief der Pater, der aus der Fassung geraten zu sein schien, »Pepau, daß ihr noch lebt, ist fast wie ein Wunder!« Er nickte zu dem großen, stummen Krieger an der Tür des Männerhauses eins hin, zu diesem dunkelbraunen, mit weißen und roten Streifen bemalten Muskelpaket mit dem Paradiesvogelschweif im krausen Haar. »Wenn ich das vorher gewußt hätte – ich hätte euch festgebunden. Wißt ihr, wer das ist?«

»Nein«, sagte Leonora erschrocken.

»Hano Sepikula, der feindliche Bruder, dem wir sein Gesicht rauben sollen.«

Der ganze Stamm der Uma schien damit beschäftigt zu sein, das große Fest vorzubereiten. Im Dorf wimmelte es von nackten oder halbnackten braunen Gestalten, Schweine und Hühner wurden zusammengetrieben, Bananenstauden schleppte man heran, an vielen Stellen wurde Sagomehl gestampft, überall loderten Feuer, Hunderte von Gerüchen verjagten die sonst reine, klare Luft, von Haus zu Haus, über den Festplatz hinweg, wurden Girlanden aus Vogelfedern gespannt, vornehmlich aus den Frauenhäusern brachte man die Schrumpfköpfe heraus und dekorierte damit die Außenseiten, und etwas abseits saßen die Krieger auf dem Boden und bemalten einander Gesichter und Körper mit leuchtenden Pflanzenfarben.

»Es sind mindestens achthundert Menschen«, stellte Pater Lucius fest.

»Und das alles erinnert mich stark an den Aufbau eines Jahrmarktes.« Reißner fotografierte unaufhörlich. »Fehlt bloß noch, daß sie ein Karussell aufbauen. Kirmes bei Papuas.«

Sie saßen alle zusammen auf den Stufen ihres Männerhauses und sahen dem bunten Treiben zu. Niemand beachtete sie jetzt, es kam aber auch keine der Frauen und brachte ihnen etwas zu essen. Von Häuptling Dai Puino war nichts zu sehen, vor seiner großen Hütte fand lediglich das Schweineschlachten statt, das bei Kreijsman wieder Übelkeit erzeugte. Zuerst hieb man den Tieren mit einer Baumkeule auf den Schädel, sie fielen betäubt um, dann stieß man ihnen einen Speer tief in die Kehle und schnitt ihnen die Gurgel durch. Noch während sie zuckten, begann man, sie zu teilen. Bellend und jaulend umringten die Hunde den Schlachtort, bekamen die Därme zugeworfen und rannten mit ihnen in den Bananenwald, wo sie die blutigen Stücke fraßen.

»Ich kriege keinen Bissen runter«, würgte Kreijsman. »Ich mach' mir nachher eine Dose Bohnen auf. Mein Magen zieht sich zusammen.«

»Schön braun gebraten, sieht das alles anders aus«, sagte Zynaker. »Fred, wenn Sie das Essen ablehnen, ist das eine große Beleidigung.«

»Und dazu gibt's als Gemüse die leckeren Sagowurmlarven, was?« Reißner unterbrach sein Fotografieren. »Frittiert in Menschenfett.«

»Wann überreichen wir eigentlich unsere Geschenke?« fragte Schmitz.

»Ja, das wollte ich auch fragen.« Reißner lachte rauh. »Wann beginnt unsere große Zauberschau? Und noch eine Grundsatzfrage: Wollen wir hier im Dorf bleiben?«

»Ich habe mir gedacht, daß wir hier unsere Hauptstation aufbauen.« Leonora hatte über ihre Knie eine Karte gebreitet und fuhr mit dem Zeigefinger über die Berge und Schluchten, die noch kein Weißer betreten hatte. Die Karte war anhand von Luftaufnahmen gezeichnet worden. Leonora zeigte auf einen Punkt. »Hier muß unser Dorf ungefähr liegen. Von hier aus können wir nach allen Himmelsrichtungen ins Unbekannte vordringen. Die Uma kennen alle Pfade, Flüsse und Sümpfe, sie könnten uns führen.«

»Wenn wir ihre Freundschaft behalten«, warf Zynaker ein. »Das Begrüßungsfest ist noch keine Garantie, daß wir auch morgen noch ihre Freunde sind. Das kann sich blitzschnell ändern.«

»Wenn wir die neun Verwundeten durchbekommen, wird sogar Hano Sepikula unser Freund sein«, sagte Schmitz.

»Nicht, wenn wir seinem Bruder helfen, Häuptling zu bleiben.« Zynaker stand von der Treppenstufe auf und blickte zu den sich bemalenden Kriegern hinüber.

»Wenn man wüßte, wer der größere Halunke ist«, sagte Reißner, »dann wäre die Wahl leichter. Donald, wo wollen Sie hin?«

Zynaker hatte sich in Bewegung gesetzt, blieb aber stehen. »Mein Magen sagt mir gerade: Du hast noch nicht gefrühstückt.«

»Ein sympathischer Magen. Meiner knurrt auch. Holen wir den Gaskocher nach draußen und brauen uns einen starken Kaffee! Dazu Brot, Butter und Marmelade. Da werden die Uma zum erstenmal ins Staunen kommen.« Reißner rieb sich die Hände. »Leonora, ich melde mich für heute zum Küchendienst ab. Als Mittagessen schlage ich Gulasch auf Nudeln vor.«

»Ich möchte es genau umgekehrt machen«, antwortete Zynaker. »Ich will zu den Uma gehen und uns frisches Obst, Kokosmilch, Sagobrot und Eier holen.«

»Und die leckeren Würmchen nicht vergessen!«

»Kommen Sie mit, Pepau?« fragte Zynaker, ohne darauf einzugehen. Schmitz nickte. Auch Samuel löste sich von seinem Sitzplatz; er wußte ohne Aufforderung, daß er dolmetschen mußte.

»Auch ich gehe mit.« Leonora stopfte die Bluse straffer in ihre Khakihose und fuhr sich mit beiden gespreizten Händen durch die Haare. »Außerdem habe ich das Bedürfnis, mich zu waschen. Wenigstens das Gesicht.«

Sie gingen zu dem großen Dorfplatz hinüber und wurden dort von den schwatzenden und lachenden Frauen mit Zurufen empfangen, ein paar Kinder schlichen sich scheu näher, um die Weißen aus der Nähe zu sehen, Hunde umkreisten sie und musterten sie mit bernsteinfarbenen Augen. Leonora prüfte das Wasser in den Waschtrögen und sah, daß es sauber war. Über die hölzerne offene Leitung floß stetig frisches Wasser aus dem Abhang nach. Dort mußte ein Bach oder eine Quelle sein. Sie beschloß, sich später dort umzusehen, vielleicht gab es sogar eine Möglichkeit, sich zu baden. Das Wasser war klar, kalt und weich.

»Gehen wir zuerst zu Dai Puino«, sagte Zynaker und zeigte auf die große Häuptlingshütte. »Alle sind draußen, nur von ihm sieht man nichts.«

Man schien sie von der Hütte aus beobachtet zu haben. Als sie weitergingen, trat ein junger, mit Federn geschmückter Krieger heraus und stellte sich vor die Tür.

»Ein Sohn des Häuptlings«, sagte Samuel leise. »Er hat vier Söhne und eine Tochter.« Dann rief er etwas in der Uma-Sprache und bekam eine brummende Antwort. »Dai Puino kommt gleich«, übersetzte Samuel. »Er ist bei seiner Frau Sapa. Sie ist sehr krank.«

Leonora und Schmitz sahen einander kurz an, und jedes wußte, was das andere dachte. Auch Zynaker hatte sofort den gleichen Gedanken und sprach ihn aus. »Dort die neun Verwundeten, hier die Häuptlingsfrau – eine bessere Einführung bei den Uma können wir gar nicht haben.«

»Erst muß ich sehen, was ihre Krankheit ist. – Samuel, sag dem Krieger, die weiße Frau möchte Sapa sehen und ihr helfen.«

Samuel übersetzte. Der junge Uma starrte Leonora stumm an und schüttelte dann den Kopf.

Schmitz mischte sich ein und stellte sich neben Leonora. »Sag ihm, ich habe in dieser Nacht die neun Verwundeten gerettet. Wir können vielleicht auch seine Mutter retten.«

Samuel gab es weiter. Es entspann sich ein erregter Dialog, der lauter und lauter wurde, bis Samuel die Hand hob. »Er sagt, sie wissen von den neun Kriegern. Es sind Hano Sepikulas Männer. Der Häuptling ist böse, weil ihr sie nicht sterben laßt.«

»Da haben wir's!« sagte Zynaker. »Ich habe es doch geahnt.«

»Und außerdem, bei einer Frau ist das anders.«

»Sie ist auch ein Mensch!«

Der junge Krieger trat zur Seite. Dai Puino kam heraus, nicht so geschmückt wie gestern, aber doch mit gelben, roten und weißen Strichen bemalt. Sein Blick, mit dem er die Weißen musterte, war böse und gefährlich. Zynaker gab sich keinem Zweifel hin, die Situation hatte sich verdammt verschärft. Wer Hano Sepikula half, war ein Feind Dai Puinos. So selbstverständlich, so einfach war das.

Samuel zog den Kopf zwischen die Schultern. Mit unsicherer Stimme dolmetschte er das schnelle Gespräch.

»Hat Sapa Schmerzen?« fragte Leonora.

»Ja«, sagte Dai Puino kurz und hart.

»Wo?«

»Überall.«

»Hat sie Fieber?«

»Was ist Fieber?«

»Ist ihr Kopf heiß?«

»Ja.«

»Ihr Körper auch?«

»Ja.«
»Kann sie noch sprechen?«
»Ja.«
»Leise oder laut?«
»Leise.«
»Kann sie aufstehen?«
»Nein.«
»Kann sie sich bewegen?«
»Kaum. Nur wenig.«
»Wie lange ist sie krank?«
»Seit zehn Tagen.«

Schmitz schielte zu Leonora hinüber. »Mit dieser Anamnese kommen wir nicht weiter, Chefin.«

»Wir wissen aber jetzt, daß es keine chronische Erkrankung ist. Seit zehn Tagen hat sie Schmerzen, mit Fieber, Apathie und Bewegungseinengung.«

»Das kann alles sein! Völlig ungeeignet für eine Ferndiagnose. Aber es scheint ernst zu sein.«

»Ich möchte Sapa sehen«, sagte Leonora zu Dai Puino.

»Duka Hamana hat sie schon gesehen«, war die Antwort.

»Ich kann mehr als Duka Hamana!«

Dai Puino musterte Leonora wieder mit finsterem Blick, schien angestrengt nachzudenken und sprach ein paar Worte mit seinem Sohn. Von den Hütten und dem Dorfplatz beobachteten sie Hunderte von Augen. Samuels Gesicht hellte sich auf, als Dai einen Satz zu ihm sprach.

»Ihr dürft hereinkommen, aber nur, wenn ihr mehr könnt als Duka Hamana.«

»Das ist jetzt eine Verpflichtung, Chefin.« Schmitz atmete tief auf. »Verdammt, Sie haben Mut!«

»Und was hatten Sie in der vergangenen Nacht?«

Dai Puino war wieder in seinem Haus verschwunden, der Sohn stand neben der Tür wie ein Denkmal und stellte sich sofort wie eine unüberwindbare Sperre vor den Eingang, nachdem Leonora, Schmitz und Samuel in die Hütte geschlüpft waren. Zynaker blieb draußen. Er betrachtete nachdenklich den

Türschmuck, der an Binsen- und Lianenfäden am Dachgiebel angebracht worden war. Zwölf Schrumpfköpfe und eine Aufreihung von menschlichen Beckenknochen.

Das Innere der Häuptlingshütte glich dem Männerhaus, nur war es wohnlicher eingerichtet. Bunte Matten bedeckten den Lattenboden, an den Wänden hingen aus Binsen geflochtene Matten mit bemalten Applikationen aus Fellen, Federn, Flechtstoffen und kleinen Knochen. Eine große Feuerstelle bildete den Mittelpunkt des Hauses, und rundherum an den Wänden lagen die Schlafplätze der Familie, auch hier gebleichte, blank polierte Totenschädel als Kopfstützen und – zum großen Erstaunen Leonoras – ein Gebilde, das wie ein Tisch aussah, aus Knüppelholz, mit Fasern zusammengebunden. Auf ihm standen Bambusbecher, Krüge aus ausgehöhlten Kürbissen und schalenförmige Töpfe, aus Holz geschnitzt. Die Waffen – Speere, Bogen und Pfeile, bunte, große Schilde und große, schwere Holzkeulen – lagen in einer Ecke des Raumes. Natürlich fehlten nicht die Säckchen mit den widerlichen, sich krümmenden Sagowurmlarven; sie baumelten an einem Querbalken von der Decke. Einen Sack mit Menschenfett konnte Schmitz nicht entdecken.

In dem Halbdunkel, das in allen diesen fensterlosen Hütten herrschte, erkannte Leonora die an der Wand liegende Frauengestalt. Ein Mädchen hockte neben ihr und träufelte ihr Wasser über das Gesicht und die flache, welke Brust. Als Schmitz und Leonora eintraten, zuckte der Kopf des Mädchens zu ihnen herum.

Schmitz blieb betroffen stehen und sah das Mädchen an. Bis auf einen bemalten Bastschurz war sie nackt. Ihr krauses schwarzes Haar war länger als bei den anderen Frauen, sie hatte weniger aufgeworfene Lippen und eine Haut, die trotz der Dämmerung wie Samt schimmerte. Ihre Brüste waren voll, rund und fest, und ihre Augen bekamen neuen Glanz, als sie Schmitz ansah und sich ihre Blicke kreuzten. Dann wandte sie schnell den Kopf zur Seite und beugte sich wieder über Sapa, ihre Mutter.

Schmitz atmete tief auf. Der Anblick des Mädchens, ihre Schönheit, die sie von den anderen Frauen und Mädchen abhob, ihr Blick, der ihn wie ein Strahl durchdrungen hatte, dieses Gesicht, das ihn an die Gemälde von Gauguin erinnerte, der die Schönheiten von Tahiti malte, und nicht an ein Mädchen, das noch in der Steinzeit lebte, dieses Unbegreifliche in einem unerforschten Land zu finden, bei Menschen, von denen niemand wußte, daß es sie überhaupt gab, ließ sein Herz plötzlich wie rasend klopfen.

»Was haben Sie, Pepau?« fragte Leonora. Sie war weitergegangen und kam der liegenden Frau näher.

»Ich habe mich nur kurz umgesehen, Chefin. Erstaunlich sauber hier. Kein Gestank.«

Dai Puino stand neben dem Lager seiner Frau und beobachtete mit finsterer Miene, wie sich Leonora auf die Knie niederließ. Das Mädchen sah sie nicht an, es goß weiter Wasser über Kopf und Brust der Mutter.

Schmitz ließ sich neben Leonora nieder und warf einen Blick auf das Mädchen. Sie hatte den Kopf abgewandt und wich seinen Augen aus.

Samuel, der hinter Schmitz stand, erklärte unbefangen: »Das ist Lakta, die Tochter von Dai Puino. Die einzige Tochter.«

Lakta, dachte Schmitz. Lakta. Ein Name, den ich nie mehr vergessen werde. Wie kann eine solche Schönheit unter Wilden aufwachsen? Lakta, die Tochter eines Kopfjägers und Kannibalen. Welch eine Welt ...

Einen kurzen Augenblick betrachtete Leonora die liegende Frau. Ihr Gesicht war verzerrt, sie mußte schreckliche Schmerzen haben, aber kein Jammern kam über die rissigen Lippen, kein Stöhnen; nur in den fiebrig glänzenden Augen lag die ganze Qual, die sie nicht hinausschreien durfte.

»Samuel, komm her«, sagte Leonora. »Du mußt jetzt ganz genau übersetzen, was ich frage und was Sapa antwortet. Jedes Wort ist wichtig. Hörst du?«

»Ich höre, Massa. Frage.«

Leonora hielt Laktas Hand fest und schüttelte den Kopf. Das

Mädchen verstand sie, stellte den Bambuskrug weg und legte die Hände in den Schoß. Ihr Körper war schmal und glatt und von einer ergreifenden Ebenmäßigkeit. Sapa starrte die weiße Göttin an, die sich jetzt über sie beugte.

»Sag mir, wo es am wehesten tut.«

Sapa zögerte, dann legte sie ihre zitternde Hand auf ihren Leib. Sie glitt tiefer, bis unter den Nabel, und blieb dort liegen.

»Die Blase?« fragte Schmitz. »Eine Zystitis?«

»Glaube ich nicht. Aber da liegt ja noch mehr. Ich palpiere vorsichtig.« Sie schob Sapas Hand weg und begann, mit der flachen Hand vorsichtig über den Unterbauch zu tasten. Dabei beobachtete sie die Frau, ob sich ihr Gesicht vor Schmerz verzog. »Sag ihr, Samuel, sie soll einen Laut von sich geben, wenn der Schmerz zu groß wird.« Sie drückte weiter und hob plötzlich den Kopf, als habe sie etwas unter ihren Fingern gespürt. An der Stelle verstärkte sie den Druck.

Sapa gab einen leisen, stöhnenden Laut von sich. Ihr Mund verzerrte sich.

»Das ist es«, sagte Leonora und zog ihre Hand zurück. »Wenn ich jetzt nur einen Röntgenapparat hätte! Pepau, jetzt sind Sie dran. Was meinen Sie, was das ist?«

Schmitz beugte sich über Sapa und sah dabei Lakta an. Ihre großen schwarzen Augen bettelten und glänzten in zurückgehaltenen Tränen. Nach wenigen Abtastungen richtete sich Schmitz wieder auf. »Es ist vielleicht dumm, was ich sage, aber es fühlt sich wie eine Geschwulst an.«

»Es ist ganz deutlich zu fühlen, wie ein hart aufgeblasener Ballon.«

»Ein Bauchdeckendesmoid.«

»Ja. Ein Fibromyom.«

»Und was nun?«

»Es gibt nur einen Weg: Operation.«

»Eine Myomenukleation?«

»Ja.«

»Hier?«

»Sehen Sie in der Nähe eine Klinik?«

»Chefin, das geht schief! Mit unseren Mitteln –«

Leonora richtete sich auf und sah Dai Puino an, der an der Wand stand und auf eine Erklärung wartete. »Sie waren nicht im Krieg, Pepau«, sagte sie ernst. »Ich auch nicht, aber mein Vater. Und er hat uns allerhand davon erzählt. Wie man unmittelbar hinter der Front die Zerfetzten zusammennähte, Beine und Arme amputierte, in Zelten, durch die der Wind pfiff, auf einfachen Klapptischen, mit einem Instrumentarium, wogegen wir wie eine Uniklinik ausgerüstet sind. Samuel?«

»Massa?«

»Sag Dai Puino, daß ich seiner Frau helfen will. Wenn ich anfange, soll er hinausgehen.«

Samuel übersetzte es. Dai Puino antwortete mit einem knappen Satz.

»Er sagt: Nein!« teilte Samuel mit. »Er geht nicht hinaus.«

»Sag ihm, ich muß Sapa den Bauch aufschneiden.«

Dai Puino blickte auf seine Frau und dann wieder auf Leonora. Seine Lippen bewegten sich, Samuel hatte Mühe, ihn zu verstehen.

»Sapa wird nicht aufgeschnitten«, sagte er zögernd. »Sapa ist seine Frau, aber nicht sein Feind.«

»Völlig klar, daß er so denkt.« Schmitz kniete noch immer neben Sapa. Neben ihm hockte Lakta, den Kopf tief gesenkt, die schmalen Hände auf den Oberschenkeln. »Hier werden nur Menschen aufgeschnitten, wenn sie Feinde sind und man sie über den Feuern brät. Einen Körper aufzuschneiden, um sein Leben zu retten, ist völlig jenseits ihrer Vorstellung.«

»Samuel, übersetze: Der Feind sitzt im Leib von Sapa. Ich will ihn herausholen.« Leonora zeigte dabei auf Sapas Körper, der ab und zu zuckte. »Wenn ich ihn herausgeholt habe, ist Sapa gesund.«

»Versprechen Sie da nicht zu viel, Chefin?« fragte Schmitz besorgt.

»Ohne Operation stirbt sie garantiert! Wir müssen das Myom herausnehmen.«

Dai Puino schien nachzudenken. Einen Menschen aufschneiden, der nicht sein Feind war – undenkbar! Aber der Feind, sagt die weiße Frau, sitzt *in* Sapas Leib, und man kann ihn nur besiegen, wenn man ihn angreift. Auch das ist wahr. Was tun? Er sah auf Sapa und Lakta, seine Tochter, hinunter und sagte zu dieser ein paar Worte. Lakta antwortete mit einer sanften, schwebenden Stimme, die Schmitz wie ein Streicheln vorkam. Dai Puino strich sich mit beiden Händen über das Gesicht, eine Geste der Hilflosigkeit, die beide gemein hatten, der moderne und der Steinzeitmensch. Hier, in der Erschütterung, trafen sie sich, wurden sie eins.

»Lakta hat gesagt«, teilte Samuel mit, »wenn der Feind in der Mutter ist, dann muß er heraus.«

»Ein kluges Mädchen. Sag ihnen, sie sollen das Haus verlassen.«

»Sie wollen sofort operieren?« fragte Schmitz fast entsetzt.

»Die Frau hat genug gelitten.«

»Hier auf der Erde operieren? Das gibt eine Sepsis, die wir nicht mehr beherrschen können. Hier ist nichts steril zu machen.«

»Im Krieg hat man in Kellern operiert, wo nach jedem Granateinschlag Staub und Kalk von der Decke und den Wänden rieselten. Und die meisten überlebten. Wir haben in der Ausrüstung doch einen Klapptisch mit.«

»Viel zu kurz. Kopf und Beine würden überhängen.«

»Ich operiere nicht den Kopf oder die Beine, ich muß nur den Leib auf einer guten Unterlage haben. Lakta kann ja den Kopf festhalten.«

»Sie wird ohnmächtig werden.«

»Sie hat bestimmt schon mehr Leichen von Feinden gesehen, die man ausgeweidet hat, als wir Tote in der Anatomie oder im OP.«

Schmitz schluckte. Er warf einen Blick auf Lakta, die wieder begonnen hatte, kaltes Wasser über den fiebernden Körper zu gießen. Mein Gott, es ist ja wahr, dachte er, und sein Herz schlug schwer. Sie ist eine Uma, die Tochter eines Kopfjägers, und sie wird wie alle Menschenfleisch gegessen haben, sie kennt ja nichts anderes. Sie ist eine Kannibalin, Pepau, und mag sie noch so schön sein, sie hat die erbeuteten Köpfe der Feinde nach uraltem Brauch zusammenschrumpfen lassen, und sie hat vielleicht mit Vater, Mutter und den vier Brüdern einen gebratenen menschlichen Oberschenkel geteilt. Dieser Gedanke erschütterte ihn so, daß er die Augen schloß.

Leonora bemerkte es. »Was haben Sie, Pepau?« fragte sie.

»Nichts, Chefin.«

»Sie hocken da wie ein nasser, geprügelter Hund.«

»Mir ist auch so zumute.«

»Geben Sie sich einen Ruck! Wir müssen den Klapptisch holen, die große Instrumentenkiste, zwei Scheinwerfer, die Kiste mit dem Verbandsmaterial, alles, was wir mitgenommen haben. In einer Stunde können wir mit der Operation beginnen.«

»Noch vor dem großen Fest?«

»Auf jeden Fall. Gelingt die Operation, wird sie das beste Gastgeschenk, das wir Dai Puino machen können – keine bunten Glasperlenketten, sondern das Leben seiner Frau. Gehen wir!«

Sie verließen das Häuptlingshaus und sahen Zynaker, der unruhig hin und her lief. Er stürzte sofort auf sie zu, als sie aus der Tür traten. »Was ist?« rief er. »Mein Gott, habe ich mir Sorgen gemacht!«

»Leonora will operieren.« Schmitz stand noch immer unter dem Eindruck der schrecklichen Vorstellung, daß Lakta Menschenfleisch aß. »Ein Myom.«

»Ich weiß zwar nicht, was das ist, aber es scheint eine gefährliche Sache zu sein.«

»In einer normalen Klinik nicht.«

»Ich verstehe. Leonora –«

»Donald, bitte, keine Diskussion.« Sie warf mit einem Ruck ihr Haar zurück und ging weiter. »Ich habe mich entschieden.«

Zynaker starrte ihr nach, wie sie mit festen Schritten zum Männerhaus zwei ging. Schmitz und Samuel folgten ihr wie gehorsame Hunde. Das ist die andere Leonora, dachte er. Nicht der sanfte, anschmiegsame, in Zärtlichkeit zerfließende Engel, nicht die Geliebte, die in der Umarmung abhebt von dieser Welt, nicht die Frau, deren Liebe ein ganzes Leben verändern kann – jetzt ist sie das Energiebündel, das eine Aufgabe, eine Pflicht zu erfüllen hat, ohne Rücksicht auf sich selbst.

Daran muß man sich gewöhnen, sagte er sich. Eine ungewöhnliche Frau ist nicht mit normalen Maßstäben zu messen. Es wird sicherlich manchen Ärger zwischen uns geben, aber um so wunderbarer wird die nächste Umarmung sein.

Er überlegte, ob er sich wirklich um das Frühstück kümmern sollte, aber da er sich ja nicht verständlich machen konnte, beschloß er, nur ein paar Eier zu organisieren. Er ging zu einer Gruppe Frauen hinüber, die Sagomehl stampften, entdeckte neben einem Hütteneingang einen Flechtkorb mit Eiern, die man wohl gerade eingesammelt hatte und den eine alte Frau bewachte. Als Zynaker vor ihr stehenblieb und sich über den Eierkorb beugte, schlug sie die Hände vor die Augen und begann am ganzen Körper zu zittern. Was wollte der fremde weiße Gott von ihr?

Nur ein paar Eier. Genau zwölf Eier, für jeden zwei. Vorsichtig griff er in den Korb und steckte die Eier noch vorsichtiger in seine Hosentaschen. Hundert Augen beobachteten ihn, das laute Schwatzen hörte auf, nur das Kindergeschrei sorgte noch für Lärm.

Zynaker steckte das letzte Ei in seine Tasche und ging dann vorsichtig zum Männerhaus zwei zurück. Hinter sich hörte er einen dumpfen Aufschrei: Die alte Frau war nach vorn auf ihr Gesicht gefallen, lag auf der Erde und wand sich wie im Krampf.

Der weiße Gott hatte ihre Eier genommen. Der weiße Gott hatte sie ausgezeichnet. Der weiße Gott hatte ihr ein anderes Gesicht gegeben. Jeder Uma würde jetzt Ehrfurcht vor ihr haben …

»Wo ist das versprochene Frühstück?« rief Reißner laut Zynaker entgegen. »Mir hängt der Magen bis zu den Knien!«

»Ich bringe frische Eier, für jeden zwei. Wir müssen noch Kaffee kochen und eine Brotdose aufmachen.«

»Stimmt es, daß Leonora eine schwere Operation vornehmen will?« fragte Pater Lucius besorgt. »Schmitz und Kreijsman sind mit ihr im Haus und suchen die ganzen Sanitätskisten zusammen.«

»Es stimmt. Die Frau von Dai Puino.« Zynaker holte die zwölf Eier aus den Hosentaschen hervor und legte sie vorsichtig auf die Erde. »Wie steht es mit unseren Geschenken?«

»Liegt alles bereit. Haben Sie erfahren können, wann das große Fest beginnt?«

»Ich nehme an, mit dem Mittagessen. Die Schweine und Hühner sind schon geschlachtet. Da drüben wird gebacken, gekocht und gebrutzelt, und die Männer bemalen sich, als gehe es in einen Krieg oder zum großen Sing-Sing.«

»Die kennen hier kein Sing-Sing, die kennen nur Töten.« Reißner erhob sich von dem Baumstamm, auf dem er saß. »Ich hole die Kaffeemaschine. Ohne Frühstück bin ich nur ein halber Mensch, und schon gestern habe ich kein Frühstück gehabt.«

Während sie in dem Gewühl von Kisten, Ballen und Kartons die Sanitätsausrüstung suchten und zur Seite trugen, mußte Schmitz immer an Lakta denken. Der Blick, mit dem sie ihn angesehen hatte, ihre großen glänzenden Augen, das ganz und gar nicht urweltliche Gesicht, das auf der Titelseite von »Vogue« Millionen hätte begeistern können, ihr wundervoller Körper mit der seidigen Haut hatten in ihm ein Gefühl erweckt, das ihm bisher fremd gewesen war. Mit seinen dreiundzwanzig Jahren hatte er eine Reihe von Erlebnissen mit Mädchen hinter sich. Mit sechzehn hatte ihn eine dreißigjährige Frau verführt, die als Köchin im Hause Schmitz halbtags arbeitete, dann kamen ein paar Liebschaften im Turn- und Schwimmverein, auf der Universität glaubte er dann, die große Liebe gefunden zu haben, eine Kommilitonin im sechsten Semester, der alle Männer nachstarrten, mit langen blonden Haaren und endlosen Beinen, ein kleines Wunder im Bett, das ihn oft mit zerkratztem Rücken zurückließ oder nachts plötzlich an seinem Bett stand – sie hatte einen Zimmerschlüssel – und über ihn herfiel, als sei sie eine Raubkatze. Schließlich merkte er, daß er der Dienstag- und Donnerstag-Mann war und es einen Montag- und Mittwoch-Mann und einen Freitag- und Samstag-Mann gab, nur am Sonntag blieb sie allein – du sollst den Sabbat heiligen. Diese Erkenntnis hatte ihn völlig niedergeschmettert, er wurde sogar krank vor Enttäuschung, aber er genas dann mit dem Willen, von nun an mit den Frauen zu spielen, wie sie mit ihm gespielt hatten. An die große Liebe glaubte er nicht mehr, er verbohrte sich sogar in die Ansicht, die große Liebe gebe es gar nicht. Und mit dieser Verbitterung hatte er bisher gelebt und geliebt.

Das Gefühl, das ihn beim Anblick von Lakta so plötzlich überfallen hatte, konnte er sich nicht erklären. Das war kein sexuelles Interesse, das sich auf ihre vollen Brüste und ihren schmalen Schoß konzentrierte, das war kein Verlangen, diesen seidigen, geschmeidigen Körper zu besitzen und ihn dann auf die Erfolgsliste zu setzen; es war ein Gefühl, als streichle jemand sein Herz und alle Nerven begännen davon zu singen.

Alle halfen mit, den »tragbaren OP«, wie Reißner sagte, zur Hütte Dai Puinos zu bringen. Hinein durften sie nicht, da stand der Sohn des Häuptlings davor und hielt allein mit seinem finsteren Blick jeden fern.

»Der Kerl sieht mich an, als wenn er mich fressen wollte«, stellte Reißner fest.

»Vielleicht denkt er mit Sehnsucht daran«, lachte Kreijsman laut.

»Sie würde er nicht fressen, Fred«, knurrte Reißner zurück. »Weil Sie sich vorher beschissen hätten.«

Im Inneren des Hauses bauten Schmitz und Samuel den Klapptisch auf, montierten die Batteriescheinwerfer auf die Stative und legten über eine Kiste eine Lage Zellstoff: der Instrumententisch. Leonora packte unterdessen das Instrumentarium aus, die Tupfer, Ampullen und Spritzen, Mull und Verbände und ordnete alles neben dem Tisch auf einer anderen Kiste an.

Dai Puino sah dem allen mit verschlossener Miene zu. Nur

Lakta kam näher, betrachtete die chromblitzenden Instrumente, kauerte sich dann neben den Kisten auf den Boden und sah Schmitz zu, wie er alles für die Operation vorbereitete. Sie sprach ein paar Worte mit Samuel, und der übersetzte: »Lakta will wissen, was das für Waffen sind.«

»Das sind keine Waffen.«

»Aber Massa hat doch gesagt, daß sie damit den Feind im Körper von Sapa besiegen will. Den Feind besiegen kann man nur mit Waffen.«

»Hier ist ein besonderer Feind«, sagte Schmitz, und wieder kreuzten sich Laktas und sein Blick. »Und da braucht man besondere Waffen. Frag sie, ob sie mithelfen will.«

Samuel übersetzte. Lakta nickte.

»Das ist nicht möglich, Pepau«, warf Leonora ein. »Ich denke, sie soll den Kopf ihrer Mutter halten?«

»Versuchen wir es.«

Nach einer halben Stunde war alles so aufgebaut, daß man mit der Operation beginnen konnte. Leonora sprühte Schmitz' und ihre Hände und Unterarme mit einem antiseptischen Spray ein und ging dann zu Sapa hinüber. Dai Puinos Gesicht verzerrte sich.

Samuel wollte die Hütte verlassen, aber Leonoras Befehl hielt ihn zurück. »Du bleibst und hilfst mit. Hände vorstrecken!«

»Massa –«

»Hände vor!« Sie sprühte auch Samuels Arme ein. Der Papua zog ein Gesicht, als würden ihm die Arme abgehackt. »Du wirst helfen, Sapa zu tragen und ihre Beine festzuhalten.«

»Ich soll ... soll dabeisein, Massa?«

»Du bist doch ein Mann, Samuel! Wo gibt's denn das: einen Kopfjäger, der kein Blut sehen kann!«

»Ich habe nie einen Kopf abgeschnitten! Auch mein Vater nicht!« schrie Samuel. »Wir sind gute Christen.«

»Um so besser. Des Christen Pflicht ist, überall zu helfen, wo Hilfe notwendig ist.« Sie sah sich zu Schmitz um, der Lakta gegenüberstand. Sie sahen sich tief in die Augen und brauchten die Sprache des anderen nicht zu kennen, um zu verstehen, was sie sich sagen wollten. Verwundert nahm Leonora diese stumme Zwiesprache wahr. »Pepau!«

Schmitz zuckte zusammen, als sei er bei einer heimlichen Handlung ertappt worden. »Chefin –«

»Mach bloß keine Dummheiten!« Unwillkürlich duzte sie ihn jetzt und blieb auch dabei. Sie war nur sechs Jahre älter als er, aber für sie war er ein schwärmerischer, vom Abenteuer mitgerissener Junge, wie ein jüngerer Bruder, auf den sie aufzupassen hatte. Seine Verlegenheit war deutlich, die blauen Augen unter den rotblonden Haaren schienen zu flehen: Bitte nicht weiterfragen.

»Ich weiß nicht, was Sie meinen, Chefin«, stieß er viel zu eilig hervor.

»Laß Lakta in Ruhe, Pepau.«

»Ich tue ihr doch gar nichts.«

»Aber ja! Mit den Augen hast du sie schon an dich gezogen.«

»Chefin, ich ... ich –«

»Stottere nicht. Sie ist ein hübsches Mädchen, zugegeben, aber zwischen dir und ihr liegen Jahrtausende. Sie ist eine Kannibalin.«

»Daran möchte ich nicht denken.«

»Das mußt du aber. Als Brautgabe verlangt sie von dir Schrumpfköpfe.«

»Chefin, woran denken Sie?«

»An deinen Kopf, Pepau. Natürlich kannst du mit ihr in die Büsche gehen, aber nachher hacken dir ihre Brüder den Kopf ab. Das ist dir doch klar?«

»Ich will doch gar nicht –«

»Lüge nicht, Pepau. Natürlich willst du. Jeder Mann, der Lakta sieht, will. Was glaubst du, was passiert, wenn Reißner sie sieht?«

»Ich schlage ihn zu Boden! Das passiert!«

»Und du willst mir sagen, daß Lakta dir gleichgültig ist?« Leonora lächelte und wischte mit der Hand durch die Luft. »Sind die Scheinwerfer in Ordnung?«

»Ja, Chefin.«

»Wir heben Sapa jetzt auf den Tisch.« Sie blickte zu Dai Puino hinüber. Er stand, nach vorn gekrümmt, an der Hauswand und starrte auf seine Frau. »Samuel, sag Lakta, sie muß mit anpacken.«

Zu viert beugten sie sich dann über Sapa, schoben ihre Hände unter ihren schmalen, faltigen Körper und hoben sie auf Leonoras Kommando vorsichtig von der Matte hoch. Die paar Schritte bis zum Tisch gingen sie langsam, um den Körper nicht zu erschüttern. Als sie Sapa auf die Platte legten, hingen Kopf und Beine über.

Leonora nickte zu Samuel hinüber. »Sag Lakta, sie soll den Kopf festhalten, und du nimmst die Beine.«

Sie beugte sich über die Kranke und lächelte sie an. Sapa hatte die fiebrigen Augen aufgerissen und sah sie voll Angst an. Auch wenn Lakta ihr erklärt hatte, daß die fremde weiße Frau ihr helfen werde, war es ihr doch unheimlich, was sie jetzt mit ihr taten. Als Schmitz auch noch die starken Scheinwerfer anstellte, lähmte sie der Zauber völlig – zwei Sonnen strahlten plötzlich in der Hütte, zwei kleine helle Sonnen, die das Auge blendeten. Es sind doch Götter, sie haben die Sonnen in den Händen, und mit diesen Händen haben sie mich berührt und wollen mir die Schmerzen nehmen. Seid gnädig, Götter!

Auch Dai Puino war zusammengezuckt, als die Scheinwerfer aufflammten. Er fiel auf die Knie und drückte das Gesicht fest auf den Boden, um durch den grellen Schein nicht sein Augenlicht zu verlieren. Leonora zog die erste Spritze auf, die Narkose. Jetzt muß man wieder arbeiten wie vor vierzig, fünfzig Jahren, als es noch keine Intubationsnarkose gab und die Betäubung durch Injektionen erzeugt wurde. Bei dem Einstich zuckte Sapa kurz zusammen, aber dann, als die Narkose wirkte und die Schmerzen verflogen, zog es wie ein Lächeln über das faltige Gesicht. Der verkrampfte Körper entspannte sich.

Schmitz nahm die Jodflasche und schraubte sie auf. »Welchen Schnitt wählen Sie, Chefin?« fragte er.

»Hier ist am besten der Pfannenstiel-Querschnitt.«

Schmitz verteilte das Jod auf dem Unterbauch und deckte dann den Leib ab. Nur das Operationsgebiet blieb frei. Von der Kiste nahm er Venenklemmen, Pinzetten und Tupfer und sah Leonora wieder an. Die Fritsch-Bauchdeckenhaken und der Bauchdeckenhalter zum Auseinanderspreizen der Bauchdecke lagen griffbereit in seiner Nähe. Samuel verdrehte die Augen, als Leonora zum Skalpell griff. Laktas Blick ging wie flehend zu Schmitz hinüber. Er lächelte ihr beruhigend zu, wußte aber nicht, ob sie es verstand. Tapfer hielt sie den Kopf ihrer Mutter hoch.

»Alles bereit, Pepau?« fragte Leonora sachlich.

»Alles, Chefin.«

»Dann beginne ich.« In einem flachen Bogen machte sie den ersten Schnitt in Sapas Leib.

5

Am frühen Morgen landete die Hubschrauberstaffel auf dem Rollfeld von Kopago. Lieutenant Wepper erwartete sie vor dem Stationsgebäude. Wie jeden Morgen waren die Nebelschleier dicht und hingen wie bleiche Tücher über den Bergen.

Aus diesem wallenden Grau heraus stießen die Hubschrauber in die Tiefe und schwebten dann mit einem Höllenlärm auf den vorgezeichneten Landeplatz. Noch bevor die Rotorblätter völlig stillstanden, wurde die Tür des ersten Hubschraubers aufgestoßen, und ein Mann in Zivil tastete sich die ausgefahrene schmale Eisentreppe hinunter. Mit langen Schritten kam er auf Lieutenant Wepper zu.

Noch bevor sie einander begegneten, wußte Wepper, wer der weißhaarige Zivilist war. Er hat es sich trotz seines Alters nicht nehmen lassen, selbst zu kommen, dachte er. Es ist für ihn wie ein neuer Feldzug gegen die Papuas, die vor langen Jahren seine Frau getötet haben. Jeder hier kannte seine Geschichte, jeder wußte, wie damals die Strafexpedition zum Sepik-Fluß gezogen war mit dem Auftrag, diese »Wilden« zu vernichten. »Ausrotten«, hatte er damals geschrien, »ausrotten, bis kein Pfeil, kein Nasenknochen mehr an sie erinnert!« Aber der kleine Feldzug gegen die Kopfjäger von Yerikai stieß ins Leere, die Sümpfe und Nebenflüsse des Sepik, der dichte Dschungel, diese Hölle aus verfaulender Natur und immer nachwachsender Üppigkeit, behielt sein Geheimnis. Die Dörfer, die man entdeckte, waren verlassen, nicht eine Spur mehr von Mensch oder Tier. Der General ließ die Dörfer in Flammen aufgehen, verwandelte den fruchtbaren Boden mit Flammenwerfern in verbranntes Land und ließ – sein Haß kannte keine Grenzen mehr – den Boden mit giftigen Chemikalien tränken. Und nun war er hier, nach so langen Jahren, um wieder einer Vernichtung beizuwohnen.

Der alte Mann erreichte Lieutenant Wepper und blieb ruckartig vor ihm stehen. Der Offizier grüßte zackig. »Willkommen, Sir!« sagte er knapp.

»Sie kennen mich?« Die Stimme des alten Mannes war hart, befehlsgewohnt.

»Wer kennt Sie nicht, Herr General.«

»Sie sind Lieutenant Wepper?«

»Jawohl, Herr General.«

»Der entscheidungsfeige Offizier.«

»Sir!«

Sir Anthony winkte energisch ab. Aus den Hubschraubern sprangen Soldaten und stellten sich auf. Ein Offizier war Sir Anthony nachgeeilt und kam gerade zurecht, die letzten Worte zu hören.

Wepper grüßte wieder. »Lieutenant Wepper, Kommandeur der Station Kopago.«

»Captain Donnoly. Haben Sie in der Zwischenzeit irgendwelche Nachrichten bekommen?«

»Nein, Captain. Die Funkstation war die ganze Nacht über besetzt. Zynaker oder Miss Patrik haben sich nicht gemeldet.«

»Das wird noch einen Paukenschlag geben, Wepper!« Sir

Anthonys Stimme nahm einen Trompetenton an. »Was auch passiert sein mag, Sie sind mitschuldig.«

»Sir, ich werde mich gegen diese Anschuldigung wehren.«

»Wehren? Warum haben Sie sich nicht gegen Miss Patrik gewehrt? Ich habe Sie dreimal angerufen und Ihnen gesagt, was Sie tun sollen.«

»Sir, ich hatte meine Instruktionen vom Hauptquartier. Sie sprachen mit mir als Privatmann, der mir keine Befehle geben kann.«

»Im Hauptquartier wimmelt es von Idioten!« schrie Sir Anthony. »Das war früher so und ist heute nicht anders. Wer ins Hauptquartier kommt, hat sich ausgezeichnet durch Hirnlosigkeit! Diese Expedition war von vornherein ein Wahnsinn.«

»Mir steht da kein Urteil zu, Sir. Sie war genehmigt, daran hatte ich mich zu halten.«

»Sie typischer Befehlsempfänger – ja, das sind Sie! Wenn Ihnen beim Staatsbesuch der Königin befohlen wird, Ihre Majestät anzupinkeln, dann tun Sie es! Befehl ist Befehl!«

Wepper holte tief Atem, aber er zwang sich, keine Antwort zu geben. »Darf ich bitten, mir zur Station zu folgen? Die Einsatzkarten liegen bereit, und der Tee ist vorbereitet.«

»Haben Sie auch Whisky?« fragte Sir Anthony.

»Ja, Sir.«

»Der ist mir lieber. Ich brauche jetzt einen.«

Sie gingen über das Rollfeld zu den steinernen, flachen Gebäuden, die von einem schlanken Antennenmast überragt wurden. Zwei Papuas fegten den Vorhof. Von den Hubschraubern setzten sich die Soldaten in Bewegung. Sergeant Peck und neun Männer der Station erwarteten sie vor den Baracken. Aus der danebenliegenden Küche trugen Papuas große Teller mit Sandwichs in die Mannschaftsmesse.

Im Stabsgebäude der Station warf sich Sir Anthony in einen Korbsessel und streckte die Beine von sich. Die Offiziere nahmen ihre Mützen ab. An der Decke drehten sich mit leisem Rauschen zwei Flügelventilatoren. Die Luft war schon heiß trotz des die Sonne verhängenden Nebels.

Ein Papua brachte das Tablett mit Tee, Tassen, Zucker und Gebäck, das in der Küche noch während der Nacht gebacken worden war. Der würzige Geruch des noch warmen Kuchens durchzog den Raum.

Sir Anthony griff zu, nahm sich ein Stück und begann zu essen. »Mein erster Bissen seit gestern«, sagte er dabei. »Ich habe bei der Nachricht nichts mehr runtergekriegt. Sie haben mir Whisky versprochen, Lieutenant.«

»Kommt sofort, Sir.«

»Erzählen Sie mal genau, wie das gestern war.« Sir Anthony kaute mit vollen Backen. »Plötzlich brach der Funkverkehr ab.«

»So war es.«

»Ohne einen Alarmruf.«

»Nichts deutete auf eine Katastrophe hin, Sir. Zynaker machte sogar noch einen Witz. ›Unter mir sieht's aus wie Grützsuppe‹, sagte er. ›Wir werden gleich in diesen Brei eintauchen.‹«

»Aber da beginnt ja schon der Wahnsinn!« rief General Lambs. »Nur ein Irrer geht bei einer solchen Sicht in die Tiefe!«

»Zynaker ist ein hervorragender Pilot, der beste im ganzen Land.«

»Dann war er diesmal besoffen!«

»Im Dienst trank Zynaker nie. Dazu liebte er viel zu sehr sein Leben, sein Flugzeug und seine Fluglizenz.«

»Aber warum tauchte er dann in die Nebelsuppe hinein?«

»Das weiß eben keiner.« Wepper hob hilflos die Schultern. »Vielleicht waren sie genau überm Ziel. Das wäre eine Erklärung. Vielleicht dachte er, wenn er durch die Hochnebelschicht durch ist, wird es unten klarer. Es gibt da noch viele Fragen, aber keine Antworten. Sie haben es doch vorhin beim Anflug gesehen, Sir: Über den Bergen und in den Schluchten und Tälern liegt ein weißgraues Tuch. Da kommt erst sehr spät die Sonne durch, wohl aber die Hitze. Deshalb ist es ja eine üppige, grandiose, unbezwingbare grüne Hölle!«

»Klarer gesagt: Wenn wir gleich losfliegen, sehen wir auch nichts.«

»Das befürchte ich, Sir.«

»Und wann reißen diese ›Täler ohne Sonne‹ auf?« fragte Captain Donnoly.

»Gegen sechzehn Uhr, Captain. Wenn wir Glück haben.«

»Dann sollen wir hier bis zum Nachmittag herumsitzen und Tee trinken?« rief Sir Anthony empört.

»Wir haben keinen Feuchtstaubsauger, um die Nebel aufzusaugen.«

»Lassen Sie die saudummen Witze, Wepper!« Der General blickte sich wütend nach allen Seiten um. »Was können wir tun, Captain? Was schlagen Sie vor?«

»Über dem Nebel hin und her zu fliegen hat auch keinen Sinn.«

»Aber jede Stunde kann wichtig sein!« rief Sir Anthony. »Lebenswichtig! Wie und wo haben sie die vergangene Nacht verbracht? Hat Zynaker irgendwo landen können, oder ist er abgestürzt? Haben sie den Absturz überlebt? Das sind doch Fragen, die uns nicht stillsitzen lassen können!«

»Wenn ich Sie richtig verstehe, Sir«, sagte Captain Donnoly steif, »verlangen Sie von mir, daß ich mit meiner Staffel auch in den Nebel tauchen soll.«

»Auf jeden Fall sollten wir erst einmal losfliegen.«

»Ohne Sicht nach unten. Was hat das für einen Sinn?«

»Vielleicht gibt es Löcher im Nebel?«

»Und genau in einem solchen Loch entdecken wir die Flugzeugtrümmer.«

»Ich klammere mich an jede Hoffnung, Captain.«

»Ich auch, Sir. Wenn tatsächlich gegen sechzehn Uhr die Nebel aufreißen –«

»Es kann aber auch nicht sein«, warf Wepper ein.

»– dann bleiben uns noch ein paar Stunden zur Suche. Ich sage Ihnen aber im voraus eins, Sir: Ein abgestürztes Flugzeug im Urwald zu finden ist wie ein Lotteriespiel, also eine Frage des Glücks. Die riesigen Baumkronen schlagen über den Trümmern zusammen, saugen sie auf, verschlingen sie. Und wenn es einen lichteren Fleck gibt, kann er hundert andere Ursachen haben. Sir, Sie kennen doch dieses Land besser als wir.«

»Und wie ich es kenne! Ich möchte es von der Landkarte wegradieren.«

»Dann müssen Sie zugeben, Sir, daß wir im Augenblick nur warten können.«

Sir Anthony bekam endlich seinen Whisky, schlürfte ihn mit Genuß und starrte dann in das halb ausgetrunkene Glas. Jetzt, nachdem er seinem Ärger Luft gemacht hatte, wirkte er wie ein vergrämter alter Mann, dem das Leben nur noch wenig Gutes bescheren konnte. Er nahm sogar von Lieutenant Wepper einen Zigarillo an, obwohl er sonst nur Zigarren rauchte, blies den Qualm zu den Flügeln des Ventilators hinauf und beobachtete, wie der Rauch zerteilt und weggeweht wurde. »Erzählen Sie mir, Lieutenant, was Miss Patrik hier getan hat, bevor die Expedition abflog.«

»Sie hat die alten Berichtsbücher durchstudiert und sich daraus Notizen gemacht.«

»Und dann hat sie die Karten studiert.«

»Ja, Sir.«

»Welche?«

»Darauf habe ich nicht geachtet.«

»Das hätten Sie aber tun müssen, Wepper! Dann wüßten wir in etwa, wo sie die Suche nach ihrem Vater aufnehmen wollte.«

»Die Täler, in denen Mr. Patrik verschwunden ist, kennen wir aus der Luft.«

»Täler! Ich muß *das* Tal wissen! Wie ich Miss Leonora kenne, hat sie ein ganz genaues Ziel angepeilt. Und dieses Ziel muß sie in den Aufzeichnungen von vor zehn Jahren gefunden haben. Wo sind die Bücher?«

»Im Archiv. Ich hole sie sofort.«

Bis zum Mittagessen blätterte Sir Anthony in den Aufzeichnungen des damaligen Distriktskommandeurs, ohne zu finden, was er suchte. Patriks Angaben, wo er forschen wollte, waren, verglichen mit den Karten, zu ungenau; sie umrissen zwar ein

Gebiet im südlichen Hochland, aber kein bestimmtes Tal. Dieses Gebiet systematisch abzusuchen brauchte Zeit und vor allem klare Sicht.

»Wir werden suchen, bis wir schwarz sind«, sagte Sir Anthony und klappte die Bücher zu.

»Ich bezweifle, Sir, daß wir soviel Zeit haben.« Captain Donnoly sprach schnell weiter, als er sah, wie der alte General tief Luft zu einem Gebrüll holte. »Ich habe einen beschränkten Einsatzplan.«

»Vom Hauptquartier?« bellte Lambs.

»Ja, Sir.«

»Beschränkte können auch nur beschränkte Pläne entwickeln. Captain, es geht um fünf Männer und eine Frau! Will man die aufgeben, so einfach aufgeben? Sind Zeitpläne mehr wert als sechs Menschen? Ich jedenfalls bleibe hier, bis wir eine Spur gefunden haben.«

Wie Lieutenant Wepper gesagt hatte: Gegen sechzehn Uhr lösten sich im Hochland die Nebel auf, die weißgrauen Streifen hingen zerfetzt über den Berggipfeln. Captain Donnoly befahl den Einsatz. In Abständen von zwei Minuten startete die Hubschrauberstaffel, verstärkt durch die beiden Helikopter der Station Kopago. Weit auseinandergezogen schwebten sie über die mit Urwald bewachsenen, unzugänglichen Berge und gingen dann tiefer in die Schluchten und Täler hinein, den silbrig oder lehmbraun glänzenden Flußläufen nach, deren Wasser wild über Felsen, Untiefen und natürliche Katarakte schäumten. In diesem Gebrodel konnte kein Boot fahren; es wäre gegen den nächsten Felsen geschleudert worden und zerschellt.

Die Staffel drang auch in die wasserlosen Schluchten vor. Vierzig Augenpaare suchten die Abhänge, Wälder, Sümpfe und Lichtungen ab, man sah grandiose Bilder der Natur, aber nicht eine Spur von menschlichem Leben und keine Trümmer eines abgestürzten Flugzeugs.

»Das gibt es doch nicht, Captain!« rief Sir Anthony in das Bordmikrofon hinein. »Nur Wildnis. Aber da unten *müssen* Menschen leben! Mir genügt eine Hütte als Anhaltspunkt.«

»Ich habe es geahnt, Sir«, ließ sich Wepper vernehmen. »Wie oft bin ich über dieses Hochland geflogen!«

»Aber nicht gezielt. Wo ein Eingeborenendorf ist, gibt es auch Rauch. Aber nicht mal ein Hauch von Rauch ist zu sehen.«

»Vielleicht ist dieses Gebiet wirklich unbesiedelt?«

»Und wieso verschwinden dann Mr. Patrik und sein Pilot Grant und im Laufe von vierzehn Jahren neun Missionare samt ihren Trägern und Spurensuchern? Und jetzt Miss Leonora? Da unten *gibt* es ein Geheimnis!«

»Das wissen wir alle, nur ist es noch keinem gelungen, es zu lüften und davon zu erzählen.« Donnoly räusperte sich. Er hielt nach seinen Erfahrungen die ganze Suche für sinnlos. So oft man auch im Hochland von Papua-Neuguinea nach verschollenen Personen geforscht hatte, es war nie etwas dabei herausgekommen. Es hatte einen Haufen Geld verschlungen, aber der Urwald gab seine Opfer nicht mehr her. Der Urwald – oder die unbekannten Menschen, bei denen die Zeit stehengeblieben war. »Wir fliegen noch die Planquadrate sechs bis neun ab, dann müssen wir zurück, Sir.«

Aber auch sechs bis neun brachten keine neuen Erkenntnisse. Überall nur das Gleiche: riesige Bäume, deren gewaltige Kronen kaum Licht bis auf die Erde durchließen, verfilztes Buschwerk, das alles überwucherte, wild schäumende Flüsse, die Täler durchstießen, und schroffe Berghänge, an denen der Wald hinaufkletterte. Ein Stück Welt wie zur Urzeit.

»Da kann keiner landen«, sprach Lieutenant Wepper aus, was jeder dachte, auch Sir Anthony. »Da kommen selbst wir mit den Helikoptern nicht hinunter.«

»Das heißt: Sie sind abgestürzt?« fragte Sir Anthony. In seiner Stimme hörte man die Qual der endgültigen Erkenntnis.

»Ich befürchte es jetzt fast mit Sicherheit.«

»Das heißt: ein Strich durch alle Namen! Sie kommen nie wieder.«

»Es müßte schon eine neue Art von Wunder sein, Sir.«

»Glauben Sie an Wunder?«

»Nein, Sir.«

»Ich auch nicht. Kehren wir um und suchen wir morgen weiter!«

Die Staffel flog noch eine weite Schleife über einige tief eingesägte Täler und kehrte dann nach Kopago zurück. Captain Donnoly verschwieg Sir Anthony, welche Instruktionen er in Port Moresby bekommen hatte: Wenn Sie der Ansicht sind, daß alle Suche vergebens ist, brechen Sie spätestens nach drei Tagen die Aktion ab. Die Entscheidung treffen Sie allein nach Lage der Dinge.

Für Donnoly war schon jetzt sicher, daß man niemanden finden würde. Was er aus der Luft gesehen hatte, genügte ihm vollends, um zu sagen: Drei Tage sind zu viel, schon morgen ist zu viel. Die Zeit ist glatt vergeudet. Und wenn Sie ehrlich sind, Sir Anthony – Sie denken genauso. Sie wollen es bloß nicht aussprechen.

Der Abend war bedrückend. Es kam kein Gespräch auf, man schwieg sich an, sah im Fernsehen nur die Nachrichten an und trank zwei Flaschen australischen Rotwein.

»Der Wetterbericht für morgen ist gut«, sagte Wepper, der einen Sprung hinüber zur Funkstation gemacht hatte. »So wie heute.«

»So wie immer!« knurrte General Lambs. »Also für uns beschissen! Wieder ein Tag vorbei, ein Tag, der Schicksal sein kann. Warum haben wir dieses sinnlose Unternehmen nicht verhindert? Das wird eine Anklage sein, Wepper, die wir zeit unseres Lebens herumschleppen werden, Sie länger als ich. Ich bin ein alter Mann, und Sie sind erst achtundzwanzig.«

»Ich fühle mich nicht schuldig, Sir.«

»Warten Sie ab.« Sir Anthony hob warnend den Zeigefinger. »Je älter Sie werden, um so schwerer wird die Last. Ich kenne das. Ich habe meine Frau ja auch nicht davon abgehalten, den Sepik hinunterzufahren. Von Jahr zu Jahr wird die Selbstanklage stärker, und Sie können vor ihr nicht davonlaufen.«

Es war wirklich ein Myom. Fast kindskopfgroß, an den Rändern entzündet – daher das hohe Fieber und die Schmerzen –, ein aus wildem, wucherndem Gewebe bestehender Kloß, von dem man noch nicht genau weiß, warum er im Körper entsteht. Ein Myom ist eine gutartige Geschwulst, aber sie kann zur Gefahr werden, wenn sie, wie hier bei Sapa, entartet, sich entzündet und dann jauchig wird. Dann ist sie eine große Giftkapsel.

Leonora hatte den Unterbauch eröffnet, Schmitz hatte den Bauchdeckenhalter tadellos gesetzt und die Bauchdecke auseinandergespreizt, die Fritsch-Bauchdeckenhaken geschickt plaziert und so das Operationsfeld weit freigemacht. Mit Klemmen wurden die Blutungen gestoppt, das Blut mit Tupfern weggenommen, der Unterbauch gesäubert. Leonora hatte einen klaren Blick auf den Gewebekloß des Myoms. An einem kräftigen Stiel saß er oberhalb des Uterus, eine Seltenheit, denn meistens ist er mit der Gebärmutterwand oder der Gebärmutterhöhle verwachsen. »Wir haben Glück, Pepau«, sagte sie aufatmend. »Wir haben im richtigen Moment aufgemacht, das Myom ist im Anfangsstadium der Entartung. Wir klemmen den Stiel ab und heben es heraus.«

Sie warf einen Blick auf Samuel, der Sapas Beine hochhielt. Wenn ein Schwarzer grün werden kann, dann war Samuel jetzt grasgrün. Wie bei allen Dunkelhäutigen zeigte sich das in einer fahlen, fast grauen Hautfarbe. Lakta, die den Kopf der Mutter, der über den Tisch hinaushing, festhielt, starrte mit weiten, ja riesigen Augen auf den offenen Bauch und schien nicht zu begreifen, daß Sapa noch atmete. Alle die vielen aufgeschnittenen Menschen, die sie bisher gesehen hatte, waren tot und dann in Portionen für jede Familie zerteilt worden, aber hier klaffte der Bauch der Mutter auf, und sie lebte noch, atmete schwach, und ab und zu flirrte ein Zucken durch den ganzen Körper.

Leonora sah zu Samuel hinüber und zeigte auf das freigelegte Myom. »Sag Dai Puino, da ist der Feind! Und jetzt besiegen wir den Feind.«

Samuel würgte es hervor. Mit einem dumpfen Schrei stieß sich Dai Puino von der Wand ab, machte einen wilden Sprung zu dem Tisch, schwang seinen Speer und zielte mit der Widerhakenspitze auf Sapas offenen Leib. Im letzten Moment konnte

Schmitz ihn packen und ins Zimmer zurückschleudern. Dai Puino spreizte die Beine, duckte sich und legte den Speer zum Zustoßen an. Es war der Moment, in dem auch Leonora dachte: Jetzt ist alles aus!

Ein heller Ruf Laktas hielt Dai Puino zurück. Er starrte mit wildem Blick erst seine Tochter, dann die weißen Götter an und ließ den Speer in seinen Händen federn.

»Sag ihm, Samuel, nicht er kann den Feind besiegen, sondern nur wir. Nur wir haben die Kraft dazu«, sagte Leonora mit tonloser Stimme. »Dai Puino könnte seine Frau nur töten.«

Samuel übersetzte, am ganzen Körper zitternd. Und dann sprach Lakta wieder einige Worte, die selbst Samuel nicht verstand. Dai Puino zog den Speer an sich, ging rückwärts zur Wand zurück und lehnte sich wieder an sie.

»Für ihn ist der Feind eben ein Feind, den man nur mit dem Speer vernichten kann«, sagte Leonora gepreßt zu Schmitz. »Sie haben nie anders denken gelernt. Was wir jetzt tun werden, beweist allen, daß wir doch Götter sind.«

»Für Pater Lucius genau die falsche Ausgangsposition.«

»Das kümmert mich jetzt einen Dreck.« Sie sah Schmitz entschlossen an. »Los! Klemmen und Schere! Ich hebe das Myom heraus, und Sie vernähen den Stumpf des Stiels. Ich durchtrenne ihn so flach wie möglich. Achtung, Pepau, Klemme!« Das Herausheben des Myoms war eine Angelegenheit von Minuten. Leonora durchtrennte den Stiel, griff dann mit beiden Händen in die Bauchhöhle und holte die fast kugelrunde, an den Rändern etwas warzige Geschwulst heraus. Sie ließ sie in einen Plastikeimer neben sich plumpsen und säuberte den kaum blutenden Stumpf.

Schmitz hatte bereits Nadel und Catgut genommen und beugte sich wieder über den offenen Leib. »Das durchtrennte Bauchfell wage ich noch nicht zu nähen, Chefin«, sagte er dabei.

»Dann schauen Sie genau zu, wie man's macht, Pepau. Das nächste Bauchfell nähen Sie dann allein.«

»Hoffentlich nicht!«

»Sie sollten sagen: ›Hoffentlich ja.‹ Sie haben das Zeug zu einem guten Chirurgen.«

»Danke, Chefin.«

Nach zwanzig Minuten hatte Leonora den Bauch wieder geschlossen, und Schmitz wickelte einen sauberen Druckverband um Sapas Leib. Auf einen Wink Leonoras hin trugen Lakta und Samuel die noch in der tiefen Narkose liegende Sapa zu ihrem Mattenlager zurück und legten sie Dai Puino zu Füßen. Er beugte sich sofort über sie, sah, daß sie noch atmete, daß sie also lebte, und er begriff nun das große Wunder, daß man sie aufgeschnitten und den Feind besiegt hatte und daß sie weiterleben würde, frei von allen Qualen und Schmerzen. Er richtete sich hoch auf, warf seinen Speer aus der Hand, fiel dann auf die Knie und drückte das Gesicht an den Boden. Er ergab sich den Gottheiten.

»Wenn Pater Lucius jetzt hier wäre, würde er das Kruzifix hochhalten, auf Christus zeigen und sagen: ›Er, der Herr, hat's getan!‹ Das ist genau das, was mir nicht gefällt. Die Arbeit haben Sie gemacht, Chefin.«

»Aber Gott hat mir die Begabung und das Wissen gegeben, diese Arbeit zu tun. So muß man das sehen.«

»Dann ist alles, was Menschen tun, letztlich Gottes Werk?«

»Weil wir Gottes Kinder sind, ja.«

»Dann sind auch die Kriege Gottes Werk? Dann hat im letzten Weltkrieg Gott fünfundfünfzig Millionen Menschen vernichtet? An einen solchen Gott soll ich glauben?«

»Pepau, es ist schwer, das alles zu begreifen. Vielleicht verstehen wir es einmal an der Schwelle zu Gottes Reich. Es gibt einen berühmten deutschen Chirurgen, Professor Kilian, der seine Memoiren geschrieben hat. Wie nannte er sie? Nicht: ›Meine Erfolge und Niederlagen‹, nein, er nannte sie: ›Hinter uns steht nur der Herrgott.‹ Ich glaube, Kilian hat recht.« Sie nahm den Plastikeimer, ging zu dem auf dem Boden liegenden Dai Puino hinüber und tippte ihn mit dem Fuß an. Dai Puino blickte hoch. Leonora zeigte ihm den Eimer und wies mit dem

Zeigefinger auf das knotige, große Myom. »Der Feind«, sagte sie. »Das ist der Feind.«

Auch wenn er die Worte nicht verstand, begriff Dai Puino doch, was Leonora sagte. Mit einem dumpfen Schrei wie vorhin sprang er auf, ergriff seinen Speer, und ehe Leonora entsetzt den Eimer wegziehen konnte, hatte er die Speerspitze in das Myom gebohrt und riß es aus dem Eimer. Aufgespießt reckte er es hoch in die Luft, begann ein auf- und abschwellendes Siegesgeheul, duckte sich dann und rannte durch den Eingang nach draußen. Vor dem Haus mußten eine Menge Krieger stehen, denn ein vielstimmiges Geheul antwortete ihm. Dann hörte man Füße stampfen und das Gerassel von Knochenketten. Auch Lakta rannte hinaus, nach einem langen, strahlenden Blick auf Schmitz. Wie versteinert stand Leonora mit dem leeren Eimer mitten im Raum.

»Jetzt beginnt die große Feier«, sagte Samuel mit breitem Grinsen. »Der Feind aus dem Bauch wird getrocknet wie ein Schrumpfkopf.«

Während der Operation hatte sich der Dorfplatz verändert.

In einem großen Kreis hatten die Frauen die schönen bemalten Palmfasermatten auf den Boden gelegt. An langen Bambusstangen flatterten Girlanden mit bunten Vogelfedern, Vogelbälgen und gebleichten Knochen, und vor das Häuptlingshaus hatten zwei Söhne von Dai Puino einen dicken Baumstumpf geschleppt, rundum mit Schnitzereien verziert und kunstvoll bemalt mit Motiven, die wie Vögel und Schlangen und wie der Kopf eines Krokodils aussahen.

Der Thron der Uma. Der Thron, den Hano Sepikula erobern wollte.

Auch bei den »weißen Göttern« vor dem Männerhaus zwei bereitete man sich auf das große Fest vor. Der Geruch gebratener Schweine und Hühner lag wie eine Wolke über dem Dorf und schien nicht abziehen zu können, denn über ihnen wölbte sich der Himmel wie eine riesige Glocke, weiß mit einem blauen Schimmer, eine Wolke aus dichtem Nebel, die noch keinen Sonnenstrahl durchließ, nur die brütende Hitze und das Tageslicht. Die Gipfel der hochragenden Berge waren verhüllt. Der Urwald verdampfte die Nachtfeuchtigkeit.

»Damit wir uns einig sind«, sagte Pater Lucius, »gehen wir noch einmal den Ablauf unseres Beitrags zum Fest durch.«

Sie saßen auf den herausgesuchten Kisten mit den Dingen, die sie jetzt brauchten, kauten an zähen Fladen von Sagobrot, das drei Frauen ihnen zusammen mit einer Schüssel voll gelbgrüner Paste gebracht hatten, die zwar nach zerquetschten frischen Früchten roch, die aber niemand anfaßte.

»Wer weiß, was da alles zusammengematscht ist«, sagte Reißner mit Ekel in der Stimme. »Die fressen ja alles, was geht und krabbelt. Will einer probieren?«

Es war eine so dumme Frage, daß keiner darauf antwortete. Pater Lucius wiederholte noch einmal das besprochene Programm. »Donald fängt mit seiner Trillerpfeife an«, sagte er und sah sich um. »Wo ist er eigentlich?«

»Er hält Wache bei seinem Schätzchen.« Reißners Stimme troff von Spott. »Seht ihr das denn nicht? Er umschwänzelt Leonora wie ein Hund. Und sie scheint's gern zu haben.«

»Halt's Maul!« brummte Kreijsman. »Das geht uns nichts an.«

»Und ob mich das was angeht! Zynaker spielt sich jetzt schon auf, als sei's seine Expedition.«

»Er hat von uns allen die größte Erfahrung.« Pater Lucius dachte daran, was er gesehen und gehört hatte, das vertraute Du, die vielsagenden Blicke, die gegenseitigen Berührungen, die wie zufällig aussahen, dieses stumme Zusammenklingen zweier Herzen und die Sehnsucht in den Augen. Zynaker ist ein toller Bursche, dachte er. Aber ob er der Mann sein kann, der Leonoras Leben bestimmt? »John Hannibal, Sie haben dauernd Krach mit Donald und legen alles gegen ihn aus. Warum eigentlich?«

»Ich mag ihn einfach nicht, das ist es! – Aber weiter! Zynaker trillert also mit seiner Pfeife, darauf stellen sich die Papuas in Marschformation auf.«

Auf diese spöttische Bemerkung hin schüttelte Pater Lucius nur den Kopf, als wolle er sagen: »Kindskopf!«

»Als zweiter kommt Fred mit dem Radio.«

»Hoffentlich haben sie dann gerade eine flotte Musik drauf!« lachte Kreijsman. »Oder einen Walzer. Stellt euch das vor: Walzer von Johann Strauß im unerforschten Urwald von Papua-Neuguinea.«

»Nach der Radiovorführung komme ich mit dem Kassettenrekorder«, sagte Pater Lucius. »Danach John Hannibal mit seiner Polaroidkamera.«

»Ich werde die schönsten Titten fotografieren. Werden die Burschen begeistert sein!«

»Sie fotografieren nur Köpfe, John Hannibal. Nur Porträts, wie abgesprochen.«

»Und dazwischen einen zackigen Arsch.«

Pater Lucius ging darauf nicht ein. Es hatte keinen Sinn, mit Reißner darüber zu diskutieren. »Dann kommt Schmitz mit dem Feuerzeug und zuletzt Leonora mit der großen Scherennummer.«

»Wie im Zirkus«, sagte Reißner genüßlich. »Nur umgekehrt. Wir führen keine wilden Tiere vor, sondern wir führen uns den wilden Tieren vor.«

»Es sind Menschen, John Hannibal.«

Reißner hob die Schultern, als wolle er sagen: »Daran muß ich mich erst gewöhnen«, und beugte sich zu seiner Fotokiste vor.

Pater Lucius blickte ungeduldig zum Dorfplatz hinüber, auf dem es von Frauen und Kindern wimmelte. Bei den Männerhäusern hockten die Krieger auf dem Boden und bemalten einander mit den Fingern, schmalen Hölzern oder pinselartig zusammengebundenen, langstieligen Blättern. Die Farben Gelb, Weiß und Rot waren am beliebtesten. Pflanzensäfte und zerriebene Wurzeln, vermengt mit einem Sagobrei, bildeten das Material. »Sie operieren noch immer«, sagte er. »Ich mache mir Sorgen.«

»Was operieren sie überhaupt?« fragte Kreijsman.

»Ich weiß es nicht. Als Pepau und Samuel die Sanitätskiste holten, sagte er nur, man müsse einen Bauch aufschneiden.«

»O du Scheiße!« Reißner zuckte hoch. »Sind die denn verrückt geworden? Das geht schief, das *muß* schiefgehen! Warum hat mir das keiner gesagt?«

»Hätten Sie es verhindern können?«

»Vielleicht.«

»Bei Leonora?« Kreijsman schüttelte den Kopf. »Wenn sie etwas will, setzt sie das auch durch.«

»Ein Wahnsinn!« schrie Reißner. »Schon die Versorgung der neun Verwundeten war ein Blödsinn!«

»Aber er ist gelungen.«

»Abwarten! Noch laufen sie nicht wieder herum. Da kann noch viel passieren. Vergeßt Duka Hamana, den Medizinmann, nicht. Er kämpft um sein Gesicht und seine Ehre. Noch sind wir nicht die unangreifbaren Götter.«

»Das wollen wir auch nie sein. Wir sind als Freunde und Brüder gekommen, aus einer anderen Welt, in die wir sie hineinführen wollen.«

»Ich habe jetzt schon Mitleid mit meinen menschenfressenden Brüdern«, sagte Reißner giftig. »Diese andere Welt wird sie ausrotten durch Krankheiten, Alkohol, Rauschgifte und neugelernte Verbrechen.«

Er wurde durch ein wildes Geschrei unterbrochen. Es kam vom Haus des Häuptlings her, Speere wurden hoch in die Luft gereckt, mit den Boden stampfenden Beinen tanzten die Krieger auf der Stelle, ein hundertstimmiges Kreischen der Frauen lag über dem Dorf, ein plötzlicher Höllenlärm.

Pater Lucius biß die Zähne zusammen und sah Kreijsman und Reißner an. Sie dachten alle das gleiche und waren wie gelähmt. Vorbei, alles vorbei, bevor es noch richtig begonnen hatte. Die Operation ist mißlungen.

Als wenn ihre Gedanken bestätigt würden, sahen sie jetzt Dai Puno aus seinem Haus stürmen. Auf seinem langen Speer hatte er etwas aufgespießt, was man aus der Entfernung nicht erkennen konnte. Es mußte aber etwas Besonderes sein, denn das Geheul und das Füßestampfen verstärkten sich noch. Die Krieger tanzten um Dai Puino und seine Trophäe herum, ihre abgehackten Schreie drangen bis auf die Knochen.

»Seht ... seht ihr Zynaker?« fragte Kreijsman, bleich im Gesicht.

»Nein. Die Menge hat ihn unter sich begraben.«

»Dann wollen wir mal.« Reißner erhob sich, über sein Gesicht zuckte es. »Verschanzen wir uns im Haus! So schnell kriegen sie uns nicht. Da nehme ich noch einige mit in die ewige Dunkelheit. Seht ihr nun, was eine MPi wert ist? Wieviel Gewehre haben wir mit?«

»Fünf. Davon sind zwei Schrotflinten für die Jagd.«

»Schrot ist immer gut. Damit spicken wir die Kerle.« Reißner sah Pater Lucius fragend an. »Dürfen Sie überhaupt auf Menschen schießen, Pater?«

»Nur zur Selbstverteidigung, wenn nichts anderes möglich ist.«

»Können Sie erkennen, was Dai Puino auf seine Lanze gespießt hat?«

»Nein. Ich sehe nur, daß es fast rund ist.«

»Pepaus oder Leonoras Kopf?« fragte Reißner dumpf. »Die ... die Größe hat es doch?«

»Ja.«

»Ins Haus! Pater, Sie bewachen den hinteren Eingang. Fred und ich empfangen sie hier. Wenn das auf Dai Puinos Speer ein Kopf ist, wissen sie jetzt, daß wir keine Götter und nicht unsterblich sind. Das einzige, was sie vielleicht aufhalten könnte, ist für sie der Zauber, daß es knallt und viele mit Löchern im Körper tot umfallen. Das werden sie sich nicht erklären können. Das ist unsere einzige Chance zu überleben.«

Aber die Uma griffen nicht an. Sie tanzten und schrien weiter auf dem Dorfplatz, die Weiber kreischten, es war ein Gewimmel von hochgereckten Armen.

»Da ist Leonora!« schrie Pater Lucius plötzlich. »Da, in der Tür des Hauses! Seht ihr sie? Und jetzt kommt Pepau heraus! Sie leben! John Hannibal, wir sind alle Idioten. Das ist ein Freudentanz und kein Kriegstanz. Die Operation ist gelungen. Sie haben es geschafft.«

»Und jetzt sind wir unverwundbar«, sagte Kreijsman leise. »Jetzt haben wir eine Mauer durchstoßen, und das unerforschte Land liegt frei vor uns.«

»Ihr Diamantentraum, Fred«, lachte Reißner gepreßt.

»Und meine Kirche, meine neue Gemeinde«, sagte Pater Lucius feierlich.

»Und sogar Zynaker hat überlebt! Da taucht er auf.« Reißner schlug sich auf die Schenkel. »Man gönnt uns aber auch wirklich keine Freude.«

»Was mich wundert, ist, daß Duka Hamana noch nicht aufgetaucht ist. Er ist doch jetzt schon der große Verlierer. Er hockt immer noch in seinem Zauberhaus.« Kreijsman stellte seine Schrotflinte an die Wand. »Er brütet etwas aus, das sag' ich euch.«

Begleitet von einer Menge tanzender und jauchzender Frauen und schreiender Kinder, kamen Leonora und Schmitz zum Männerhaus zwei zurück. Samuel schleppte hinter ihnen die Sanitätskiste auf den Schultern.

Pater Lucius rannte ihnen mit ausgebreiteten Armen entgegen. »Haben wir eine Angst gehabt!« rief er. »Wir hatten schon alles zur Verteidigung hergerichtet. Wir haben geglaubt, als der Lärm begann und Dai Puino mit seinem Speer –« Er sprach nicht zu Ende, zog Leonora an sich und gab ihr einen Kuß auf die Stirn. »Gott hat uns nicht allein gelassen. Was hat Dai Puino denn auf seinen Speer gespießt?«

»Ein fast dreipfündiges Myom«, antwortete Leonora trocken.

»Ein – was?« Pater Lucius starrte sie entgeistert an. »Sie haben ein Myom herausgenommen?«

»Ja. Bei Sapa, Dai Puinos Frau. Es war eine verhältnismäßig einfache Operation, und zwar im richtigen Zeitpunkt. In zwei Wochen wäre Sapa an Blutvergiftung gestorben.«

»Gott, o Gott!« Pater Lucius faltete die Hände. »Das haben Sie gewagt? Das macht Ihnen keiner nach, Leonora.«

»Irrtum. Das würde in dieser Situation jeder Arzt tun.«

»Mit Ausnahme eines Psychiaters«, sagte Schmitz witzig. »Ihr könnt die Chefin bewundern, sie hat's verdient.«

»Red keinen Quatsch, Pepau!« Leonora ging weiter. »Hören Sie nicht auf ihn, Pater, er übertreibt maßlos. Es gab keine Schwierigkeiten. Aber Pepau wird mal ein sehr guter Arzt werden. Er hat das, was vielen mangelt: Mut.«

Zynaker kam etwas später. Er trug die Instrumententasche mit dem gebrauchten Operationsbesteck und sprach ausgerechnet Reißner an, der ihm als erster gegenüberstand.

»John Hannibal, bauen Sie bitte die Propankocher auf. Wir müssen die Instrumente auskochen und sterilisieren.«

»Zu Befehl, Herr General!« Reißner klappte herausfordernd die Hacken zusammen.

Zynaker ging weiter. Ich werde ihm einmal in die Fresse hauen, dachte er. Ich muß das tun! Ich verliere die Achtung vor mir selbst, wenn ich mir das weiter still anhöre. Das muß auch Leonora einsehen. Wenn Reißner so weitermacht, ist er untragbar. Wir sollten ihn fortjagen, aber wohin?

Zynaker betrat das Männerhaus und hörte, daß Reißner ihm gefolgt war. Jetzt, dachte er. Soll ich ihn an die Wand stellen und auf ihn einprügeln, bis er auf den Boden rutscht? Dann haben wir es hinter uns, Donald. Er blieb ruckartig stehen, in der Hoffnung, Reißner werde auf ihn aufprallen. Herumwirbeln und den ersten Faustschlag anbringen war eine Sekundensache.

Aber Reißner sagte etwas, das Zynaker entwaffnete, das es ihm unmöglich machte, zuzuschlagen. »Donald, ich danke Ihnen.«

»Wofür?«

»Daß Sie bei Leonora geblieben sind. Wäre ihr und Ihnen was passiert, ich hätte sie gerächt, bis zur letzten Patrone.«

»Danke.«

»Das wollte ich Ihnen noch sagen, obwohl ich Sie widerlich finde. Und geben Sie das Versteckspielen auf.«

»Was für ein Spiel?«

»Jeder von uns weiß, daß Sie Leonora lieben. Und ich sage Ihnen auch, daß ich sie Ihnen nicht gönne. Fragen Sie nicht, warum. Ich habe kein Interesse an ihr, für mich ist Leonora tabu. Aber mit Ihnen wird sie auch nicht glücklich werden.«

»Das können Sie beurteilen?« Ich muß ihn doch zusammenschlagen, ich muß! Ich muß in diese große Schnauze hineinschlagen.

»Ja.«

»Und wieso können Sie das?«

»Sie sind ein genau so abenteuerlicher Hund wie ich, Donald. Bei Ihnen hätte Leonora keine ruhige Minute. Ich weiß, was sie vorhat, wenn sie die Gewißheit hat, daß ihr Vater hier umgekommen ist. Sie hat's mir in Port Moresby erzählt. Sie will hier, bei den Kopfjägern und Kannibalen, ein Urwaldhospital gründen und den Menschen helfen, die ihren Vater geköpft und gefressen haben. Wäre das was für Sie? Nie und nimmer! Sie brauchen das Abenteuer.«

»Sie will ein Urwaldhospital gründen?« fragte Zynaker ungläubig.

»Das haut Sie um, was? Wußte ich doch! Überlegen Sie sich's, Donald! Wenn wir hier wieder raus sind, kaufen Sie sich ein neues Flugzeug.«

»Bestimmt.«

»Na also!« Reißner nickte Zynaker fast wie einem Freund zu, mit dem man über ein Problem einig geworden ist. »Und jetzt baue ich die Propankocher auf, damit Sie die Instrumente sterilisieren können.«

Zynaker verließ wieder das Männerhaus. Es war ihm unmöglich, Reißner niederzuschlagen. Leonora will ein Urwaldhospital gründen? Warum hat sie nie darüber gesprochen? Hat sie Angst, daß ich sagen könnte: »Das ist kein Leben für mich«? O mein Schatz, du brauchst keine Angst zu haben. Wo du bist und was du auch tust, ich bin immer bei dir. Ich habe mich gehäutet, hörst du? Deine Liebe hat den alten Donald Zynaker abgestreift, und es ist noch nicht zu spät, noch einmal mit dem Leben zu beginnen. Ich bin erst vierzig Jahre alt, mein Engelchen. So viel liegt noch vor uns, so viel, was wir gemeinsam anpacken können, auch dein Hospital. Ich werde mithelfen, Stein auf Stein bauen, so, wie du willst. Ich werde dich nie verlassen – wie könnte ich das? Du bist mein Leben geworden, mein neues Leben. Ohne dich wäre ich der einsamste Mann auf dieser Welt. Der große Abenteurer Zynaker hört auf eine einzige Frau, auf dich, Engelchen. Das ist die Wahrheit.

Draußen sah sich Zynaker um und suchte Leonora. Er entdeckte nur Samuel, der unter einer Palme hockte und sich grinsend mit einem jungen Uma-Mädchen unterhielt. Es hatte nur einen Palmschurz an und kleine, spitze Brüste. Während sie sprach, wiegte sie sich leicht in den Hüften.

Paß auf, Samuel, denk an deinen Kopf! Ob im zwanzigsten Jahrhundert oder zweitausend Jahre früher, die Weiber sind immer gleich. »Wo ist die Massa?« rief er hinüber.

»Bei den Verwundeten, Masta. Nachsehen.«

Zynaker nickte. Das ist Leonora, dachte er. Die Ärztin. Bereit, jedem zu helfen. Ich liebe eine Frau, die ihre Pflicht liebt, weil sie weiß, was Liebe bewirken kann. O mein Engel, wie lieb' ich dich …

Und so begann das große Fest der Uma, eines Stammes, von dem niemand wußte, daß es ihn gab, in einem Land, das unerforscht war und das man bisher nur aus der Luft kennenlernen konnte.

Von den beiden Männerhäusern marschierten die bis zur Unkenntlichkeit bemalten Krieger zum Dorfplatz. Es war wirklich ein Marschieren, kein einfaches Gehen. In mehreren dicht geschlossenen Blöcken rückten sie heran, die bunten Schilde vor den Körpern, die Speere in den Händen, auf den Rücken Köcher und Giftpfeile, alles umweht von großen Vogelfedern, die blau und rot und golden schimmerten. Die gelb geschminkten Gesichter waren starre Masken, der Gang ruckartig, als bewegten sie sich nach einer unhörbaren, inneren Melodie vorwärts. Block an Block rückte heran; sie bildeten einen großen Kreis um den Dorfplatz und die dort ausgelegten, bemalten

Palmfasermatten. Es war ein lautloser Marsch, als berührten die Füße die Erde nicht.

»Gespenstisch«, sagte Kreijsman leise.

»Wo kommen die bloß alle her?« Reißner schien zu zählen. »Das sind über fünfhundert Mann. Wenn nicht mehr! Wo haben die bloß bis jetzt gesteckt?«

»Wir haben vom Dorf bisher nur die Männerhäuser und den Platz gesehen. Wer weiß, was sich im Urwald noch alles verbirgt.« Zynaker blickte unruhig zum Männerhaus eins hinüber. Leonora und Schmitz waren nun fast eine halbe Stunde bei den Verwundeten, zu lange, um bloß die Verbände zu kontrollieren. Es gab irgendeine Schwierigkeit, und das machte Zynaker Sorgen. »Nach dem großen Fest werden wir uns mal umsehen. Die Uma scheinen ein größerer Stamm zu sein, als wir bisher angenommen haben. Und ihre Feinde, die Pogwa, müssen jenseits des Bergrückens wohnen. Das heißt: Es gibt Wege durch den Urwald, über den Gipfel hinweg. Aus der Luft kann man sie nicht sehen, weil sie von den dichten Baumwipfeln zugedeckt sind.«

»Heißt das, daß wir auch zu den Pogwa vordringen?« fragte Kreijsman.

»Wir werden dieses Gebiet hier absuchen, soweit es möglich ist.« Zynaker lehnte sich gegen die geflochtene Hauswand und blickte immer wieder besorgt zum anderen Männerhaus. »Wo vermuten Sie Diamanten, Fred?«

»Nach meinen geologischen und ethnologischen Studien muß es hier in diesem Gebiet einen Berg geben, der eine Diamantenader enthält. Die Geologen verneinen es zwar heftig und weisen auf die Steinzusammensetzungen hin, die solche Vermutungen nicht zulassen, aber die Eingeborenen sprechen von einem ›Glitzernden Berg‹. Ich glaube den Eingeborenen mehr als den Wissenschaftlern.«

»Wie können Eingeborene etwas erzählen, die es gar nicht gibt? Aus diesem Gebiet ist noch nie ein Mensch in die Zivilisation gekommen, sonst würde man nicht herumrätseln, ob diese Berge und Schluchten bewohnt sind oder nicht.«

»Es muß diesen ›Glitzernden Berg‹ geben, Donald. Sie wissen doch, wie solche uralten Sagen – nennen wir sie mal so – von Mund zu Mund gehen. Ich habe über drei Jahre damit zugebracht, diese Überlieferungen zu sammeln, zu ordnen und auszuwerten. Alle Erzählungen gleichen sich geradezu verblüffend. Immer ist von diesem ›Glitzernden Berg‹ die Rede, und immer heißt es, daß an seinem Fuß das ›Tal ohne Sonne‹ liegt! Wenn Sie einen Computer mit allen diesen Daten füttern, spuckt er Ihnen eine fast exakte Beschreibung von Form und Lage des Bergs aus.«

»Und das ist hier, wo wir uns befinden?«

»Ja, es scheint so.«

»Sicher sind Sie sich nicht?«

»Was ist schon sicher, Donald? Aber Computer sind emotional unabhängige, kalte, rechnende und Logik fabrizierende Ungeheuer. Was sie sagen, stimmt!«

»Wenn man sie richtig füttert … Sie haben ihn mit Phantasien gefüttert, und der Computer serviert Ihnen eine Überphantasie. Auch das ist logisch.«

»Ich ahne, daß die Uma schon von dem ›Glitzernden Berg‹ gehört haben. Wir bleiben doch in diesem Dorf als unserem Basislager?«

»Wenn alles gut geht, ja.«

»Was soll noch schief gehen?«

»Der Bruderkampf zwischen Dai Puino und Hano Sepikula, der Haßkrieg zwischen Duka Hamana und uns, die Verwundeten und die operierte Sapa – irgend etwas geht schief, das spüre ich, und die kleinste Niederlage, die wir erleiden, trübt unser Image der Unbesiegbarkeit. Diese Menschen denken und fühlen anders als wir. Sie ordnen sich nur dem Stärkeren unter, die Schwächeren werden aufgefressen.« Zynaker hieb mit den Fäusten hinterrücks gegen die Hauswand. »Verdammt, wo bleibt Leonora? Da stimmt doch etwas nicht!«

Der Aufmarsch der Krieger war beendet. In einem weiten Viereck standen sie auf dem Dorfplatz, ein buntes, erschreckendes, in seiner Farbenpracht Angst einjagendes Bild.

Die bemalten Körper, die gelben Gesichter, die Speere mit den Vogelfedern, der Kopfschmuck aus Tierbälgen und Paradiesvogelfedern, die mit Knochen, Wildschweinhauern und Bambusstäben durchbohrten Nasen, die Knochenketten und Brustschilde aus Schildkrötenrücken, Schweinebecken und menschlichen Schulterblättern, die langen Blasinstrumente aus Bambusröhren, die Holztrommeln, überzogen mit Tierhäuten und umwickelt mit Tiersehnen, die panflötenähnlichen, aus verschieden langen Bambusröhren zusammengebundenen Flöten und die flachen Handtrommeln aus bemalter Menschenhaut – es war ein Anblick, der einen bis auf die Knochen frieren ließ bei dem Gedanken, diese über fünfhundert wilden Krieger könnten mit Geheul auf einen zustürmen. Und doch war es auch ein Bild von ungeheurer Faszination.

»Ich glaube, wir müssen jetzt auch aufmarschieren«, sagte Pater Lucius. »Sie warten auf uns und unsere Geschenke.«

»Erst müssen Leonora und Pepau zurück sein.«

»Natürlich. Was tun sie bloß so lange in Nummer eins?«

»Ich sehe nach.« Zynaker stieß sich von der Hauswand ab. Vom Dorfplatz kamen jetzt festlich geschmückte Frauen zu ihnen, auch sie bemalt und mit Knochen behängt, die Haare geflochten und mit Federkronen geschmückt. Nur die Brüste blieben von Bemalung frei und hoben sich damit deutlich hervor – die Quelle des Lebens.

Zynaker hatte kaum den halben Weg zum Männerhaus eins zurückgelegt, als Leonora und Schmitz in der Türöffnung auftauchten. Er rannte auf sie zu und bemerkte, daß Leonora erschöpft und ernst aussah. »Mein Gott, ich habe mir Sorgen gemacht!« rief er. »Hat es Komplikationen gegeben?«

»Das kann man wohl sagen.« Schmitz antwortete vor Leonora, die noch Mühe hatte, den lange eingeatmeten Gestank von Schweiß und Verwesung, diesen auf der Haut klebenden süßlichen Geruch mit langen Atemzügen zu verdrängen. »Alle Pflaster waren abgerissen.«

»Verdammt!«

»Und auf alle Wunden war wieder der stinkende Pflanzenbrei geschmiert. Und auf ihm, schön aneinandergereiht, menschliche Zähne.«

»Duka Hamana!«

»Ja. Er ist im Morgengrauen ins Haus gekommen und hat seinen Zauber losgelassen. Wir mußten wieder alle Wunden reinigen und neu verbinden.«

»Der Kampf hat also begonnen!«

»Es scheint so. Wir müssen ab sofort die Verwundeten und vor allem Sapa bewachen. Nicht auszudenken, wenn Duka Hamana an Sapa gerät – sie würde sofort eine nicht mehr beherrschbare Sepsis bekommen. Die Schuld aber würde er uns zuschieben. Pater Lucius muß ihn mit allen Tricks, die er drauf hat, besiegen und ihn lächerlich machen.«

»Nein, Pepau.« Leonora schüttelte den Kopf. Ihre Stimme klang müde. »Das würde nur tödlichen Haß säen. Wir müssen Duka Hamana überreden, mit uns zusammenzuarbeiten.«

»Das wird unmöglich sein.« Zynaker faßte Leonora unter. Sollen sie jetzt glotzen, dachte er. Was nicht gesagt wird, kann man ihnen zeigen. Eine Geste ist oft deutlicher als hundert Worte. Warum sollen wir unsere Liebe verstecken? Wer nicht blind ist, begreift die Wahrheit – man braucht uns nur anzusehen. »Duka wird nie nachgeben.«

»Er soll nicht nachgeben, er soll ein Partner werden.«

»Partner? Mit Fingerknochen und Zähnen und Säften und Breien und Zaubersprüchen?«

»Sprich nicht so, Donald.« Leonora lehnte beim Gehen ihren Kopf an seine Schulter, und es gab keinen Zweifel mehr, daß sie es bewußt tat und sich damit zu ihm bekannte. »Ich habe eine große Achtung vor der Naturmedizin. Was wissen wir wirklich von ihr? Es kann sein, daß Duka Hamana Pflanzen oder Wurzeln kennt, deren Säfte Wunden schließen, das Fieber senken, Eiterungen beeinflussen, die schmerzstillend sind.«

»Aber kein Myom zurückbilden«, warf Schmitz ein.

»Und deshalb sollten wir zusammenarbeiten. Wenn Duka Hamana mich davon überzeugt, daß ein bestimmter Saft die Schmerzen stillt, dann werde ich das anerkennen und den Saft sogar benutzen. Und er wird anerkennen, daß es Krankheiten gibt, die nur wir heilen oder behandeln können.«

»Und dann kommt Pater Lucius mit einem fremden Gott und sagt: ›Ihm allein ist alles zu verdanken!‹ An was sollen diese Wilden denn nun glauben?«

Sie hatten ihr Männerhaus erreicht. Schmitz erzählte in kurzen Worten, was geschehen war, und Reißner sagte: »Jetzt müssen wir denen etwas vorzaubern, daß sie überhaupt nicht auf andere Gedanken kommen.«

»So ist es.« Zynaker winkte zu Samuel hinüber, der neben Pater Lucius' schwerer Kiste stand. »Komm her, Samuel, du mußt mir helfen.«

»Ich trage die Kiste von Masta Pater.«

»Zuerst hilfst du mir, den Flugzeugsessel zu tragen.«

»Du meine Güte!« Reißner schlug die Hände zusammen. »Jetzt taucht der dämliche Sitz wieder auf. Was wollen Sie denn mit dem?«

»Das werden Sie gleich sehen, John Hannibal. Mich wundert, daß Sie als Künstler so wenig Phantasie haben. Halten Sie Ihre Kameras bereit – es wird eine eindrucksvolle Fotoserie werden. Die verkaufen Sie auf der ganzen Welt.«

Zynaker und Samuel verschwanden im Haus und kamen dann mit dem Flugzeugsessel zurück. Es war ein sehr schöner Sessel, mit hoher Rückenlehne, gepolsterten Seitenlehnen, bezogen mit einem dunkelroten, flauschigen Stoff. Das Gestänge, mit dem er früher im Flugzeugboden verankert war, glänzte in mattem Schwarz.

»Wir können«, sagte Zynaker.

»Und diesen Unsinn soll ich fotografieren?«

»Abwarten, John Hannibal!«

Zynaker und Samuel setzten sich in Bewegung und bildeten damit die Spitze der »weißen Götter«. Hinter ihnen, ihre Kisten auf den Schultern, folgten Pater Lucius, Reißner und Kreijsman. Den Schluß bildeten Leonora und Schmitz. Als das Viereck der Krieger sich öffnete, um sie durchzulassen, sah Schmitz vor Dai Puinos Haus Lakta stehen. Auch sie hatte sich geschminkt, aber nur das Gesicht. Von der Stirn bis zur Nase zog sich ein weißer Strich und teilte das Gesicht in zwei Teile. Die rechte Hälfte war rot bemalt, die linke gelb. Um den Hals trug sie eine Kette aus Schweinezähnen, und zwischen ihren Brüsten hing die Kinnbacke eines Tieres. Sonst war sie ungeschminkt und ohne Schmuck, auch auf dem Kopf trug sie keine Federn oder einen kunstvoll drapierten Hut aus Tierbälgen und Knochen.

Sie sah trotz ihrer Bemalung wunderschön aus. Ihr schlanker brauner Körper mit der seidenglänzenden Haut, ihren festen, hohen Brüsten und vor allem ihr Lächeln, mit dem sie Schmitz begrüßte, als er in das Viereck trat, machten ihm ein ruhiges Atmen schwer.

Neben ihr standen die vier Brüder, je zwei rechts und links von dem Baumthron, und warteten auf Dai Puino.

Schmitz stieß Leonora an und nickte zu dem Haus hin. »Sehen Sie das, Chefin?« flüsterte er.

»Was?«

»Am Dach, dort, wo die Strohdeckung beginnt. Da hängt unser Myom in der Sonne und trocknet. So wertvoll wie ein Kopf, vielleicht noch wertvoller.«

Leonora nickte. Sie waren jetzt in einer Reihe und sahen zu dem Haus hinüber, aus dem gleich Dai Puino treten mußte. Hinter ihnen hatte sich das Viereck wieder geschlossen, sie waren von fünfhundert Kriegern gefangen, eingeschlossen vom sicheren Tod. Ein merkwürdiges Gefühl im Nacken ist das, ein Brennen im Hals. Man möchte sich einen nassen Lappen um die Schultern legen …

»Hätte ich doch meine MPi mitgenommen!« knurrte Reißner. »Verdammt, was macht Zynaker da, der Idiot?«

Aus dem Haus war jetzt Dai Puino getreten, im Gegensatz zu den Kriegern kaum bemalt; nur zwei große gebogene Eberzähne staken in den beiden Nasenlöchern, und um den Hals trug er eine Kette aus menschlichen Hals- und Rückenwirbeln.

Über dem Dorfplatz lag plötzlich eine lähmende Stille. In dem Viereck der Krieger stand eine hochgewachsene, muskelbepackte und von der Stirn bis zu den Zehen wild bemalte Gestalt.

Hano Sepikula.

Und genau in diesem Augenblick sagte Zynaker zu Samuel: »Los!«, und sie trugen den Flugzeugsessel zum Baumthron des Häuptlings. Reißner riß seine Kamera ans Auge.

»Das war nicht abgesprochen«, stammelte Pater Lucius entsetzt. »Leonora, was hat Zynaker vor? Wissen Sie davon?«

»Nein. Er hat mir nie gesagt, warum er den Sessel hat mitschleppen lassen. Aber sehen Sie doch!« Leonora krallte ihre Finger in Pater Lucius' Arm. »Jetzt begreife ich es.«

»Ich nicht.«

Zynaker und Samuel blieben ein paar Schritte vor Dai Puino stehen, stellten den Flugzeugsessel ab und fingen die erwartungsvollen Blicke des Alten auf. Ein deutliches Glitzern war in seinen Augen.

»Übersetz, Samuel«, sagte Zynaker laut zu ihm. »Und laß kein Wort aus. Jedes Wort ist wichtig.«

»Ja, Masta.«

»Also: Zum Zeichen, daß Dai Puino der größte Häuptling unter allen Häuptlingen ist, bringen wir ihm einen neuen Sitz, der ihn über alle erhebt. Kein anderer Mensch auf dieser Welt hat einen solchen Thron. Es gibt ihn nur einmal, und wir schenken ihn dem großen Dai Puino. Wenn er gleich darauf Platz nimmt, ist er der Häuptling aller Häuptlinge. Und alle, die einmal nach ihm Häuptling der Uma werden, sind es auch. Gib uns das Zeichen, daß wir den alten Sitz entfernen und den neuen Sitz für dich aufstellen.«

»Das ist das tollste Ding, das ich je erlebt habe!« sagte Reißner atemlos. »Ich glaube, ich habe Zynaker unrecht getan.« Dai Puino starrte den wunderschönen Flugzeugsessel an. Es war ein Ding aus einer anderen Welt, aus einer Götterwelt. Kein anderer hatte einen solchen Sitz, kein anderer wurde so mächtig wie er.

Dai Puino nickte kurz. Zynaker und Samuel packten den Sitz aus geschnitztem Wurzelholz, trugen ihn zur Seite und setzten den Flugzeugsessel an seine Stelle. Dann traten sie zur Seite, und Zynaker sagte zu Dai Puino: »Wenn du dich setzest, bist du der Größte.«

Dai Puino zögerte nur einen Augenblick. Er trat vor, stellte sich vor den Sessel und blickte stolz zu Hano Sepikula, seinem Bruder, hinüber. Wenn ich mich setze, bin ich unbesiegbar, hieß dieser lange Blick. Die Kraft der Götter ist um mich, die Geister und Dämonen haben keine Macht mehr über mich. Bruder, der Kampf ist entschieden.

Mit einem wilden Ruck hob er seinen Speer hoch in die Luft, stieß einen gellenden Schrei aus, setzte sich dann in den Prunksitz, rekelte sich zwischen den Lehnen, drückte den Kopf an die Rückenlehne mit dem Nackenpolster und stampfte mit den Füßen auf.

Reißner jagte mit dem Automaten Bild um Bild durch seine Kamera. »Das wird die Serie des Jahrhunderts!« rief er.

»Bravo, Donald, bravo!«

Kaum hatte sich Dai Puino in die Polster fallen lassen, stießen über fünfhundert Speere in die Luft, und ein Schrei aus fünfhundert Kehlen schien den Himmel aufzureißen. Gleichzeitig aber stürzten zehn Krieger wie eine Woge auf den erstarrten Hano Sepikula, warfen ihn zu Boden, nahmen ihm Speer, Pfeile und Schild weg und setzten ihm Messer aus scharf geschliffenen spitzen Steinen an den Hals und auf die Brust. Hano Sepikula lag regungslos, Arme und Beine gespreizt, auf der Erde, bereit, seinen Kopf dem siegreichen Bruder zu überlassen.

»Donald, verhindern Sie diesen Mord!« brüllte Pater Lucius und stürzte vor. »Das soll ein Fest des Friedens, aber nicht des Tötens sein! Samuel, sag es Dai Puino!«

Zögernd übersetzte Samuel.

Reißner war außer sich vor Begeisterung. Nachdem der Film der ersten Kamera belichtet war, fotografierte er mit der zweiten Kamera weiter. »Pater, Sie Spielverderber!« rief er. »Ich wäre der einzige Mann der Welt gewesen, der Kopfjäger beim Kopfabschneiden fotografiert!«

»Sie Ungeheuer!« sagte Leonora neben ihm, ihre Stimme zitterte vor Empörung. »Sind Sie überhaupt ein Mensch?«

»Nein, ein Fotoreporter. Nach der Reportage kann ich wieder Mensch sein, während der Arbeit ist das Luxus.«

Dai Puino sagte ein paar laute Worte. Die auf Hano Sepikula knienden Krieger richteten sich auf und traten in das Viereck zurück. Hano Sepikula blieb liegen, regungslos, als habe man ihn schon geschlachtet. Er war tot, auch wenn er weiterlebte; er war zu einem Nichts geworden, das nicht einmal mehr die Hunde wahrnehmen würden. Er war der letzte aller Krieger geworden, der nicht mehr kämpfen durfte, sondern nur noch die Speere und Pfeile der anderen tragen konnte. Er war geächtet, keine Frau würde ihn mehr zu sich lassen. Wozu noch leben? Bruder, töte mich. Sei gnädig, nimm meinen Kopf in dein Haus.

Zynaker und Samuel waren zu den anderen zurückgekommen und standen wieder in der Reihe.

»Das war genial, Donald«, sagte Pater Lucius heiser vor Erregung. »Sie haben den Bruderkrieg entschieden. Ein Flugzeugsitz als einmaliger Thron – daß mir dieser Gedanke nicht gekommen ist! Auch ich habe wie Reißner gedacht: Zynaker hat einen Stich.«

»Ich bitte um Vergebung.« Reißner blinzelte Zynaker zu. »Von diesen Fotos kann ich mir eine Villa kaufen. Ich biete Ihnen zehn Prozent als Entschädigung für allen Ärger an.«

»Ich brauche Ihr Geld nicht, John Hannibal. Ich wollte nur einen gewaltlosen Frieden.«

»Was um ein Haar blutig geendet hätte.«

»Wer konnte ahnen, daß Dai Puino so reagiert?«

»Er ist und bleibt nun mal ein kopfsüchtiger Kannibale, so jovial er sich uns gegenüber auch benimmt. Er ist das auch nur, weil er weiß, daß wir stärker sind.«

»Wach auf, Pepau!« sagte Leonora und stieß Schmitz in die Seite.

Er schrak zusammen. »Was ist, Chefin?«

»An dir geht das alles vorbei, was? Du hast nur Augen für Lakta. Du frißt sie ja mit deinen Blicken auf.«

»Ist sie nicht wunderbar?«

»Hätte man Hano Sepikula den Kopf abgeschnitten, hätte sie ihn präpariert.«

»Sagen Sie so etwas nicht«, stöhnte Schmitz auf. »Warum sagen Sie das?«

»Weil es die Wahrheit ist, Pepau. Sie gehört zu einer Urwelt.«

»Aber sie ist doch ein Mensch.«

»Sie ist als Mensch geboren, aber zwischen dir und ihr liegen Jahrtausende. Das habe ich dir schon mal gesagt.«

»Aber sie kann lieben, ich sehe es an ihren Augen, ihren Lippen, ihren Bewegungen.«

»Wenn das alles ist, was du verlangst –«

»Pater Lucius wird sie zum Christentum bekehren und sie taufen. Mein Gott, verschwinden nicht Jahrtausende, wenn man das Vaterunser beten kann?«

»Still, Pepau. Es geht los.«

Ein dumpfer Hornruf klang über das Dorf. Kaum war er verklungen, dröhnten die Trommeln los, schrillten die Pfeifen, röhrten die Bambustrompeten, zwitscherten die Panflöten. In die Reihen der Krieger und in die geballten Haufen der Frauen und Kinder hinter ihnen kam Bewegung. Erst ein Zucken in den Beinen, dann ein Zucken der Oberkörper, das in ein klatschendes Stampfen überging. Und dann war plötzlich alles nur Rhythmus, wogten an die tausend Leiber hin und her, drehte sich das große Viereck der Krieger im Kreis, schrillten die Stimmen der Frauen, schlug man die Hände gegeneinander, warf die Arme hoch in die Luft, und alles drehte sich wie ein riesiges Karussell, federnwippend, knochenrasselnd, ab und zu unterbrochen von einem tausendstimmigen Geheul, das auf einen niederfiel wie eine kreischende Wolke.

»So etwas gibt's nie wieder«, stammelte Reißner ergriffen. »Und John Hannibal muß das erleben! Mir platzt gleich das Herz!«

Ungefähr eine halbe Stunde dauerte der Tanz, der immer ekstatischer wurde, immer schneller, immer atemloser. Und eine halbe Stunde lang lag Hano Sepikula mit gespreizten Beinen und Armen auf der Erde und rührte sich nicht. Er hatte die Ehre verloren, mit den anderen Kriegern zu tanzen. Mit geschlossenen Augen hörte er die Musik und den Gesang und spürte unter sich die Erde zittern von den stampfenden Füßen. Er wußte nicht, was Weinen ist, er hatte noch nie Tränen in den Augen gehabt, aber er spürte zum erstenmal ein Gefühl, das seine Kehle zucken ließ, das vom Herzen aus ein Zittern durch den Leib schickte, und daß etwas seltsam Feuchtes in seine Augen lief. Er weinte und wußte nicht, was es war …

Nach dem Tanz verschwanden die Frauen, um das Essen zu holen und auszuteilen. Eine Abordnung der gelbgesichtigen Krieger marschierte zu den »weißen Göttern« und legte die Geschenke der Uma nieder: an den Füßen zusammengebundene, quietschende Schweine und gackernde Hühner, Berge von Sagokuchen, Bananenstauden, dicke Süßkartoffeln, Kokosnüsse und eine Frucht, die wie ein großer, runder goldener Ball aussah und aus Hunderten von fingerdicken Nüssen bestand, eine Fettnahrung, die bis zu zweitausendfünfhundert Meter hoch in den Bergen wächst. Auch die Säckchen mit den widerlichen, zuckenden Sagowurmlarven fehlten nicht, dazu Gemüseknollen, die wie Wirsingköpfe aussahen, und große, ausgehöhlte Kürbisse mit einem Saft, der vergoren stank. Sie stapelten alles vor den Weißen auf und traten dann zurück.

»Wir sind überreichlich beschenkt worden«, sagte Pater Lucius gepreßt. »Sie haben ihr Wertvollstes hergegeben.«

»Whisky brauchen wir denen nicht zu geben.« Reißner lachte und zeigte auf die ausgehöhlten Kürbisse. »Ich lasse mich fressen, wenn das da nicht etwas Alkoholisches ist.«

»Das können Sie haben«, sagte Zynaker trocken.

Reißner stutzte, überlegte, was er gesagt hatte, und grinste verlegen.

Pater Lucius hatte seine Kiste geöffnet und holte nun seine Geschenke hervor. Kreijsman und Zynaker trugen sie einzeln zu Dai Puino und legten sie ihm zu Füßen. Er räkelte sich wohlig in dem Flugzeugsessel, jetzt der Größte in seiner Welt.

Ketten aus bunten Glasperlen, Glasspiegelchen, Bindfäden, Angelhaken, Messer, Beile und Zangen, Ohrringe aus geschliffenem Glas, Anhänger aus Messing mit großen blauen, roten, grünen, gelben und violetten Steinen und mit kleinen Kunstperlen bestickte Gürtel und dehnbare Stirnbänder wurden Dai Puino dargebracht. Dessen Augen strahlten. Er griff ausgerechnet nach einem der Spiegelchen, wollte es näher betrachten, sah plötzlich einen Kriegerkopf vor sich und zuckte hoch. Der Spiegel fiel aus seinen Händen, aber auf dem weichen Boden zersplitterte er nicht.

Schmitz hatte sich unterdessen über die Kiste gebeugt und kramte eine lange, leuchtend bunte Glasperlenkette hervor. Er hängte sie sich über den Arm und ging mit ihr zu Lakta hinüber. Sie stand zwischen ihren vier Brüdern und sah ihm mit großen, strahlenden Augen entgegen.

Schmitz hielt die Kette hoch und lächelte Lakta an. »Für dich, Lakta«, sagte er. »Du bist das Schönste, was ich je gesehen habe.« Als er die Kette über ihren Kopf streifte und sie dabei berührte, fühlte er, wie sie zitterte.

Kaum hingen die Glasperlen über ihren Brüsten, wirbelte sie herum und rannte ins Haus. Ihre vier Brüder verzogen keine Miene, sie waren gelbe, unbewegliche Masken.

Schmitz ging zu den anderen zurück und erntete strafende Blicke. Es war ihm gleichgültig. Er hatte Laktas Zittern gesehen und gespürt und wußte, daß sie ihn liebte.

»Nun, zufrieden, Pepau?« fragte Leonora. Sie mußte immerzu Hano Sepikula ansehen, der wie tot auf der Erde lag. Sollte man ihn aufheben und damit allen anderen zeigen, daß auch er ein von den Göttern Auserwählter war?

»Ja.« Schmitz schluckte einen dicken Kloß im Hals hinunter. »Ich habe ihre Augen gesehen und sie verstanden.«

»Du bist dabei, den Kopf zu verlieren. Man sollte dich zurückschicken und auf das Flugzeugwrack aufpassen lassen.«

»Ich verspreche Ihnen, vernünftig zu sein, Chefin.«

»Denk daran, wie jung du bist und wieviel dir das Leben noch geben kann.«

»Ja.«

Pater Lucius wartete, bis Dai Puino die glitzernden Geschenke begutachtet hatte. Er ließ sie auf dem Boden vor seinem neuen Thron liegen und stieß wieder einen unartikulierten Schrei aus. Durch eine Lücke im Viereck der Krieger drängten jetzt Frauen auf den Dorfplatz und begannen zu tanzen. Sie waren bis auf einen Schurz aus Bananenblättern oder einen Stoff, den sie aus Palmfasern und Binsen, der Rinde des Sagobaums und langen, biegsamen Gräsern knüpften, nackt. Es war ein Gewoge von schweißglänzenden braunen Leibern, von wippenden Brüsten, von aufgerissenen Mündern und flatterndem Federschmuck, von kreischendem Schreien und aufreizenden Schwüngen der Unterleiber, eine Orgie des Tanzes und der naturhaften Sinnlichkeit.

Während diese Gruppe der Frauen sich fast bis zur Ekstase steigerte, schleppte eine andere das Festessen heran: duftende halbierte Schweine, gedünstetes Gemüse und gebackene Bananen, gebratene Hühner und dampfende Süßkartoffeln und in großen, aus Baumstämmen ausgehöhlten Gefäßen ein Gebräu, das einem dunklen starken Bier ähnlich sah.

»Essen wir erst, oder ziehen wir vorher unsere Show ab?« fragte Reißner. Er fotografierte die Frauen mit dem größten Vergnügen.

»Zuerst unsere Vorstellung.« Pater Lucius legte die Hand auf Reißners Schulter und zog ihn zurück. Reißner war gerade in die Hocke gegangen und fotografierte in Großaufnahme einen vor ihm zuckenden Schoß. »Hören Sie auf! Diese Fotos kriegen Sie ja doch nicht los.«

»Haben Sie eine Ahnung!« Reißner lachte laut und richtete sich auf. »Es gibt Millionen, die auf solche Fotos stehen.«

Der ekstatische Tanz neigte sich seinem Ende zu. Die Frauen, über und über in Schweiß gebadet, verließen das Innere des Vierecks. Eine kleine Staubwolke blieb zurück. Alle blickten auf die »weißen Götter«, die wie Menschen aussahen und sich auch so bewegten. Was taten sie jetzt?

»Donald, Sie fangen mit Ihrer Trillerpfeife an.« Pater Lucius bückte sich und holte aus seiner Kiste einen Kasettenrekorder und ein Mikrofon. »Fred, Sie hören mal ganz leise, ob im Radio Musik ist. Sie sind der nächste.«

Kreijsman nickte, stellte sein Kofferradio an und hielt es an sein Ohr. »Musik«, sagte er und grinste breit. »Operettenmelodien. Gerade spielen sie die ›Lustige Witwe‹.«

»Wenn das der alte Lehár noch erlebt hätte!« Reißner holte aus seiner Fototasche die Polaroidkamera hervor. »Wilja, o Wilja, mein Waldmägdelein – im unerforschten Urwald von Papua-Neuguinea ... Wenn das kein Knüller ist!«

»Donald, fangen Sie an.« Pater Lucius nickte ihm zu.

Zynaker setzte die Trillerpfeife an die Lippen und ging auf den ersten Uma im Viereck zu. Der Krieger erstarrte, sein gelb bemaltes Gesicht verkrampfte sich. Was wollte der fremde Gott von ihm?

Beim ersten Ton der Pfeife, diesem durchdringenden Trillern, zuckte der Uma zusammen, umklammerte seinen Speer und starrte Zynaker mit einer Mischung aus Angst, Entsetzen und Verwunderung an. Langsam schritt Zynaker pfeifend das Viereck der Krieger ab, und je mehr er pfiff, um so heller wurden die Gesichter, schließlich lachten sie und ahmten das Trillern nach. Vor Dai Puino blieb Zynaker stehen und reichte ihm die Pfeife hin.

Der Alte schnellte aus seinem Flugzeugsessel hoch, steckte die Pfeife zwischen seine wulstigen Lippen und blies kräftig hinein. Das schrille Trillern überwältigte ihn selbst, seine Augen weiteten sich, und er blies und blies, die Uma klatschten in die Hände und übertönten dann mit lautem Geschrei die Pfeife.

Dai Puino ließ sich wieder in den Sessel fallen, hängte sich die Pfeife mit dem Lederband um den Hals, zog Zynaker an sich und rieb sein Kinn an seinem Kinn. Es war die größte Auszeichnung, die zu vergeben war: Dai Puino küßte Zynaker auf Uma-Art.

Leonora blickte zu Schmitz hin. Sie sah, wie seine Backenmuskeln spielten. »Merk dir das«, sagte sie ein wenig ironisch.

»Wenn du Lakta auf unsere Weise küßtest, würdest du einen großen Fehler machen.«

»Sie hat noch nie mit den Lippen geküßt. Sie weiß nicht, wie das ist, wenn es durch den ganzen Körper rinnt.«

»Willst du's ihr beibringen?«

»Bitte fragen Sie nicht, Chefin.«

»Du bist wirklich in sie verliebt?«

»Ich weiß es nicht.«

»Und wenn du's weißt, vergiß es.«

Pater Lucius nickte Kreijsman zu. »Jetzt Sie, Fred. Noch immer die ›Lustige Witwe‹?«

Kreijsman hielt das Radio wieder an sein Ohr. »Nein, jetzt ist der ›Vogelhändler‹ dran. ›Ich bin die Christel von der Post ...‹«

Kreijsman nahm das Kofferradio unter den Arm und stellte sich mitten auf den Dorfplatz. Er hob den Apparat hoch, und augenblicklich herrschte vollkommene Stille. Tausend Augen starrten ihn an. Auch Dai Puino zog die Schultern hoch. Aus dem Haus kam Lakta, die bunte Glasperlenkette um den Hals. Schmitz atmete laut auf.

Ohne Vorwarnung drehte Kreijsman den Lautregler auf volle Stärke. Musik knallte aus den Lautsprechern, Geigen und Celli und eine menschliche Stimme, ein Tenor: »Schenkt man sich Rosen in Tirol ...« Rudolf Schock im Urwald von Papua-Neuguinea. Eine Klangwolke hing über dem Dorf. Die Wirkung war ungeheuerlich.

Ein Gott hielt einen Kasten hoch, aus dem die Stimme eines Menschen klang. Eines unsichtbaren Menschen, oder eines Dämons, der wie ein Mensch sang? Ein Geist, der in dem länglichen Kasten saß, dem schwarzen Kasten mit den vielen Warzen – das waren die Bedienungsknöpfe – und den zwei verhüllten Gesichtern – das waren die beiden verkleideten Lautsprecher –, und Musik, wie man sie noch nie gehört hatte, ganz fremde Töne, Musik aus dem Reich der Götter, Musik, so schön, daß man es nicht begreifen konnte.

Die Uma fielen auf die Knie und beugten das Haupt. Die Frauen und Kinder stoben auseinander und versteckten sich hinter den Hütten. Jaulende Hunde flüchteten in die Bananenwälder. Nur Lakta blieb stehen, als habe sie kein Wunder erlebt. Sie sah Pepau an, lächelte ihm zu und streichelte die Glasperlenkette.

»Du hast recht«, sagte Leonora zu Schmitz. »Was sind zweitausend Jahre! Es hat sie immer gegeben, die lockenden Weibchen. Und auch immer die Männer, die darauf hereinfielen.« Kreijsman drehte das Radio ab. Der Sopran, der gerade zu schmettern begann, verstummte. Die Uma knieten noch immer auf dem Boden und wagten nicht, den Kopf zu heben.

»Jetzt noch einen drauf«, sagte Reißner gemütlich. »Pater, Ihre Tonbandkassette. Das wird sie um den Verstand bringen.« Kreijsman kam zurück, stolz, als habe er allein eine Schlacht gewonnen. »Das werden sie nie begreifen!« sagte er.

»Ich auch nicht.« Reißner legte den Polaroidfilm in die Kamera. »Da dreht man an einem Knopf und hört plötzlich Musik, die in Port Moresby gespielt wird. Und die ganze Luft ist voll davon. Ich begreif' das manchmal auch nicht, trotz Strahlen, Frequenzen und was es da alles gibt. Man nimmt das als selbstverständlich hin, und es ist trotzdem ein kleines Wunder. Ein Wunder aus Menschenhand.«

Vereinzelt hoben sich jetzt die Köpfe der Uma. Dai Puino, der die Hände vor sein Gesicht geschlagen hatte, blickte durch die gespreizten Finger zu Pater Lucius hinüber. Gab es noch mehr unsichtbare singende Geister?

Pater Lucius löste Kreijsman ab und trat in die Mitte des Platzes. In die Linke nahm er den Kassettenrekorder, mit der Rechten hielt er das Mikrofon an den Mund. Noch hatte er nicht auf Aufnahme gestellt – er überlegte, ob es richtig war, als ersten Dai Puino seine eigene Stimme hören zu lassen. Es bestand die Gefahr, daß er vor Entsetzen umfiel und damit sein Gesicht verlor. Er würde es nie wiederbekommen können, auch nicht durch seinen Flugzeugsessel.

Pater Lucius wählte einen Krieger aus, der in der vordersten Reihe stand, einen stämmigen Burschen, unter seiner Bemalung fast unkenntlich, behängt mit einer Reihe von Knochenketten und einem gebleichten Schulterblatt. Der Pater ahnte, daß es von einem Menschen stammte. Samuel, der den Pater begleiten mußte und dem ein Kassettenrekorder kein Zauberding mehr war – auf der Missionsstation hatte er oft Musik damit gehört –, übersetzte die Worte des Paters.

»Tritt vor.«

Der Uma zögerte und blickte zu Dai Puino hinüber. Ein Wink ließ ihn gehorchen. Pater Lucius hielt ihm das Mikrofon vor den Mund. Der Krieger starrte es an wie einen runden Schlangenkopf und bekam weite, zitternde Augen.

»Sprich ein paar Worte«, sagte Samuel.

Der Uma schwieg. Er war im Stamm ein großer Held, der neun Köpfe erbeutet hatte und bei dem jeder Pfeilschuß ein Treffer war. Aber jetzt stand er stumm und steif da.

»Sag etwas«, drängte Samuel. »Sag: ›Wir werden die Pogwa aus ihren Dörfern verjagen, ihre Köpfe nehmen, ihre Frauen zu uns bringen, ihre Hütten abbrennen. Die Pogwa sind unsere Feinde.‹«

Der mutige Krieger würgte. Er starrte auf das Mikrofon, öffnete ein paarmal den Mund, aber kein Ton kam hervor. Pater Lucius stellte den Rekorder auf Empfang. Gleich, dachte er, gleich bricht es aus ihm heraus. Ich erkenne es an seinem Blick. Und plötzlich war die Stimme da, rauh, tief und fast schön in ihrem Klang, Worte sprudelten hervor, Kaskaden von Lauten, die ebenso plötzlich mit einem kurzen, scharfen Kriegsschrei endeten.

Pater Lucius stellte den Rekorder ab. »Fabelhaft«, sagte er und nickte dem mißtrauischen Krieger zu. »Und jetzt, mein Junge, hörst du dich selbst.« Er drückte den Knopf »Play« und drehte auf volle Lautstärke.

Ein leises Rauschen und dann klar und voll und jedem verständlich die Stimme des großen Kämpfers: »Wir werden die Pogwa aus ihren Dörfern verjagen, ihre Köpfe nehmen ...«

Wie vom Blitz getroffen fiel der Krieger um. Dai Puino sprang auf und streckte seinen Speer zum Stechen vor. Die Frauen jammerten auf.

Sap Tanana, der Held des Stammes, ist in den kleinen Kasten verzaubert worden. Seine Seele hat er verloren, gefangen ist sie für immer von den Geistern, sie spricht aus dem Zauberding, das der weiße Gott in seiner Hand hält. Sap Tananas Seele ist von uns gegangen ...

Pater Lucius ging auf Dai Puino zu. Der Alte duckte sich, als wolle er ihn mit dem Speer anspringen, und schrie ein paar Worte in immer heller werdenden Tönen. Auch Lakta wich zurück und fiel auf die Knie. Die vier Söhne standen wie versteinert.

Sofort hatte Pater Lucius auf den Aufnahmeknopf gedrückt und nahm Dai Puinos Geschrei auf. Samuel, der hinter ihm stand, bebte am ganzen Körper. Diese Reaktion seiner Landsleute hatte er nicht erwartet. Er hatte geglaubt, sie würden lachen und sich freuen, ihre Stimme zu hören.

Pater Lucius spulte zurück und schaltete wieder auf »Play«. Laut schallten Dai Puinos Worte über den Platz. Das war ein Zauber, der alle traf. Die Götter hatten die Macht, die Seelen in einem kleinen Kasten einzufangen. Sie hielten die Stimmen fest, sie schufen ein zweites Leben ...

»Samuel, sag ihm, daß wir mit der Hand alle Stimmen greifen können, die der Menschen, der Hühner, der Schweine, der Vögel, der Hunde, alle Stimmen. Wir können sie einfangen hier in diesem Kasten. Aber keinem geschieht etwas Böses, wenn er unser Freund ist.«

»Das ist doch ein ausgekochter Junge!« sagte Reißner lobend. »Sind eigentlich alle Priester so? Paßt auf, vier Wochen später erzählt er den Uma, daß sie alle Kinder Gottes sind und Gott jeden hört. Und dann spielt er sein Tonband ab. Ich möchte den sehen, der dann nicht die Händchen faltet!«

Samuel übersetzte unterdessen, was Pater Lucius gesagt hatte. Dai Puino hörte aufmerksam zu, betrachtete etwas scheu den kleinen schwarzen Kasten, den der Pater ihm unter die Augen hielt, und winkte einem seiner Söhne.

Er befahl ihm etwas, und der junge Krieger stieß krampfhaft ein paar Worte aus. Pater Lucius nahm sie auf und ließ sie dann wieder erklingen. Dai Puino riß die Augen auf, begann zu lachen, klatschte in die Hände und schrie etwas in die Gegend. Drei Frauen kamen in den Kreis, zwei trugen ein fürchterlich quiekendes Ferkel, die dritte ein flatterndes, kreischendes Huhn.

Wieder hielt Lucius das Mikrofon hin und nahm die Schreie auf. Als er dann aus dem Rekorder das Schweinequietschen herausließ, kannte Dai keine Hemmung mehr. Er riß dem Pater das Gerät aus der Hand und hüpfte unter dem Gegacker des Huhnes vor seinem Flugzeugsessel hin und her.

Ein vollkommener Sieg. Die fünfhundert Krieger lachten mit, die Scheu vor dem Zauber verflog. Der tapfere Sap Tanana erhob sich von der Erde, sah, daß er seine Seele noch besaß, daß er noch sprechen konnte, und hüpfte von einem Bein auf das andere. Die Frauen kreischten und warfen die Arme hoch in die Luft.

»Jetzt bin ich dran!« Reißner hängte sich die Polaroidkamera an einer Schnur um den Hals. »Der Pfaffe kann zwar Stimmen konservieren, aber ich zeige denen, wie man Köpfe macht. Das wird reinhauen, meine Lieben.«

Mit weiten, kräftigen Schritten ging Reißner auf Sap Tanana zu, zückte den Apparat und drückte ab. Es machte klick, Sap Tanana sah, daß etwas aus einem Schlitz herausschlüpfte, und wartete gespannt, was nun weiter geschah.

Reißner riß das Bild ab, löste das Deckblatt los und schwenkte das Foto durch die Luft. »In drei Minuten biste doppelt!« sagte er gemütlich zu dem Krieger. »Dann kannst du mal sehen, wie deine Bemalung wirkt. Noch zwei Minuten.« Er blickte auf das langsam sich entwickelnde Bild. »Es wird, mein Lieber, es wird hervorragend, der richtige Charakterkopf eines Kannibalen. Den kannst du dir über deiner Schlafstelle an die Wand nageln. Noch eine Minute … Du kommst, Junge, du kommst. Eine richtige Schönheit biste. Hier, jetzt sieh dich an.«

Er hielt Sap Tanana das fertige bunte Foto hin, und rumms, lag der Held des Stammes wieder auf dem Boden. Reißner war zufrieden, ging zu Dai Puino hinüber und hielt auch ihm das Foto vor die Augen.

Dai Puino reagierte völlig anders. Er starrte das Bild an, erkannte darauf Sap Tanana, lief sofort zu dem liegenden Krieger, drehte ihn auf den Rücken und sah, daß er noch sein Gesicht hatte. Um ganz sicher zu gehen, tastete er den Kopf des Erstarrten ab, stellte fest, daß alles noch vorhanden war, und schrie ihn an. Sap Tanana erhob sich taumelnd von der Erde.

Dai Puino kehrte zu seinem neuen Thron zurück, schob den Kopf vor und zeigte auf sein Gesicht.

Reißner verstand sofort. »Das ist ja nicht zu glauben!« rief er erstaunt. »Die gewöhnen sich schnell an einen Zauber. Jetzt will jeder ein Porträt, wetten?« Er fotografierte Dai Puino. »Jetzt kannst du sehen, wie du neu geboren wirst, Alterchen«, grinste er ihn an. »Paß genau auf. Aus dem Nichts tauchst du plötzlich in aller Buntheit auf. Das ist schon eine Art Zauberei der Chemiker. Da, da kommst du!«

Dai Puino verfolgte aufmerksam alle Phasen der Entwicklung. Als er seinen Kopf klar und bunt erkannte, hielt er das Foto hoch und zeigte es allen seinen Kriegern. Voll Ehrfurcht sahen sie es an, als einer der Söhne es in die Hand nahm und damit das Viereck abschritt.

Sind die weißen Götter nicht unangreifbar? Sie holen Stimmen aus der Luft, sie halten Stimmen fest in einem kleinen Kasten, sie machen dir ein zweites Gesicht, ohne daß du dein erstes Gesicht verlierst. Wer kann das sonst noch als sie?

Reißner fotografierte auch Lakta. Scheu, aber mit einem Lächeln blickte sie in die Kamera und nahm dann das fertige Bild mit spitzen Fingern an. Sie betrachtete sich, schien zu überlegen, ein heller Glanz trat in ihre Augen, in ihren Fingern zitterte das Bild. Sie begann zu gehen, langsam, würdevoll, mit hoch erhobenem Haupt, und doch schien es, als berühre sie gar nicht die Erde. Sie ging auf die weißen Götter zu, ohne Scheu und mit einem wundervollen Lächeln um die Lippen, blieb vor Schmitz stehen und hielt ihm das Foto entgegen.

Für dich, hieß das. Nimm es an. Dann bin ich immer bei dir. Meine Augen sehen dich, wo du auch bist. Mein Mund begrüßt dich, wenn du aufwachst und wenn du einschläfst. Mein Gesicht gehört dir …

»Steh nicht da wie ein Nußknacker!« zischte ihm Leonora zu. »Nimm es an! Sie liebt dich, so verrückt das auch ist!«

Schmitz biß die Zähne zusammen. Er nahm aus Laktas Fingern das Foto, und ihr Kopf kam ihm entgegen, und dann rieben sie ihre Kinne aneinander, mit geschlossenen Augen, und es war mehr als ein Kuß, den sie nicht kannte, es war eine stumme Hingabe voll Zärtlichkeit und Demut.

Mit einem Ruck fuhr Lakta zurück, wirbelte herum und rannte wie gehetzt zum Haus. Pater Lucius brummte, sagte aber kein Wort. Schmitz stand wie gelähmt, das Bild in der Hand.

»Wirklich, was sind schon zweitausend Jahre«, sagte Leonora leise. »Ich gebe dir recht, Pepau. Aber du wirst es schwer haben mit deinem Gewissen. Auch sie hat Menschenfleisch gegessen.«

Schmitz stöhnte auf und steckte das Foto in die Brusttasche seines Hemdes. »Ich will davon nichts mehr hören, nie mehr. Bitte, Leonora, bitte, sagen Sie es nie wieder.«

»Ich glaube, nach diesen Vorstellungen können wir uns Schmitzens Feuerzeug und Leonoras Schere sparen«, sagte Pater Lucius, als Reißner zurückgekommen war. »Einen noch größeren Eindruck können wir nicht machen.«

Das Viereck der Krieger löste sich auf. Alle hockten sich um die ausgebreiteten Speisen auf den Boden. Über fünfzig Kreise gab es, in deren Mitte die gebratenen Schweine und Hühner auf Palmblättern lagen, das Gemüse, die gedünsteten Bananen, die Süßkartoffeln, die gesottenen Sagowurmlarven und die Gefäße mit dem sauer riechenden Bier. Die Frauen begannen das Fleisch zu zerkleinern. Und in jedem Kreis wachte ein Greis darüber, daß die Portionen gerecht verteilt wurden.

Im größten Kreis, dem von Dai Puino, saßen die neuen Freunde, und Dai Puino selbst ließ es sich nicht nehmen, das

Fleisch zu zerteilen und jedem sein Stück zu geben. Lakta erschien nicht wieder. Sie saß neben der schlafenden Mutter, hielt ihre Hände fest und erzählte ihr mit leiser Stimme von ihrer Liebe.

Das große Essen begann.

Es dauerte bis tief in die Nacht hinein. Die Angst vor den Dämonen der Dunkelheit war zerstoben, die neuen Götter waren stärker. Sie holten aus dem Himmel Stimmen und zweite Gesichter.

Einsam, allein in seiner offenen geschmückten Hütte, von keinem beachtet, von keinem vermißt, nicht einmal mit Fleisch oder einer einzigen Süßkartoffel bedacht, hockte Duka Hamana auf seinen Matten.

Ein Zauberer ohne Kraft. Ein alter, zerbrochener Mann.

Nur einen Anhänger hatte er noch, und der lag vor der Hütte auf ein paar getrockneten Palmblättern.

Hano Sepikula. Der Besiegte.

Und auch ihm brachte niemand ein Stück Fleisch oder eine Schüssel mit gekochten Sagowurmlarven.

6

Sechs Wochen lebten sie jetzt bei den Uma.

Es war eine Zeit, die schnell verflog und die man erst begriff, wenn man in einen Kalender schaute oder das Datum in das Tagebuch schrieb. Leonora führte ein solches und verzeichnete darin alles, was täglich geschah, wichtige und unwichtige Dinge, denn auch das Unwichtige gehört zum Leben und wird, im Zusammenhang mit den besonderen Ereignissen, plötzlich doch zu dem wichtigen Steinchen, das das Mosaikbild eines Tages vollendet. Dazu gehörte ebenso, daß die Hühner gelbbraun gefleckte Federn hatten, wie die Feststellung, daß man die Rinde eines Baumes, dessen Namen sie nicht kannte, wie Bast abschälen und daraus die Beutel für die Sagowurmlarven, für das Menschenfett und Stoffbahnen für die Schurze knüpfen konnte. Auch daß sich die Frauen mit gefärbtem Baumharz die Nägel lackierten, gehörte zu den Dingen, die das Bild dieser neuentdeckten Menschen abrundeten.

Die neun Verwundeten liefen wieder herum, stolz auf ihre Narben, die sie sogar weiß ummalten, damit sie jeder sehen konnte. Das hob ihr Ansehen bei den anderen Kriegern, denn bisher hatte kaum einer überlebt, wenn er solche Wunden von einem Vergeltungsangriff auf die Pogwa mitbrachte. Sie starben qualvoll an Wundbrand oder einer Sepsis, und es war der Wille der Ahnen, daß auch ihre Schädel einmal in den Männerhäusern als Kopfstütze dienten.

Auch Sapa hatte die Operation überlebt und arbeitete schon wieder, stampfte Sagomehl, wühlte Süßkartoffeln aus dem Boden und sammelte aus den verfaulenden Sagostämmen die fetten Wurmlarven ein. Immer wieder betrachtete sie die bogenförmige Narbe auf ihrem Bauch, die seitlichen Punkte der Naht und traute zuerst nicht den Worten von Schmitz, der Bauch sei für immer zu. Sie tastete mit den Fingerkuppen über die Narbe und begriff nicht, daß man einen Menschen aufschneiden und wieder zumachen konnte und daß nichts anderes übrigblieb als ein dünner Strich auf der Haut.

Dai Puino saß die meiste Zeit in seinem Flugzeugsessel vor dem Haus, voll Würde und der Erkenntnis, der Mächtigste zu sein. Er wußte, daß alle Nachbarstämme, vor allem die verhaßten Pogwa, von diesem Götterthron erfahren hatten und sich nun hüteten, weiter die Uma zu überfallen, ihre Frauen zu rauben und Jagd auf Köpfe zu machen.

In den gesamten sechs Wochen hörte man nichts mehr von Duka Hamana, dem Medizinmann. Unbeachtet lebte er in seiner offenen Hütte, brannte weiterhin Räucherstäbchen zur Versöhnung der Geister ab, opferte ihnen ein Huhn, dessen Kopf er abhackte und das Blut in alle Winde spritzen ließ, sammelte weiter Pflanzen und Moose, Wurzeln und orchideenartige Blüten, aus denen er seine Säfte und Breie kochte; aber niemand kam mehr zu ihm, um seine Hilfe zu erbitten oder einen weisen Rat zu bekommen. Nur zwei Frauen erschienen zweimal am Tag bei ihm, brachten ihm zu essen und frisches Wasser zum Trinken, legten alles vor der Hütte nieder und verschwanden schnell wieder. Aber Duka Hamanas Ruhe war trügerisch und bedeutete nicht, daß er den endgültigen Sieg den Weißen überließ. Er sann auf Rache, und Rache war der einzige Gedanke, der in ihm kreiste, der ihn noch am Leben hielt. Er hätte sich töten müssen, wenn seine Macht verflogen war, töten mit einem Gift, das er aus Pflanzen destilliert hatte und das niemand kannte. Es war ein anderes Gift als das, mit dem die Pfeile getränkt waren; es brachte einen sanften Tod, ein Einschlafen, ein Hinüberdämmern zu den Ahnen. Duka Hamana hatte es an Schweinen und Hühnern ausprobiert, hatte mindestens zehn Hunde damit vergiftet und sie genau beobachtet. Sie schliefen ein und wachten einfach nicht wieder auf. Ihr Herz stand still. Ohne Qual, ohne Zucken, ohne Schaum vor dem Mund, ohne blutiges Erbrechen, ohne Lähmungen, die die Luft abdrückten.

Auf dieses Gift war Duka Hamana stolz. Mit ihm konnte man unauffällig jeden Menschen töten. Wer denkt an Gift, wenn sich jemand hinlegt und schläft und nicht wieder aufwacht? Jeden Gegner konnte man mit ihm besiegen. Nur eine schlechte Eigenschaft hatte das Gift: Es stank nach Urin. Man konnte es nicht unbemerkt geben.

Seit Monaten experimentierte Duka Hamana, um diesen Geruch herauszufiltern, um ein geruch- und geschmackloses Gift zu bekommen. Bisher hatte er damit keinen Erfolg, denn wenn er den Wurzelsaft wegließ, der so stank, war das Gift kein Gift mehr, sondern ein normaler Pflanzensud.

Hano Sepikula war wieder in die Gemeinschaft der Krieger aufgenommen worden. Leonora hatte das erreicht. Noch während des großen Essens war sie zu ihm gegangen, der noch immer auf der Erde lag, von keinem beachtet, selbst seine Frau und seine vier Kinder kümmerten sich nicht mehr um ihn. Leonora hatte sich über ihn gebeugt und ihm ihre Hand entgegengehalten. Mit weit aufgerissenen Augen hatte Hano Sepikula sie angestarrt, hatte dann mit festem Griff ihre Hand gefaßt und sich aufgerichtet. In einen der essenden Kreise setzte er sich nicht nieder, sondern ging langsam zu Duka Hamanas Hütte. Dort blieb er, auf der Erde schlafend, zwei Wochen, bis ihn ein Sohn von Dai Puino und seine Frau abholten und zurück ins Dorf führten. Im Männerhaus eins erhielt er wieder seine Schlafstelle, und keiner sprach mehr von seiner Niederlage. Beim nächsten Zug gegen die Pogwa konnte er wieder der große Held werden, wenn er viele Köpfe erbeutete.

Aber das verhinderte Pater Lucius.

Er hatte begonnen, die Uma zu lehren, daß es einen großen, allmächtigen, einzigen Gott gibt, dem alle untertan sind und der zu den Menschen sagt: »Ihr seid alle Brüder und Schwestern.«

Samuel war dabei sein wertvollster Mitarbeiter. Ohne sein Dolmetschen wäre es unmöglich gewesen, den Wilden von Christus zu erzählen, der über einen See wandelte, ohne zu versinken, und der sogar Tote zum Leben erweckte und aus Wasser Wein machte. Von allen Wundern war das letztere ein Lieblingsthema von Pater Lucius. Während seiner Zeit in Australien hatte er damit oft vor Winzern gepredigt und in saure Gesichter geblickt. Aus Wasser Wein zu machen, davon verstanden sie etwas.

Nach den Angaben des Paters wurde eine kleine Kirche gebaut, eine Uma-Hütte mit Flechtwänden und einem Palmblätterdach, mit den Innenmaßen sechs mal vier, ein einziger Raum. Nach zwei Wochen stand die Kirche; wie Ameisen hatten die Frauen und einige Krieger daran gearbeitet, ein Gewimmel von Menschen, unter deren Händen der kleine Bau wuchs. Daß es ein Haus Gottes sein würde, wußte niemand. Die Uma bauten ein Haus für den weißen Freund und Beschützer.

Reißner, der den Fortgang des Baus fotografierte und auch mitanhörte, wie Pater Lucius, mit Samuel als Sprachrohr, den Kriegern und den Frauen von Jesus erzählte, begann die Missionsarbeit mit anderen als spöttischen Augen zu betrachten.

Wenn der Pater nicht im Kreis der andächtig Zuhörenden saß, lernte er die Sprache der Uma. Eine hervorragende Lehrerin hatte er dafür gefunden, die ihm geduldig die Worte vorsprach und ihm gleichzeitig die Gegenstände zeigte, die sie genannt hatte: Lakta.

Ab und zu kam auch Schmitz hinzu, setzte sich ihr gegenüber und sah sie mit klopfendem Herzen an. Die Glasperlenkette trug sie Tag und Nacht über ihren nackten Brüsten, und wenn sie allein war, wenn niemand sie beobachtete, streichelten ihre Hände über das bunte Glas und rieb sie ihr Kinn daran.

Leonora hatte in einer leergeräumten Frauenhütte eine Art Ordination eingerichtet, eine Poliklinik, wie Schmitz scherzhaft sagte. Hier hielt sie zweimal in der Woche Sprechstunde, untersuchte Frauen, Kinder und die Alten und staunte über das massenhafte Auftreten von Furunkeln. Das war Duka Hamanas Spezialität gewesen. Mit einem braunen Brei kleisterte er die Furunkel zu, und siehe da, die Geschwüre erstickten und verödeten. Nur brachen an anderen Stellen der Körper neue Furunkel auf und zerfraßen langsam, unheilbar die Leiber.

»Wie kommen die Uma an diese massive Staphylokokkeninfektion?« fragte Leonora eines Tages, als sie zwölf Kranke behandelt hatte.

»Sie stecken sich gegenseitig an«, antwortete Schmitz. »Das allein kann es nicht sein. Es muß von innen kommen.«

»Von innen?«

»Eine Stoffwechselkrankheit, eine ständige Vergiftung, irgend etwas …«

»Verzeihung, Chefin, aber es gibt keine Stoffwechselkrankheit, die Staphylokokken produziert.«

»Das weiß ich auch, Pepau. Ich glaube nicht an die gegenseitige Infizierung. Da steckt noch etwas anderes dahinter. Warum haben nur die Erwachsenen diese Furunkulose, aber nicht die Kinder? Gerade sie müßten sie haben beim dauernden Umgang mit ihren daran erkrankten Eltern und Verwandten. Das kommt von innen her.«

Zynaker hatte in diesen Wochen überlegt, wie man die Flugzeugteile noch verwerten konnte. Vor allem die Räder waren wertvoll, wenn die Umas erst einmal begriffen und sahen, was man mit einem Rad alles machen kann. Bis jetzt schleppten sie alles auf ihren Schultern, hatten aber bereits den Hebel entdeckt, was ihnen viel körperliche Last abnahm. Ein Rad aber würde alles revolutionieren.

Drei Tage nach dem großen Fest hatten Leonora und Zynaker nebeneinander auf einem Sagobaumstamm gesessen. Sie war von Sapa gekommen, hatte den Verband gewechselt, die Hütte mit einem Desinfektionsspray ausgesprüht und traf draußen Zynaker, der voller Unruhe herumlief. Als sie sich auf den Stamm setzten, hatte Leonora den Kopf an seine Schulter gelegt und die Augen geschlossen. Seine Nähe, die Berührung seines Körpers ließen sie seufzen. »Ich habe so Sehnsucht nach dir«, sagte sie leise. »Ich weiß nicht, was mit mir los ist. Ich denke nur noch an dich.«

»Ganz einfach, das ist Liebe.« Er sah sie von der Seite an und zwang sich, sie nicht in seine Arme zu reißen. »Du hast das Gefühl nie gekannt?«

»Nein, noch nie. Ich habe noch nie Sehnsucht nach einem Mann gehabt. Verlangen ja, aber das ist etwas ganz anderes. Verlangen kann man beschreiben, Sehnsucht nicht. Verlangen signalisiert der Körper, es ist greifbar, Sehnsucht nicht. Sehnsucht hat mit Seele zu tun, und eine Seele kann man nicht anfassen.«

»Wonach hast du Sehnsucht?«

»Nach dir.«

»Also doch das Körperliche.«

»Nicht allein. Es genügt schon, wenn ich dich sehe, wenn ich dich höre, wenn ich deine Gedanken spüre und in deine Augen schaue. Du bist da, das ist das Wunderbare.«

Zynaker schwieg, legte den Arm um Leonoras Schulter und drückte sie an sich. Aber dann sagte er doch, was er die ganzen Tage über verschwiegen hatte. »Bei dem großen Fest, bei dem Tanz der Krieger, hast du da nichts gehört?« fragte er.

»Genug.« Sie lachte. »Das war ein Höllenlärm.«
»Sonst hast du nichts gehört?«
»Nein.«
»Ich habe ein gutes Gehör, und ich bin lange genug Pilot. Ich habe es gehört, weit weg, aber ganz deutlich. Auf mein Gehör kann ich mich verlassen.«
»Was hast du gehört?«
»Motoren. In der Luft. Hubschrauber. Der typisch knatternde Ton. Mein Schatz, sie haben uns gesucht. Hubschrauber haben uns gesucht.«
»Und ... und warum hast du nichts gesagt?« Sie sah ihn mit glänzenden Augen an.
»Hätte ich das sollen?«
»Nein.«
»Das habe ich mir gedacht.« Zynaker drückte sie an sich. »Die Rettung war so nah. Zwei, drei Raketen hätten genügt, den Hubschraubern den Weg zu weisen. Ich habe zehn rote Raketen bei mir, aus dem Flugzeug mitgenommen. Wir hätten längst wieder in Port Moresby sein können.«
»Ich möchte nicht nach Port Moresby. Ich will meinen Vater suchen, und ich will bei dir sein.«
»Das bist du ja.«
»Ich danke dir.« Sie lehnte sich ganz in seinen Arm, der sie umfaßt hielt. »Ich danke dir, daß du die Raketen nicht abgefeuert hast.«
»Ich konnte es einfach nicht.«
»Und du glaubst, daß niemand sonst die Motorengeräusche gehört hat?«
»Bis jetzt hat keiner etwas gesagt. Reißner hätte bestimmt gebrüllt: ›Da ist ein Flugzeug!‹ und hätte einen Tanz aufgeführt.«
»Und du glaubst, daß sie uns weiter suchen?«
»Ja. Aber in den vergangenen Tagen habe ich kein Geräusch mehr gehört. Sie werden ein anderes Gebiet abfliegen.«
»Aber Lieutenant Wepper weiß doch ganz genau, welches Tal ich suche.«

»Der Funkverkehr brach ab, als ich runter mußte. Wir können uns auch verflogen haben, werden sie denken.«

»Die Flugzeugtrümmer muß man doch sehen!«

»Nur, wenn sie tief genug fliegen. Liegt, wie meistens, Nebel über dem Tal, haben sie keine Sicht. Außerdem weiß ich nicht, ob die Trümmer nicht von der Strömung mitgerissen worden sind. Der Vorderteil mit den Motoren natürlich nicht, aber die beiden hinteren Wrackteile könnten schon weggeschwemmt sein.«

»Sollen wir es den anderen sagen, mein Schatz?«

»Was? Daß ich Hubschrauber gehört habe? Auf keinen Fall! Reißner und Kreijsman brächten mich gemeinsam um.«

In diesen Tagen geschah es auch, daß Schmitz ein Stück an dem schmalen, silberklaren Gebirgsbach hinaufging, von dem ein Teil Wasser über Holzrinnen zu den Uma geleitet wurde. Es war eine primitive, aber für dieses Urvolk geniale Konstruktion, die, wie alles Einfache, ohne Störung funktionierte.

Schmitz setzte sich auf einen umgestürzten Baum am Ufer des Baches und dachte an Lakta. Er war in der letzten Zeit oft in Dai Puinos Haus gewesen, hatte an Sapas Lager gesessen und die Krisentage über bei ihr gewacht. Lakta hockte dann auf der anderen Seite des Lagers und sah zu, wie er mit dem Stethoskop Sapas Herzschlag kontrollierte oder den Blutdruckmesser um ihren Oberarm wickelte, ihn aufpumpte, die Luft wieder abließ und die Werte auf dem Manometer ablas. »Willst du mal hören?« fragte er eines Abends und hielt ihr das Stethoskop hin.

Sie schüttelte den Kopf und starrte das Gerät, von dem sich der weiße Mann zwei Schläuche in die Ohren steckte und dann über die Brust ihrer Mutter tastete, wie eine giftige Schlange an. Schmitz machte es ihr noch einmal vor, zog sie dann zu sich herüber und steckte ihr die Schläuche in die Ohren. Sie zitterte wie in einem Krampf, preßte die Lider zusammen und wurde steif wie eine Puppe. Schmitz setzte die Membrane auf Sapas Herz und sah Lakta an. Erst zuckte es über ihr Gesicht, dann riß sie die Augen auf, beugte sich über ihre Mutter und begriff plötzlich, daß sie durch das Teufelsgerät den Herzschlag ihrer Mutter hörte. Ganz deutlich, wie ein dumpfes, rhythmisches Trommeln. Sie hob die Membrane ab. Stille. Sie drückte sie wieder auf das Herz. Das Klopfen des Lebens. So ungeheuerlich war das für sie, daß sie den Oberkörper im Takt des Herzschlags hin und her wiegte. Dann zog ein seliges Lächeln über ihr ganzes Gesicht, sie sagte zu Schmitz einige schnelle Worte, drückte die Membrane an ihre linke Brust, riß die Schläuche aus ihren Ohren und hielt sie Schmitz hin. Ich auch, hieß das. Ich auch. Hör mein Herz an …

Schmitz steckte die Schläuche in die Ohren, aber dann zögerte er. Er preßte die Lippen zusammen und spürte, wie es plötzlich heiß durch seine Adern zog. Jetzt bist du ein Arzt, sagte er zu sich, du Vollidiot, nichts anderes als Arzt. Denk, in deiner Praxis sitzt dir ein farbiges Mädchen gegenüber, der du das Herz abhorchen mußt. Eine Patientin, sonst nichts. Und wenn sie noch so schöne Brüste hat – es sind die Brüste einer Patientin. Spielst du dann immer verrückt? Dann such dir einen anderen Beruf aus, aber lauf davon, so schnell du kannst, gib den Arztberuf auf, dem du nicht gewachsen bist.

Schmitz beugte sich vor und korrigierte den Sitz der Membrane. Dabei mußte er Laktas linke Brust etwas anheben. Wie ein Schlag fuhr es durch ihn, als er Lakta berührte, seine Hand unter ihre Brust schob und ihre leichte Schwere spürte. Er hörte, wie Laktas Herz schlug. Schnell, sehr schnell, ein dauerndes rasendes Hämmern. Ein Gewitter von Schlägen, ein Niederprasseln aus stürmischer Hingabesehnsucht. Ein klopfendes Rauschen, das in seinem Herzen widerklang.

Schmitz setzte das Stethoskop ab und ließ Laktas Brust los. In ihren Augen lag ein Fieberglanz, der ihm den Atem nahm.

Sie nahm ihm das Stethoskop aus der Hand, knöpfte sein Hemd auf, drückte die Membrane an sein Herz und steckte sich die Schläuche in die Ohren. Mit geschlossenen Augen hörte sie seinen wilden Herzschlag, begann sich wieder im Takt zu wiegen, aber jetzt war es kein Schwingen mehr wie bei ihrer Mutter, sondern mehr ein ruckartiges Zucken, schneller und immer schneller.

»Ja, das ist mein Herz, Lakta«, sagte er und war jetzt froh, daß sie seine Sprache nicht verstand. »Ja, so schlägt es, wenn ich dich ansehe, wenn ich dich berühre, wenn ich dir sagen möchte: ›Ich liebe dich.‹ Jeder Schlag ist ein Ruf: ›Komm zu mir, komm, laß mich dich fühlen … ‹ Lakta, ich bin verrückt.«

Als sich sein Herz wieder beruhigte und in einen normalen Schlag überging, öffnete Lakta die Augen, nahm die Membrane von seiner Brust und tastete mit ihr über sein Gesicht. Sie drückte das Stethoskop auf seinen Mund, und er küßte es. Der fremde Laut ließ sie zusammenschrecken, und sie starrte ihn verwundert an.

»Ich liebe dich, Lakta«, flüsterte er. »O Gott, wie liebe ich dich …« Sie verstand es natürlich nicht, aber sie fühlte, daß er etwas Zärtliches sagte, etwas Schönes, etwas, was nur für sie bestimmt war. Sie riß den Hörbügel aus ihren Ohren, warf Schmitz das Stethoskop zu, schnellte aus den Knien hoch und lief aus dem Haus.

Auch sie hat Menschenfleisch gegessen, durchfuhr es ihn. Ich liebe eine Kannibalin – wäre das nicht ein Grund, verrückt zu werden?

Diese Stunde behielt Schmitz für sich, vergrub sie tief in seinem Herzen und erzählte auch Leonora nichts davon. Ein Mensch kann sich in die Geheimnisse seiner Liebe einhüllen wie in einen wärmenden Mantel – es ist die Geborgenheit des Glücks, die man nur teilen kann mit dem einzigen Menschen, den man liebt.

So saß denn Schmitz jetzt auf einem Baumstamm am Rande des kleinen Bergbaches und dachte an Lakta, gefangen in der Erkenntnis, daß diese Liebe sinnlos war und unglücklich enden würde. Auch wenn er sich gegen diese bittere Wahrheit sträubte, wenn sein Gefühl ihn überwältigte, sagte ihm doch sein Verstand, daß zwei Welten nicht zusammenzufügen waren, ohne daß eine von ihnen zerbrach. Es genügte nicht, einfach nur ein Mensch zu sein, so wie ein Vogel ein Vogel ist oder ein Hund ein Hund. Ein Mensch ist komplizierter, er trägt so viel mit sich herum.

Lakta, warum mußte ich dich sehen? Das Schicksal ist so grausam.

Unwillkürlich schloß er die Augen und hielt den Atem an. Er hatte nichts gehört, kein Knacken von Zweigen, kein Knirschen des Sandes, nur den plätschernden Laut des Baches. Und doch legten sich jetzt von hinten zwei Arme um seinen Nacken, Arme mit einer seidigen braunen Haut, und ein Kopf legte sich auf seinen Kopf, und ein fremder Atem hauchte über seine Schläfe. »Lakta«, sagte er und erkannte seine eigene Stimme nicht mehr, »Lakta ...«

Sie rieb ihr Kinn auf seinem Kopf, saß dann plötzlich neben ihm, nahm seine linke Hand und legte sie auf ihre Brust. Sie war nackt, vollkommen nackt, ohne Lendenschurz und Bemalung, ein wunderschöner, glänzender Körper, der nach einer fremden Blume roch.

»Lakta«, sagte er wieder, »warum tust du das?«

Es war eine dumme Frage, deren Antwort laut in ihm erklang. Er wollte seine Hand zurückziehen, aber ihre Finger krallten sich in ihr fest, und mit einer Kraft, die er nie in diesem zarten Körper vermutet hätte, drückte sie seine Hand noch fester auf ihre Brust.

Schmitz gab jeden Widerstand auf. Von ihren strahlenden Augen angezogen, von der Empfindung ihrer Brust in seiner Hand willenlos geworden, zog er mit dem anderen Arm Lakta an sich heran, und als sie den Kopf zurückwarf, um Kinn an Kinn zu reiben, stützte er ihren Nacken ab und küßte sie. Die Berührung der Lippen, dieser erste Kuß, den sie bekam, dieses unbekannte, plötzlich den ganzen Körper durchjagende Gefühl, dieser nie erlebte Aufruhr in ihrem Blut, dieses völlige Aufgehen in Atemlosigkeit und Lust, Verlangen und sehnsüchtiger Erfüllung war wie ein süßer Schmerz, der sie betäubte. Unbewußt öffnete sie die Lippen, als wolle sie schreien, und dann spürte sie seine Zunge an ihrer Zunge, und ihr war, als vergehe sie.

Nur ganz kurz, nur zwei oder drei Sekunden dauerte diese Bewußtlosigkeit, dieses Eintauchen in eine neue Welt der Gefühle, dann regte sie sich wieder, drängte ihren nackten Körper an ihn und umklammerte ihn mit beiden Armen.

Als sie zum zweitenmal ihre Lippen aufeinanderdrückten und ihr schlanker, glatter, nackter Leib sich an ihm wand wie eine Schlange, war kein Rauschen des Bachs mehr um sie, kein Urwald, kein Kreischen der Regenwaldvögel, kein Rascheln der Farne – sie waren allein in einem unendlichen Raum, in dem aus zwei Körpern ein Körper wurde.

Erst am Abend, nachdem Schmitz und Leonora der fast schmerzfreien Sapa die nächtliche Injektion gegeben hatten, sagte Schmitz: »Chefin, bevor wir zu den anderen zurückkehren, möchte ich mit Ihnen ein paar Minuten allein reden.«

»So feierlich, Pepau?« Sie musterte ihn nachdenklich. »Was ist los? Wir sind jetzt allein.«

»Jagen Sie mich weg!«

»Warum? Und wohin? Zurück an den Fluß?«

»Ich ... ich habe nicht anders gekonnt. Ich war nicht stark genug, und ich wollte auch nicht stark sein.«

»Lakta?«

»Ja.«

»Mein Gott! Pepau, du bist wahnsinnig geworden!«

»Das bin ich, aber dieser Wahnsinn ist göttlich! Ich möchte von ihm nie mehr geheilt werden.«

»Und was nun?«

»Ich weiß es nicht.«

»Wenn nun Lakta von dir ein Kind bekommt? Die Uma bringen dich und uns um. Hast du daran nicht gedacht?«

»Nein. Ich habe an nichts mehr gedacht. Nur sie war noch da, nur sie allein. Können Sie das verstehen?«

Leonora dachte an Zynaker, an diese Liebe, die ebenfalls ein völliges Vergessen der Umwelt war, nur erfüllt vom Flüstern ihrer Stimmen, vom Tönen ihrer Körper und vom Seufzen ihrer Herzen. Sie blickte auf die Spitzen ihrer Stiefel und wagte nun ihrerseits nicht, Schmitz anzusehen.

»Ich könnte es verstehen ...«, sagte sie langsam.

»Und was hindert Sie daran?«

»Die äußeren Umstände, Pepau. Warum muß ich immer wieder das Gleiche sagen? Gibt es auf der Welt nicht Millionen schöner Mädchen, in die du dich verlieben kannst? Muß es ausgerechnet Lakta sein?«

»Eine Kannibalin ...«

»Diesmal habe ich es nicht gesagt.«

»Aber gedacht. Und ich habe es auch gedacht, es war meine einzige Abwehr. Aber sie war nicht stark genug. Lakta war stärker.«

»Ihr wunderschöner Körper.«

»Nicht nur. Als wir uns umarmten, war das mehr als Körper an Körper. Es war ein Gefühl, das ich noch nie empfunden habe, von dem ich gar nicht wußte, daß es so etwas gibt. Ein Wunder geschah, ein neuer Himmel wölbte sich über uns, geschaffen aus einem unendlichen Glücksgefühl. Begreifen Sie das?«

»Ja«, sagte sie leise. »Ja, ich begreife es.« Ihre Liebe zu Zynaker ergriff sie wieder, ihre Sehnsucht nach seinen Händen, seinen Lippen, seinen Worten. »Es gibt so etwas. Aber es ist selten, so selten.« Sie warf den Kopf hoch und sah ihn voll an. »Pepau, ich kann dir keinen Rat geben, du mußt allein da durch. Es wird ein verdammt steiniger Weg sein.«

»Unsere Liebe wird ihn schaffen.« Er holte tief Atem und blickte zu dem abendgrauen Himmel hinauf. »Sie lieben Donald doch auch ...«

»Was sagst du da?« Sie fuhr herum, als habe man sie geschlagen. »Wie kannst du so etwas behaupten?«

»Wenn die anderen blind sind, Pater Lucius und ich wissen es.«

»Ihr wißt gar nichts!«

»Vor drei Tagen – Sie hatten Nachtwache bei Sapa – kam ich gegen zwei Uhr morgens ins Haus, um Sie abzulösen. Sie lagen auf den Matten und schliefen fest.«

»Pepau, das bleibt unter uns, nicht wahr?«

Er nickte und fuhr fort: »Sie schliefen nicht nur fest, Sie träumten auch. Und Sie sprachen im Traum. Ganz deutlich. Sie sagten: ›Wie ruhig bin ich in deinen Armen!‹«

»Das ist nicht wahr!«

»Und Sie sagten weiter: ›Mein Schatz, ich habe noch nie so geliebt ...‹«

Ihre Worte ... Jedes einzelne kannte sie, sagte es immer wieder, lebte mit ihnen, als seien sie ein Teil ihrer Seele. »Ein Alptraum!« sagte sie mit harter Stimme. »Pepau, das war ein Alptraum.«

»Ich hätte es geglaubt, wenn nicht der Name Donald gefallen wäre.«

»Ich habe niemals ›Donald‹ gesagt!«

»Doch. Sie sagten: ›Donald, mein Liebling ... ‹ Und das ganz klar.«

Leonora schwieg und ging dann weiter.

Schmitz blieb an ihrer Seite. »Natürlich ist Zynaker kein Kannibale«, sagte er. »Er ist in einer anderen Zeit geboren, aber er ist ein Mensch wie Lakta. Sie wird nie wieder Menschenfleisch essen.«

»Das glaubst du?«

»Ich weiß es. Sie hat doch nichts anderes gekannt, sie ist aufgewachsen damit. Wir schlachten auch Kühe, Kälber und Schweine, schießen Rehe und Hirsche, fangen Fische und schmeißen die Hummer lebend ins kochende Wasser, damit sie schön rot werden. Lebend ins kochende Wasser! Sind wir besser als Kannibalen? Töten wir nicht milliardenfach, um zu leben? Wir schlürfen das zuckende Fleisch der Austern und nennen es Genuß! Wir sieden Schnecken und reißen den Fröschen die Schenkel aus! Wir essen, was nur eßbar ist, und der Unterschied ist der, daß die Uma ihre Speisenkarte um Menschenwaden und Schulterbraten erweitert haben – eben weil das eßbar ist. Wer hat sie unsere Moralbegriffe gelehrt? Wer hat ihnen gesagt: ›Ihr dürft alles essen, vom süßen Ferkelchen bis zum niedlichen Lämmchen, nur einander dürft ihr nicht essen‹? In ein paar Wochen werden sie es hören, wenn Pater Lucius es ihnen predigt. Und sie werden staunen, wenn man ihnen sagt: ›Ihr dürft kein Geschöpf Gottes essen!‹ Sind ein Reh oder ein Fasan nicht Geschöpfe Gottes? Weil sie mich liebt, wird Lakta die erste sein, die von Pater Lucius bekehrt und getauft wird. Nur eine Frage dazu: Ist sie dadurch ein anderer Mensch geworden? Nur durch ›Ich taufe dich im Namen des Vaters, des Sohnes und des Heiligen Geistes‹ und ein bißchen Wasserspritzen? Sie hat die gleiche Haut, den gleichen Körper, die gleichen Lippen, die gleiche Liebe, das gleiche Herz.«

»Bist du fertig, Pepau?« fragte Leonora.

Schmitz holte tief Luft. Er hatte sich in Erregung geredet. »Für heute ja.«

»Willst du es den anderen sagen?«

»Noch nicht.«

»Also doch Hemmungen?« Sie lächelte ihn an. »Ich habe es dir gesagt: Es wird ein steiniger Weg. Aber du schaffst es.«

»Bestimmt. Helfen Sie mir dabei, Chefin?«

»So gut ich kann, Pepau.«

Das alles lag nun wochenlang zurück.

Pater Lucius hatte seine Kirche mit einem Gottesdienst eingeweiht, bei dem die Weißen allein waren mit Ausnahme von Dai Puino, der voller Neugier, in seinem Flugzeugsessel sitzend, den zwei seiner Söhne ihm überallhin nachtragen mußten, zusah, wie der Pater vor einem Kreuz betete, wie er Hostie und Wein weihte und Samuel, im Lendenschurz der Uma, das Weihrauchkesselchen schwenkte und mit einem silbernen, hellklingenden Glöckchen bimmelte. Die Predigt, die Pater Lucius unter dem Motto »Herr, Deine Güte währet ewiglich« hielt, war kurz und bedeutungsvoll. Er sagte: »Herr, sieh hernieder auf Dein neues Haus, gebaut und geweiht im noch unerforschten Land. Blicke gütig auf uns herab, denn bald werden hier vor Dir Menschenkinder knien, die nicht wußten, daß es Dich gibt, und die nun voll Glauben an Deine Liebe ihre Seelen in Deine Hände legen. Und mehr und mehr werden es werden, die zu Dir finden, die ihren Götzen und Geistern entfliehen, um Frieden zu suchen in Deiner Gnade. Ein kleines, großes Werk ist begonnen. Laß Dein Auge auf uns ruhen und hilf uns, Herr.«

Darauf sangen sie ein Kirchenlied, und es stellte sich heraus, daß Schmitz einen schönen, hellen Tenor besaß und Reißner einen brüllenden Bariton, der alles übertönte.

Am Schluß des Gottesdienstes blieb Reißner breitbeinig in der Kirche stehen.

»Was ist?« fragte Pater Lucius.

»Wo bleibt der Klingelbeutel?«

»Hier gibt es keinen, John Hannibal.«

»Eine Kirche ohne Klingelbeutel?« Reißner wandte sich abwinkend zur Tür. »Dann ist das noch keine richtige Kirche. Ich bin gewohnt, daß nach dem Singen kassiert wird.«

»Er kann's nicht lassen«, sagte Leonora vor der Kirche. »Dabei hat gerade er mit Inbrunst gesungen.«

In diesen Tagen begann Leonora mit der Suche nach James Patrik. Die Karten, die man von diesen Gebieten hatte, waren nach Luftaufnahmen gezeichnet worden und nutzten im Urwald gar nichts. Man konnte zwar Entfernungen messen, aber nicht sagen, was unter der riesigen grünen Baumdecke, in den Bergen, Schluchten und Tälern, an den Flüssen und in den Sümpfen lebte.

Zunächst zeigte Leonora einige Fotos ihres Vaters dem nun durch Bilder nicht mehr umfallenden Dai Puino. Reißner hatte mittlerweile die ganze Familie fotografiert. Die Polaroidbilder hingen in Dai Puinos Hütte, mit Blütenkränzen geschmückt. Sein zweites Gesicht mußte man ehren.

Dai Puino betrachtete die Fotos und schüttelte den Kopf. Samuel hatte übersetzt: »Kennst du den Mann?«, und voll Hoffnung wartete Leonora auf die Reaktion des Häuptlings. Auch das Bild des Piloten Steward Grant brachte sie nicht weiter; wieder schüttelte Dai Puino den Kopf.

»Dein Vater kann auch bei den Pogwa verschollen sein«, sagte Zynaker. »Das Gebiet der Pogwa grenzt an das der Uma.«

»So etwas spricht sich herum, Donald. Das tragen die Trommeln von Stamm zu Stamm. Aber Vater muß nach seinen Aufzeichnungen hier gewesen sein, oder seine Angaben stimmen nicht.«

»Das ist auch möglich.«

»Vater war ein äußerst gründlicher, ja fast pedantischer Mensch. Wenn er Angaben machte, dann waren sie genau.«

»Und wenn er gar nicht mit Wilden in Berührung gekommen und im Urwald gestorben ist?«

»Zusammen mit Grant?«

»Wer weiß, wie sie runtergekommen sind? Vielleicht haben sie nicht so viel Glück wie wir gehabt.«

»Aber Trümmer muß es doch geben!«

»In zehn Jahren hat der Urwald sie verschlungen. Sie sind längst von Riesenfarnen und Lianen überwuchert und werden nie entdeckt werden. Wenn ganze Städte im Wald verschwinden – denk nur an die erst jetzt gefundenen Ruinen der Azteken- und Tolteken-Tempel –, was ist dagegen eine kleine einmotorige Maschine? Die war nach drei Jahren schon nicht mehr sichtbar.«

»Dann wäre es vielleicht sinnvoller, erst die Trümmer zu suchen und dann meinen Vater. Von den Trümmern aus könnten wir eine Spur finden.«

»Vielleicht liegen Patrik und Grant sogar in dem Wrack. Auch das ist möglich.«

»Sehr logisch sogar. Sie sind aus irgendeinem Grund abgestürzt, mitten in den Regenwald, und in den Trümmern geblieben. Sie haben den Absturz nicht überlebt. Ich bin immer – ich weiß nicht, warum – davon ausgegangen, daß Vater überlebt und sich zu einem Stamm durchgeschlagen hat. Allein oder mit Grant.«

»Oder sie wurden von Kopfjägern getötet.«

»Das befürchte ich. Ihre Köpfe hängen vielleicht in einem Männerhaus oder über der Tür einer Häuptlingshütte. Sieh dir nur Dai Puinos geschmückten Eingang an. Da fehlt nichts, vom Kopf bis zum Wadenbein.« Sie faltete die Karten zusammen und warf sie auf die Erde. »Schatz, wir sollten nach dem Flugzeugwrack suchen.«

»Und unser Wrack endlich ausschlachten. Ich könnte dir aus dem Aluminiumrumpf ein festes Haus bauen.«

»Unser Haus.«

»Unser Haus wird einmal am schönsten Strand von Port Moresby stehen. Ich kenne da einige herrliche Fleckchen Erde.«

»Und wovon willst du das bezahlen?«

»Wir werden unser Geld zusammenwerfen, Liebling.«

»Bitte.« Sie hob ein paar Steinchen auf und drückte sie Zynaker in die Hand. »Das ist alles. Mein ganzes Geld steckt in der Expedition. Ich bin ärmer als jeder Uma hier, ich habe noch nicht mal ein Schwein oder ein Huhn.«

»Mit der Ausbeute der Expedition werden wir reich werden, Schatz. Du wirst ein Buch darüber schreiben.«

»Ganz sicher. Aber ob es jemand lesen will?«

»Wir werden Vorträge halten, in der ganzen Welt.«

»Das geht nicht. Wer soll auf die Kinder aufpassen?«

»Du willst ein Kind?«

»Drei oder vier. Ja nicht nur eins! Ich bin ein Einzelkind, und ich habe bitter lernen müssen, in einer Gemeinschaft zu leben. Ich war für meinen Vater das Prinzeßchen, und er war nie da.« Sie lachte laut. »Schatz, laß uns erst die Flugzeugtrümmer suchen.«

»Warum lachst du dabei?«

»Weil wir von Kindern reden und noch nicht einmal wissen, was morgen ist.«

»Du würdest mich heiraten?«

»Nur dich! Aber erst suchen wir das Wrack.«

Zynaker, als Pilot an exakte Daten und Ortsbestimmungen gewöhnt, schlug die Suche nach Planquadraten vor. »Sie ist die sicherste«, sagte er, »und die gründlichste, aber sie wird auch viel Zeit kosten.«

»Zeit ist das einzige, was wir im Überfluß haben.« Leonora beugte sich über die große Generalstabskarte, die sie vom Ministerium bekommen hatte. Sie lag auf dem gleichen Klapptisch, auf dem man Sapa operiert hatte. Reißner, Kreijsman und Schmitz standen um sie herum und sahen zu, wie Zynaker mit einem Lineal das Gebiet um sie herum in Quadrate aufteilte.

»Das sieht sich alles schön an«, sagte Reißner und tippte mit dem Zeigefinger auf die Karte. »Aber hier gibt es keinen Pfad, es geht die Berge hinauf und hinunter, durch Schluchten und über Flüsse, immer durch verfilzten Urwald. Das heißt, daß wir uns Meter um Meter den Weg freischlagen müssen.«

»Unter Umständen ja.« Zynaker zeichnete weiter seine Quadrate.

»Was heißt ›unter Umständen‹?«

»Die Uma werden uns helfen.«

»Wege schlagen?«

»Nicht nur. Wenn die Pogwa die Uma überfallen oder umgekehrt, müssen sie Pfade durch den Urwald kennen. Und da alle Stämme einander bekriegen, muß das undurchdringliche Dickicht durchlöchert sein wie ein Schweizer Käse. Aber diese Gänge kennen nur die Eingeborenen.«

»Mit anderen Worten: Ohne unsere Kopfjäger geht gar nichts.«

»Genau, das meine ich damit.«

»Und wenn Dai Puino nicht mitspielt?«

»Er wird, John Hannibal. Ich habe ihn mit meinem Flugzeugsessel zum mächtigsten Mann seiner Welt gemacht. Jeden Tag, wenn er in ihm sitzt, muß er sich daran erinnern. Er hat also allen Grund, uns seine Dankbarkeit zu beweisen.«

»Hoffen wir, daß der alte Gauner dazu fähig ist.«

»Ich glaube doch. Unser Pater wird das hinbiegen«, sagte Kreijsman und fuhr fort: »Ihr wißt es noch nicht. Ich habe es heute morgen zufällig gesehen: Lakta ist zu Pater Lucius in die Kirche gegangen und läßt sich von Jesus erzählen.«

Leonora warf einen schnellen Blick auf Schmitz. Er hatte den Kopf gesenkt, und sie wußte, was jetzt in ihm vorging. Du hast recht behalten, Pepau. Die Liebe überspringt Jahrtausende. Sie ist wirklich ein immer wiederkehrendes Wunder.

»Das erste Schäflein, das zum guten Hirten kommt.« Reißner lachte dröhnend. »In einem halben Jahr werden hier Choräle gesungen, wetten? Die Frauen und Mädchen tragen Büstenhalter, die Männer verzichten auf ihr Penisfutteral und spiegeln nicht mehr Supermänner vor.«

»Müssen Sie immer nur schweinigeln?« Kreijsman schüttelte den Kopf. »Ja, noch was: Ist es eigentlich nicht saudumm, daß wir uns immer noch siezen? Wir sitzen auf Gedeih und Verderb im selben Boot. Wenn unsere Chefin nichts dagegen hat –«

»Nein! Warum auch?« Sie lachte und sah Reißner an. »Mit einem Du kann man Dinge leichter sagen, die beim Sie schwerer sind.«

»Dann steht mir ja noch was bevor.« Reißner machte eine kleine Verbeugung vor ihr. »Leonora, wetz dich nur an mir, ich habe ein dickes Fell.«

Die Suche wurde nun systematisch aufgenommen. Pater Lucius blieb im Dorf der Uma, um seine Mission zu beginnen. Sie war nicht auf Erzählen und Erklären beschränkt, sondern viel wichtiger war es, den Eingeborenen – der Pater lehnte es ab, wie Reißner sie Wilde zu nennen – zu zeigen, wie man sich das harte tägliche Leben erleichtern konnte, wenn man die nötigen Hilfsmittel und Werkzeuge dazu hatte.

Es begann mit einem neuen Wunder, vor dem die Uma fassungslos standen: Mit der mitgenommenen benzinbetriebenen Motorsäge fällte der Pater innerhalb weniger Minuten einen dicken Baum. Noch mehr aber als das Durchschneiden des Stammes versetzte der Motorenkrach die Uma in helle Begeisterung. Als der Motor losknatterte, klatschten sie in die Hände und sprangen von einem Bein auf das andere. Dai Puino, der auch gekommen war und in seinem Sessel saß, bewies, daß er wirklich der Größte war: Er ließ sich von Pater Lucius zeigen, wie man die Säge hielt, wie man sie anstellte, und dann fällte er selbst einen Baum. Die Krieger stimmten ein Geschrei an und traten gegen den gefällten Stamm, als sei er ein besiegter Feind. Mit stolzem Blick gab Dai Puino die Motorsäge an Pater Lucius zurück.

Leonora, Reißner, Kreijsman und Schmitz zogen unterdessen durch das erste Planquadrat. Samuel hatte fünf Krieger als Führer bekommen und ging ihnen voraus. Reißner und Schmitz hatten jeder ein Gewehr mitgenommen. Keiner wußte ja, ob wilde Tiere im Dickicht lebten, es sollte – so hatte Zynaker gehört – Panther und Jaguare geben. Oder Tiere, die man noch nie gesehen hatte? Überbleibsel aus der Urzeit?

Schon am ersten Tag sahen sie, daß Zynaker richtig vermutet hatte: Der Urwald war durchlöchert.

Die Führer waren in weit auseinandergezogener Kette dem Trupp vorausgegangen, um die Pfade, die oft nur so schmal waren, daß ein Mensch gerade aufrecht gehen konnte, vor den feindlichen Pogwa zu sichern. Sie wurden von Affen verfolgt, die sich kreischend von Baum zu Baum schwangen und damit andere Tiere warnten. Aber sie hätten auch die Feinde der Uma verraten, wenn sie in der Nähe gewesen wären. Das Warnsystem des Urwalds funktionierte vorzüglich; es half jedem zu überleben.

Nach einem Marsch von vier Stunden durch den feuchten Wald, in dem die Hitze das Atmen schwer machte, blieb Reißner stehen. »Genau genommen sind wir Idioten«, sagte er keuchend. »Wir winden uns auf Kopfjägerpfaden durch die Wildnis, aber was links und rechts von uns liegt, wissen wir nicht. Wenn hier in der Nähe der Gänge ein Flugzeug durch die Baumkronen gekracht wäre, dann wüßten es die Eingeborenen. Wenn es fünfhundert Meter links oder rechts von uns passiert ist, hat der Urwald es aufgefressen. Das ist doch logisch, nicht? Und nach zehn Jahren sieht man auch keine Einschlagstelle mehr. Leonora, was bringt uns dieser Spaziergang außer Blasen an den Füßen?«

Zynaker mußte Reißner recht geben, er hatte genau so gedacht, es aber nicht ausgesprochen. Wenn von den Eingeborenen keine Hilfe kam, war es unmöglich, in dieser unzugänglichen Urlandschaft zu suchen und etwas zu finden. Nur Erzählungen der Uma oder Pogwa und anderer Nachbarstämme brachten sie weiter. Zu ihnen aber kamen sie nie, wenn

Uma-Führer sie begleiteten. Es konnte dann nur ein Gemetzel werden.

»Was nutzen uns die ganzen schönen Planquadrate, wenn wir nicht in sie hineinkommen?« fuhr Reißner ungerührt fort. »Wir können doch nicht einige Quadratkilometer Urwald abholzen! Ich schlage vor, wir kehren um und überlegen uns, ob wir nicht Kontakt mit anderen Stämmen aufnehmen sollten.«

Zynaker sah Leonora fragend an. An seinem Blick erkannte sie, daß er genau so dachte wie Reißner. Sie nickte stumm.

Samuel kam zurück, um zu sehen, wo die Kolonne blieb. »Alles frei!« sagte er. »Massa, es gibt keine fremden Krieger.«

»Ruf die Uma zurück! Wir kehren um.«

Samuel glotzte sie verständnislos an. Aber wer versteht schon die Weißen? Mit einem Flugzeug voller Sachen fliegen sie in den Urwald, um Massas Vater zu suchen, und als es losgeht, kehren sie um. Kann man das begreifen?

Samuel legte die Hände wie einen Trichter vor den Mund und stieß einen markerschütternden Schrei aus. Kurz darauf antworteten ihm fünf gleiche Schreie aus der Ferne. Die Uma liefen leichtfüßig und lautlos zurück.

Von weit her hörte man jetzt die dumpfen Laute von Baumtrommeln. In Samuels Augen sprang ein Erschrecken. »Die Pogwa haben uns schon gesehen«, stammelte er. »Gut, daß Massa umkehrt!«

Ihre schnelle Rückkehr ins Dorf wurde von den Uma teilnahmslos hingenommen. Um so größer war die Wirkung bei Pater Lucius und Lakta. Der Pater stürzte aus seiner Kirche und lief der kleinen Karawane entgegen. Lakta preßte ihre Hände gegen ihre Brüste und war glücklich. Pepau kam zurück, sein Kopf blieb nicht bei den Pogwa, er lachte ihr zu und winkte.

Sollte der neue Gott, von dem Pater Lucius erzählte, wirklich geholfen haben? Zum erstenmal hatte Lakta am frühen Morgen, als die Kolonne losgezogen war, vor dem Kreuz auf dem Klapptisch gekniet und die Hände gefaltet, wie sie es bei Pater Lucius gesehen hatte. Sie ahnte, daß man so mit diesem

Gott sprechen konnte, und sie sprach mit ihm in ihrer Sprache und sagte: »Laß ihn wiederkommen. Beschütze ihn. Töte die Pogwa.« Sie wußte noch nicht, daß dieser neue Gott nicht tötete, sondern sagte: »Liebet eure Feinde.« Aber er hatte sie gehört. Pepau war zurückgekommen. Sie mußte es nachher ihrem Vater erzählen.

»Was ist passiert?« rief Pater Lucius im Laufen. »Ihr wolltet doch ein paar Tage ausbleiben.«

»Nichts ist passiert, im wahrsten Sinne des Wortes.« Reißner wischte sich mit dem Handrücken den Schweiß von der Stirn. »Wir rennen ins Leere, weiter nichts. Wir wackeln auf Eingeborenenpfaden durch den Urwald, aber was um uns herum ist, das erfahren wir nie. Da kommen wir auch nicht hin. Sollen wir uns Meter um Meter kreuz und quer durchschlagen, durch das ganze Gebiet? Berg rauf, Berg runter, durch die Täler und Uferdschungel? Die berühmte Nadel im Heuhaufen ist ein Kinderspiel dagegen. Und zehn Jahre Regenwald decken alles zu. Wir müssen auch mit den anderen Stämmen Kontakt aufnehmen.« Er lachte rauh. »Pater, das gibt für dich noch einige Kirchen mehr.«

»Hoffentlich. Ich bin bereit.«

In dieser Nacht schlief Leonora nicht mehr im Frauenhaus. Dai Puino hatte für sie eine kleine runde Hütte bauen lassen und den Schlafsack bestaunt, den sie auf den Boden legte. Als sie ihm zeigte, wie man in ihn hineinschlüpft und den Reißverschluß zuzieht, war er so begeistert, daß er es ihr sofort nachmachte, in den Schlafsack krabbelte und dann mit einem glücklichen Lächeln liegen blieb. Nur sein runzliger Kopf ragte aus dem Sack hervor.

»Wir müssen Dai Puino einen Schlafsack schenken«, sagte Leonora, nachdem sie die Hütte bezogen hatte. »Er ist ganz verrückt danach. Vor allem der Reißverschluß hat's ihm angetan.«

Bevor es dunkel wurde, trug Schmitz einen Schlafsack zu Dai Puinos Hütte. Der Alte war außer sich vor Freude, klatschte in die Hände, umarmte Schmitz und rieb sein Kinn an Pepaus

Kinn. Im Hintergrund stand Lakta und sah ihnen zu. Sie lächelte versonnen und sah Schmitz mit strahlenden, glücklichen Augen an. Sie wußte, daß es unendlich Schöneres gab als Kinnreiben.

An diesem Abend der ersten Niederlage saß Zynaker in Leonoras Hütte und trank mit ihr eine Flasche Wein, die sie im Bergbach gekühlt hatten. Sie tranken ihn aus Tonbechern, die sie mitgenommen hatten. Er verstand, daß sie schweigend aß und trank. Die Enttäuschung war zu groß, sie lastete auf ihr wie ein erdrückendes Gewicht.

Zynaker wartete deshalb eine ganze Weile, bevor er sie ansprach. »Du hast gesagt, wir hätten Zeit, viel Zeit.«

»Ja.«

»Wir müssen nach neuen Anhaltspunkten suchen.«

»Wo? Ich habe alles zusammengetragen, was einen Hinweis geben könnte. Es kann keine neuen, unbekannten Spuren mehr geben. Genaueres als die Aufzeichnungen, die mein Vater vor seinem Abflug in Kopago hinterlassen hat, kann es nicht geben.«

»Und die besagen: Es war hier, in diesem Tal?«

»Wäre ich sonst hier? Er hat es genau beschrieben.«

»Dann verschweigen uns die Uma etwas.«

»Oder die Pogwa.«

»Du willst zu den Pogwa, Schatz? Sie sind der gefürchtetste und blutrünstigste Stamm des Hochlands.«

»Das wissen wir erst jetzt. Die Uma hätten es auch sein können, und jetzt sind wir Freunde.«

»Deine Logik ist umwerfend, Liebling.«

»Aber sie stimmt. Gib es zu.«

»Leider.« Zynaker nahm ihre Hand und küßte die Innenfläche.

»Warum nur die Hand?« fragte sie.

»Die Nacht ist noch lang.«

»Jede Nacht mit dir ist zu kurz. Der Tag müßte zwölf und die Nacht vierundzwanzig Stunden haben.«

»Wir können einen neuen Kalender einführen, unseren Kalender, und wir werden nach den Stunden leben, die wir uns schenken.«

Sie senkte den Kopf, schlug plötzlich beide Hände vors Gesicht und begann zu schluchzen. »Was soll ich tun?« fragte sie. »Ich ahne, ja ich weiß es vom Gefühl her, daß mein Vater lebt. Hier irgendwo lebt. Aber wie? Wie kann er zehn Jahre leben, ohne zu versuchen, aus dieser Hölle auszubrechen? Schritt für Schritt. In zehn Jahren hätte man zurückkehren können. In zehn Jahren wäre auch dieses Urland zu überwinden, Meter um Meter. Aber er rührt sich nicht – und lebt!«

Zynaker schwieg. Was sollte er antworten? Es sind doch nur Hirngespinste, mein Schatz – das wäre zu grob. Sir Anthony hatte in seiner direkten Art die Wahrheit gesagt: »Es ist absoluter Wahnsinn!« Aber auch das hatte nicht geholfen. Sie blieb bei ihrem Gefühl, sie werde ihren Vater finden. Wie konnte man sie davon überzeugen, daß Wunsch und Wirklichkeit selten zusammenpassen?

»Man müßte einen Hubschrauber haben und ganz dicht über die Baumwipfel fliegen. Planquadrat um Planquadrat. Vielleicht würde man dann im Wald eine Kahlstelle entdecken, wo das Flugzeug abgestürzt ist.«

»Nach zehn Jahren? Was wächst in zehn Jahren alles nach!«

»Das ist es.« Es war eine verlegene Antwort.

»Ich lasse mich nicht davon abbringen: Die Uma wissen mehr. Sie verschweigen etwas. Die Krieger von heute waren die Kinder von gestern. Sie können in zehn Jahren nicht vergessen haben, daß aus dem Himmel zwei weiße Götter fielen, so wie wir ihnen zu Füßen fielen.«

»Wenn es hier gewesen ist.«

»Es war hier!« Ihr Kopf zuckte hoch. Verblüfft sah er sie an. Sie hatte andere Augen bekommen, fordernd, voller Willen – und kalt. »Wir sollten Dai Puino zwingen, die Wahrheit zu sagen.«

»Wie, mein Schatz?«

»Wir sollten ihm seinen neuen Thron, deinen Flugzeugsessel, wegnehmen und ihn wieder zu einem normalen Menschen machen. Wir sollten den Sessel mitten auf den Platz stellen, Hano Sepikula rufen und sagen: ›Hier ist die Quelle der Macht. Nun kämpft darum. Wer etwas von einem fremden weißen Gott sagt, wird der Mächtigste sein.‹ Einer wird reden.«

Zynaker starrte Leonora geradezu entsetzt an. Es war ihm unmöglich, ihr zu folgen. »Wie kannst du so etwas sagen, ja nur denken? Die Uma brächten einander um! Ein Abschlachten würde das werden. Der Untergang dieses Volkes. Alles, was Pater Lucius bisher aufgebaut hat, die Saat, die er in die Herzen gesät hat, alles wäre vernichtet. Übrig bleiben würden nur Seen voll Blut und zerhackte Körper. Leonora –«

»Sie sollen reden, reden, reden, die Wahrheit sagen. Sie wissen es! Warum schweigen sie?«

Es half nicht, Zynaker mußte so brutal sein wie Reißner. »Vielleicht«, sagte er stockend, »weil die Köpfe von James Patrik und Grant in irgendeinem Haus hängen? Wir waren noch nicht im Männerhaus drei. Wir haben noch nicht alle Frauenhäuser gesehen.« Er schwieg, beugte sich zu Leonora vor und legte seine Hand an ihre Wange. »Verzeih mir, Liebling. Ich weiß, es war brutal.«

»Aber vielleicht nahe an der Wahrheit. Donald, ab morgen suchen wir alle Hütten ab, Stück für Stück, und ich werde zu den kranken Alten, die zu mir kommen, sagen: ›Ja, ich helfe euch, ich heile euch von der Krankheit, wenn ihr mir auch helft. Waren schon einmal weiße Götter bei den Uma? Oder nur Menschen mit einer hellen Haut? Was ist aus ihnen geworden? Wo sind sie? Wer mir das nicht sagt, dem vertreibe ich nicht den Dämon seiner Krankheit, der soll sterben.‹«

»Das wirst du nie sagen, Schatz.« Zynaker schüttelte den Kopf. »Du bist eine Ärztin, und du wirst allen helfen, die krank zu dir kommen. Du könntest das gar nicht sagen.«

Sie nickte stumm, starrte in die Batterielampe, die den runden Raum erhellte, und verkrampfte die Finger ineinander.

»Wir durchsuchen zunächst alle Hütten«, sagte Zynaker beruhigend. »Vielleicht gibt man uns einen Hinweis. Wir werden Geschenke versprechen – auch die Uma sind bestechlich wie die meisten Menschen. Es kommt nur auf die Höhe an, hat mal jemand gesagt. Bei ihnen genügt ein Beil, eine Zange oder eine Schere. Wenn dein Vater hier war, erfahren wir es auch. Wir werden dieses Schweigen aufbrechen, ohne daß Blut fließt. Wir haben viel Zeit, hast du gesagt. Wir wollen uns daran halten.«

»Beginnen wir morgen mit der Durchsuchung?«

»Ja. Wir fangen beim Männerhaus drei an.«

Sie schwiegen wieder, sahen sich an und lasen in ihren Augen den gleichen Gedanken. Sie brauchten keine Worte mehr, um sich zu sagen, was Liebe ist, Sehnsucht, Zärtlichkeit, Hingabe und Erfüllung. Und sie wußten, daß eines ohne das andere nicht mehr leben konnte.

In Port Moresby hatte die Regierung die Akte Patrik geschlossen. Vorläufig, wie man zu Sir Anthony sagte, aber jeder wußte, daß es endgültig war. An Presse und Rundfunk wurde die lapidare Meldung herausgegeben: »Nach einer intensiven, aber erfolglosen Suche, der bisher umfangreichsten in Papua-Neuguinea, muß damit gerechnet werden, daß die Expedition von Leonora Patrik im südlichen Hochland von wilden Eingeborenenstämmen überfallen und getötet wurde. Der Expedition gehörten an: Miss Patrik, Pater Lucius Delcorte, Fred Kreijsman, John Hannibal Reißner, Peter Paul Schmitz und Donald Zynaker.«

Das war es. Samuel wurde gar nicht erwähnt, Rückfragen der Journalisten blieben ohne Antwort, Sir Anthony weigerte sich, Frager zu empfangen.

Im kleinen Kloster des »Ordens des Heiligen Opfers« wurde eine Totenmesse für den lieben Pater Lucius zelebriert, der Prior hielt eine Predigt über Opfertod und Auferstehung und enthüllte im Refektorium ein Foto des Mitbruders in einem schwarzen Rahmen.

Nachdem die Hubschrauberstaffel nach Port Moresby zurückverlegt worden war, versank Kopago wieder in der schläfrigen Stille eines Distriktskommandos. Die »zivilisierten« Papuas gingen ihrer Tätigkeit nach, meistens Handlangerarbeiten beim Straßenbau, in den Steinbrüchen und im Holzeinschlag. Die kleine Missionsstation fünfzig Kilometer nördlich von Kopago, gegründet von der Steyrer Mission, hatte über Funk mitgeteilt, daß man bei den bekannten Bergstämmen herumhorchen werde, ob dort etwas von einer Gruppe Weißer bekannt sei, die durch das Hochland im Gebiet des Nengi River und des Lagaip River zog. Die Nachrichten, die von den Baumtrommeln der Bergstämme meilenweit getrommelt wurden, waren zuverlässig. Hatte man die Weißen gesehen, wurde das sofort mitgeteilt, auch wenn man sie getötet hatte. Ein weißer Schrumpfkopf war eine Kostbarkeit.

Lieutenant Wepper hatte sein Protokoll abgeschlossen und legte es in die Schublade seines Schreibtisches. Er hatte den Bericht mit den Sätzen beendet: »Trotz der erfolglosen Suchaktion und der bisherigen Erfahrungen, daß im Urwald Verschollene nie wieder zurückkehrten, bleibt doch die Hoffnung, daß Miss Patrik und die übrigen Expeditionsteilnehmer trotz des uns unbekannten Unglücks noch leben und versuchen, aus dem Hochland herauszukommen. Eine endgültige Todeserklärung sollte man erst nach einem Jahr aussprechen.«

»Glauben Sie das wirklich?« fragte Sergeant Ross, der gerade Funkdienst hatte.

»Ja.«

»Warum gerade bei Miss Patrik?«

»Das kann ich nicht erklären. Es ist so ein Gefühl.« Lieutenant Wepper hob die Schultern und zog den Kopf ein. »Wie die Steyrer Missionare sagen: Irgendeine Nachricht mit den Baumtrommeln hätte auch die Expedition erwähnt.«

»Das heißt also: Seit über sechs Wochen könnten Miss Patrik und ihre Begleiter ohne Berührung mit anderen Menschen im Urwald herumirren?«

»Möglich ist alles, Ross. Keiner weiß doch, ob es in diesem Gebiet überhaupt Menschen gibt. Wir kennen die Duna, Hewa und Enga, aber das sind Stämme am Rande des Hochlands. Sie sind keine Wilden mehr und besuchen am Sonntag die Kirche. Von ihnen hört man zwar, daß in den unerforschten Gegenden

Stämme leben, die man allgemein Imapa, die Baumsöhne, nennt. Aber ob das stimmt? Es ist ja noch niemand dort gewesen.«

»Und die trommeln auch?«

»Auch das weiß man nicht. Wenn sie trommeln, gibt es sie, dann hätte man den Beweis ihrer Existenz. Aber alle Trommeln klingen gleich, man kann sie nicht unterscheiden.«

»Angenommen, sie leben wirklich noch und tauchen eines Tages wieder auf – was dann? Sie sind für tot erklärt.«

»Dann steht die Regierung dumm da. Die amtliche Mitteilung ist nach meiner Ansicht viel zu früh gekommen. Was sind denn sechs oder sieben Wochen? In diesem Land ist sogar ein Jahr zu kurz.«

»Wir suchen also weiter, Sir?«

»Ja. Mit unseren beiden Hubschraubern werden wir immer und immer wieder die ›Täler ohne Sonne‹ abfliegen. Ich gebe die Hoffnung nicht auf. Und wo im Urwald ein kahler Fleck ist, da gehen wir runter und sehen uns den Kahlschlag an. Vielleicht finden wir Zynakers Maschine. Dann wissen wir, ob sie überlebt haben oder –« Wepper schwieg und trank einen Schluck Whisky.

Sergeant Ross zog an seiner Pfeife. Ein Gedanke kam ihm plötzlich, und er sprach ihn aus. »Warum gibt es hier überhaupt noch unerforschtes Land? Gerade mit Hubschraubern könnte man doch auf den Kahlstellen landen und von dort aus das Land erforschen. Das ist doch machbar.«

»Da müssen Sie die Regierung fragen, Ross. Die Geologen sagen, dort gibt es nichts zu finden, keine Bodenschätze, nur Fels oder Urwald. Damit ist das Land für sie wertlos. Warum also für die Erforschung Geld aus dem Fenster werfen? Ja, wenn man dort nach Erdöl bohren könnte oder nach Kupfer oder Gold, dann stünden schon längst die Bohrtürme auf den Bergen und in den Schluchten, und die Menschen, die dort seit Jahrtausenden wohnen, wären ausgerottet. Sehen Sie sich den neuen Goldrausch in Brasilien an. Dort werden Indianerstämme vernichtet wie Ungeziefer.«

»Einmal wird man auch hier was finden, Sir. Spätestens dann werden wir wissen, was mit der Expedition geschehen ist.« Sergeant Ross zog ein paarmal an seiner knisternden Pfeife und stand dann auf. »Eine Frage, Sir: Als was wollen Sie die Flüge im Bericht bezeichnen?«

»Als Inspektionsflüge.« Wepper lachte kurz auf. »Stimmt doch auch, nicht wahr, Ross?«

Die Durchsuchung der Hütten ergab nichts. Zwar fand man eine Menge präparierter Köpfe, darunter einige, die Jahrzehnte alt waren, aber keinen Hinweis auf James Patrik und Steward Grant. Die Alten, die man mit Hilfe von Samuel verhörte und die wissen mußten, was vor zehn Jahren geschehen war, schüttelten den Kopf und verkrochen sich in ihren Hütten.

»Irgend etwas stimmt hier nicht«, sagte Zynaker nach einer Woche vergeblicher Suche. »Dieses Schweigen ist mir verdächtig. Es kann sein, daß dein Vater im Gebiet der Pogwa verunglückt ist, dann lassen sich die Uma eher in Stücke schneiden, als auch nur einen Ton zu sagen.«

»Also müssen wir zu den Pogwa.«

»Sie wissen, daß wir hier bei den Uma sind, und haben sich darauf vorbereitet, daß wir auch zu ihnen kommen. Der Überraschungseffekt fehlt; sie lassen sich nicht überrumpeln wie die Uma.«

»Sie kennen noch nicht Pater Lucius' Knaller. Drei Donnerschläge und eine Rakete brechen jeden Mut. Und Geschenke nehmen sie auch gerne an.«

»Wir können es versuchen, mein Schatz. Aber nur wir Männer. Du bleibst hier.«

»Ausgeschlossen! Ich komme mit.«

»Dann wird nichts aus dem Besuch bei den Pogwa.«

»Bestimmst du das?« Ihre Augen blickten plötzlich wütend. Der Zorn stand ihr ins Gesicht geschrieben.

»Ja.«

»Mit welchem Recht?«

»Mit dem Recht des Mannes, der eine Frau liebt, wie noch nie eine Frau geliebt worden ist.«

»Aber die Frau, die er so liebt, soll später hören: ›Er ist mit einem Speer getötet worden. Wir haben ihn im Wald begraben.‹«

»Und ich soll die Frau, die ich liebe, auf den Schultern forttragen, weil ein Pfeil sie getroffen hat?«

»Warum stellen wir uns nicht gemeinsam der Gefahr?«

»Verdammt, ich will, daß du lebst.«

»Verdammt, ich will, daß *du* lebst.«

»So kommen wir nicht weiter.«

»Das stimmt.«

»Du bist ein Dickkopf.«

»Und auf deinem Schädel könnte man Eisen schmieden.«

Sie sahen einander wütend an, aber plötzlich mußten sie lachen und fielen sich in die Arme.

»Unser erster Streit, mein Schatz«, sagte Zynaker. »Gut, daß ich jetzt weiß, wie du aussiehst, wenn du wütend bist.«

»Und gut, daß wir uns streiten können.«

»Und versöhnen.«

»Weißt du, ob ich das kann?«

»Ich brauche nur in deine Augen zu schauen, dann sehe ich mehr, als Worte sagen.« Zynaker ließ sie los und ging unruhig in der Hütte hin und her. »Ich habe das Gefühl, daß wir gar nicht zu den Pogwa müssen.«

»Dann lügen hier alle.«

»Das muß nicht sein. Dein Vater kann hier verunglückt sein, ohne daß die Uma etwas gemerkt haben.«

»Ein abstürzendes Flugzeug hört man meilenweit.«

»Wie wäre es, wenn dieses Dorf vor zehn Jahren noch gar nicht bestanden hätte? Wenn der Stamm sich erst später hier niedergelassen hat? Ein Jahr danach, nehmen wir einmal an. In neun Jahren kann bei dieser üppigen Vegetation ein Dorf aussehen, als bestände es schon hundert Jahre.«

»Mein Gott, das könnte sein.« Sie starrte ihn voll neuer Hoffnung an. »Dann war das hier unbewohntes Land.«

»Ja.«

»Dann kann ihn auch kein Kopfjäger getötet haben.«

»Glauben wir mal daran!«

»Dann müßte er noch leben. Er wäre jetzt neunundsechzig Jahre alt. Das wäre für ihn kein Alter. Er war durchtrainiert, zäh, tropenerfahren, bis auf die Knochen gesund. Er konnte nie verstehen, daß Mutter jedes Jahr, im Frühling und im Herbst, ihre Bronchitis bekam. Wenn er den Absturz überlebt hat, dann –«

»Das ist die Frage: Hat er überlebt? Und sein Pilot Grant auch?«

»Aber wo sind die Flugzeugtrümmer?«

»Die hat der Wald gefressen. Farne, Lianen und Büsche haben sie überwuchert.«

»Wo sollen wir suchen? Meine große Hoffnung waren die Eingeborenen. Sie wissen alles, was im Regenwald passiert. Aber wenn dieses Gebiet vor zehn Jahren wirklich nicht bewohnt war –«

»Wir müssen noch einmal Dai Puino fragen. Er muß ja wissen, wann er das Dorf gegründet hat. Vielleicht sind die Uma von anderen Stämmen verjagt worden und haben hier ihre neue Heimat gefunden. Das muß sich feststellen lassen.«

Bevor sie Dai Puino fragen konnten, kam Reißner in die Hütte und schien vor Aufregung zu platzen. »Das ist ein Ding!« schrie er schon beim Eintritt. »Leonora, du bist auf dem richtigen Weg! Wenn ich euch sage, was ich entdeckt habe –«

»Was denn? Los, raus damit!« Plötzlich war auch Zynaker von einer großen Erregung gepackt.

»Ich hatte da eine Idee«, begann Reißner, »und wenn ich eine Idee habe, dann treibt sie mich voran. Junge, habe ich gedacht, das wäre eine Reportage, wenn es dir als erstem gelänge, die Arbeit eines Medizinmannes der Kopfjäger zu fotografieren. Wie zaubert er, was steckt hinter dem Zauber, woher nimmt er die Kräuter und Zutaten für seine Tränke und Salben und Breie, welche Erfolge hatte er schon, kurzum: vierundzwanzig Stunden im Leben eines Medizinmannes. Das wäre eine Sensation auf dem Illustriertenmarkt. Das reißen sie dir aus der Hand. Ich also hin mit Kameras und Tonband zu Duka Hamana.«

»Verrückt!« sagte Zynaker.

»Nur mit Verrücktheiten kannst du heute in unserem Beruf was werden! Ich gehe also zu der Zauberhütte, und was sehe ich? Die Hütte ist leer. Aber ich bin im richtigen Augenblick gekommen, denn ich sehe gerade noch, wie Duka Hamana im Urwald verschwindet. Ich hinterher ... Meine Lieben, so leise bin ich noch nie gegangen, geschwebt bin ich, während der Alte sich keinen Zwang antat und unbefangen durch den Busch marschierte. Nach ungefähr einer Viertelstunde kommen wir in eine vom Wald überwucherte Felsenpartie hinein, es geht steil bergauf – ich sage euch, die Steine waren vielleicht glitschig, und ich hatte dauernd Angst auszurutschen –, und plötzlich bleibt der Halunke vor einer Höhle stehen, einer richtigen Höhle wie aus einem Märchenbuch. Ein großes gezacktes Loch ist der Eingang, drum herum Büsche und Farne, und dort hinein verschwindet der Gauner. Jetzt hinterher zu gehen wäre Blödsinn gewesen; also verkrümele ich mich in einen Busch seitlich der Höhle, gehe dort in Deckung und warte. Es dauert vielleicht eine Stunde, da kommt Duka Hamana wieder heraus und tappt zum Dorf zurück. Ich bleibe in Deckung, lasse eine Viertelstunde verstreichen und schleiche mich dann zur Höhle. Sie war nicht tief, vielleicht fünf Meter, aber hoch. Von der Decke hingen allerlei getrocknete Tiere, die ich nicht näher erkennen konnte, Girlanden mit Blättern und bizarren Wurzeln, drei Holzmasken, und – haltet euch fest! – auf einem Baumstumpf, als sei es eine Büste, liegt ein Sturzhelm!«

»Ein – was?« rief Leonora.

»Ein Sturzhelm. So wie ihn Motorradfahrer tragen. Dunkelgrün, sauber poliert, wie neu. Und an der Rückwand der Höhle lehnt ein Rad.«

»John Hannibal, red keinen Quatsch!« rief Zynaker. »Was für ein Rad?«

»Ein ziemlich großes. So etwa wie das Rad eines Lastwagens.

Mit ziemlich abgefahrenen Profilen. Was heißt hier Quatsch? Ich habe alles fotografiert. Ich kann euch sagen, ich war sprachlos. Wie kommt ein Motorradfahrerhelm in das ›Tal ohne Sonne‹? Was ist das für ein Rad? Wir haben doch festgestellt, daß man bei den Uma kein Rad kennt. Und da lehnt eins an der Höhlenwand!« Reißner atmete tief auf. »Das war's. Ist das ein Ding?«

»Die Spur«, stammelte Leonora. »Die Spur. Wir haben eine Spur ... John Hannibal, weißt du, was du da entdeckt hast? Mein Gott!«

»Ich ahne es.«

»Wir müssen sofort zu dieser Höhle! Sofort!« schrie Zynaker.

»Es wird schon dunkel.«

»Wir haben Taschenlampen genug bei uns.«

»Aber die können uns verraten.«

»Was heißt verraten? Wir haben nichts zu verbergen, aber die Uma um so mehr! Wir gehen alle zu der Höhle.«

»Das könnte die Uma umdrehen – aus Freundschaft wird Feindschaft. Und das wäre unser Ende, trotz deines Thrones, Donald. Ich könnte mir denken: In dieser Höhle verbergen die Uma ihr größtes Heiligtum, einen Kopf, den man nicht trocknen und schrumpfen lassen kann. Stellt euch das vor: ein Kopf, der bleibt, wie er ist! Und für die Uma ist der Sturzhelm ein Kopf! Die müssen ja verrückt geworden sein, als er nach Wochen noch nicht schrumpfte.«

»Das läßt mir keine Ruhe mehr.« Zynaker rannte in der Hütte von einer Wand zur anderen. »Das halte ich keine Stunde aus, geschweige bis morgen früh! Leonora, was meinst du?«

»Da könnt ihr noch fragen?« Ihre Stimme hatte einen hellen, harten Klang bekommen. »Wir gehen sofort!«

»Aber dann mit allem Pipapo, mit MPi, Gewehren, Raketen, Knallkörpern und allem, was Pater Lucius in seiner Wundertüte hat. Es wird zum großen Krach kommen, das spüre ich.«

Am Männerhaus zwei saßen Schmitz und Kreijsman vor der

Treppe und hatten über einem Propangaskocher einen Topf mit Mischgemüse stehen. Neben ihnen, auf großen Palmblättern, lagen große Stücke von Schweinebraten. Dai Puino hatte drei Frauen befohlen, die fremden Götter zu versorgen. Sie kamen morgens, mittags und abends, brachten Früchte und Sagomehl, gebratene Hühner und Schweinefleisch, Eier und Maniok und die unvermeidbaren Sagowurmlarven. Neben dem Haus hatte Kreijsman ein tiefes Loch gegraben, in das man die Larven warf, sobald die Frauen abgezogen waren. Unter ihnen war auch ein hübsches, dralles Weib mit runden Hüften und Superbrüsten, die – das hatte Reißner bald herausbekommen – Tota hieß, erst ein Kind hatte und dem Krieger Paba gehörte. Wenn sie sich bückte, um die Speisen auf die Erde zu legen, spannte sich der Schurz um ihre Hüften und pendelten die schweren Brüste hin und her. Ein paarmal hatte Reißner durch die Zähne gepfiffen, ließ das aber sein, als er von Pater Lucius' bösem Blick getroffen wurde. »Diese Tota hängt mir unter der Schädeldecke«, sagte er einmal leise zu Kreijsman. »Sieh dir bloß die Titten an! Fred, rechne mal aus, wie lange wir keine Frau in der Hand gehabt haben.«

»Das wußten wir vorher, John Hannibal.«

»Trotzdem wird das Blut davon dicker.«

»Mach keinen Blödsinn, Junge. Ich warne dich.«

»Als wenn ich mir 'ne Kannibalin unterschiebe!«

»Ich traue dir alles zu. Leg dich in den kalten Bach, dann wird's dir wohler.«

»Du lieber Himmel, man kann doch mal davon reden, wenn einem die Glocken so dicht vor den Augen läuten! Du siehst so was nicht, nicht wahr, du impotenter Wallach?«

»Und wenn ich's sehe, ändert das was?«

»Ihr habt es alle gut, ihr Heuchler. Donald hat Leonora, Pepau umschwänzelt diese Lakta, Pater Lucius darf nicht, und du bist ein Idiot. Also steh' ich allein als ehrlicher Mensch da.«

»Leg dich ins kalte Wasser«, sagte Kreijsman noch einmal. »Und wenn dich diese Tota so aufregt, dann geh so lange ins Haus, wie sie hier ist.«

Das war das einzige Mal, daß Reißner über seine biologischen Nöte sprach. Aber ins Haus ging er nicht, wenn Tota kam, sich bückte und ihre Brüste hin und her schwangen. Sie macht das extra, dachte Reißner später. Sie weiß genau, was ich denke, das Luder! Sie sieht's in meinen Augen. Die Weiber sind alle gleich, egal, woher sie kommen. Sie reizen uns bis zur Weißglut. Jawohl, du braunes Aas, du bist genau so! Nächstens kommst du noch ohne Schurz an und hältst mir deinen Hintern vor die Nase. Spring, Böckchen, spring, spring, spring!

»Heute wird das Abendessen verschoben!« rief Reißner schon von weitem. »Fertigmachen zum letzten Gefecht!«

Kreijsman und Schmitz fuhren hoch, als habe eine Sirene geheult.

»Was ist los?« Kreijsman stellte den Topf vom Kocher. »Wieso Gefecht?«

»John Hannibal hat eine Entdeckung gemacht, die vielleicht alles ändert!« sagte Zynaker, als sie beim Männerhaus zwei angekommen waren. »Wir werden nachher noch eine Höhle besuchen.«

»Im Dunkeln?« fragte Schmitz.

»Wir haben doch Lampen genug.«

Kreijsman begann unruhig zu werden. »Eine Höhle? Donald, spann uns nicht auf die Folter! Gibt es Anzeichen, daß dort nach Diamanten geschürft wurde?«

»Wer denn?«

»Die Uma. Denk an das Märchen vom ›Glitzernden Berg‹. Hast du was entdeckt?«

»Ich nicht. John Hannibal. Und mir scheint, daß das, was er gesehen hat, wichtiger ist als deine Steinchen.«

»Das gibt es nicht. Diamanten –«

»Einen Riesendiamanten, so groß wie ein Sturzhelm!« brüllte Reißner. »Los, holt Gewehre, Munition, Handlampen!«

Reißners Gebrüll war bis zur Kirche hörbar. Pater Lucius kam vor die Tür und blickte zu ihnen herüber. »Schon wieder Krach?« donnerte er. »Wenn ihr Luft ablassen wollt, kommt her und betet!«

»Komm raus aus deinem Sprüchekasten!« rief Reißner zurück. »Nimm ein Gewehr und die besten Kracher aus deiner Kiste!«

Das alarmierte auch Pater Lucius. Er lief mit weiten Schritten zum Männerhaus und blieb vor Reißner keuchend stehen. »Was ist denn jetzt schon wieder passiert?«

»Ich habe eine Höhle entdeckt.«

»Wie schön!« Pater Lucius holte tief Luft. »Und nun sollen wir auch noch Höhlenforscher werden? Du spinnst, John Hannibal!«

»In der Höhle ist was.«

»Knochen von einem Saurier, was?«

»Sie ist das Versteck von Duka Hamana.«

»Und da hängen die Geister an der Wand.«

»Nein.« Reißner grinste breit. »Jetzt wirst du an deinem Spott ersticken. Da liegt auf einem Holzklotz der Sturzhelm eines Motorradfahrers.«

Pater Lucius starrte Reißner an, als habe er gerade das Kruzifix bespuckt. Er atmete schwer. »Du hast wieder heimlich gesoffen«, sagte er dumpf. Er blickte sich zu den anderen um. »Er ist voll, nicht wahr? Sternhagelvoll!« Aber als er sah, daß die anderen schwiegen, und als er ihre Blicke deutete, wischte er sich mit beiden Händen über das Gesicht. »Ein ... ein Sturzhelm?«

»Dunkelgrün, sauber poliert, wie neu.«

»Mein Gott!« Pater Lucius faltete die Hände. »Wißt ihr, was das ist?«

»Ja.« Zynaker klopfte dem Pater auf die Schulter. »Und deshalb müssen wir jetzt zur Höhle. Wir warten keine Minute, auf keinen Fall bis morgen früh.«

»Das meine ich auch.« Pater Lucius zeigte nun auch Unruhe. »Aber warum Waffen und Raketen?«

»Ich vermute, die Höhle ist das größte Heiligtum der Uma. Wenn sie merken, daß wir sie gefunden und betreten haben, kann es unter Umständen böse werden.«

»Darauf müssen wir es ankommen lassen!« rief Pater Lucius.

»Und deine Kirche? Die brennen sie sofort ab! Sprich erst mit Gott!« sagte Reißner spöttisch.

»Er weiß es bereits, denn er hat dir den Weg zur Höhle gezeigt.«

»Ich wüßte nicht, daß ich mit ihm gesprochen habe oder ihm nachgelaufen bin. Ich bin Duka Hamana gefolgt, weil ich eine Reportage machen wollte.«

»Mit dir ist nicht zu reden!« Pater Lucius winkte ab. »Auf zur Höhle! Hoffentlich kennst du noch den Weg.«

»Gott wird ihn uns weisen«, sagte Reißner bissig.

Eine halbe Stunde später waren sie bereit, über den schmalen Pfad in den Urwald und zu der Felsenhöhle vorzudringen. Auch Samuel mußte mit. Er jammerte zwar und rief, sein Bauch brenne inwendig, es half ihm aber nichts. Reißner packte ihn im Genick und schob ihn vor sich her. Zynaker, als erster, leuchtete den Weg aus.

In seiner offenen Hütte unter all den Zaubergirlanden sitzend, sah Duka Hamana den Zug im Wald verschwinden. Als kein Licht mehr leuchtete, ergriff er seinen langen Zauberstab, erhob sich und folgte ihnen.

Für ihn gab es die bösen Geister der Nacht nicht. Sie waren seine Freunde.

Der Weg war gar nicht zu verfehlen. Er führte direkt zur Höhle. Reißner blieb stehen, als sie vor der Steigung ankamen.

»Da oben!« sagte er und deutete den Hang hinauf. Dort erhoben sich Felsen, von Moos, Farnen und Schlingpflanzen überwuchert, glitschig, von Modergeruch umgeben. »Paßt auf, daß ihr nicht ausrutscht. Nach der Biegung rechts kommt die Höhle.«

Sie stiegen den Hang hinauf und standen vor dem Höhleneingang, einem gähnenden, in der Nacht noch unheimlicher und gefahrendrohender aussehenden Loch.

Zynaker leuchtete in die Höhle hinein und erblickte die getrockneten toten Tiere an den Wänden und dann den Holzklotz mit dem Helm. »Es stimmt«, sagte er.

»Es stimmt immer, was ich sage!« knurrte Reißner beleidigt.

Mit drei Lampen leuchteten sie dann die Höhle aus und betraten sie.

Zynaker griff sofort nach dem Helm und drehte ihn in den Fingern. »Das ist kein Motorradhelm«, sagte er stockend. »Das ist ein Fliegerhelm!«

»Steward Grant.« Leonoras Stimme war kaum hörbar.

»Und das Rad ist das Bugrad eines Flugzeugs, einer Cessna.«

»Sie sind hier«, sagte Pater Lucius fast ehrfurchtsvoll. »Sie waren hier. Gott hat uns den richtigen Weg geführt.«

»Schon wieder Gott!« brummte Reißner. »Warum hat er sie dann überhaupt erst abstürzen lassen?«

Leonora nahm den Helm in beide Hände und starrte ihn an. »Wie kommen ausgerechnet der Helm und ein Rad in diese Höhle? Wo sind die übrigen Wrackteile? Wenn mein Vater hier war, hat er etwas hinterlassen. Ein Zeichen, einen Zettel, einen Hinweis.«

»Suchen wir!«

Sie tasteten jeden Winkel und jede Vertiefung der Höhle ab, sahen in jede Felsenritze und suchten sogar außerhalb der Höhle in den Felssteinen. Sie fanden nichts. Sie gaben die Suche auf.

»Dann war mein Vater nicht hier«, sagte Leonora und setzte sich auf den Holzklotz. Den Fliegerhelm hielt sie noch immer in den Händen. »Das ist eine versteckte Beute.«

»Die Höhle«, sagte Reißner, »kennt nur Duka Hamana. Sie ist sein Versteck. Nur er weiß was. Ha, den nehmen wir jetzt in die Mangel! Greifen wir uns ihn!«

Es war nicht nötig, ins Dorf zurückzukehren. Duka Hamana stand draußen vor der Höhle und wartete.

Zuerst erblickte ihn Samuel, der den anderen vorausgegangen war. Er wirbelte herum, stürzte in die Höhle zurück und umklammerte Pater Lucius' Arm. »Duka Hamana ist da!« stammelte er und hatte einen irren Ausdruck in den Augen. Trotz Taufe und Meßdienst waren die Scheu und die Angst vor den Medizinmännern in ihm nicht ausgelöscht worden. »Er steht draußen!«

»Allein?« rief Reißner und klemmte seine MPi unter den Arm.

»Ich glaube ja.« Samuel verdrehte die Augen vor Angst. »Es ist so dunkel, Masta. Man sieht nichts.«

»Kann sein, daß sie rings herum in den Büschen sitzen und warten, daß wir herauskommen«, sagte Zynaker. »Hier in der Höhle sind wir sicher wie in einer Festung.«

»Nachts ist kein Papua draußen.« Pater Lucius schüttelte den Kopf. »Der einzige, der die Nachtgeister nicht fürchtet, ist der Medizinmann. Er hat immer einen Gegenzauber bei sich.«

»Trotzdem sollten wir vorsichtig sein.« Zynaker zeigte auf Samuel. »Du gehst hinaus und fragst, was er will.«

»Nein!« Samuel verkroch sich unter Pater Lucius' Arm. »Duka Hamana hat seinen Zauberstab bei sich.«

»Na und?« rief Reißner. »Mit dem kann er höchstens ein paar Kreise durch die Luft ziehen!«

»Duka Hamanas Stab ist zugleich ein Speer. Mit Gift an der Spitze!«

»Sieh an, solch ein hinterhältiger Bursche ist das! Mit dem Speer kann er nur einen töten, dann haben wir ihn.«

»Und wer ist der eine?« fragte Kreijsman trocken. »Sollen wir Hölzchen ziehen?«

»Ich gehe zuerst.« Pater Lucius packte Samuel im Nacken. »Und du gehst mit. So gut kann ich die Uma-Sprache noch nicht, um eine Diskussion zu führen.«

»Ich gebe dir Feuerschutz, Pater.« Reißner entsicherte die Maschinenpistole. »Nimm aber ein paar Knaller mit.«

»Ich habe ein Feuerrad in der Tasche, vier Kanonenschläge und eine Packung Wunderkerzen. Das reicht.«

»Es lebe die Pyrotechnik!« Reißner ging zum Höhleneingang und trat dann seitlich zurück. »Pater, im Dunkel rausgehen und dann Duka Hamana plötzlich voll den Scheinwerfer ins Gesicht! Da ist er erst mal geblendet.«

Pater Lucius nickte. Samuel vor ihm zitterte, als läge er nackt auf einer Eisscholle. Auch dem Pater war es nicht ganz geheuer. »Herr, hilf mir!« murmelte er und tat dann den entscheidenden Schritt ins Freie.

Er hatte Glück. Der Strahl des Handscheinwerfers traf voll auf Duka Hamana und blendete ihn total. Der Alte stand in vollem Schmuck genau vor der Höhle, regungslos, wie eine Statue in einem Völkerkundemuseum. Mit der linken Hand griff Pater Lucius in die Tasche und umklammerte einen Kanonenschlag. Hinter sich hörte er den stoßweisen Atem von Reißner, der die MPi feuerbereit in den Händen hielt. Zynaker und Kreijsman hatte ihre Gewehre ebenfalls entsichert.

»Was willst du, Duka Hamana?« fragte Pater Lucius laut. Das konnte er schon auf Uma sagen.

»Was machst du in meinem Haus?«

Jetzt mußte Samuel weiter übersetzen. Seine Stimme war vor Angst heiser.

»Ich will dir etwas zeigen und dich fragen.« Pater Lucius winkte in die Höhle.

Zynaker kam heraus und hielt den Pilotenhelm hoch. Regungslos nahm Duka Hamana die Entweihung seines Heiligtums hin.

»Wo hast du den Kopf her?« Pater Lucius sagte »Kopf«, nicht »Helm«, das Wort Helm gab es nicht in der Uma-Sprache. Was Zynaker hochhielt, war ein Zauberkopf, der sich nicht schrumpfen ließ.

»Wer den Kopf berührt, muß sterben.« Duka Hamanas Stimme hatte einen gleichbleibenden Klang angenommen, und es war, als spreche ein Roboter. »Du stirbst.«

»Sicherlich. Das müssen wir alle. Wer hat dir den Kopf gegeben?«

»Der unsterbliche Dämon.«

»Du hast ihn gesehen? Wo hast du ihn gesehen?«

»Sein Kopf lag am Fluß. Er hatte ihn dort hingelegt.«

Samuel hatte Mühe, das alles zu übersetzen. Der uralte Geisterglaube hatte ihn wieder gepackt. Jesus hin und Gott her, von ihnen hat man noch nie einen Kopf gefunden. Nun ja, er kannte diese Helme von Goroka her, wo die jungen Motorradfahrer sie trugen und dann wirklich wie Dämonen aussahen. Aber vielleicht war das hier doch etwas anderes, wer wußte das? Auch Patres können sich einmal irren.

»Und wo war er selbst? Hast du ihn gesehen?«

»Nein. Nur seinen Kopf.«

»Und wo hast du das Rad her?«

Da es in der Uma-Sprache das Wort Rad nicht gab, übersetzte Samuel es mit dem Wort in Pidgin-Englisch. Es war die Sprache, die am meisten in Papua-Neuguinea gesprochen wird, ein Mischmasch aus englischen und Eingeborenenworten.

Duka Hamana rührte sich noch immer nicht.

Reißner spähte in die Dunkelheit, konnte aber nichts erkennen. War Duka Hamana allein gekommen, oder lauerten überall die Uma-Krieger?

»Was ist ›Rad‹?« fragte Duka Hamana unbeweglich.

»Was hinten an der Wand steht. Das Runde.«

»Es lag im Fluß.«

»Du weißt nicht, was das ist?«

»Die Dämonen werden es mir erklären. Aber ihr habt es berührt, und jetzt kommen sie nicht.«

»Ich werde es euch erklären.« Pater Lucius schwenkte schnell den Scheinwerferstrahl über die Büsche vor der Höhle, aber nichts deutete darauf hin, daß sich in ihnen die Uma-Krieger verbargen. Duka Hamana war wirklich allein gekommen. »Ich weiß mehr als deine Dämonen!«

»Sie werden dich töten.«

Hier hörte Samuel auf zu dolmetschen. Was Duka Hamana sonst noch sagte, übersetzte er nicht. Es mußten schreckliche Drohungen sein, denn sein Gesicht verfärbte sich.

Plötzlich, unbeirrt von dem Lichtkegel, der wieder voll sein Gesicht traf, trat Duka Hamana zwei Schritte vor und hob seinen langen Zauberstab.

»Zurück, Masta!« schrie Samuel und gab Pater Lucius einen Stoß vor die Brust. »Sein Zauberstab ist auch ein Speer.«

»Du tückischer Hund!« brüllte Reißner auf. Er hob seine

MPi, aber Zynaker schlug den Lauf zur Erde. In Reißners Augen brannte helle Wut.

»Das bringt gar nichts!« rief Zynaker.

»Wenn du mich noch einmal anfaßt, knallt's bei dir!« schrie Reißner außer sich. »Diesen Wilden muß man zeigen, wer hier der Stärkere ist.«

»Aber nicht durch Mord!«

»Er wollte den Pater niederstechen.«

»Hat er's getan?«

»Aha! Wir sollen warten, bis es geschehen ist? Vorbeugen ist immer besser!«

Samuel, der zwischen Duka Hamana und Pater Lucius stand, ein lebender Schild, was ihm niemand zugetraut hätte, übersetzte jetzt weiter. »Duka Hamana will mit dem weißen Gott kämpfen. Ihm werden die Geister helfen.«

»Unser oberster Gott will keinen Kampf. Er will, daß sich alle Menschen lieben wie Bruder und Schwester. Er ist ein Gott des Friedens.«

Wer konnte kontrollieren, was Samuel übersetzte? Sie sahen nur, wie Duka Hamana seinen als Zauberstab getarnten Speer in die Erde stieß und in eine Basttasche griff. Aus ihr holte er eine Handvoll getrockneter Blätter oder Blüten hervor, die wie verdorrte Wiesenblumen aussahen. Er legte das Häufchen auf einen flachen Stein und schlug dann zwei zugespitzte Steine so lange aneinander, bis ein Funke hervorsprang und das trockene Häufchen entzündete.

»Das hätte er einfacher haben können«, sagte Reißner ironisch. »Klick mit dem Feuerzeug – unseren ›brennenden Finger‹ kennen sie ja.«

Das Häufchen brannte jetzt mit flackernder, fast blauer Flamme, aber das war es nicht, was Pater Lucius und Reißner zurückweichen ließ. Ein Qualm entwickelte sich, der sich ätzend auf die Schleimhäute legte.

»Der Schuft will uns vergiften!« rief Reißner. »Mit Gas! Leonora, zurück in die Höhle!«

Sie wichen alle zum Felsen zurück, nur Pater Lucius blieb

stehen, als spüre er den beißenden Qualm nicht. Auge in Auge standen sich Duka Hamana und der Pater gegenüber, jeder seinen Gott vertretend.

Pater Lucius griff in die Tasche, holte einen seiner Kanonenschläge heraus, zündete ihn mit dem Feuerzeug an und warf ihn in die Büsche. Sekunden später donnerte der Knall in den stillen Nachthimmel.

Duka Hamana war davon nicht beeindruckt; das kannte er schon von der ersten Begegnung her. Der Himmel stürzte nicht ein, die Blitze zerrissen nicht die Erde, es war nur ein lauter Donner, der keinem schadete. Er war ein kluger Alter, der schnell begriff und die »Wunder« durchschaute.

Das meinte auch Reißner, als er rief: »Pater, eins zu null für Duka Hamana! Sein Gastrick ist besser.«

»Abwarten!« knurrte der Pater. »Jetzt ist er wieder dran.«

Als habe Duka Hamana es verstanden, begann er zu tanzen. Er hüpfte von einem Fuß auf den anderen, stampfte die Erde und hatte dabei den Kopf weit in den Nacken geworfen.

Pater Lucius sah ihm fasziniert zu. Dort, wo Duka Hamanas Füße den Boden traten, quollen plötzlich zwischen seinen Zehen zwei dünne Schlangen hervor, als habe er sie aus der Tiefe der Erde hervorgestampft. Es war sehr beeindruckend. Wenn die Uma so etwas sahen, glaubten sie an die Zauberkräfte von Duka Hamana.

Den Trick muß er mir verraten, dachte der Pater. Natürlich hatte er die Schlangen zusammengerollt zwischen seinen Zehen versteckt gehalten; das Geheimnis war nur, wie er die Tiere die ganze Zeit über still gehalten hatte.

Duka Hamana brach seinen Tanz ab und trat zurück. Die beiden Schlangen wanden sich auf dem Boden, richteten sich dann auf und starrten den Pater mit ihren kalten Augen an. Ein leises Zischen kam aus ihren Mäulern.

Der Pater klatschte in die Hände. Auch wenn ihnen die Giftzähne herausgebrochen waren, blieb es eine Meisterleistung. »Bravo!« rief er. »Bravo! Und jetzt zeige ich dir, wie man die Sterne vom Himmel holt.« Er griff wieder in seine Tasche, holte drei Wunderkerzen hervor und hielt sie Duka Hamana hin. Für diesen waren es drei dünne Stengel, die sich nach oben verdickten, eine ihm unbekannte Pflanze.

Pater Lucius ließ sein Feuerzeug aufflammen. Auch das kannte Duka Hamana bereits, daß der Weiße aus seinem Finger Feuer schlagen konnte. Mit zusammengekniffenen Augen beobachtete er, wie der Pater die kleine Flamme an die Stengel hielt. Sie zischten zuerst, lauter als die Schlangen, aber dann flammte ein Feuer auf, das sich nach allen Seiten als kleine leuchtende Sterne verteilte und die Nacht erhellte. Sterne, die aus der Hand sprühten. Sterne, die auf Duka Hamana herunterregneten.

Mit einem weiten Satz sprang Duka Hamana zurück und reckte seinen Zauberstab dem Sternenregen entgegen. Dabei schrie er etwas, das auch Samuel nicht verstand. Erst als die Wunderkerzen verglüht waren, wagte Duka Hamana wieder den Kopf zu heben.

Von der Höhle her tönte Reißners Stimme: »Unentschieden! Kleiner Vorteil für Duka Hamana, der keine technischen Hilfsmittel braucht. Mal sehen, was er jetzt auf der Pfanne hat.«

»Warum dieses Zauberduell?« fragte Zynaker. »Der Pilotenhelm und das Bugrad beweisen, daß hier Weiße gewesen sind. Ob es allerdings James Patrik und Steward Grant waren, ist nicht sicher. In Papua-Neuguinea findet man im Dschungel immer wieder Wracks von abgeschossenen Flugzeugen des letzten Krieges. Japaner und Amerikaner standen sich auch in Papua gegenüber. Aber dieser Helm hier ist kein Militärhelm, und das Rad stammt von einer Cessna. Duka Hamana hat sie also viel später gefunden.«

»Wenn man ihm glauben darf, daß er sie ›gefunden‹ hat! Und wo ist der Mann, dem der Helm gehörte? Ist er in einer Kochgrube gelandet und dann gefressen worden? Von wem? Von den Uma oder Pogwa?« Reißner schlug mit der Faust gegen den Felsen. »Verdammt, das muß doch festzustellen sein!«

»Aus Duka Hamana bekommen wir nichts heraus.« Zynaker stieß Samuel in den Rücken. »Sag ihm, daß wir ihn verzaubern, wenn er nicht die Wahrheit sagt. Unser großer Bruder Lucius wird die Sonne vom Himmel holen und ihn damit verbrennen.«

»Du versprichst viel«, knurrte der Pater. »Wie soll ich das denn machen?«

Samuel übersetzte, aber Duka Hamana schüttelte den Kopf und rief ein paar Wortfetzen.

Samuel hob die Schultern. »Er sagt, das ist die Wahrheit. Alles lag am Ufer des Flusses. Geheimnisvolle glitzernde Mauern schwammen den Fluß hinab. Nur der Kopf und das runde Ding blieben zurück.«

»Da haben wir es!« Zynaker atmete schwer. »Sie sind hier abgestürzt, wohl dort, wo unsere Maschine liegt. Die glitzernden Mauern waren der Flugzeugrumpf und die Flügel. Sie sind, wie wir, in den Fluß gestürzt, und die Strömung hat mit der Zeit die Maschine zerrissen und die Trümmer weggeschwemmt.«

»Welch eine Duplizität der Ereignisse!« rief Kreijsman. »Vater und Tochter stürzen an der gleichen Stelle ab – das Schicksal hat manchmal einen grausigen Humor.«

»Wir wissen nicht, ob es James Patrik war«, sagte Reißner.

»Nach den Aufzeichnungen in Kopago ist kein anderes privates Flugzeug in Richtung des Hochlandes gestartet als das meines Vaters, und jetzt wir. Alle anderen Flüge waren militärischer Art oder solche der staatlichen Vermessungsbehörde.« Leonora trat neben Pater Lucius und starrte zu dem wieder regungslos stehenden Duka Hamana hinüber. »Er *muß* mehr wissen! Es war mein Vater. Er ist hier abgestürzt. Duka Hamana weiß, was mit ihm geschehen ist.«

»Es gibt drei Möglichkeiten«, sagte Pater Lucius und legte wie tröstend den Arm um Leonoras Schultern. »Erstens: Dein Vater und der Pilot Grant haben den Absturz nicht überlebt, und der Fluß hat sie, wie die Trümmer, mit sich gerissen. Zweitens: Sie haben überlebt, sind in die Hände der Kopfjäger gefallen und sind von ihnen getötet worden. Ob es die Uma oder Pogwa, die Tota oder Paba waren, das weiß man nicht.«

»Wir werden bei allen Stämmen nach meinem Vater suchen!«

»Drittens: Dein Vater und Grant oder nur dein Vater oder nur Grant haben den Absturz überlebt, konnten sich vor den Wilden verbergen und leben noch irgendwo im Urwald.«

»Zehn Jahre lang?« Reißner schüttelte den Kopf. »Unwahrscheinlich. Wenn man sich am Tag nur hundert Meter durch den Wald schlägt, dann sind das in zehn Jahren, also in dreitausendsechshundertfünfzig Tagen, genau dreihundertfünfundsechzigtausend Meter oder dreihundertfünfundsechzig Kilometer. Kinder, machen wir uns doch nichts vor! Und ein Mann schafft mehr als hundert Meter am Tag, das ist doch sicher! Pater, es tut mir leid, dir eine solche Rechnung aufzumachen.«

»Achtung!« rief Zynaker. »Duka Hamana tritt wieder zum Duell an!«

Duka Hamana war aus seiner Erstarrung erwacht. Er schien darüber nachgedacht zu haben, was er dem Sternenregen entgegenzusetzen hatte. Geschlagen gab er sich noch nicht. Stärker, als Sterne aus den Händen zu schütteln, war der Beweis der Unsterblichkeit. Und er, Duka Hamana, war unsterblich.

Er kam wieder drei Schritte auf Pater Lucius zu, kniete sich nieder, schob den Federschmuck von seinem Zauberstab, der wirklich eine verkleidete Lanze war, senkte den Kopf und versank langsam in Trance.

Sein Geist wich von dieser Erde, sein Körper war nur noch eine nutzlose Hülle, die nichts fühlte, in der kein Leben mehr war, in der sogar das Blut zu erstarren schien. Dann plötzlich, mit einem Ruck, hob er den Speer hoch und stieß ihn sich in die rechte Brust.

»Amen!« sagte Reißner laut. »Pater, du hast gewonnen.«

»Abwarten.« Pater Lucius sah auf Duka Hamana hinab. »Du warst doch in Indien, John Hannibal?«

»Viermal.«

»Am Ganges, vor allem an den Ufern von Benares, gibt es Hunderte von Gauklern und Fakiren, die sich auf Nagelbretter legen, sich einen Dolch durch die Backen stechen, Schwerter verschlucken, sich lebendig eingraben lassen, von Giftschlangen gebissen werden – und alles überleben, ohne Blutungen, ohne Nachwirkungen ...«

»Stimmt! Das ist es, Pater!« Reißner starrte auf den von seinem Speer durchbohrten Duka Hamana. »Ich habe selbst erlebt, wie man einen Eingegrabenen wieder ausgrub, und plötzlich fängt der Kerl an, wieder zu atmen, steht auf und geht mit einem Teller herum, um zu kassieren. Ich hab' ihm damals fünfzig Rupien gegeben – der hätte sich dafür noch mal eingraben lassen. Ein toller Trick, unglaublich.«

»Und kaum erklärbar. Diese Fakire können ihren Lebensrhythmus, ihre Atmung, ihr Schmerzgefühl in Trance bis fast auf null drücken – wir werden das nie voll begreifen. Und Duka Hamana kennt diesen Trick auch. Woher? Was weiß ich! Vielleicht hat er ihn durch Zufall entdeckt. Natürlich glaubt jeder Uma, daß er unsterblich ist.«

»Aber einmal muß ja auch er sterben. Was dann?«

»Das sieht keiner. Er verschwindet im Wald und kommt nicht wieder. Und niemand findet ihn auch. Ich nehme an, diese Höhle hier soll sein heimliches Grab werden.«

»Irr! Er blutet wirklich nicht. Medizinisch ist das völlig unmöglich.«

»Es gibt bei den Naturvölkern manches, was die Medizin nicht begreift.« Pater Lucius beugte sich etwas vor. »Gleich wird Duka Hamanas Seele wieder in den Körper zurückkehren.«

»Und dann bist du dran. Wie willst du dieses Duell gewinnen? Da gibt es nur noch eins, was Duka Hamana schlagen kann: sich unsichtbar machen. Und das kannst du nicht.«

Durch Duka Hamanas Körper lief ein Zucken. Er riß den Speer aus seiner Brust, und noch immer quoll kein Blut aus der sichtbaren Einstichwunde. Der Speer fiel aus Duka Hamanas Hand, ein Seufzen ertönte, die Lider klappten auf, aber der Blick war noch starr und jenseits dieser Welt. Und dann sahen sie alle mit atemlosem Erstaunen, wie sich das Leben in Duka Hamanas Augen und Körper zurückschlich, wie der Blick wieder menschlich wurde, wie nur ein paar Tropfen Blut aus der Wunde rannen und wie Duka Hamana den Kopf hob und triumphierend Pater Lucius ansah. Aus dem Gewirr von Federn, Bast, Knochengürteln, und was sonst seinen Körper umgab, holte er eine Handvoll grünlichen Breis und drückte ihn auf den Einstich. Es war der gleiche Brei, den er auf die Wunden der neun verletzten Krieger geschmiert hatte. Die Worte, die er dabei sprach, übersetzte Samuel sofort.

»Er sagt, er sei unsterblich.«

»Das habe ich erwartet«, unterbrach ihn Pater Lucius.

»Und du sollst beweisen, daß du auch unsterblich bist.«

»Mahlzeit!« Reißner lachte rauh auf. »Fakir Lucius, sollen wir dich eingraben?«

»Nicht nötig. Ich werde – wie Donald schon angekündigt hat – die Sonne vom Himmel holen.«

»Nachts?«

»Um so wirksamer ist es.«

Pater Lucius holte seinen letzten Trumpf aus der Tasche, einen kreisrunden, gedrehten Feuerwerkskörper, aus dem ein Docht heraushing, ein bengalisches Feuerrad, wie man es auch zu Silvester anzündet. Im Normalfall steckt man es auf einen langen Stab. Hier gab es keinen, und Lucius beschloß, das Feuerrad einfach über die Erde zischen zu lassen.

Duka Hamana musterte den Gegenstand in der Hand des Paters mit einem kritischen, lauernden Blick. Er ahnte, daß er etwas ganz Erschreckendes sehen werde, und nahm allen Mut zusammen, nach außen ruhig zu erscheinen. Auch als wieder das Feuerzeug aufflammte, blieb er ganz ruhig und sah interessiert zu, wie der Pater den Docht ansteckte. Er blieb auch noch gefaßt, als das merkwürdige Gebilde, das wie eine zusammengerollte kleine Schlange aussah, vor seine Füße geworfen wurde; er wich nicht einmal zurück, denn das leise Zischen kannte er nun auch. Aber dann begann sich das Gebilde zu drehen, spuckte rotes Feuer, das den ganzen Umkreis wie in Blut tauchte, und drehte und drehte sich mit immer größerer Geschwindigkeit, es jagte auf ihn zu, eine feuerspeiende Sonne, die ihn verschlingen wollte. Mit einem Aufschrei hüpfte Duka Hamana hoch, ließ seinen Zauberstab fallen, sah, wie die zischende Sonne über den Speer kletterte und ihn selber weiter verfolgte. Und die Welt wurde immer röter, es war, als schmölzen die Felsen zu Blut, als ginge die Welt in Flammen unter.

Duka Hamana fiel auf das Gesicht, streckte sich und ergab sich der tötenden Sonne.

Nach einem letzten hellen Zischen erlosch das Feuerrad einen Meter von dem langgestreckten Duka Hamana entfernt. Die Finsternis war wieder da; Pater Lucius und Zynaker knipsten wie auf Kommando ihre Handscheinwerfer an und richteten die Strahlen auf Duka Hamana. Er rührte sich nicht und schien auf neue Wunder zu warten.

»Das hat ihn umgehauen«, sagte Reißner. »Vielleicht ist er jetzt bereit, über den Helm und das Bugrad zu reden.«

»Ich glaube nicht.« Zynaker ging zu Duka Hamana und beugte sich über ihn. Er legte die Hand auf seine Schulter, erfaßte dann seinen Oberkörper und drehte ihn auf den Rücken. Schlaff, wie leblos, fielen die Arme auf den Boden, der Kopf rollte zur Seite. »Duka Hamana wird gar nichts mehr sagen. Er ist tot!«

»Das gibt es doch nicht!« rief Kreijsman entsetzt. Leonora und Schmitz liefen zu Zynaker und knieten neben Duka Hamana nieder. Seine Augen waren starr und gläsern; er hatte keinen Atem mehr, keinen Puls, keinen Herzschlag.

Leonora richtete sich auf und blickte in Pater Lucius' betroffenes Gesicht.

»Er ist wirklich tot?« fragte er.

»Ja. Er hat dein Feuerrad nicht überlebt. Das war zu viel für ihn, sein Herz blieb vor Angst stehen.«

»Das … das habe ich nicht gewollt.« Pater Lucius trat an den Toten heran und schlug das Kreuz über ihn. »Wer konnte das voraussehen? Herr im Himmel, auch wenn er ein Heide ist, nimm ihn auf in Gnade und Barmherzigkeit – er ist doch ein Mensch wie wir.«

Zynaker drückte Duka Hamana die Augen zu und steckte

sich eine Zigarette an. Seine Hände zitterten dabei ein wenig.

»Es wird schwerfallen«, sagte er nach ein paar hastigen, tiefen Zügen, »den Uma zu erklären, daß wir Duka Hamana nicht umgebracht haben. Daß jemand vor Schrecken einen Herzschlag bekommt, dürfte den Uma fremd sein. Entweder man stirbt an einer sichtbaren Krankheit, oder man wird vom Feind getötet. Duka Hamana aber war gesund – und fällt plötzlich tot um. Das kann nur die Tat der weißen Götter, also von uns, sein!«

»Dai Puino wird uns glauben.«

»Der Stamm besteht nicht aus ihm allein. Da sind noch Hano Sepikula und seine Anhänger. Der Bruderkrieg ist durch uns noch nicht entschieden, sondern schwelt im stillen weiter. Man wartet nur auf einen Anlaß für den Aufstand, und den kann Duka Hamanas Tod liefern.«

Kreijsman fragte: »Und was machen wir jetzt mit dem Leichnam?«

»Wir gehen sofort ins Dorf zurück und lassen ihn abholen.«

»In der Nacht? Da kriegst du keinen Papua in den Wald und schon gar nicht an einen Ort, wo Duka Hamana mit den Dämonen sprechen konnte.« Zynaker blickte in die Runde. »Nehmen wir ihn mit?«

»Ich fasse ihn nicht an«, sagte Kreijsman.

»Ich auch nicht.« Reißner trat von dem Toten einen Schritt zurück. »Wenn er bis zum Morgen hier liegen bleibt, ist es auch nicht schlimm. Er spürt ja nichts mehr.«

»Und wenn er gar nicht tot ist?« fragte Schmitz plötzlich.

Alle drehten sich nach ihm um. Reißner ließ ein fast hysterisches Lachen hören. »Als Mediziner solltest du als erster wissen, ob jemand tot ist oder nicht.«

»Du hast vorhin von den indischen Fakiren erzählt. Sie hatten keinen Herzschlag mehr, keinen Puls, keine Atmung und lebten dennoch. Wer sagt uns, daß Duka Hamana diese Ekstase nicht auch beherrscht?«

»Das ist doch absurd!« Reißner blickte wieder auf den lang

ausgestreckten Körper des Medizinmannes. »Warum sollte er uns so etwas vorspielen?«

»Er hat das Duell verloren – das weiß er. Sein letzter großer Trick kann der Scheintod sein. Als Toten holen sie ihn ins Dorf, und dort kommt er dann aus dem Reich der Ahnen zurück. Das wird jeden Uma überzeugen, und dann sieht Pater Lucius sehr klein aus. Eine Rückkehr von den Toten kann er nicht zaubern.« Zynaker beugte sich erneut über Duka Hamana und legte das Ohr an seinen Mund. Kein Atem, nicht der geringste Hauch.

Schmitz schüttelte den Kopf. »Er ist wirklich tot, Donald. Das siehst du auch an der Verfärbung der Haut. In einer Stunde wird die Bluttemperatur erloschen sein, und er wird kalt.«

»Also, dann gehen wir zurück.« Reißner stülpte sich den Fliegerhelm über den Kopf und winkte Kreijsman zu. »Wir zwei, Fred, nehmen das Rad zwischen uns. Pater, bei den Uma wird die Kultur beginnen – jetzt kannst du ihnen zeigen, was man mit einem Rad alles machen kann. Ohne die Entdeckung des Rades hätte es keinen menschlichen Fortschritt gegeben. Feuer und Rad, das sind die Elemente der Zivilisation.«

»Und Duka Hamana lassen wir hier liegen?« fragte Leonora.

»Ja.« Zynaker streifte dem Toten den kostbaren Kopfschmuck aus Blumen, Blättern und Federn des Paradiesvogels ab und legte ihn auf das Gesicht. »Bei Sonnenaufgang werden die Uma ihn holen.«

Sie gingen den schmalen, glitschigen Weg durch Felsen und Urwald zurück zum Dorf. Über den Hütten lag tiefes Schweigen. Selbst die Hunde gaben keinen Laut von sich. Sie schliefen unter den Bananenstauden oder bei den Hütten, eng an die Flechtwände gepreßt. Während die anderen ihre Schlafstätte im Männerhaus zwei aufsuchten, brachte Zynaker Leonora bis zu der auf hohen Pfählen erbauten Frauenhütte. An der Leiter blieben sie stehen und küßten sich.

»Willst du wirklich da hinauf?« fragte er.

Sie schüttelte den Kopf und preßte ihn dann an seine Halsbeuge. Seine Nähe war ein wundervolles Gefühl, sein Kuß, seine Hände, die über ihren Rücken streichelten, über die Schulter hinauf zu ihren Haaren, wo sich seine Finger in den Locken verloren und sich nach vorne tasteten, bis sie über ihre Wangen glitten – es war eine Seligkeit, für die es keine Worte gab.

Was ist aus mir geworden? dachte sie. Was hat er aus mir gemacht? Ich habe bisher nicht gewußt, daß es eine solche Liebe überhaupt gibt, daß sich die Welt verwandeln kann in solchen Stunden und klein, ganz klein wird und nur aus dir und mir besteht, aus dem Zusammenklang unserer Körper und Seelen.

Mein Liebster, mit deinen Händen, deinen Lippen, deinem Körper hast du mich neu erschaffen. Erst jetzt lebe ich …

»Wir können in deine Hütte gehen«, hörte sie ihn sagen.

»Sie ist noch nicht fertig, mein Schatz.«

»Aber sie hat ein Dach und vier Wände, und wir sind allein.«

Sie nickte. Den Kopf an seine Schulter gelehnt, ihn mit dem linken Arm umfassend, ging sie mit ihm durch die Nacht zu ihrer halbfertigen Hütte. Sie küßten einander wieder, als sie in dem Raum standen.

»Ich weiß nicht, wie es werden soll«, sagte er und strich mit der Zungenspitze über ihr Ohr. Das Zittern ihres Körpers war wie ein heftiges Frieren. Jede Pore, jeder Nerv war eine drängende Sehnsucht nach ihm. Ihr Leib preßte sich an den seinen, und sie spürte das Pulsieren in seinen Lenden, das Herbeiströmen des Blutes. »Ich weiß nur eins: Ich liebe dich unendlich. Es ist eine Liebe, die an Wahnsinn grenzt …«

Sie liebten sich auf der harten, von Furchen durchzogenen Erde und spürten nicht die kleinen Steine unter ihren Körpern. Sie spürten nur sich, die Wärme ihrer Haut, das Spiel ihrer Muskeln, das Zucken und Heben und Senken ihrer Leiber, und sie hörten nur ihren Atem, ihr Seufzen und ihre gestammelten Worte.

Später lagen sie nebeneinander auf der rauhen Erde, in der Finsternis erblickten sie einander nur schemenhaft, und ihr Atem war der einzige Laut in dieser vollkommenen nächtlichen Stille.

»Eins weiß ich genau«, sagte er leise und legte seine Hand auf ihre Brust, »und ich sage es immer und immer wieder: Ich kann ohne dich nicht mehr sein. Ich werfe mein ganzes bisheriges Leben weg – du allein bist mein Leben. Ohne dich hat das Leben keinen Sinn mehr. Verstehst du das?«

»Ja.« Sie ergriff seine Hand und küßte ihre Innenfläche. »Mir geht es nicht anders. Der Gedanke, du könntest nicht mehr bei mir sein, tötet mich.«

Er drehte sich auf die Seite und schob sich über ihren Oberkörper. Sein Gesicht lag zwischen ihren warmen, duftenden Brüsten. »Ich werde immer bei dir bleiben«, sagte er. »Immer ... Wo soll ich denn jetzt noch hin? Die Welt ist doch so leer ohne dich. Um mich herum wäre tödliche Einsamkeit ohne deine Liebe – ich kann nur noch leben durch dich ...«

Im Morgengrauen ging Zynaker zu Dai Puinos großer Hütte und rüttelte ihn wach. Hinter einer dünnen Zwischenwand aus Palmblättergeflecht schliefen Sapa und Lakta.

»Wach auf!« zischte Zynaker dem Häuptling ins Ohr. Und dann sagte er in der Sprache der Uma, von der er ein paar Worte gelernt hatte: »Duka Hamana ist tot.«

Dai Puino zuckte hoch, sprang auf die Beine und stürzte aus der Hütte. Dabei riß er seinen Speer von der Wand. Draußen stellte er sich breitbeinig in die Dämmerung und stieß einen lauten, auf- und abschwellenden Schrei aus. Er alarmierte das ganze Dorf. Aus den Männerhäusern quollen die Krieger.

Sie kamen ohne Duka Hamana zurück.

Pater Lucius und Zynaker wuschen sich gerade an einem der Wassertröge, als Dai Puino an der Spitze des Trupps aus dem Urwald trat, gefolgt von wild gestikulierenden und schwatzenden Kriegern. Vom Männerhaus zwei lief ihnen Samuel entgegen, sprach ein paar Worte mit Dai Puino und rannte dann zu Pater Lucius und Zynaker. Schon zehn Schritte vor ihnen schrie er, die Arme in die Luft geworfen: »Duka Hamana ist weg! Er ist nicht mehr da! Die Geister haben ihn mitgenommen. Masta, die Ahnen haben ihn weggetragen.«

»Du hattest recht, Donald.« Pater Lucius trocknete seinen Oberkörper und das Gesicht mit einem Handtuch ab. Auch das wurde von den Uma bestaunt. Ihre Haut trockneten die Luft und die Hitze vom Himmel. »Das war Duka Hamanas letzter, starker Trick. Wenn er wieder auftaucht ...«

»Das wird er.«

»... haben wir einen schweren Stand. Von den Toten ist noch keiner zurückgekommen. Duka Hamanas Macht wird von da an unzerstörbar sein.«

»Und er wird dein grausamer Gegner sein. Gottes Wort allein wird es nicht schaffen.«

»Ich vertraue auf die Fügung des Herrn.« Pater Lucius faltete die Hände über dem nackten Bauch. »Und auf mein Talent und meine Zauberkiste.«

Von Dai Puino erfuhren sie, daß der Platz vor der Höhle leer gewesen war und daß man die ganze Umgebung nach Spuren, nach Blut oder Fleischfetzen oder zerrissenen Federn und Ketten abgesucht hatte. Ein wildes Tier konnte den Toten ja weggeschleppt haben. Den Uma waren im Wald ab und zu große Katzen mit geflecktem Fell begegnet, starke Tiere mit schrecklichen Zähnen, die mit einem Zubiß einen Arm abtrennen konnten und schon drei Uma getötet, zerrissen und bis auf die Knochen abgenagt hatten. Getötet oder gefangen hatten sie noch keine der großen Katzen. Sie hatten sie zwar mit ihren Pfeilen getroffen, aber sie schienen unverwundbar zu sein, denn das Gift wirkte nicht bei ihnen, sie liefen weiter und verschwanden im undurchdringlichen Dickicht. Daß sie später irgendwo zusammenbrachen und an dem Gift verendeten, wußten die Uma nicht. Sie sahen die Tiere nie wieder.

Aber Duka Hamana war nicht von den Riesenkatzen geholt worden, es gab nicht die geringste Spur.

»Er war wirklich tot!« ließ Leonora Samuel übersetzen. »Er atmete nicht mehr, sein Herz schlug nicht mehr.«

»Dann haben die Ahnen ihn mitgenommen, sagte Dai Puino feierlich. »Duka Hamana war wirklich ein heiliger Mann.«

Reißner nickte und stieß Pater Lucius in die Seite. »Es wird schwer sein, ihn vom Gegenteil zu überzeugen, Pater. Selbst ich werde nachdenklich.«

»Ein Toter kann nicht wiederauferstehen.«

»Denk an Jesus, der einen toten Jüngling auferweckte.«

»Hier ist kein Jesus! Duka Hamana war nicht tot. Er beherrscht den alten Fakirtrick. Er hat sich in die Trance der Leblosigkeit versetzt. Und er wird wieder auftauchen.«

»Wir sollten uns doch mehr mit Waffenputzen aufhalten«, sagte Reißner sarkastisch. »Eine Ladehemmung können wir uns später nicht leisten.«

Nach dem Mittagessen, das wie immer die Frauen zum Männerhaus brachten und das sie bis auf die frischen Früchte wegkippten, um aus den mitgebrachten Dosen zu leben, kam Samuel zu Schmitz und tat sehr geheimnisvoll. Er nahm Schmitz beiseite und flüsterte ihm ins Ohr: »Lakta läßt sagen, daß sie Masta ein großes Geheimnis verraten will.«

»Ein Geheimnis? Was denn?« Schmitz sprach normal, aber Samuel preßte ihm seine Hand auf den Mund.

»Pst, Masta! Keiner soll es erfahren. Es ist ein großes Geheimnis der Uma, aber Lakta kennt es. Du sollst zu ihr kommen. Zur Stelle am Bach, du weißt schon. Lakta kennt den ›Geist der donnernden Wolken‹. Im ›Tal ohne Sonne‹ wohnt er, im ›dampfenden Tal‹, wie es die Uma nennen.«

»Du hast uns einmal von ihm erzählt, Samuel.«

»Ja. Alle hier kennen den ›Geist der donnernden Wolken‹, die Uma und die Pogwa, die Tota und die Paba. Keiner wagt es, in dieses Tal zu gehen. Der Geist donnert, und die Menschen fallen mit einem kleinen Loch im Kopf oder in der Brust um.«

Schmitz erinnerte sich an die Erzählungen, die Samuel damals in Goroka von sich gegeben hatte. Und er hörte noch, wie Reißner sagte: »Blödsinn, da hat jemand mit einem Gewehr geballert.« Aber wie kam ein Gewehr in ein unerforschtes, unbekanntes Land? Man hatte damals lange darüber diskutiert und gewagte Theorien aufgestellt, aber dann den »donnernden Geist« wieder vergessen. Es war wohl eine Sage der Eingeborenen, die daran glaubten, von Geistern und Ahnen umgeben zu sein, die ihr Leben bestimmten.

»Und Lakta weiß, wo dieser Geist wohnt?« flüsterte Schmitz zurück. Er spürte in sich ein Kribbeln der Spannung.

»Ja.«

»Sie hat ihn gesehen?«

»Das weiß ich nicht, Masta. Du sollst zum Bach kommen.«

»Wann?«

»Sofort, Lakta wartet auf dich.«

»Du mußt mitkommen, Samuel.«

»Warum?«

»Ich verstehe sie doch nicht.« Schmitz erhob sich von dem Holzklotz, auf dem er saß. Sie gingen zum Dorf, vorbei an den neuen Hütten, die für die Weißen gebaut wurden, vorbei an der Kirche, vor der Pater Lucius saß und aus einem Palmenstamm einen großen Christus schnitzte, umgeben von einer Kinderschar, die ihm zusah und der er, seine Arbeit unterbrechend, mit den wenigen Worten Uma, die er konnte, eine Bilderbibel erklärte, Bilder aus einer anderen, unfaßbaren Welt. Am Palmenhain bogen sie zum Wald ab und gingen die »Wasserleitung« entlang bis zu dem Bach, der silberhell über einen steinigen Abhang herunterlief.

Lakta saß schon da, genau an der Stelle, wo sie sich zum erstenmal geküßt hatten und in der Umarmung so glücklich gewesen waren.

Schmitz blieb stehen und ergriff Samuels Arm. »Samuel«, sagte er stockend, »wundere dich nicht über das, was du gleich siehst, und vergiß, was du siehst.«

»Ich werde mich umdrehen und nichts sehen, Masta.« Samuel grinste breit und zwinkerte. »Ich weiß doch, daß Masta in Lakta verliebt ist.«

»Du Halunke! Wer weiß es noch?«

»Niemand.«

»Dai Puino?«

»Nein.«

»Sapa, ihre Mutter?«

»Das weiß ich nicht. Aber es ist möglich.«

»Leonora?«

»Massa ahnt es, Masta. Aber Massa ist eine gute Frau, sie wird nie etwas sagen.« Er grinste noch breiter. »Massa liebt ja auch.«

»Zynaker, nicht wahr?«

Samuel hob abwehrend die Hände. »Ich habe nichts gesehen, gehört und gesagt, Masta. Lakta wartet.«

Sie lief ihm entgegen, als sie ihn sah, und fiel ihm um den Hals, küßte ihn und drückte sich fest an ihn. Ihr schlanker Körper, nur mit einem Schurz bekleidet, glühte unter seinen Händen auf.

»Ich liebe dich«, sagte sie auf Uma, und es war ein Satz, den Schmitz verstand, den er als ersten von ihr gelernt hatte.

Samuel drehte sich um und blickte zu dem Bananenwald zurück. Es dauerte eine Zeit, bis er die Stimme von Schmitz hörte und sich wieder umwenden konnte. Lakta und Schmitz saßen am Ufer des Wassers, hielten die Füße in den kalten, klaren Bach und hatten die Arme um ihre Schultern gelegt. Während Schmitz sprach, tasteten Laktas Lippen über seinen Hals und seine Wange.

»Du kannst kommen, Samuel.«

»Laß dir Zeit, Masta«, antwortete Samuel weise. »Ich sehe mir gern Erde und Himmel an. Wer liebt, kennt die Zeit nicht mehr. Er hält sie fest.«

»Du bist ja ein Philosoph, Krummbein!« Schmitz lachte und küßte Lakta auf den Mund. »Komm her! Ich will wissen, was Lakta zu erzählen hat.«

Sie saßen dann nebeneinander am Rand des Baches, und Samuel übersetzte, was aus Laktas Mund heraussprudelte. Es hörte sich so an:

»Der ›Geist der donnernden Wolken‹ war plötzlich bei uns, als ich noch ein kleines Mädchen war. Niemand hat ihn kommen sehen, kein Feuerschein war am Himmel und keine verloschene Sonne, er war einfach da, ließ seinen Donner los und tötete damit Septa, einen großen Krieger der Uma. Ein kleines

Loch war in seinem Kopf, und keiner wußte, wie man ein solches Loch machen kann. Und immer, wenn unsere Krieger auf der Jagd in das ›Tal ohne Sonne‹ kamen, das an manchen Tagen dampfte, als brenne auf seinem Grund ein riesiges Feuer und schicke Rauch in den Himmel, ließ er seinen Donner los und tötete so noch drei unserer Männer. Danach hat keiner mehr das Tal betreten, auch die benachbarten Pogwa nicht. Auch sie beklagten Krieger, tapfere Männer, mit kleinen Löchern in der Brust oder im Kopf. Einer erzählte, er habe den Geist gesehen, so groß wie ein Felsen, die Spitzen weiß bestäubt wie mit Mehl. Aber keiner glaubte ihm, und sie haben ihn erschlagen und gegessen, damit er den Geist nicht zu ihnen lockte. Dann habe ich einmal – es ist lange her – ein Tier verfolgt, das ich mit einem Speer verwundet hatte, ein wildes Schwein, das durch den Urwald brach und flüchtete. Ich bin ihm nachgelaufen und wußte nicht, wo ich war, und plötzlich stehe ich am Abhang zu einem Tal, dessen Tiefe ich nicht sehe, weil grauer Nebel wie ein Tuch über allem liegt. Und ich weiß plötzlich: Das ist das ›dampfende Tal‹, das ›Tal ohne Sonne‹, die Wohnung des ›Geistes der donnernden Wolken‹. Ich wußte, daß ich sterben würde wie unsere Krieger, kniete nieder und rief meine Ahnen an. Aber es geschah nichts. Er sieht mich, dachte ich. Natürlich sieht er mich. Und wenn ich mich bewege, läßt er seinen Donner los. ›Sei gnädig, Geist!‹ habe ich da gerufen. ›Ich will keinem erzählen, daß ich dein Tal gesehen habe. Niemand soll wissen, wo du bist. Bitte laß mich leben!‹ Und dann bin ich aufgestanden, ganz langsam, bin in den Wald zurück, und als ich zwischen den Bäumen war, bin ich losgelaufen, und hinter mir ließ der Geist wieder sein Donnern hören, als rufe er mir zum Abschied zu: ›Vergiß, was du gesehen hast!‹ Und ich habe es vergessen – bis heute, bis ich dich liebte, Pepau. Zwischen uns soll es kein Geheimnis geben.«

Schmitz hatte atemlos zugehört und war sich ein paarmal mit der Hand über das Gesicht gefahren. Das ist ja ungeheuerlich, dachte er. Nicht hier bei den Uma ist das Tal, das Leonora sucht, sondern von ihnen entfernt ist es, das »Tal ohne Sonne«, das

»dampfende Tal«, dieser enge Einschnitt in die Berge, in den wirklich kaum ein Sonnenstrahl dringt und den man aus der Luft nicht sieht, weil ständig Nebel über ihm hängt. Jeder vermutet unter der Nebelschicht nur den Regenwald, aus dem die Nässe in die Sonne dampft. Mein Gott, wir sind so nah an der Lösung des Rätsels. Lakta, mein Liebstes, du hast uns den richtigen Weg gezeigt. Er küßte sie, drückte sie an sich, und Samuel stand auf und drehte sich wieder um.

Aber das war nicht nötig; Schmitz sprang auf, zog Lakta an den Händen hoch und sagte hastig: »Das müssen wir Leonora sagen, Samuel. Und Lakta muß uns in dieses Tal führen.«

»Das wird sie bestimmt nicht, Masta.«

»Sie wird es. Wenn sie mir ihr großes Geheimnis verraten hat, wird sie uns auch den Weg zeigen.« Er zog Lakta an sich, gab ihr einen neuen Kuß auf die Lippen, nahm dann ihre Hand und folgte Samuel, der zum Dorf zurückging.

Pater Lucius saß noch immer vor seiner Kirche und schnitzte an seinem Christus. Schmitz und Kreijsman sahen dem Bau der neuen Hütten zu, wobei Kreijsman sagte: »Wenn das unsere Baustatiker sähen, fielen sie sofort in Ohnmacht!« Leonora und Zynaker saßen neben dem auf seinem Flugzeugsessel thronenden Dai Puino und aßen mit Honig bestrichene Sagofladen. Sie boten ein Bild des Friedens, das von dem geschäftigen Treiben der halbnackten Frauen, den herumstreunenden gelben Hunden, den frei herumlaufenden Ferkeln und Hühnern und den in großen Kreisen herumhockenden Kriegern belebt war, die schwatzten und lachten und nichts taten – denn wozu hatte man seine Frauen?

Lakta war, als sie den Bananenwald erreichten, vorausgelaufen, damit man sie nicht mit dem Weißen sah. Der Stamm, das Dorf ahnten noch nichts von ihrer Liebe zu einem Gott, der doch ein Mann war, nur Sapa, ihrer Mutter, hatte sie es gesagt, und Sapa, die Leonora vor dem Tod gerettet hatte, indem sie ihr den Leib aufschnitt, und die jetzt jedem stolz ihre Narbe zeigte, unter der einmal der böse Dämon gewohnt hatte, Sapa hatte ihre Tochter Lakta an sich gedrückt, wie es alle Mütter mit ihren Kindern tun, hatte geweint und gesagt: »Lakta, das ist nicht gut. Er ist ein fremder Gott.«

Und sie hatte geantwortet: »Aber ich liebe ihn, und ich will eher sterben, als ohne ihn zu leben.«

»Dein Vater wird ihn umbringen.«

»Dann muß er mich auch töten.«

»Vielleicht tut er es sogar.«

»Wenn er es nicht tut, stoße ich mir vor seinen Augen seinen Speer in die Brust.«

»So sehr liebst du den Weißen?«

»Ich kann nicht mehr leben ohne ihn! Mutter, weißt du, was Küssen ist?« Sie sprach das Wort auf deutsch aus, so wie sie es von Schmitz gehört hatte – für einen Uma ein seltsamer, zischender Laut.

Sapa sah ihre Tochter betroffen an und wiederholte das Wort küssen. Es klang bei ihr wie kusa oder kusan.

»Das ist Küssen, Mutter«, sagte Lakta, nahm Sapas Kopf zwischen ihre Hände und drückte ihre Lippen auf die Lippen der Mutter. Dabei spielte sie ganz zart mit der Zungenspitze.

Sapa saß steif, unbeweglich auf der Matte und blieb auch so sitzen, als Lakta ihren Kopf losließ und sich zurückbeugte. Mit großen, glänzenden Augen sah sie ihre Mutter an. »Das war ein Kuß«, sagte sie glücklich. »Wie war es, Mutter?«

Sapa erwachte aus ihrer Erstarrung und wischte sich über den Mund. Ein seltsames Gefühl hatte sie während des Kusses durchronnen, vor allem, als sie die Zungenspitze Laktas spürte. Es war ein Gefühl, das sie sich nicht erklären konnte, das sie noch nie empfunden hatte und das durch ihren ganzen Körper gezogen war, vom Kopf bis zu den Füßen. »Es ist der Hauch eines bösen Geistes«, sagte sie leise. »Er beherrscht deinen Körper.«

»Ist es nicht ein Wunder?«

»Ich weiß es nicht, Lakta, aber opfere dich nicht diesem Dämon. Du wirst keine Uma mehr sein. Jeder darf dich töten.«

»Man soll keinen Menschen töten, sagt Gott.«

»Welcher Gott?«

»Von dem der große Weiße erzählt, dem wir ein Haus gebaut haben, das er Kirche nennt. Er kann so vieles erzählen. Von einem Krieger, der Jesus hieß und den sie an ein Kreuz genagelt haben.«

»Was ist ein Kreuz? Was ist Nageln?«

»Er wird es auch dir erzählen, Mutter. Komm morgen mit, wenn ich zu ihm gehe und ihm zuhöre. Es sind so schöne Geschichten. Und Bilder zeigt er von fernen Ländern. Hinter unserem Wald gibt es eine andere Welt. Glaub mir, er zeigt sie dir, wenn du mit mir zu ihm gehst.«

Sapa nickte und legte sich auf die Matte zurück. Sie schloß die Augen und dachte an das seltsame Gefühl, das sie vorhin durchronnen hatte. Küssen nannte man das? Welch ein geheimnisvolles Ding! Es weckte Sehnsucht nach Dai Puinos Umarmung. Sie würde es mit Dai Puino tun und sehen, wie er es empfand. Es war ja so einfach: Lippe auf Lippe, mit einem leichten oder härteren Druck, und dann die Zungenspitze, züngelnd wie eine Schlange, zwischen die Lippen des anderen. Dai Puino würde staunen …

Schmitz und Samuel, die bewußt etwas später als Lakta zur Hütte Dai Puinos gehen wollten, hockten sich neben Leonora und Zynaker auf den Boden und aßen ein Stück Fladen mit Honig.

»Wenn ich euch jetzt etwas erzähle«, sagte Schmitz, »dann bleibt ruhig und springt nicht auf. Das ›Tal ohne Sonne‹ liegt nebenan …«

»Was sagst du da?« Leonora hatte Mühe, auf ihrem Holzklotz sitzen zu bleiben.

Auch Zynaker wurde unruhig. »Wer hat dir das gesagt?« fragte er.

»Lakta. Kein Krieger spricht darüber oder wagt sich hinein. Sie hat es durch Zufall entdeckt. Das ›dampfende Tal‹ nennen es die Uma auch noch. Die Talsohle ist ständig von Nebel bedeckt. Keiner weiß, daß hier die Berge auseinanderklaffen und einen schmalen Einschnitt bilden. Aus der Luft sieht es wie eine geschlossene Waldfläche aus, über der Nebel liegt. Deshalb ist das Tal auch auf keiner Karte eingezeichnet. Es gibt es offiziell gar nicht. Und nun – ruhig bleiben! – die ganz große Entdeckung: Am Abhang zu diesem Tal haust der ›Geist der donnernden Wolken‹, jener Geist, der Krieger mit einem Loch im Kopf oder in der Brust tötet, wenn sie ihm zu nahe kommen. Im Klartext: Dort lebt ein Mensch und knallt mit einem Gewehr herum. Das ist jetzt sicher.«

»Mein … mein Vater?« fragte Leonora ganz leise.

»Wer weiß das?«

»Er hätte nie einen Menschen töten können. Nie!«

»Wenn es um das eigene Leben geht …«

»Er wäre eher davongelaufen.«

»Im ›Tal ohne Sonne‹ gibt es kein Weglaufen mehr.« Zynaker stand von seinem Holzklotz auf. »Auch du würdest dich wehren, wenn man dich angreift. Der Bibelspruch ›Liebet eure Feinde‹ ist absoluter Blödsinn! Wenn ich angegriffen werde, schlage ich zurück. Das ist überhaupt eine Sache, wo die Bibel sich widerspricht und unglaubwürdig wird. Einmal heißt es: ›Du sollst nicht töten‹ und: ›Liebet eure Feinde‹, woanders heißt es: ›Auge um Auge, Zahn um Zahn‹.«

»Das mußt du Pater Lucius sagen, nicht uns!« sagte Schmitz.

»Mit einem Pfaffen zu diskutieren hat keinen Sinn. Er hat für alles eine Erklärung und für jeden Fall eine Hintertür.« Zynaker reckte sich und zog Leonora vom Sitz hoch. »Wir werden uns diesen ›Geist der donnernden Wolken‹ ansehen.«

»Wenn Lakta uns führt.« Schmitz machte ein bedenkliches Gesicht.

»Sie wird es, Pepau, sie liebt dich doch.«

»Wer hat dir diesen Unsinn denn eingeredet, Donald?«

»Meine Augen.« Zynaker lächelte breit. »Verliebte verraten sich durch Blicke und kleine Gesten. Bei euch ist es wie in einem Theaterstück, dem man zusehen kann.«

»Bin ich solch ein Trottel?«

»Du bist verliebt bis zur Aufgabe deines Verstandes.« Zynaker blickte zum Wald hinüber, der sich wie ein dicker grüner

Pelz die Anhöhe hinaufzog. »Ziehen wir schon morgen früh los?«

»Ich muß Lakta fragen. Nur sie kennt den Weg.«

»Frage sie, wenn du sie im Arm hältst. Das ist eine Situation, in der keine Frau nein sagt.«

»Und wenn sie doch nein sagt?«

»Dann stoße sie von dir und schrei sie an: ›Deine Liebe ist nur eine Lüge!‹ Das wird sie umstimmen.«

»Ich will's versuchen.« Schmitz senkte den Kopf. »Versprechen kann ich nichts. Wir müßten dann den Weg zum ›Tal ohne Sonne‹ selbst suchen. Ein Nebental.«

»Und wo liegt es von hier? Im Süden oder Norden, im Westen oder Osten? Wir werden es nie finden! Wir sind schon wochenlang herumgezogen, völlig sinnlos. Aber jetzt haben wir eine neue Hoffnung, eine ganz kleine Hoffnung, wenn es wirklich diesen ›Geist der donnernden Wolken‹ gibt, einen Mann, der ein Gewehr besitzt. Wir *müssen* ihn finden.«

»Ich werde mit Lakta reden.« Schmitz hob resignierend die Schultern. »Mehr kann ich nicht tun. Macht euch keine großen Hoffnungen.«

Drei Tage dauerte es, bis Schmitz und Samuel nach langen Gesprächen Lakta umgestimmt hatten. Sie hatte geweint und saß zusammengekauert und verkrampft in der Hütte, sie gab sich Schmitz hin und schrie in der Umarmung: »Geh nicht hin! Geh nicht hin! Er tötet dich!«, und sie kniete am Rand des Baches, faltete die Hände und betete, wie sie es bei Pater Lucius gesehen hatte; sie lag in der Kirche lang hingestreckt vor dem Kruzifix auf dem Altar und stammelte: »Hilf mir! Hilf mir! Was soll ich tun?« Aber am dritten Tag sagte sie zu Pepau: »Ich führe euch hin. Dich, die Frau und ihren Mann. Nur sie, nicht die anderen.« Mit dem Mann meinte sie Zynaker; er grinste verlegen, als Schmitz ihm das mitteilte.

Reißner hatte in diesen Tagen eine andere Uma-Frau entdeckt, die seinem Ideal mehr entsprach. Eine noch junge Frau mit spitzen Brüsten und schmaler Taille, mit schlanken Beinen und gut geformten Oberschenkeln, eine der wenigen Schönheiten der Uma, die sich rätselhaft abhoben von den verkniffenen Gesichtern der meisten. Sie hieß – das hatte Reißner schnell erfahren – Nana und war die Frau des jungen Kriegers Simsa. Reißner fotografierte sie von allen Seiten, schenkte ihr drei Polaroidfotos von ihr und machte Bilder, als sie sich am Trog in aller Frühe wusch und in herrlicher Nacktheit herumsprang. Reißner hatte Mühe, seine Kamera ruhig zu halten, seine Hände zitterten.

»Nehmt auf jeden Fall meine MPi mit!« sagte er zu Zynaker und Schmitz. »Und die Pistolen auch. Wenn der Kerl auf jeden schießt, der ihm in die Quere kommt, müßt ihr zurückballern! Stellt euch bloß nicht als Zielscheibe hin! Wenn das stimmt, was man sich erzählt, war jeder Schuß ein Volltreffer.«

»Gibt es ihn überhaupt, wird er nicht auf uns schießen.«

»Bist du so sicher, Donald?«

Zynaker nickte. »Ja. Denn wir schießen zuerst – in die Luft. Dann weiß er, daß es keine Kopfjäger sind, sondern Weiße. Und das wird ihn aus seinem Versteck herauslocken. Auf diesen Augenblick wird er jahrelang gewartet haben.«

»Hoffen wir es. Himmel, gäbe das Fotos! Ich komme doch mit.«

»Dann zeigt uns Lakta nicht den Weg. Ohne sie sind wir hilflos.« Schmitz nagte an der Unterlippe, ein Zeichen seiner großen Nervosität. »Ich weiß noch nicht mal, ob sie uns zum richtigen Tal führt. Wir müssen es ihr glauben. Wer weiß, wie viele kleine Einschnitte es hier in den Bergen gibt, von denen der eine dem anderen gleicht!«

»Das kann auch sein«, sagte Leonora. »Damit müssen wir sogar rechnen. Um dich nicht in Gefahr zu bringen, Pepau, führt sie uns in ein völlig anderes Tal. Können wir es ihr nachweisen?«

»Diese Weiber!« Reißner spitzte die Lippen, als wolle er ausspucken. Aber er war doch so höflich, es nicht in Gegenwart von Leonora zu tun. »Also gut, ich bleibe hier. Ich habe mir sowieso einige Dinge vorgenommen, die angenehmer sind, als durch diesen verdammten Urwald bergauf, bergab zu klettern.

Viel Glück, meine Lieben!« Er tippte mit dem Zeigefinger an seine Stirn und ging zu den Neubauhütten hinüber. Die Frauen schleppten große Palm- und Bananenblätter für die Dachdeckung heran. Auch die schöne Nana war darunter, und Reißner steckte die Hände in die Hosentaschen und betrachtete begehrlich ihre jungen, spitzen Brüste.

Zynaker und Schmitz waren diesmal mit Reißners Vorschlag einig: Sie nahmen die Waffen mit, die MPi und die Gewehre, dazu jeder eine Pistole und genug Munition. Das Gebiet der Pogwa grenzte genau an das Tal, und eine Begegnung mit diesem Stamm, das wußten sie, konnte nur blutig verlaufen.

Am Bach wartete Lakta auf sie. Ihr Gesicht war traurig, und sie hielt auch nicht ihren Mund hin, damit Schmitz sie küsse.

Samuel übersetzte, was sie sagte.

»Wenn der ›Geist der donnernden Wolken‹ Pepau tötet, will auch ich nicht mehr leben. Ihr müßt mich töten.«

»Darüber wollen wir nicht sprechen«, antwortete Zynaker ausweichend.

»Wenn ihr es nicht tut, werfe ich mich in die Schlucht.«

»Du … du wirst weiterleben, Lakta«, sagte Schmitz gepreßt und zu den anderen gewandt: »Versprecht mir, daß sie sich nichts antut. Haltet sie fest, laßt sie nicht aus den Augen. Ich weiß, daß sie sich umbringen wird, wenn mir etwas passiert.«

»Warum sollte ausgerechnet dir etwas passieren?« Zynaker schüttelte den Kopf.

»Weiß man das im voraus?«

7

Es war ein früher Morgen, nebelig wie immer, als sie in den Urwald eintauchten. Zunächst ging es über einen ihnen schon bekannten Jagdpfad, aber nach ungefähr zwei Meilen bog Lakta nach rechts in das Dickicht ab. Keine Spur wies in diese Richtung, und jeder wäre an dieser Stelle vorbeigegangen. Nur eine Eingeborene wie Lakta besaß, einem Tier gleich, den Instinkt, den richtigen Weg durch die grüne Wildnis zu finden.

Jetzt ging Zynaker ihr voraus und hieb mit der Machete einen schmalen Pfad durch das Gestrüpp, so breit, daß man gerade noch hintereinander gehen und die herunterhängenden Zweige und Farne wegdrücken konnte. Es war ein mühsames Vorankommen, Meter um Meter, und immer wieder fragte sich Schmitz, wie Lakta es geschafft hatte, damals das Tier durch diese grüne, alles abweisende Wand zu verfolgen. Oder führte sie sie einen falschen Weg? »Bist du sicher, daß es hier war?« ließ er durch Samuel fragen.

Sie nickte und zeigte den Hang hinauf, der vor ihnen lag. »Hinter dem Berg«, sagte sie dabei. »Es ist eine tiefe Schlucht, mehr sieht man nicht. Vielleicht ist unten ein Fluß – ich weiß es nicht. Immer sind Wolken darüber.«

Das »dampfende Tal«, das »Tal ohne Sonne«, hinter diesem Berg. Wie nah war es jetzt, dieser kleine Teil der Welt, den noch niemand gesehen und betreten hatte. Der auf keiner Karte stand, den es einfach nicht gab. Und den auch keiner vermißte. Eine Kerbe nur in einem Berg, ein winziger Einschnitt in der großen Welt.

Der Weg durch den Urwald, den Berg hinauf, war mühsam, das Unterholz und die miteinander verschlungenen Lianen und anderen Hängepflanzen mußten durchschlagen werden. Dazu kam die Hitze, die alle Feuchtigkeit aufsaugen wollte und flatternde Nebelschwaden bildete. Es tropfte von allen Bäumen, Farnen und Riesenbüschen; sie wurden bis auf die Haut durchnäßt und begannen in der Sonnenglut, die aus einem milchigen, nur erahnten Himmel fiel, zu schwitzen, das Atmen wurde schwer, die Beine fühlten sich wie zentnerschwere Schläuche an, und immer ging es weiter bergauf, Meter um Meter, die abwechselnd Zynaker, Schmitz oder Samuel aus der grünen Wand heraushieben.

Auf einer lichteren Stelle rasteten sie, holten Atem, tranken aus den mitgenommenen Feldflaschen Ananassaft und ruhten sich eine Stunde aus. Lakta saß neben Schmitz und hatte den Kopf an seine Schulter gelehnt.

»Wie fühlst du dich?« fragte Zynaker und nahm Leonora die Flasche ab.

»Miserabel.«

»Der Weg ist wirklich höllisch.« Er sah den Berg hinauf. Auf seiner Kuppe wuchsen dicht an dicht riesige Bäume mit weiten Blätterdächern und Stämmen, die nur mehrere Mann umfassen konnten. »In vier Stunden, schätze ich, sind wir oben. Dann haben wir das Tal unter uns.«

»Es ist nicht der Weg, Schatz. Der Gedanke, daß in einigen Stunden alle Hoffnungen vernichtet sind, ist wie ein Stein, der auf das Herz drückt. Wenn dieser ›Geist‹ nicht mein Vater, das Tal aber wirklich das unbekannte ›Tal ohne Sonne‹ ist, weiß ich, daß wir meinen Vater nie finden werden. Ob bei den Pogwa oder Duna, bei den Hawa oder Enga, kein Stamm wird uns über ihn etwas sagen. Vielleicht ist er hier irgendwo einsam gestorben, verletzt vom Absturz und elend verhungernd und verdurstend.«

»Ich habe schon gedacht, daß der ›Geist‹ auch Grant sein könnte, der überlebt hat.«

»Möglich. Daran habe ich auch gedacht.« Schmitz streichelte Laktas Haar und spürte, wie ihr Körper sich an ihn drängte. »Wenn er's ist, erfahren wir das Schicksal deines Vaters. Dann hat sich deine Expedition gelohnt.«

»Und wenn es diesen ›Geist‹ nur in der Sage der Stämme gibt?« fragte Leonora.

»Das einzige, was wir sicher wissen, ist: Es gibt ihn!« sagte Zynaker. »Die Toten mit dem kleinen Loch in der Stirn oder der

Brust beweisen es. Wer auch der ›Geist‹ ist, wir werden ihn finden.«

»Wenn er uns nicht einfach abschießt.«

»Wir werden so lange in Deckung bleiben, bis wir Kontakt mit ihm aufgenommen haben, bis er aus seinem Versteck herauskommt und wir ihn sehen.«

»Und wenn er es nicht tut?«

»Er wird es! Er wird vor Glück aufschreien, daß Weiße und keine Kopfjäger ihn gefunden haben. Es wird eine Befreiung für ihn sein.«

»Glauben wir daran, bis er auf uns schießt!« sagte Schmitz voller Sarkasmus. »Ich bin erst überzeugt, wenn ich ihm die Hand schüttele.«

Den Aufstieg bis zum Gipfel des Berges schafften sie in drei Stunden. Hier traf sie voll die Sonne, die Glut legte sich über sie und ihre nassen Kleider. Unter ihnen lag eine unbekannte Tiefe, ein Tal, über dem eine dichte Dunstwolke hing, unbeweglich, wie ein Haufen Watte, den man über eine klaffende Wunde gelegt hat.

Leonora griff nach Zynakers Hand und hielt sie fest. »Das ist es«, sagte sie leise. »Das ›Tal ohne Sonne‹. Es ist es wirklich. Was liegt unter der Nebeldecke?«

»Wir werden es bald erfahren.«

Sie standen auf einer Art Plateau aus Felsgestein, das nicht bewachsen war, ein kahler Fleck in dem üppigen Grün. Hinter ihnen rauschten die Blätterdächer der Riesenbäume im warmen Wind, der über das Hochland strich. Den Berg hinab wuchs der Urwald so dicht, daß es von oben aussah wie eine gewaltige Moosfläche, die den Boden überwucherte. Bis auf den Wind und sein Rauschen in den Zweigen umgab sie Stille.

»Jetzt machen wir uns bemerkbar«, sagte Zynaker und hob sein Gewehr in den Himmel. »Geht hinter den Bäumen in Deckung! Entweder schießt er sofort, oder er kommt aus seinem Versteck.«

»Ich bleibe bei dir.« Leonora stellte sich neben Zynaker. »Er wird auf keine Frau zielen.«

Es hatte keinen Zweck, ihr zu widersprechen, sie würde sich nicht überreden lassen, das wußte Zynaker mittlerweile. Wenn sie einen Entschluß gefaßt hatte, gab es kein Zurück mehr. Argumente waren wirkungslos, vor allem, wenn man ihr sagte, es sei gefährlich. Wenn Zynaker frei wie eine Zielscheibe auf dem kahlen Plateau stand, konnte niemand sie bewegen, nicht neben ihm zu stehen.

Zynaker blickte über die Felsen und drückte ab. Der Schuß war wirklich wie ein Donner, das Echo warf ihn dreimal zurück. Verständlich, daß die Uma und andere Stämme an einen Geist glaubten und das Tal als Sitz eines bösen Geistes ansahen.

Sie warteten auf eine Antwort, aber es blieb still. Zynaker sah Leonora erstaunt an. Wenn es ihn gibt, dachte er, dann sieht er uns, muß uns sehen, so frei, wie wir hier oben stehen. Warum zögert er? Er sieht doch, daß wir keine Kopfjäger sind. Er hat doch den Schuß gehört und weiß jetzt, daß Weiße über seinem Tal stehen. Versteckt er sich? Will er gar nicht entdeckt werden? Irgendwo hier in den Felsen muß er hocken und lauern und uns beobachten – wenn es ihn gibt!

Zynaker schoß zum zweitenmal in die Luft. Das Echo trug den Knall weit über das Tal, das jetzt in der Sonnenglut wirklich zu dampfen schien.

Wieder Stille. Über Zynaker zog so etwas wie ein Frieren. Er hob die Schultern und sah Leonora an. »Ich weiß, daß er hier ist«, sagte er, heiser vor Erregung. »Er sieht uns, er sieht uns ganz klar durch sein Zielfernrohr.«

»Wieso weißt du, daß er ein Zielfernrohr hat?« fragte Schmitz.

»Die Kopfschüsse beweisen es. Auf Entfernung kann man so genau nur mit einem Zielfernrohr schießen. Er hat uns im Visier, aber warum antwortet er nicht?« Zynaker legte beide Hände wie einen Trichter vor den Mund und begann zu rufen. »Hallo! Hallo! Hören Sie mich?« Er sprach Englisch, denn wer in dieses Land kam, mußte Englisch können. »Hallo! Hören Sie mich? Wir sind Europäer, Mitglieder einer Expedition, und haben von den Uma erfahren, daß Sie hier leben. Für die Wilden sind Sie ein Geist, das wissen Sie, vor uns brauchen Sie keine Angst zu haben. Wir möchten mit Ihnen sprechen. Hören Sie? Wir möchten mit Ihnen sprechen! Melden Sie sich, aber nicht mit Ihrem Gewehr!«

Stille. Schweigen. Keine Regung. Der überwucherte Abhang lag vor ihnen. Ein üppiges, grünes, lebloses Land.

Zynaker nahm seine Hände vom Mund. »Was soll ich noch tun?« sagte er verzweifelt.

»Den Berg hinabsteigen«, schlug Schmitz vor.

»Umkehren«, stammelte Samuel mit zitternder Stimme.

»Hinabsteigen? Wohin?« Zynaker zeigte mit einer weiten Handbewegung über das Tal. »Wir gehen hinunter, und zehn Meter seitlich von uns liegt er hinter den Felsen und rührt sich nicht. Ihn hier zu suchen ist Irrsinn.«

»Ich will's versuchen«, sagte Leonora. Sie trat nahe an den Rand des Plateaus und legte ihre Hände ebenfalls als Trichter vor den Mund. »Hören Sie mich?« rief sie mit heller, weit tragender Stimme. Das Echo schallte dreimal zurück. »Ich bin eine Frau und brauche Ihre Hilfe.«

»Hilfe … Hilfe … Hilfe«, tönte es zurück.

»Nur Sie können uns helfen. Sie sind unsere einzige Hoffnung!«

»Hoffnung … Hoffnung … Hoffnung«, rief das Echo.

Leonora ließ die Hände sinken und starrte über die Felsen. Und da war sie plötzlich, die Antwort, auch sie vom dreifachen Echo getragen. Lakta klammerte sich an Schmitz, aber auch ihm war es plötzlich unheimlich geworden. Samuel hockte hinter einem Baum und bekreuzigte sich.

»Kommen Sie herunter. Sehen Sie den großen spitzen Felsen etwa fünfzig Meter vor Ihnen? Darauf gehen Sie zu und warten dort.«

»Na also!« sagte Zynaker leise. »Gratuliere, mein Schatz! Es ist eine alte Weisheit: Vor Frauen öffnen sich mehr Türen als vor Männern.«

Leonora atmete auf und fühlte gleichzeitig eine große Traurigkeit. Das ist nicht die Stimme meines Vaters, sie klang früher nicht so dumpf, sie war heller und klarer. »Ich hätte auch ein Heldentenor werden können«, hatte ihr Vater einmal gesagt, »vielleicht wäre ich auch auf der Opernbühne etwas geworden, wer weiß?« Diese Stimme hier hatte einen hohlen Ton, es war kein Klang in ihr.

»Wir kommen!« rief Leonora zurück. »Wir sehen den spitzen Felsen. Schießen Sie auch nicht auf uns?«

»Ich schieße nur zur Erhaltung des eigenen Lebens.«

»Bisher haben Sie sieben Eingeborene getötet«, rief Zynaker.

»Irrtum! Es waren sechzehn. Mein Kopf soll an keiner Bastschnur hängen.«

»Und seitdem sind Sie ein Geist.«

»Das soll auch so bleiben. – Kommen Sie!«

Der Abstieg war gefährlicher, als sie geglaubt hatten. Überall lag Geröll herum, naß, glitschig, von Moos überzogen. Wenn man ausrutschte, gab es kein Halten mehr; man würde wie eine Lawine, die Steine mit sich reißend, in die Tiefe stürzen, hinein in das Unbekannte, das die Nebeldecke verbarg.

Vorsichtig, langsam, Schritt um Schritt tasteten sie sich den Abhang hinunter und erreichten tief aufatmend den kahlen, spitzen Felsen.

Leonora lehnte sich an das Gestein und atmete schwer und hastig. Lakta und Samuel hockten sich sofort auf die Erde, Angst zitterte in ihren Augen. Zynaker und Schmitz hielten ihre Gewehre schußbereit an der Hüfte. Hier unten war es noch stiller. Das Rauschen des Windes drang nicht bis hierhin, auch nicht der geringste Hauch war zu spüren.

»Wir sind da!« sagte Zynaker laut.

Sie zuckten alle zusammen, als hinter dem spitzen Felsen die Antwort hervordrang: »Woher kommen Sie?«

»Aus Port Moresby«, sagte Leonora. »Wir haben unser Lager jetzt bei den Uma.«

»Und Sie leben noch? Wie haben Sie das geschafft?«

»Wir haben sogar einen Geistlichen bei uns, der bei den Uma eine Kirche baut. Auch wir bekommen neue Hütten.«

»Und warum sind Sie in dieses mörderische Land gekommen?«

»Ich suche jemanden«, sagte Leonora und nahm alle Kraft zusammen. »Ich suche meinen Vater.«

»Hier?«

»Ja. Vor zehn Jahren ist er in einem dieser Täler verschwunden. Er war mit einem Flugzeug unterwegs, und wir vermuten, er ist hier abgestürzt.«

Die Stimme hinter dem Felsen bekam einen anderen Klang. Jetzt war ein Ton in ihr, ein Klang, nicht mehr das hohle Sprechen. Leonora preßte die Hände gegen ihr Herz und starrte Zynaker an, als bekäme sie keine Luft mehr.

»Wie heißen Sie?« fragte die Stimme.

»Leonora«, stammelte sie. »Leonora Patrik. Mein Vater nannte mich immer Nora.«

»Nora ...«

Hinter dem Felsen entstand ein Rascheln, dann tauchte eine Gestalt auf, in einem verschmutzten, an vielen Stellen geflickten Khakianzug, ein Kopf, von dem wie ein Wasserfall weit über die Schultern hinaus lange weiße Haare fielen. Die Gestalt trug einen ebenso langen weißen Bart. Ihre Haut war von der Sonne gegerbt, braun und runzelig, und zwei blaue Augen schienen nicht die nächste Umgebung wahrzunehmen, sondern blickten wie in die Ferne. Auch an Leonora ging der Blick vorbei ins Unendliche. »Nora ...«, sagte der Unbekannte noch einmal. »Hat er das gesagt?«

»Vater!« Es war ein wilder Aufschrei. Leonora stürzte auf den Mann zu, warf sich an seine Brust und vergrub ihr Gesicht in die schmutzige, zerrissene Jacke.

Zynaker und Schmitz preßten die Lippen zusammen und wandten sich ab. Schon beim ersten Blick erkannten sie, daß da ein Mensch, aber nicht mehr James Patrik stand. Es würde furchtbar werden, wenn auch Leonora das früher oder später begriff. Noch hielt sie ihren Vater umarmt, weinte vor Glück und Freude an seiner Brust, streichelte seinen Rücken, preßte sich an ihn und gab sich ganz dem überwältigenden Gefühl hin, ihn gefunden zu haben, ihn, der für tot gegolten, an dessen Tod sie aber nie geglaubt hatte. Ihr Gefühl hatte sich bestätigt. James Patrik lebte, lebte als »Geist der donnernden Wolken« im »Tal ohne Sonne«. Und in ein paar Wochen würde es die ganze Welt erfahren: James Patrik lebt!

Patrik stand steif wie eine Statue und ließ sich umarmen, küssen und streicheln. Er legte nicht den Arm um seine Tochter, er sagte kein Wort zu ihr, er erwiderte ihre Küsse nicht, er zeigte überhaupt keine Regung in seinem faltigen, lederartigen Gesicht. Auch als Leonora ihn losließ, zu ihm aufblickte, zu diesem vom weißen Haar umwallten Kopf, und sagte: »Vater, nun ist alles gut! Jetzt kehren wir in die Heimat zurück. Vater, ich habe Medizin studiert, ich werde in einem Krankenhaus arbeiten, und du kannst in aller Ruhe und ohne Sorgen an deinen Büchern schreiben«, verzog er keine Miene, sondern blickte über sie hinweg in die Ferne.

»Vater!«

James Patrik schwieg. Nur einmal fiel sein Blick kurz auf Leonora, aber es war, als betrachte er einen fremden Gegenstand. Zynaker trat von hinten an Leonora heran und legte tröstend die Arme um sie.

Sie starrte ratlos ihren Vater an und begann zu zittern. »Warum sagt er nichts?« stammelte sie. »Donald, warum sieht er mich nicht an?«

»Sei ganz ruhig, mein Liebling. Bleib ganz ruhig. Nimm all deine Kraft zusammen«, sagte er und küßte ihren Nacken. Sie lehnte sich gegen ihn, und ihr Zittern wurde stärker. »Dein Vater hat schlimme Jahre hinter sich: allein in dieser gnadenlosen Wildnis, ohne mit einem Menschen sprechen zu können, immer in Gefahr, von den Kopfjägern entdeckt zu werden, wie ein Tier lebend, zehn einsame Jahre – das verändert einen Menschen.«

»Aber ich bin doch seine Tochter! Er muß mich doch erkennen! Er hat Nora gesagt, so wie früher, als ich noch ein Kind war. Donald, erkennt er mich denn nicht?« Sie wollte wieder zu Patrik hin, aber Zynaker hielt sie fest. »Vater ... Vater, ich bin Nora ... Vater, sieh mich doch an ... Mein Gott«, sie begann zu schluchzen, »was ist aus dir geworden?«

»Der ›Geist der donnernden Wolken‹«, sagte Schmitz und bemühte sich, Haltung zu wahren. »Leonora, nimm dein Herz ganz fest in deine Hände. Er ... er weiß nicht mehr, daß er dein Vater ist. Er weiß überhaupt nicht mehr, wer er ist. Die Einsamkeit, der Urwald, das ›Tal ohne Sonne‹, die Hitze und die Feuchtigkeit – diese ganze grüne Hölle hat ihn vernichtet. Er lebt, er ißt und trinkt und schläft – das ist aber auch alles. Leonora, wir müssen das erfassen, wir können nicht vor der Wahrheit davonlaufen oder sie nicht sehen wollen. Der Mensch vor dir ist nicht mehr James Patrik.«

»Wer ist er sonst?« schrie Leonora auf.

»Eine menschliche Hülle.«

»Er ist dennoch mein Vater!«

Zynaker hielt sie noch immer fest. James Patrik stand wie eine Säule und blickte an ihnen vorbei.

»Was willst du tun?« fragte Zynaker.

»Wir nehmen ihn mit. Ich werde ihn in die beste psychiatrische Klinik geben. Seine Persönlichkeit ist nur verschüttet, wir werden sie wieder ausgraben. Und dann ist er wieder wie früher. Ich glaube ganz fest daran. – Vater ...«

James Patrik senkte den Kopf, aber seine Tochter sah er nicht an. Mit klarer Stimme sagte er: »Darf ich Sie bitten, meine Gäste zu sein? Eine Tasse Tee? Ich habe meinen eigenen Tee gezogen, er schmeckt fast so gut wie ein Darjeeling-Hochgewächs. Mögen Sie luftgetrocknetes Schweinefleisch? In kleine Würfel geschnitten? Ich kenne das von Afrika her. Da trocknete man Kudufleisch, kaute es und speichelte es ein, bis es im Mund aufquoll.«

Das klang alles völlig normal, wenn nicht die Augen gewesen wären, die an ihnen vorbeiblickten. Helle, blaue, glänzende Augen in alles überwuchernden weißen Haaren.

Er ging eine kleine Strecke den Abhang hinunter bis zu einer Felsenformation, die aufeinandergeschichteten Klötzen glich. Hier hielt er an und zeigte auf den Eingang einer Höhle. Vor dem Höhleneingang standen zwei aus Stämmen gezimmerte Stühle und ein langer, breiter Tisch. An der Wand der Höhle lehnte das Gewehr, eine automatische Waffe mit langem Steckmagazin und einem montierten Zielfernrohr. In einer Ausbuchtung der Wand hing an einem eisernen Dreibein über einem glimmenden Feuer ein großer, emaillierter Kessel. Was die Höhle sonst noch verbarg, war von außen nicht zu sehen.

»Der Tee ist in wenigen Minuten fertig«, sagte Patrik. »Nur Geduld, Geduld! Wir kennen hier keine Zeit. Wozu auch? Meine Uhr ist vor langer Zeit stehengeblieben. Was kümmern mich die Stunden? Es ist Tag, und es ist Nacht, das ist das Wichtigste. Setzen Sie sich bitte.«

»Kann ... kann ich nicht den Tee kochen, Vater?« fragte Leonora stockend.

»Aber nein, Lady. Sie sind mein Gast. Wo arbeitet denn ein Gast?«

»Es ist furchtbar«, flüsterte Leonora und begann wieder zu weinen. »So kann das doch nicht bleiben ... Wir müssen doch etwas tun ...«

Patrik verschwand in der Höhle und kam mit einem Tablett zurück. Eine Teekanne stand darauf, sechs Teetassen, eine Schale mit Würfelzucker und eine blecherne Teedose. Auch Löffel waren vorhanden und eine Konfektschale, in der die schwarzbraunen, luftgetrockneten Schweinefleischwürfel lagen.

»Das ist ja wie in einem englischen Teesalon«, sagte Zynaker in der Hoffnung, eine vage Erinnerung in Patrik wachzurufen. Aber er täuschte sich.

Patrik nahm den Faden nicht auf, sondern goß aus einem Plastikeimer Wasser in den Kessel, warf ein paar trockene Scheite Holz in die Glut und ließ die Flammen auflodern. Lakta und Samuel drückten sich an die Höhlenwand – auch wenn der »Geist« aussah und sprach wie ein Mensch, hielten die langen weißen Haare und der wilde weiße Bart sie davon ab, Patrik als eine normale Erscheinung zu begreifen. Für Lakta aber waren es die Augen, die sie fürchtete, Augen, die durch sie hindurchdrangen und deren Blick fast körperliche Schmerzen hervorrief.

Das Wasser im Kessel kochte sehr schnell. Patrik schaufelte vier gehäufte Löffel Tee in die Kanne, goß sie voll Wasser, ließ den Tee kurz ziehen und schenkte dann aus. Der Tee hatte eine goldbraune Farbe und roch sehr würzig. Patrik wies auf den Würfelzucker. »Bedienen Sie sich. Ich nehme immer zwei Würfel je Tasse.«

»Wo bekommt man hier Würfelzucker, Sir?« fragte Zynaker vorsichtig.

Patrik wedelte mit der runzeligen Hand. »Ich hatte zwei große Säcke voll.« Er blickte wieder in die Ferne, als suche er dort etwas. Die Erinnerung? »Ich wollte den Wilden Zuckerstückchen zum Lutschen geben. Ich glaubte, das mache sie friedlicher.«

»Wann war das, Sir?«

»Weiß ich das? Ich kenne keine Zeit mehr.«

»Wie sind Sie in dieses Tal gekommen?«

»Ich war einfach da.«

»Sie können doch nicht einfach vom Himmel gefallen sein?«

»Schon möglich, ja. So muß es gewesen sein. Ich fiel vom Himmel.«

»Erinnere dich, Vater«, sagte Leonora eindringlich und beugte sich zu ihm vor. »Es war vor zehn Jahren. Du bist mit dem Piloten Steward Grant über das südliche Hochland geflogen, um in das unerforschte Gebiet vorzudringen. Du hast genaue Aufzeichnungen hinterlassen, wo du landen wolltest. Dazu gehörte auch dieses Tal. Aber plötzlich wart ihr verschollen, niemand hat mehr etwas von euch gehört. Ihr müßt mit dem Flugzeug hier abgestürzt sein, Vater, erinnere dich!«

»Ein Flugzeug – ich weiß nicht ... Warum nennen Sie mich immer Vater, Lady?«

Zynaker legte die Hand auf Leonoras Arm und drückte ihn, bevor sie etwas sagen konnte. Sie schluckte mehrmals und würgte die Worte hinunter.

»Sir, Sie fanden diese Höhle und blieben hier, weil der Versuch sinnlos war, zu Fuß aus diesem Urwald und den Bergen herauszukommen. Herumstreifende Jäger der verschiedenen Stämme entdeckten Sie, man sah Ihr Feuer, den Rauch, man roch, wenn Sie etwas brieten. Da griffen Sie zu dem ebenfalls geretteten Gewehr und erschossen die Kopfjäger. Es waren die ersten Schüsse, die diese Wilden jemals gehört haben, dazu das dreifache Echo in diesem Tal. Sie wurden für sie der ›Geist der donnernden Wolken‹, ein Dämon, dem man aus dem Weg ging. Ein böser Geist, der Löcher in die Stirnen zauberte.«

»Das war der andere. Wir waren zwei Männer.«

»Steward Grant?«

»Hieß er so? Ich weiß es nicht.«

»Wo ist Grant jetzt?«

»Irgendwann hat ihn mal eine Schlange gebissen, ich konnte nichts tun.« Patrik zeigte auf einen Geröllhügel unterhalb der Höhle. »Da liegt er, unter den Steinen.«

»Wann war das, Sir?«

»Ich sagte es doch schon, irgendwann. Er war ganz blau im Gesicht, als er starb. Ein schreckliches Gift. Aber ich habe die Schlange bekommen, ich habe ihr mit einem Spaten den Kopf abgeschlagen. Ein großes Exemplar. Ich habe neun Tage davon essen können.«

Leonora hob die Schultern und begann zu frieren.

Zynaker legte wieder den Arm um sie. »Seitdem sind Sie allein, nicht wahr?«

»Ja. Aber nun sind Sie hier. Was wollen Sie hier?«

»Wir haben Sie gesucht, Sir.«

»Wieso sucht man mich? Was will man von mir? Ich lebe hier, ich gehöre hierher. Ich will gar nicht gesucht werden.«

»Wir wollen dich mitnehmen, Vater«, sagte Leonora mühsam. Ihr Weinen übertönte immer wieder ihre Worte. »Du sollst nach Hause kommen.«

»Ich bin doch zu Hause.« Zum erstenmal sah Patrik Zynaker an – es war ein böser Blick. »Sie sind meine Gäste, aber Frechheiten dulde ich nicht, hören Sie? Sie sind unhöflich. Sie verschmähen mein gutes Wildschweinfleisch.«

Notgedrungen griff Zynaker zu, steckte sich ein Stückchen in den Mund und hatte nach einigen Augenblicken das Bedürfnis, es wieder auszuspucken. Sein Speichel löste das Dörrfleisch auf, es war ihm, als fülle sich sein Gaumen mit Blut, und so schmeckte es auch. Schmitz nahm ebenfalls ein Stück, aber er warf es schnell über seine Schulter, als Patrik in eine andere Richtung blickte.

»Wir wollen bei Einbruch der Dunkelheit wieder im Dorf sein«, sagte Zynaker. »Kommen Sie mit, Sir. Alle werden sich freuen.«

»Nein!« Patrik erhob sich, nahm die Teekanne und goß den Rest Tee auf den Boden. Zynaker verstand. Das war ein Hinauswurf.

»Können ... können wir nicht dein Haus besichtigen?« fragte Leonora und weinte dabei weiter.

»Bitte.« Patrik zeigte auf den Höhleneingang. »Es ist ein gemütliches Haus, ich fühle mich wohl in ihm.«

Leonora stand auf und ging langsam in die Höhle hinein. Aus einer Spalte in der Decke fiel schwaches Licht, hell genug, daß man Einzelheiten erkannte. Da stand ein Klappbett an der Wand, Decken lagen herum, in einer Ecke lehnte ein noch zusammengefalteter Fallschirm, der Boden war mit Matten belegt, die wie die Bodenmatten eines Flugzeugs aussahen. Eine große Werkzeugkiste, drei Thermosflaschen, andere Kisten standen an einer anderen Wand, und in der Mitte des Raumes erhob sich ein richtiger Tisch mit zwei ausgebauten, zerschlissenen Flugzeugsitzen. In einem Wandregal aus Aluminium, aus der Außenhaut des Flugzeugs gezimmert, standen drei Bücher über Anthropologie und einige Hefte mit handschriftlichen Aufzeichnungen.

Leonora nahm sie und setzte sich mit ihnen an den Tisch. Das erste Heft, das sie aufschlug, zeigte die schöne, etwas steile Schrift ihres Vaters. Leonora las:

»Zweiter Tag.

Wir haben den Absturz gut überstanden. Grant hat sich den linken Fuß verstaucht, mir ist – welch ein Wunder! – gar nichts passiert. Den gestrigen Tag haben wir damit verbracht, alles, was man aus einem Flugzeug ausbauen und wegbringen kann, an Land zu schaffen. Es ist eine kleine Bucht mit einem winzigen Strand, viele Kieselsteine und Mangroven, die bis ins Wasser reichen. Der Fluß ist nicht sehr breit, aber sehr strömungsreich.

Den Himmel sehen wir nicht. Eine dichte Nebelwand trennt uns von der Sonne, aber wir spüren ihre Hitze. Grant flucht wie ein Hafenarbeiter – die Funkanlage ist zu Bruch gegangen. Wir sind von der Außenwelt abgeschnitten. Morgen werden wir sehen, wie wir hier wieder herauskommen.

Sechster Tag.

Wir haben das Gelände erkundet und eine Höhle auf halber Berghöhe gefunden, die uns Schutz bietet. Sonst ist die Lage fast trostlos. Um hier wegzukommen, müssen wir uns durch Urwälder und über Berge einen Pfad schlagen. Wenn ich den unvollständigen Karten trauen kann, könnte das ein Jahr dauern. Aber wir haben ja Zeit, sagt auch Grant. Wenn man uns sucht, findet man uns nicht. Zwischen dem Himmel und uns liegt ständig dichter Nebel. Dieses Tal hier muß das ›Tal ohne Sonne‹ sein, von dem so viel erzählt wird. Wir sind also am Ziel, aber was ist aus uns geworden? Grant lahmt noch immer mit seinem Knöchel, und ich habe unseren Berg erstiegen und habe kleine, dunkelbraune, mit Federn geschmückte Menschen gesehen, die anscheinend von einem Kriegszug kamen. Einige hatten auf ihre Speere Köpfe gesteckt. Kopfjäger und Menschenfresser. Wir verhalten uns ganz still und machen auch kein Feuer an, das uns verraten könnte.

Neunzehnter Tag.

Es regnet, regnet, regnet. Gut, daß unsere Felsenhöhle am Hang liegt – so läuft das Wasser ab und hinunter in den Fluß. Als wir gestern am Wrack des Flugzeugs waren, war es fast von der Strömung weggerissen. Nur der schwere Motor mit dem Propeller lag noch auf den Steinen. Das Leitwerk, die Kabine, ein Flügel, alles fortgespült. Es gelang uns trotz der Strömung, den linken Flügel zu bergen und hinaufzuschleppen. Grant sagt, daraus machen wir uns eine gemütliche Wohnung. Wandregale, Schränke, eine Bar. Hahaha! Wir haben zwölf Flaschen Whisky gerettet, drei Flaschen Gin und vier Flaschen Kognak. Und wir haben einen Werkzeugkasten, mit dem man alles anfangen kann. Auch im Unerforschten bleiben wir im Schoß der Zivilisation. Ab morgen hämmern wir uns die Einrichtung aus dem Aluminium.

Dreißigster Tag.

Heute morgen die erste Begegnung mit den Kopfjägern. Sie standen mit vierzehn Mann oben auf dem Felsplateau, bunt bemalt, mit Federn und Ketten geschmückt, und zeigten auf uns herunter. Wir hatten das Feuer brennen, und es qualmte, weil das Holz naß war.

Grant legte sich mit dem Gewehr in Deckung und schoß, als die Kopfjäger den Hang herunterzuklettern begannen. Grant erschoß zwei Wilde, glatte Kopfschüsse. Grant ist ein guter Schütze. Es war ein Erlebnis, das dreifache Echo zu hören. Wir wußten bis jetzt gar nicht, daß es hier so was gibt. Die Wilden stoben in panischer Angst davon und nahmen die beiden Toten mit. Es waren die ersten Schüsse, die sie hörten. Es muß einen ungeheuren Eindruck auf sie gemacht haben.

Neunundsechzigster Tag.

Keine besonderen Vorkommnisse, außer es wäre erwähnenswert, daß im Bergwald eine Herde Wildschweine haust. Zuerst dachten wir, es seien anschleichende Kopfjäger, und machten uns auf einen Kampf gefaßt. Aber dann erkannten wir die Schweine, gratulierten uns und hatten von nun an Frischfleisch. Das erste Schwein wird heute abend gebraten.

Neunundachtzigster Tag.

Wir überlegen, wie wir hier rauskommen. Wir wollen hier ja nicht Wurzeln schlagen. Ein Floß bauen und damit den Fluß hinunter? Irgendwo wird er ja münden. Aber hält ein Floß die Strömung und die Stromschnellen aus? Was ist, wenn er Wasserfälle hat? Ganz gleich, wir müssen es wagen.

Hundertneunzehnter Tag.

Die Floßfahrt ist gescheitert. Nägel haben wir nicht genug,

und die Stämme mit Lianen zu verschnüren gelingt uns nicht. Wir haben keine Erfahrung darin. Dreimal hat die Strömung uns das Floß auseinandergerissen. Wir haben es dann aufgegeben. Grant ist irgendwie mutlos geworden, sitzt herum und stiert in die Gegend. Ich habe immer noch im Sinn, mich über Land durchzuschlagen. Arbeit ist genug da – das Schrecklichste ist die Stille. Und immer dieser Nebel über der Talsohle, dieses grauweiße Wattemeer. Ein Glück, daß wir ein kleines Kofferradio mitgenommen haben. So erfahren wir, was draußen in der Welt passiert. Da schlägt man sich mit Problemen herum, die gar keine sind, sondern Lächerlichkeiten. Man sollte Politiker mal ein halbes Jahr hier im Urwald aussetzen, dann kämen sie geläutert zurück.«

Leonora blätterte die Hefte durch. An einer Stelle hörte die Tageszählung auf, dann wurde die Schrift zittriger, der Text verworrener. Zwischen den Eintragungen mußten schließlich Monate liegen, vielleicht Jahre. Und dann wurde die Schrift unleserlich, die Worte gaben keinen Sinn mehr, sie waren die schreckliche Bestätigung eines geistigen Verfalls. Wann Patrik aufgehört hatte, überhaupt noch ein Wort zu schreiben, war nicht ersichtlich, aber es mußte schon einige Jahre hersein. Das letzte, was Leonora noch entziffern konnte, war der Satz: »Wieder Kopfjäger. Wieder muß ich töten. Aber ich kann es jetzt. Ich will doch leben, leben, leben!«

Erschüttert trat sie aus der Höhle, lehnte sich an Zynakers Schulter und schluchzte. »Laß uns gehen«, sagte sie, als sie sich etwas beruhigt hatte. »Ich habe meinen Vater gefunden, er lebt, er ist glücklich in seinem Leben. Wir ... wir haben unser Ziel erreicht. Laß uns gehen.«

»Vielleicht bringe ich ihn doch noch dazu, ins Dorf zu kommen.« Schmitz blickte zu Patrik hinüber, der wieder in die Weite starrte, als sei er allein. »Lakta und ich werden bei ihm bleiben und ihm helfen, sich wieder zu erinnern. Wenn ich erreiche, daß er sich an seine Tochter erinnert, haben wir den Riegel aufgebrochen.«

»Du willst bei ihm bleiben, Pepau?«

»Ihr kennt jetzt den Weg. Wenn ich in einer Woche nicht zurück bin, kommt mich abholen.«

»Und Lakta? Dai Puino wird seine Tochter vermissen. Der ganze Stamm wird auf die Suche nach ihr gehen.«

»Lakta hat Sapa alles gesagt.«

»Auch eure Liebe?«

»Auch das.«

»Und Sapa ist damit einverstanden?«

»Ja. Sie will sogar zu Pater Lucius gehen und von dem neuen Gott hören.«

Zynaker, Leonora und Samuel gingen an diesem Tag nicht mehr zurück zum Dorf. Als Zynaker fragte: »Sir, haben Sie etwas dagegen, daß wir über Nacht bleiben?«, antwortete Patrik: »Ich habe gerne Gäste. Machen Sie es sich bequem. Es sind Decken genug da, und die Wohnung ist groß genug. Darf ich Sie heute abend zu einer Gemüsesuppe und geschmorten Bananen einladen?«

Es wurde ein stiller Abend und eine lange, schlaflose Nacht. Immer wieder sah Leonora zu dem Klappbett hinüber, auf dem ihr Vater lag, auf dem Rücken, die Hände gefaltet, wie aufgebahrt. Ich werde ihn von hier nicht wegbekommen, dachte sie. Was soll er auch in der anderen Welt, in der er sich nicht mehr zurechtfinden wird? Soll er von einer Anstalt in die andere verlegt werden, ein harmloser Geisteskranker, dem niemand mehr helfen kann? Soll er den Rest seines Lebens unter Irren verbringen? In einem Eßsaal essen? Mit Elektroschocks behandelt werden, die ihn nur noch tiefer in das Dunkel treiben? Er ist doch so glücklich mit seinem jetzigen Leben, er hat gelernt, den Urwald zu lieben, die Tiere, die Felsen, den Fluß, sogar den ewigen Nebel. Darf man ihn da herausreißen?

Irgendwann schlief sie ein. Als sie aufwachte, hatte Patrik draußen schon mit Tee, Marmelade und einem runden, dunklen Brot den Tisch gedeckt.

»Alles selbst gemacht!« sagte er stolz, als Leonora aus der Höhle kam. »Der Tee wächst da«, er zeigte irgendwohin, »die Marmelade koche ich aus Beeren, die etwas tiefer wachsen, und das Brot backe ich in einem Steinofen. Wildgetreide, müssen Sie wissen. Schmeckt etwas bitterer als normales Getreide, ist aber um so gesünder. Ich freue mich, Gäste zu haben.«

Nach dem Frühstück traten Zynaker, Leonora und Samuel den Rückweg an. Vor allem Samuel war froh, von dem merkwürdigen weißhaarigen Mann wegzukommen. Schmitz und Lakta blieben zurück und winkten ihnen nach, bis sie oben auf dem Plateau zwischen den riesigen Bäumen verschwanden.

»Eine schöne Lady«, sagte Patrik und stellte die Tassen auf das Tablett. »Man kann sich gut mit ihr unterhalten. Wenn sie bloß nicht immer Vater zu mir sagen würde!«

Im Dorf war es geisterhaft still, als sie aus dem Wald kamen. Die Frauen waren in ihren Hütten, die Kinder spielten nicht mehr auf dem Dorfplatz; dafür standen überall die bemalten Krieger herum, mit Speeren, Pfeilen und Keulen bewaffnet, als stehe ein Kriegszug bevor. Auch Reißner, Pater Lucius und Kreijsman waren nicht zu sehen. Als sie näher kamen und die Hütte von Dai Puino erblicken konnten, saß in dem Flugzeugsessel, dem Symbol der Macht, nicht der Alte, sondern sein Bruder Hano Sepikula.

Zynaker blieb ruckartig stehen und riß Leonora zurück. Er entsicherte die MPi und brachte sie in Anschlag.

»Was ... was ist denn hier geschehen?« fragte Leonora und gab sich gleichzeitig die Antwort. »Mein Gott, wie konnte das passieren?«

»Hano Sepikula hat die Macht übernommen.« Zynaker atmete ein paarmal tief durch.

»Und Dai Puino und seine Familie und die anderen?«

»Hoffen wir, daß sie noch leben!«

»Laß uns zu meinem Vater zurückkehren!«

»Zu spät – sie haben uns schon gesehen. Sie haben auf uns gewartet.«

»Und wo sind Pater Lucius, Fred und John Hannibal?«

»Das werden wir in wenigen Minuten wissen.«

Eine Schar Krieger kam dicht gedrängt auf sie zu, die Speere wie zum Angriff gefällt. Mit den bemalten großen Holzschilden bildeten sie eine drohende Wand.

Zynaker hob die MPi, bereit, den Abzugshebel durchzuziehen. »Samuel!« rief er.

»Masta ...« Samuel lag hinter einer Bananenstaude und zitterte in Todesangst.

»Sag ihnen: Wenn sie weiter vorrücken, schieße ich.«

»Sie wissen nicht, was Schießen ist, Masta.«

»Dann sag ihnen: Der ›Geist der donnernden Wolken‹ wird zu ihnen sprechen und sie alle töten!«

Mit stotternder Stimme rief Samuel es den Kriegern zu, und tatsächlich, sie blieben stehen.

Hano Sepikula erhob sich von seinem Thron und kam langsam auf sie zu. Er streckte die Hand aus und sagte ein paar Worte.

Sofort gab Samuel sie wieder. »Er sagt, wir sollen in die Hütte gehen, wo gesungen wird, dann wird uns nichts geschehen.«

»Er meint, in die Kirche?«

»Ja.«

»Also denn, gehen wir!« Zynaker faßte Leonora unter. Zur Kirche waren es nur zwanzig Meter, aber es waren zwanzig unendlich lange Schritte, mit Speeren und Pfeilen in ihrem Rücken. Als sie die Tür aufstießen, sahen sie Pater Lucius und Kreijsman auf Hockern sitzen.

»Gott segne euch«, sagte Pater Lucius. »Warum seid ihr nicht dort geblieben, wo ihr wart?«

»Was ist geschehen, Pater?« fragte Leonora. »Und wo ist Reißner?«

Kreijsman schloß die Augen, sein Kopf sank auf die Brust.

»Mit John Hannibal fing es an.« Pater Lucius faltete die Hände und schüttelte den Kopf, als könne er das alles noch nicht begreifen. »Er hat gestern der schönen Nana aufgelauert, dort bei den Süßkartoffelfeldern, hat sie in den Wald gezerrt und vergewaltigt. Simsa, ihr Mann, hat ihn eine Stunde später mit dem Speer erstochen. John Hannibal hatte keine

Chance – es ging so schnell, daß er seine Pistole nicht mehr ziehen konnte. Und dann haben sie ihn durchs Dorf getragen, die Frauen haben ihm die Kleider vom Leib gerissen und ihn zerstückelt.«

Kreijsman würgte, als wolle er sich übergeben, und sagte dann tonlos: »Sie haben ihn gebraten und gefressen, vor unseren Augen. Nur sein Kopf blieb übrig. Er hängt über dem Eingang vom Männerhaus eins.«

»Mein Gott, mein Gott ...« Es war das einzige, was Leonora hervorbrachte. Sie setzte sich auf einen der Hocker, die von den Uma aus Palmenholz gezimmert worden waren, nachdem Pater Lucius mit der Motorsäge die Bäume gefällt und die Stämme in Bretter geschnitten hatte. »Habt ihr das nicht verhindern können?«

»Wer denkt denn daran, daß John Hannibal eine Eingeborene vergewaltigt?« Pater Lucius stand von seinem Schemel auf, ging zur Tür der Kirche und blickte auf den Dorfplatz hinaus. Dort standen die Krieger in Gruppen herum und hörten Hano Sepikula zu, der zu ihnen sprach. »Wir sind jetzt Gefangene. Die Tragödie mit Reißner ist nicht das Schlimmste, viel gefährlicher ist, daß man jetzt gesehen hat, daß wir auch nur Menschen sind und keine Götter, daß man uns töten und fressen kann. Der Glaube an unsere Unsterblichkeit ist zerstört. Das hat Hano Sepikula so stark gemacht, daß er über seinen Bruder gesiegt hat. Wir, die fremden Götter, waren Dai Puinos Stärke – jetzt weiß jeder, wie schwach wir sind. Und Duka Hamana ist auch wieder da. Sie liegen ihm zu Füßen, weil er aus dem Totenreich zurückgekehrt ist.« Pater Lucius lachte bitter auf. »Mit Grüßen von den Ahnen an die Lebenden. Dagegen kommt niemand an.«

»Werden sie uns töten?« fragte Leonora.

»Wer weiß das?«

»Pepau und ich haben neun Männern das Leben gerettet, das kann Hano Sepikula nicht vergessen haben.«

»Sicherlich nicht. Sie werden dich töten, aber aus Dankbarkeit nicht fressen.«

»Ich habe die MPi mit zwei vollen Magazinen und meine Pistole.« Zynaker trat neben Pater Lucius an die Tür und sah auf die bemalten Körper und die gelben Gesichter der Uma. »Bis sie uns überwältigt haben, wird es viele Tote geben. Wo habt ihr eure Waffen?«

»Im Männerhaus. Es ging alles so schnell. Wir ahnten ja nichts. Sie stürmten ins Haus und schleppten uns in die Kirche. Dort erst erfuhren wir, was mit John Hannibal geschehen ist, und dann mußten wir mitansehen, wie sie ihn zerstückelten und die Fleischklumpen über dem offenen Feuer brieten. Das Herz und den Penis hat Hano Sepikula selbst gegessen. Da war Dai Puino schon entmachtet, und Duka Hamana ließ sich auf dem Dorfplatz als Wiederauferstandener feiern. Ein Glück, daß Hano Sepikula nicht auf den Gedanken gekommen ist, uns zu zwingen, ein Stück von John Hannibal zu essen!«

Zynaker blickte sich in der Kirche um und sah einige Kisten an der Wand stehen. Ein wenig Hoffnung glomm in ihm auf. »Was hast du in den Kisten drin, Pater?« fragte er.

»Werkzeuge, noch nicht verteilte Geschenke – die hatte ich für den Fall zurückgehalten, daß wir zu den anderen Stämmen gehen – und die Zauberkiste. Ach ja, die Kiste hinter dem Altar gehört dir.«

»Pater!« Zynaker schnellte von seinem Schemel hoch. »Die Kiste mit den Signalraketen?«

»Ich habe nicht hineingesehen.«

Zynaker stürzte auf die Kiste zu, riß den Deckel auf und fiel dann vor ihr auf die Knie. »Sie ist es!« rief er und hob ein Paket empor. »Raketen und die dazugehörige Abschußpistole! Wir haben noch lange nicht verloren. Das ist unsere Rettung.«

»Die erste Rakete wird sie lähmen, aber nach der zweiten haben sie sich daran gewöhnt. Ebenso wie an die Toten. Der Tod ist für sie etwas Selbstverständliches, er hat seinen Schrecken verloren.« Pater Lucius trat von der Tür zurück. »Wir werden eine Galgenfrist bekommen, ein paar Stunden vielleicht, und dann stürmen sie wieder los. Und wenn du hundert von ihnen tötest, du kannst sie nicht aufhalten! Hundert!« Er lachte bitter auf. »Wieviel Munition hast du denn? Zwei Magazine. Aber um uns herum warten fünfhundert Kopfjäger auf ein Zeichen von Hano Sepikula. Wir sollten beten.«

»Und das hilft?«

»Es stirbt sich leichter. Es gibt uns die innere Ruhe.«

»Das ist deine persönliche Ansicht. Ich will nicht beten, sondern leben.« Zynaker riß das Paket auf, steckte zwei Raketen in die Rocktasche und lud die Signalpistole mit einer dritten Rakete.

Pater Lucius hielt ihn fest, als er zur Tür gehen wollte. »Donald, warte noch! Erst wenn sie angreifen. Wir wissen doch nicht, was Hano Sepikula will. Vielleicht läßt er uns leben. Aber wenn du jetzt –«

»Ich feuere doch nicht in die Menge! Ich will in den Himmel schießen.«

»Das wird sie kaum noch beeindrucken.«

»Darum geht es nicht. Ich fordere Hilfe an.«

»Hilfe? Von wem denn?«

»Von James Patrik. Wir haben ihn gefunden. Er ist der ›Geist der donnernden Wolken‹. Wenn er hier erscheint, sind wir gerettet. Für die Uma ist er wirklich der Unsterbliche.«

»Immerhin ein kleiner Funke Hoffnung.« Pater Lucius strich sich über das Gesicht. »Dennoch werde ich beten.«

Zynaker trat vor die Hütte, die schwere große Signalpistole in der Hand. Die Gruppen der Krieger lösten sich sofort auf und bildeten eine Mauer aus Schilden und stoßbereiten Speeren. Die gelb angemalten Köpfe hatten nichts Menschliches mehr. Hano Sepikula stand von seinem Thron, dem Flugzeugsessel, auf.

»Jetzt werdet ihr gleich staunen«, sagte Zynaker durch die Zähne. »Ich schleudere eine Sonne in den Himmel, die zerplatzt.« Er hob den Arm zum Himmel und feuerte die Rakete ab. Zischend jagte sie, einen Feuerschweif hinter sich herziehend, in die Luft, stieg hoch empor und zerplatzte dann in viele rote Sterne, die langsam zur Erde herabregneten. Zynaker steckte die zweite Rakete in den Lauf.

Die Uma duckten sich, als der zischende Feuerschweif in den Himmel schoß, und als nach einem dumpfen Knall die roten Sterne leuchteten, rissen sie ihre Schilde über die Köpfe und verkrochen sich darunter. Nur Duka Hamana, der plötzlich auf dem Dorfplatz auftauchte, blieb stehen, starrte in den Himmel und schien den Anblick zu genießen. Seit er das Feuerrad überlebt hatte, war dieser Sternenregen für ihn kein Schrecken mehr.

Die zweite Rakete zerplatzte in der Luft, die dritte schoß Zynaker unmittelbar hinterher. Sie explodierten so hoch, daß Patrik sie im »Tal ohne Sonne« sehen mußte. Wenn er den Notruf nicht verstand, Schmitz würde ihn begreifen.

Zynaker nickte dem geduckt dastehenden Hano Sepikula zu und ging in die Kirche zurück.

Leonora hatte an der Tür gestanden und blickte Zynaker jetzt fragend an. In ihren Augen lagen Angst und Hoffnung. »Ob sie es sehen?« fragte sie.

»Sie müssen es sehen. Die Raketen sind hoch genug gestiegen.« Er blickte auf seine Armbanduhr. »In frühestens vier Stunden können sie hier sein. Während dieser vier Stunden müssen wir uns verteidigen, müssen wir durchhalten, was auch Hano Sepikula vorhat.«

»Und du glaubst wirklich, daß mein Vater uns helfen kann?«

»Er ist in unserer Situation die einzige Hoffnung.« Vier Stunden ... Vier Augenblicke, weggeflogen, ehe man es richtig begreift, das können sie sein. Aber sie können sich auch hindehnen, endlos werden, qualvoll, das Herz erdrückend, den Atem abwürgend, wenn man wartet und wartet und die Zeiger der Uhr stillzustehen scheinen. Vier Ewigkeiten, wenn an jedem Zeigerzucken das Leben hängt.

Nach zwei Stunden entstand draußen ein Lärm, ein Trampeln von Füßen, ein Gewirr von Stimmen. Pater Lucius, Kreijsman, Zynaker und Leonora sahen sich an. Sie dachten jeder das Gleiche: Wir schaffen es nicht. Die Hoffnung wird nicht vier Stunden alt.

Zynaker riß seine Pistole aus dem Gürtel und reichte sie

Pater Lucius hin. Kreijsman drückte er die Signalpistole in die Hand und sagte: »In der Kiste liegen noch zehn Raketen. Drei rote und sieben weiße. Wenn die Uma kommen, schieß in die Menge hinein. Du brauchst nicht zu zielen, du triffst immer.«

Kreijsman nahm die Pistole und nickte. Er bekam kein Wort heraus, die Kehle war ihm wie abgewürgt. Samuel hockte neben dem Altar auf der Erde und betete leise vor sich hin. Er stotterte alle Gebete herunter, die er auf der Missionsstation gelernt hatte. Zynaker hängte sich die MPi vor die Brust und stieß die Tür auf.

Schild an Schild standen die Uma, zum Angriff formiert, ein bunter, mit Paradiesvogelfedern geschmückter Tod.

Als Zynaker in der Tür erschien, trat auch Hano Sepikula drei Schritte vor, legte als Zeichen seiner Friedfertigkeit Schild und Speer auf die Erde und hob die Hand.

»Samuel«, sagte Zynaker über die Schulter, »komm her.«

»Nein, Masta.«

»Verdammt noch mal, du sollst kommen! Hano Sepikula will etwas sagen.«

»Ich kann nicht mehr sprechen, Masta.« Samuels Stimme erstarb in einem Röcheln.

»Wenn du jetzt nicht sofort hier bist, werfe ich dich aus der Hütte!«

»Masta!« Samuel kam auf den Knien angekrochen und lehnte sich an Zynakers Bein. Wie ein Hund, der sich an seinen Herrn drückt, nachdem man ihn ausgeschimpft hat.

Hano Sepikula rief ihnen ein paar Sätze zu, die Samuel noch mehr zusammenkriechen ließen.

»Was sagt er?« fragte Zynaker.

»O Masta, wir sind verloren ...«

»Übersetze!«

»Hano Sepikula sagt: Massa hat neun Krieger gerettet, das hat er nicht vergessen.«

»Das ist schon was wert!« knurrte Zynaker.

»Er will uns das Leben lassen, wenn einer von uns gegen

Duka Hamana kämpft. Duka Hamana ist unsterblich, das wissen sie jetzt.«

»Das ist ein gutes Angebot. Sag ihm, Samuel, wir werden es uns überlegen. Einer von uns wird gegen Duka Hamana kämpfen.«

»Wir werden verlieren, Masta.«

»Möglich, aber wir gewinnen Zeit damit. In zwei Stunden kann Patrik hier sein. Das ist unsere einzige Chance.«

»Wir kämpfen gegen Duka Hamana!« rief Samuel hinüber.

Hano Sepikula nickte und ging zufrieden zu seinem Flugzeugsessel zurück. Duka Hamana begann zu tanzen, immer im Kreis herum, mit stampfenden Füßen. Dabei stieß er spitze Schreie aus; ehrfürchtig sahen ihm die Krieger zu.

»Jetzt bist du wieder dran, Pater«, sagte Zynaker, als er die Hütte betreten hatte. »Duka Hamana fordert uns zum Zweikampf heraus. Und diesmal geht es nicht um die Ehre, sondern um unsere Köpfe. Er fühlt sich sehr sicher, weil er bewiesen hat, daß er unsterblich ist.«

»Das kann man mit einem Pistolenschuß leicht widerlegen.«

»So etwas sagt ein Priester?«

»Auch ein Priester hat nur ein Leben, und das will er so lange wie möglich behalten.« Pater Lucius ging in der Kirche unruhig hin und her. Mit Zauberkunststückchen und Feuerwerkskörpern war nicht mehr zu imponieren, und was Duka Hamana noch in der Hinterhand hatte, wußte man nicht. Was gab es, das stärker war als Duka Hamanas sichtbare Unsterblichkeit? Mit einem Ruck blieb der Pater vor Zynaker stehen und hob hilflos beide Arme. »Ich weiß nicht mehr weiter.«

»Tu irgend etwas! Wir müssen die zwei Stunden gewinnen!«

»Zwei Stunden sind eine lange Zeit, wenn man verloren hat und den Kopf hinhalten muß.«

»Bist du so sicher, daß du verlierst?«

»Ja. Jetzt ja. Der ganze Feuerzauber dort in der Kiste ist sinnlos geworden. Das kleine, runde Loch im Kopf, das das Leben ausbläst und mit dem Patrik zum gefürchteten Geist wurde, ist das einzige, was noch überzeugt.«

»Das bleibt uns immer noch, Pater.«

»Hast du nicht einmal erzählt«, fragte Leonora, »daß du einen Lehrgang in Hypnose mitgemacht hast?«

»Doch.« Pater Lucius sah Leonora verzweifelt an. »Soll ich Duka Hamana etwa hypnotisieren?«

»Warum nicht?«

»Ja, warum nicht?« Zynaker stieß den Pater mit der Faust vor die Brust. »Damit kann man Zeit gewinnen! Stell dir vor, du hypnotisierst ihn wirklich!«

»Unmöglich. Duka Hamana hat einen zu starken eigenen Willen. Er ist nie ein Medium. Er wird sich dagegen wehren.«

»Versuch es, Pater.« Zynaker blickte wieder auf seine Uhr. »Nur noch eindreiviertel Stunden.«

»Wenn Patrik überhaupt kommt.«

»Siehst du, da treffen wir uns jetzt: Du glaubst an Gottes Hilfe, ich glaube, daß Patrik unterwegs ist. Pater, laß deinen Partner nicht zu lange warten. Er hüpft schon ungeduldig im Kreis herum.«

»Also denn ...« Pater Lucius drehte sich zu dem Altar um, auf dem das Kreuz mit dem verchromten Christus stand, knickste kurz und bekreuzigte sich. »Herr, hilf mir«, sagte er leise. »Ich habe schon zwei Heiden bekehrt – laß es mehr werden.«

Als er die Tür aufstieß, stand Duka Hamana bereits im Halbkreis der Uma und wartete. Er hüpfte mit beiden Beinen gleichzeitig in die Luft und verstreute dabei ein Gemisch aus kleinen Knochen und nußartigen Samenkörnern. Es war der erste Zauber; er sollte Angst in die Seele des Gegners säen. Pater Lucius kümmerte sich nicht um die verstreuten Knöchelchen, sondern schritt über sie hinweg und blieb vor Duka Hamana stehen. Dabei fiel sein Blick auf eine Kürbisschale, auf der sich einige lange Würmer ringelten, Regenwürmern ähnlich, aber fetter und mit weißlicher Haut. Daß auch sie von den Uma bei ihrer Vorliebe für alle Larven und Würmer gekocht und gegessen wurden, war so gut wie sicher. Jetzt aber, im lebenden Zustand, sahen sie ekelerregend aus.

Pater Lucius ging zu der Hütte, nahm die Schale mit den

Würmern hoch und trug sie auf den Platz. Er stellte sie zwischen sich und Duka Hamana und rieb sich die Hände.

Lauernd starrte ihn Duka Hamana an.

»Bist du jetzt dran?« fragte Pater Lucius in der Uma-Sprache.

Duka Hamana schüttelte den Kopf, knurrte etwas und verhielt sich still. Also ich, dachte der Pater. Das ist schon ein Vorteil. Er trat noch näher an Duka Hamana heran, kniff die Augen zusammen und bohrte seinen Blick in die Augen des Gegners. Langsam hob er beide Hände, ließ sie in der Luft ganz langsam kreisen, immer vor den Augen Duka Hamanas, und begann dann mit monotoner Stimme, immer in der gleichen Höhenlage, zu sprechen. »Du wirst müde … müde … so müde … Die Augen fallen dir zu … die Augen fallen dir zu … Du willst schlafen … schlafen … schlafen … Es wird dunkel um dich … ganz dunkel … ganz dunkel … Du bist müde … so müde …«

Er bewegte den Zeigefinger vor Duka Hamanas Augen hin und her, wie ein Pendel, und wenn Duka Hamana die Worte auch nicht verstand, die monotone Stimme lullte ihn ein, ließ ihn wirklich schläfrig werden, und der pendelnde Zeigefinger zerfloß langsam vor seinen Augen. Es war der Augenblick, in dem sich Duka Hamana instinktiv gegen die fremde Gewalt wehrte. Aber es war bereits zu spät für eine wirksame Gegenwehr. Der Wille des Paters hatte über Duka Hamana gesiegt, und je länger die monotone Stimme auf ihn niederrieselte und je mehr der Zeigefinger sich in Nebel auflöste, um so tiefer versank Duka Hamana im Nichts und wurde sein Wille dem des Paters untertan.

»Schlafen … schlafen … schlafen …«, streichelte die Stimme. »Tief schlafen … Du schwebst … schwebst … schwebst … und du wirst tun, was ich will … Du wirst tun, was ich will … Du wirst alles tun …«

Duka Hamana stand steif wie aus Holz geschnitzt, hatte die Augen in Hypnose fest geschlossen und wartete auf das, was Pater Lucius ihm befehlen würde. Die Uma gaben keinen Laut von sich, Hano Sepikula kam von seinem Thron in die Mitte des

Kreises und betrachtete Duka Hamana. Er sprach ein paar Worte, aber Duka Hamana antwortete natürlich nicht.

In diesem Augenblick erinnerte sich der Pater an ein Experiment, das man während des Lehrgangs vorgeführt hatte. Der Hypnotiseur hatte einen Mann mitgebracht, einen stämmigen Burschen, der etwas dümmlich in den Saal grinste.

»Was in Hypnose möglich ist, kann ich Ihnen an diesem Medium zeigen«, hatte der Hypnotiseur gesagt. »Das hier ist ein Bauernbursche aus Friesland. Er kann kaum lesen und schreiben, ist ein guter Arbeiter auf dem Hof, aber geistig zurückgeblieben. Ich werde ihn jetzt in Hypnose und in das alte Ägypten versetzen, in die Zeit von Ramses II. Er wird uns schildern, was er sieht, wie das Leben dort ist, und er wird es in altägyptischer Sprache tun. Ich bitte um völlige Ruhe.«

Was dann geschah, war allen unerklärlich. Der tumbe Bauernbursche, in einem Sessel sitzend, fiel in tiefe Trance und begann nach dem Befehl des Hypnotiseurs plötzlich in einer fremden, kehligen Sprache zu sprechen. »Es ist wirklich Altägyptisch!« rief ein Ägyptologe aus dem Saal. »Das ist doch nicht möglich!« Der Bauernbursche sprach mit Händen und Armen, schien zu schildern, wie das Leben in der Stadt Theben war, und verbeugte sich mehrfach, als begegnete er Bekannten oder hohen Würdenträgern. Nachdem ihn der Hypnotiseur wieder in die Gegenwart zurückgeholt hatte, wußte er von nichts mehr und sprach wieder seine gewohnte Sprache, eine fürchterliche Mundart.

Pater Lucius atmete tief auf, nahm allen Mut zusammen und wagte das verrückte Experiment. »Du sprichst jetzt Englisch«, sagte er zu Duka Hamana. »Hörst du? Englisch. Ich spreche mit dir jetzt Englisch, und du tust, was ich dir auf englisch befehle. Hörst du? Englisch.« Er wartete einen Augenblick und fuhr fort: »Du bückst dich, nimmst die Schale mit den Würmern und ißt sie … Du ißt die Würmer.«

Durch Duka Hamana ging ein Ruck. Und dann bückte er sich, hob die Schale vom Boden auf und stopfte sich die lebenden Würmer in den Mund. Er zerkaute und schluckte sie hinunter.

Pater Lucius war selbst von dem Erfolg seiner Hypnose überwältigt. »Gut, mein Junge«, sagte er. »Sehr gut. Und jetzt hebst du das linke Bein und bleibst auf dem rechten stehen, ohne umzufallen.«

Gehorsam führte Duka Hamana den Befehl aus, stand wie ein Storch auf einem Bein und schwankte keinen Millimeter. Hano Sepikula preßte die Lippen zusammen, ging um Duka Hamana herum und stieß ihn an; aber es war, als stoße er gegen einen geschnitzten und bemalten Holzstamm. Auch als er ihm mit der Faust auf die Schulter schlug, rührte sich Duka Hamana nicht.

Jetzt werde ich dir mal zeigen, was alles möglich ist, Hano Sepikula, dachte Pater Lucius übermütig. Nach diesem Experiment stand der Sieger fest. Er beugte sich zu Duka Hamanas Kopf vor, sah ihm in die starren, glänzenden Augen und sagte eindringlich: »Hörst du mich? Ich befehle dir: Du drehst dich um, siehst Hano Sepikula an, hebst die Hand und gibst ihm eine Ohrfeige. Eine kräftige Ohrfeige. Los!«

Duka Hamana ließ das Bein sinken, drehte sich zu Hano Sepikula um, hob die Hand, und ohne zu zögern, dem Befehl des fremden Willens völlig unterworfen, schlug er dem Häuptling mit aller Kraft ins Gesicht. Ein Stöhnen flog durch die Reihen der Krieger.

Nur einen winzigen Augenblick war Hano Sepikula erstarrt. Dann riß er seinen Speer empor, hoch in die Luft, und stieß mit der ganzen Wucht seiner Muskeln die Spitze mit den Widerhaken in Duka Hamanas Brust. Als Duka Hamana auf den Rücken stürzte, blieb der Speer in seinem Körper stecken, und der Schaft wippte ein paarmal hin und her.

Pater Lucius hatte die Hände vors Gesicht geschlagen und wandte sich ab. Was er als einen Scherz hatte vorführen wollen, war zum Tod geworden. Langsam, mit hängenden Armen und schleifenden Füßen ging er zur Kirche zurück, wo Leonora, Zynaker und Kreijsman in der Tür standen. »Das habe ich nicht gewollt«, sagte er, kniete vor dem Altar nieder und schloß die Augen. »Das nicht! Herr, vergib mir. Ich bin ein dummer

Mensch, ich hätte es wissen müssen. Ich habe einen Menschen getötet aus Dummheit. Jesus, vergib mir!«

Eine Stunde später kamen Schmitz und Lakta durch den Bananenwald ins Dorf. Hinter ihnen, in einem langen Gewand wie ein Priester, schritt James Patrik, das Gewehr in der Hand, würdevoll, wie man es von ihm erwartete; sein langes weißes Haar und sein weißer Bart flatterten im warmen Wind, der vom Berghang über das Dorf strich.

Sein Erscheinen löste eine ungeheure Wirkung aus. Die Krieger ließen Schilde und Waffen fallen und warfen sich flach auf die Erde, die Frauen und Kinder flüchteten schreiend in die Hütten. Nur Hano Sepikula blieb geduckt stehen, lauernd, wie zum Sprung bereit, in diesem Augenblick mehr einem Tier gleichend, das auf den Augenblick des Zubeißens wartet.

Leonora stieß einen hellen Schrei aus, als sie ihren Vater sah, und wollte zu ihm laufen, aber Zynaker hielt sie noch rechtzeitig fest. »Nicht jetzt!« keuchte er, als sie sich wehrte und mit den Fäusten nach ihm schlug. »Liebling, sei vernünftig! Bitte, du würdest alles verderben. Laß ihn, er ist doch ein Geist …«

James Patrik blieb mitten auf dem Dorfplatz stehen, hob das Gewehr mit dem Zielfernrohr an die Schulter und nahm den flachen, gebleichten Knochen ins Visier, den Hano Sepikula als Kopfputz zusammen mit dem Schweif eines Paradiesvogels trug. Nur etwa drei Zentimeter über der Stirn war dieser Knochen mit Blumen und einem schwarzen Fell verbunden, schon ein leises Schwanken des Laufs mußte die Stirn Hano Sepikulas treffen. Zynaker ahnte, was Patrik wollte, und hielt den Atem an. Etwas abseits stand Schmitz und hatte Lakta an sich gedrückt.

Patrik zielte nicht lange. Sein Finger krümmte sich, und als der Schuß ertönte, zuckten alle auf dem Boden liegenden Krieger zusammen.

Hano Sepikula spürte einen trockenen Schlag gegen seinen Kopfputz. Gleichzeitig flog das kunstvolle Gebilde von seinem Kopf, segelte ein paar Meter durch die Luft und fiel dann zur Erde. Noch einmal bäumte sich Hano Sepikula auf, als wolle er gegen die Erkenntnis anrennen, daß er zum zweitenmal verloren hatte, dann fiel er wie ein gefällter Baum um und lag mit dem Gesicht im Staub.

»Das wär's«, sagte Zynaker trocken. »Wir haben unser Leben wieder. Wir können weitermachen. Pater, ich möchte vorschlagen, daß Sie alles für eine Doppelhochzeit vorbereiten.«

»Wer?« fragte Pater Lucius völlig unnötig.

»Leonora und ich, Pepau und Lakta.«

»Lakta ist noch nicht getauft.«

»Ist das so wichtig? Ich bin aus der Kirche ausgetreten, Schmitz ist evangelisch und Leonora anglikanisch.«

»Aber warum wollt ihr dann kirchlich getraut werden?«

»Weil alles seine Richtigkeit haben muß, Pater. Wer hat denn einmal gesagt: ›Gott ist Gott, ganz gleich, wie er heißt und welche Farbe er hat‹?«

»Ich.«

»Na also. Bringen wir die Götter unter einen Hut!«

»Weiß Leonora das schon?«

»Nein. Ich werde es ihr nachher sagen.«

»Und wenn sie nicht will?«

»Da weiß ich ein gutes Mittel.« Zynaker lachte laut. »Du hypnotisierst sie!«

Das Leben bei den Uma normalisierte sich. Dai Puino übernahm wieder die Macht und saß in seinem Flugzeugsessel, Hano Sepikula unterwarf sich seinem Bruder bis zu dessen Tod, indem er vor ihm seinen Speer zerbrach und von diesem Augenblick an ehrlos war. Aber das dauerte nur einen Tag. Hano Sepikula wurde nicht als Verräter getötet, sondern Dai Puino überreichte ihm einen neuen Speer, geschmückt mit Paradiesvogelfedern und dem Balg einer weißen Maus. Hano Sepikula dankte, indem er auf die Knie fiel und seinem Bruder die Füße küßte.

James Patrik wohnte eine Woche lang in der Kirche und schlief auf einem Feldbett. Aber er schien nicht zu begreifen, daß er in einer Kirche schlief. Auch als Pater Lucius die beiden

Paare traute, vom Kassettenrekorder Musik von Beethoven erklang und nach dem Ringwechsel ein Chor das große Halleluja von Händel sang, stand er, auf den Lauf seines Gewehrs gestützt, an der Rückwand und starrte mit einem abwesenden Blick wie immer in eine nur ihm erkennbare Ferne. Aber dann, nach dem Ende der Trauung, stieß er sich von der Wand ab, klemmte das Gewehr unter den Arm und ging auf Leonora zu. »Meinen Glückwunsch, Lady«, sagte er mit einer kleinen Verbeugung. »Es wird eine schöne Tochter werden.« Alle begriffen, daß er die Trauung mit einer Taufe verwechselte, aber keiner berichtigte ihn. »Auch ich hatte eine Tochter, eine schöne Tochter, wirklich. Auf rätselhafte Weise ist sie verschwunden.«

»Vater ...« Leonora begann zu weinen, sah in das gegerbte Gesicht, in die blauen Augen und sah auch, daß er, während er mit ihr sprach, den Blick noch immer in die Ferne gerichtet hielt. Zynaker zog sie an sich und legte tröstend den Arm um sie. »Vater ...«

James Patrik schüttelte den Kopf, verließ die Kirche und ging auf den Wald zu.

Leonora umklammerte Zynakers Hand. »So kann er doch nicht gehen«, stammelte sie. »Er kann doch nicht allein zurück in sein ›Tal ohne Sonne‹. Warum bleibt er nicht hier? Hol ihn zurück, Donald!«

»Man kann ihn nicht halten. Niemand kann das. Was soll er hier im Dorf? Es wäre sein Tod. Er gehört in sein Tal, in seine Höhle, zu seinen Pflanzen und Tieren, zu seinem Tabak und seinen Beeren. Wir können ihn jederzeit besuchen – wir kennen ja jetzt den Weg –, und wir werden zu ihm einen richtigen Pfad aus dem Urwald schlagen; dann sind wir in zwei Stunden bei ihm. Er gehört nicht mehr in die Zivilisation. Er ist ein Teil des unbekannten Landes geworden.«

Sie standen vor der Kirche und blickten ihm nach, wie er langsam, das Gewehr unter dem Arm, zwischen den Bäumen verschwand und vom Urwald aufgenommen wurde. Er blieb nicht stehen und blickte zurück, er winkte nicht oder rief etwas zum Abschied. Das Letzte, was man von ihm sah, war sein langes weißes Haar, das noch im Halbdunkel des Waldes schimmerte, als man den Körper schon nicht mehr sah.

Vier Wochen später, als Lakta und Schmitz ihn besuchten, fanden sie ihn in seiner Höhle liegen, mit einem blauen, geschwollenen Gesicht, wie es damals Steward Grant auch gehabt hatte, und da die Leichenstarre sich wieder gelöst hatte, mußte er schon einige Tage tot sein.

Die Natur, zu der er gehörte, hatte ihn getötet. Der Biß einer Schlange, kaum einen Meter lang, nur fingerdick und mit einer grüngeschuppten Haut. Schmitz fand sie noch neben dem Backofen, wo sie zusammengerollt auf den warmen Steinen lag. Er erschlug sie mit einem Knüppel, immer und immer wieder hieb er auf sie ein, bis sie platzte, bis der Kopf ein blutiger Brei war und bis Lakta seinen Arm festhielt und zu ihm sagte: »Pepau, du kannst sein Leben nicht zurückschlagen.«

Sie begruben James Patrik mitten in seinem geliebten Tabakfeld und rammten als Gedächtniszeichen sein Gewehr mit dem Zielfernrohr in die Steine.

In das letzte Notizheft mit den Zeilen, die keiner mehr lesen konnte, weil es nur noch ein Gekritzel war, trug Leonora ein:

»Der letzte Tag.

Ich habe es geschafft. Ich bin dort, wo Frieden und Freiheit sind, Liebe und Treue, Vergebung und Gnade.

Ich war immer ein guter Mensch und habe an das Gute geglaubt. Mein Leben war reich an Erfahrung und Wissen, und meine letzten Jahre haben mich dem Himmel näher gebracht.

Ich danke Gott für seine unendliche Güte, und ich danke ihm aus vollem Herzen, daß ich leben durfte.

Es war schön, wunderschön auf dieser Welt.«

Sie klappte den Deckel des Heftes zu, trug es zur Kirche, legte es auf den Altar neben die Bibel, und Pater Lucius ließ es dort liegen, weil es nirgendwo anders liegen konnte als dort. »Und jetzt?« fragte Zynaker später. »Die Expedition hat ihr Ziel erreicht. Versuchen wir, uns in die Zivilisation durchzuschlagen?«

»Ich überlasse dir die Entscheidung«, sagte Leonora.

»Die anderen wollen bleiben. Pater Lucius wird eine richtige Kirche bauen und die Uma und Pogwa, die Duna und Enga zum Christentum führen. Lakta erwartet ein Kind von Pepau, Samuel will sich eine Uma-Frau nehmen, Fred wird nach seinem ›Glitzernden Berg‹ suchen – und wir?«

»Würdest du auch hier bleiben?«

»Ich bleibe da, wo du bist, das weißt du. Du willst nicht fort?«

»Nein. Sieh dir die Menschen an, Donald. Sie brauchen mich. Da draußen gibt es Hunderttausende von Ärzten, hier nur mich und Pepau. Und Vater ist hier begraben. Er hätte bestimmt gesagt: ›Nora, bleib hier.‹«

»Dann laß uns morgen schon anfangen.« Zynaker spuckte symbolisch in die Hände. »Wir alle bauen deinen Traum, das Urwaldhospital im unerforschten Land der ›Täler ohne Sonne‹.« Er schlang die Arme um sie und drückte sie an sich. »Hast du das mal gesagt: ›Die Welt ist überall schön‹?«

»Ja, aber es hieß anders: ›Die Welt ist überall schön, wo die Liebe ist.‹«

»Wenn es danach geht«, Zynaker machte eine alles umfassende Handbewegung, »dann gehört uns die ganze Welt.«

Fast ein Jahr später, nachdem die Expedition von Leonora Patrik im südlichen Hochland spurlos verschwunden war, entdeckte ein Postflieger bei wunderschönem klaren Wetter in einem gelbschäumenden Fluß ein paar große, in der Sonne blinkende Gegenstände. Neugierig ging er tiefer, flog den Fluß noch einmal hinauf und stieß einen grellen Pfiff aus, als er erkannte, was da in der Strömung zwischen den Steinen lag.

Zwei Flugzeugmotoren und der Rest einer Kanzel.

Er zog wieder hoch und rief die nächste Station an. Es war Kopago, ein Lieutenant Ric Wepper meldete sich.

»Sir«, rief der Postflieger aufgeregt, »ich habe soeben in einem Fluß zwei Flugzeugmotoren entdeckt. Da muß einer runtergekommen sein. Alles andere ist weggespült. Ja, im unerforschten Land. Planquadrat D 19 und E 8.«

»Mein Gott, wissen Sie, was Sie da entdeckt haben?« Wepper legte den Zeigefinger auf die große Karte an der Wand. »Sie werden einen Orden bekommen.«

»Was habe ich denn entdeckt, Sir?«

»Das Flugzeug von Donald Zynaker. Die Expedition, die vor einem Jahr verschwunden ist. Junge, Sie sind der Held des Tages.«

Minuten später wußte es das Ministerium in Port Moresby, eine Stunde später stieg die Hubschrauberstaffel unter dem Kommando von Captain James Donnoly zum Flug nach Kopago auf. Die Hubschrauber hatten fünfzig bestens ausgebildete Soldaten an Bord, eine Spezialtruppe, gedrillt für den Dschungeleinsatz.

Fünf Stunden später ratterten die Maschinen über dem Planquadrat D 19 und E 8. Zwar lag wieder Nebel über dem Tal, aber er war heute nicht so dicht wie sonst. Sie sahen die beiden Motoren im gelben Fluß, die Bucht mit dem Kieselstrand, und als sie auf dem Uferstreifen zur Landung ansetzten, blickten sie verblüfft auf eine Hütte aus Palmstroh und Aluminium. Von ihr führte ein breiter Weg, der fast schon eine Straße war, in den sonst undurchdringlichen Urwald hinein.

Donnoly war der erste, der in den Kieselsand sprang und seine Maschinenpistole in Anschlag brachte. Ihm folgte Lieutenant Wepper mit einem Schnellfeuergewehr. Die fünfzig Dschungelkämpfer scharten sich sofort zu Kampfgruppen und nahmen den Waldrand unter Kontrolle.

Captain Donnoly sah Wepper verblüfft an. »Das sieht ja direkt kultiviert aus!« sagte er. »Ric, ich ahne etwas.«

»Ich auch, Captain. Mein Gott, wenn das stimmt, was wir jetzt beide denken!«

»Das werden wir in Kürze wissen.« Donnoly hob die Faust und ruckte mit ihr dreimal auf und ab. »Los, Jungs, hinein ins Unbekannte! Und nicht die Nerven verlieren, wenn ihr die ersten Kopfjäger seht!«

Nach allen Seiten sichernd, gingen sie die Straße entlang, die sanft anstieg und den Berg hinaufführte. Man sah, daß sie immer saubergehalten wurde und daß jeder Pflanzennachwuchs sofort unter der Machete endete.

Je weiter sie den Berg hinaufstiegen, um so lauter und zahlreicher ertönten die dumpfen Baumtrommeln.

»Sie melden uns«, sagte Donnoly gepreßt. »Wir werden beobachtet – aber sehen Sie einen Kerl, Ric?«

»Nein, Sir. Die können sich fabelhaft tarnen. Sie denken, da oben hängt ein dicker Ast, und dabei ist's ein Wilder.«

»Ein unangenehmes Gefühl.«

»Das kann ich Ihnen sagen.«

Ein paar hundert Meter vor dem Dorf – sie rochen schon den Duft von gebratenem Fleisch, den der Wind ihnen zutrug – kam ihnen Zynaker entgegen, begleitet von Dai Puino und einem seiner Söhne.

Wepper breitete die Arme aus und lief ihm entgegen. »Donald! Mein Gott, du lebst! Und wie gut du aussiehst! Junge, heute ist einer der schönsten Tage in meinem Leben. Was machen die anderen?«

»Sie erwarten euch. Die Festtafel ist gedeckt, die Tänzer stehen bereit, die Frauen warten an den Kochtöpfen. Und Pater Lucius wird die Glocke läuten. Sie klingt ein bißchen merkwürdig, ist aus Aluminium gehämmert, war mal ein Teil der Außenhaut von meinem Vogel, aber es ist eine Glocke!«

Und wirklich, die Glocke bimmelte, als Donnoly, Wepper und die Dschungelsoldaten die Lichtung erreichten. Die Kinder liefen ihnen mit Blumen in den Händen entgegen, und Leonora stand unter dem Vordach ihres »Krankenhauses« und winkte mit beiden Armen.

»So ähnlich muß das Paradies sein«, sagte Donnoly. »Ich stell's mir jedenfalls so vor.«

»Gut, daß Sie es so sehen, Captain.« Zynaker deutete auf die Hütten. »Vor einem Jahr hingen überall noch Schrumpfköpfe und Girlanden aus Menschenknochen. Heute stehen die Kannibalen am Sonntag in und vor der Kirche und singen Choräle.«

»Ungeheuerlich. Wie habt ihr das bloß geschafft?«

»Man muß die Menschen lieben«, sagte Zynaker und ging

weiter. »Das ist das ganze Geheimnis: Man muß lieben können.«

Von seinem Thron, dem Flugzeugsessel, erhob sich Dai Puino und kam ihnen würdevoll entgegen. »Willkommen«, sagte er in einem kehligen Englisch. »Der Friede sei mit euch.« Dann zog ein breites Grinsen über sein Gesicht und ließ jede Falte tanzen. »Das habe ich von Pater Lucius gelernt – schön, was?«

Heute ist das Dorf der Uma eine richtige kleine Stadt mit einem Generator, der elektrisches Licht erzeugt, mit zwei festen Steinhäusern, einer Kirche mit Turm und richtigen Glocken und dem »Haus der Verwaltung«. Plantagen ziehen sich den Berghang hinauf, in einer Schule lernen über zweihundert Schüler Englisch, rechnen und schreiben, aus den Kriegern sind Jäger und Bauern geworden, und mit den Nachbarstämmen herrscht ewiger Friede, denn auch dort hat Pater Lucius seine kleinen Buschkirchen gebaut und predigt jede Woche einmal bei den Pogwa, den Duna, den Hawa und den Enga. Am Rand des Waldes aber liegt ein langgestrecktes, einstöckiges Gebäude, vor dem jeden Morgen eine Schlange von Menschen wartet, bis Peter Paul Schmitz die Tür öffnet und Massa Doktor mit den Untersuchungen beginnt.

Das James-Patrik-Hospital. So steht es über dem Eingang. Es enthält zwanzig Betten, einen voll eingerichteten Operationssaal, eine Infektionsabteilung und eine Isolierstation. Drei Schwestern, ein Krankenpfleger und zwei Ärzte außer Leonora arbeiten hier, ein dritter Arzt ist angekündigt, ein Wasserflugzeug hält die Verbindung zur Außenwelt aufrecht und bringt alles herbei, was gebraucht wird.

Ein weißer Fleck auf der Landkarte ist grün geworden.

Wie heißt es? Über allem steht die Liebe …

Fred Kreijsman sucht noch immer seinen »Glitzernden Berg«, in dem man, wie es heißt, die Diamanten mit den bloßen Händen herausbrechen kann. Im Vertrauen: Er wird ihn nie finden. Es ist nur eine uralte Sage der Papuas …